JN147617

松尾芭蕉作『笈の小文』

—遺言執行人は何をしたか—

■芭蕉遺言（1）

一、百人一首・古今序註抜書、是は支考に可被遺候。

一、杉風方に前々よりの発句文章の覚書可有之候。支考校之、文章可被引直候。何も草稿にて御座候。

■芭蕉遺言（2）

支考、此度前［後］働、驚、深切、実を被尽候。此段、頼存候。庵の仏は則出家之事に候へば遺し候。

※川口竹人編『芭蕉翁全伝』（宝永十二年稿）所収。三通とも支考の代筆である旨を付記する。関連部分のみ抜粋。

■直観像──非常に鮮明に体験される心象（Ahsen,A.）

1960年代のハーバー（Haber,R.N）らによる厳密な基準を用いた研究では、小学生の6～8％が直観像所有者（Eidetiker）とされ、彼らは数年後の調査でも直観像をもっていることが確認された。我が国での鬼沢貞らの小学校高学年の調査では6～7％、大学生では4～5％である。（中略）今日では、アーセン（Ahsen,A.）らのよび方に従って、外部刺激による印刷（typographic）型と自発的に喚起される構成（structural）型の分類を用いる研究者もいる。（『心理学事典』中島義明他編、有斐閣、2004年7月、第9印）

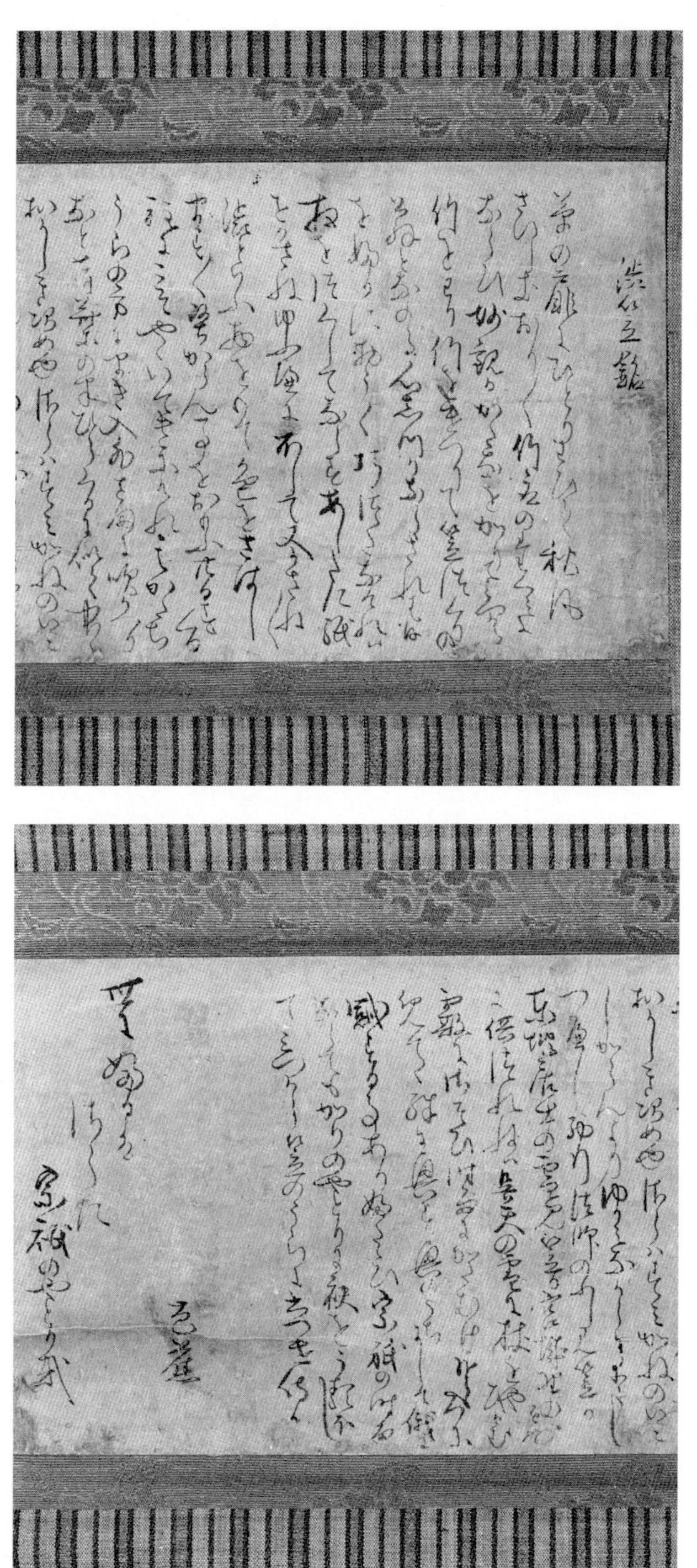

口絵　伝芭蕉筆「渋笠ノ銘」

口絵　板本『ゆきまろげ』「笠はり」蘭更編

山中湯

秋の哀入かはる湯や世乃気色　[illegible]

草の扉に住わびて秋風のさびしき
折々妙観が刀を借竹とりの巧をえて
竹をさき竹を枉て自笠作の翁と名
乗る巧拙ければ日を尽して不成こゝろ
安からざれば日をふるに懈し朝に紙
にて張夕に干して又張る渋と云物にて
色を染いさゝか漆をほどこして堅
からん事を要す廿日過る程にこそやゝ
いでけり笠の端の斜に裏に巻入外
に吹返してひとへに荷葉の半開るに
似たり規矩の正しきより中々をかしき
姿有彼西行の侘笠か坡翁雲天の

笠はいてや文字みなまりかえしにゆかん呉天
の雪に杖を拽ん霰にいきまき時雨を
待てそゞろに愛でてし驢に興を興中
偏に盛る夏行て娼ひとひ宗祇の時雨
にぬ襟て自らかさをとりて笠のうらに
書付侍りけらし

桃青書

世にふるもさらに宗祇の
屋どり哉

叔父芳花は友故の事ともを一とし
雪丸亭をほしく辻にまとめ侍て
是ハ一冊となりぬ叔父みまかり
しより其のとき二十八年は春秋
経れどもこれ雪丸消ゆる金玉に
して誠に貴く是を後世
何らまさむかし鹿しや雪丸亭

姪
周徳拝書

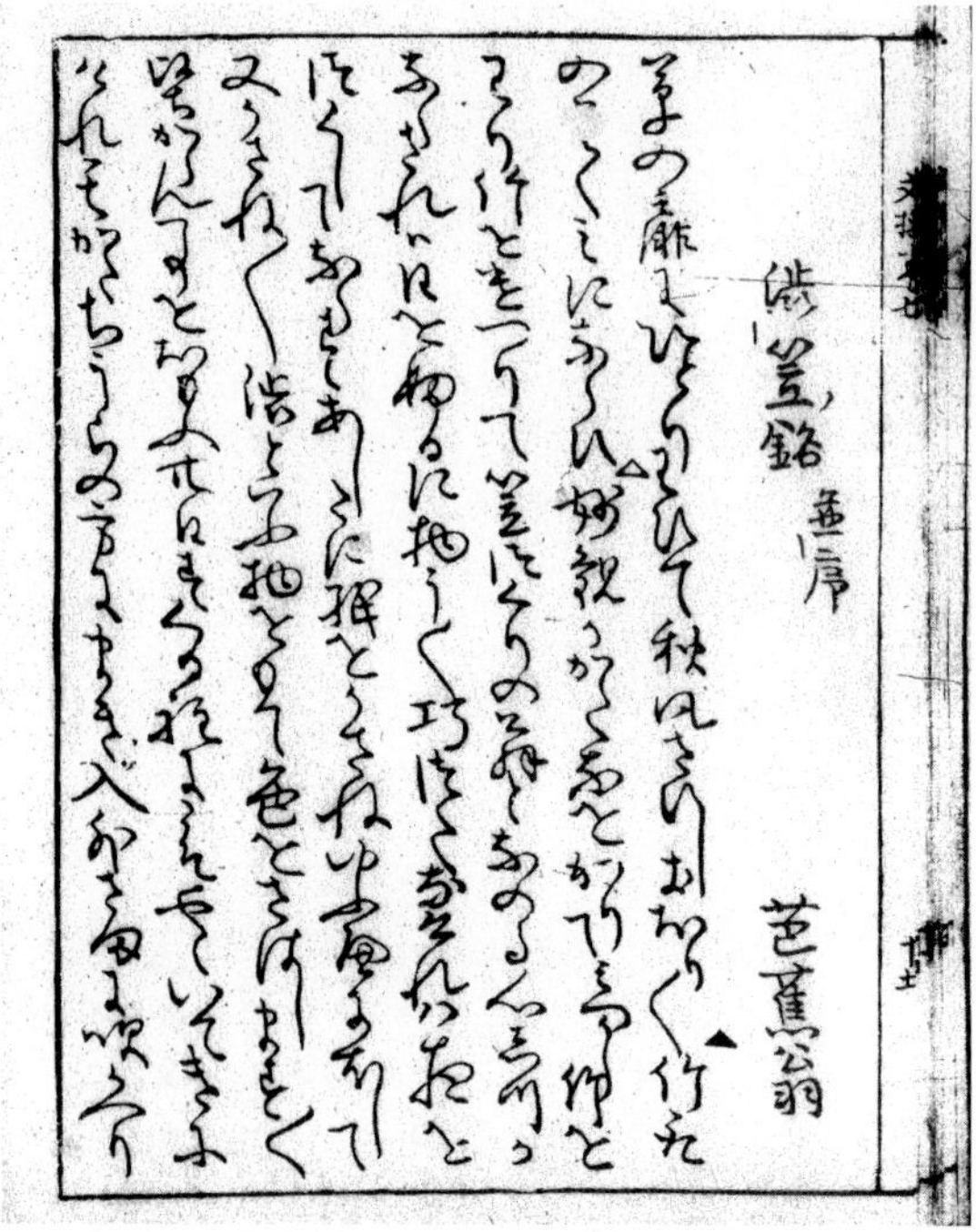

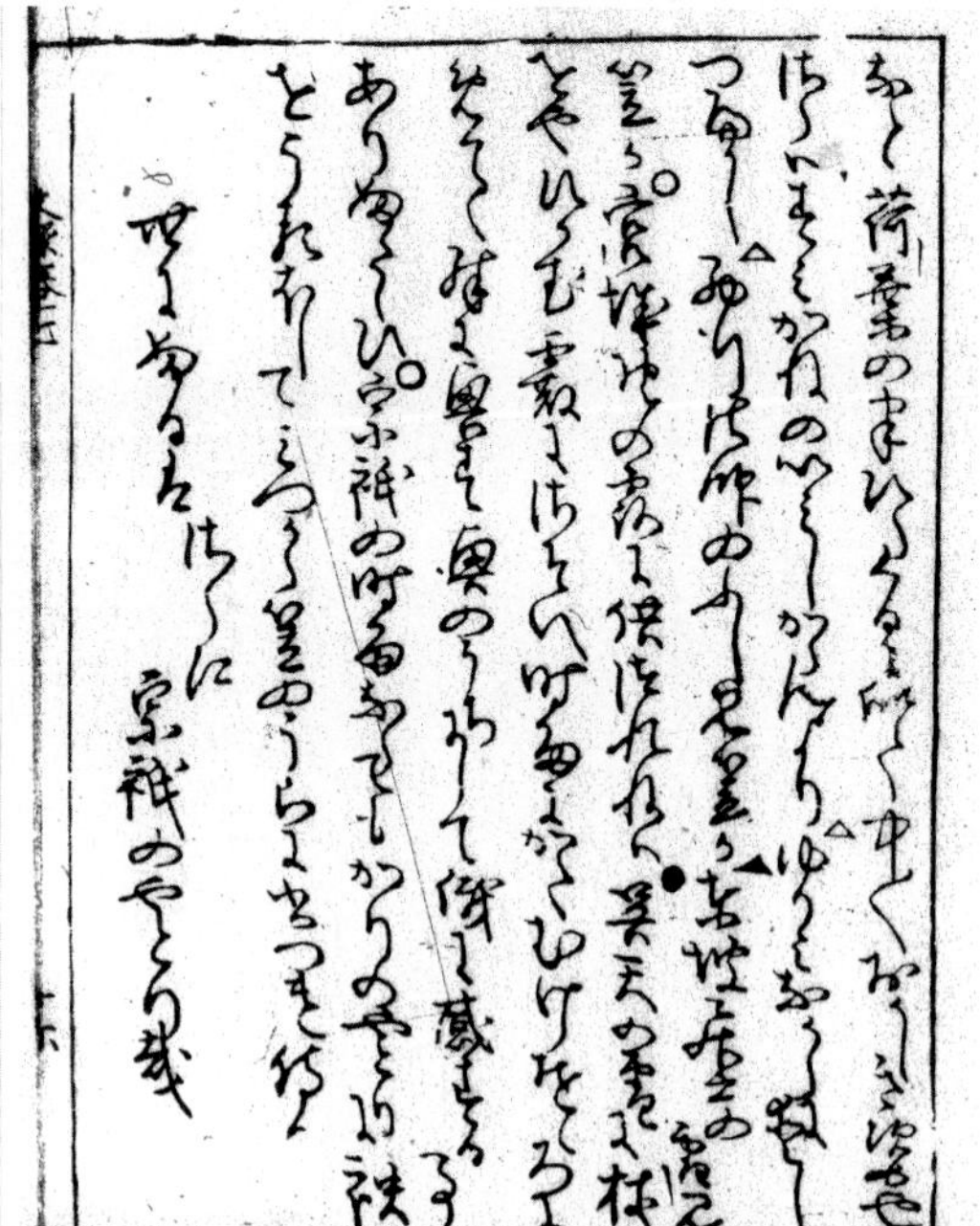

口絵　『本朝文鑑』「渋笠ノ銘」文考編

『和漢文操』「庚午紀行」支考編

庚午紀行

風羅坊

百骸九竅の中に物ありかりに名つけて風羅坊と
いふ誠にうすものゝ風に破れやすき事をいふに
やあらん彼狂句を好こと久し終に生涯
のはかりことゝなしてある時は倦んて放擲をむねとし
ある時はすゝんて人にかたん事をほこり是非胸
中にたゝかふて是か為に身やすからす暫く身を
立ん事をねかへとも是か為にさへられ学んて愚を暁ん事を
[illegible]

和歌における宗祇の連歌における雪舟の絵における
利休の茶における其の貫道する物は一なりしかも
風雅におけるものは造化にしたかひて四時を友とす見る
ところ花にあらすといふ事なし思ふ所月にあらすと
いふ事なし其の像（カタチ）の花にあらさる時は夷狄にひとしく
其の心の花にあらさる時は鳥獣に類す夷狄を
出て鳥獣を離れ造化にしたかひて造化にかへれ
となり扨て比は神無月のはしめの空定めなき気色
身は風葉の行末なき心地して

旅人と我名よはれん初しくれ

あるは詩哥文章をもて訪ひ、或は草鞋の料
を包て、かの三月の糧をあつむるに力を入ず、
紙布綿小などいふもの、帽子したうづやうのもの
心々に送りつどひて、霜雪の寒苦をいとふに
心なし。あるは小船をうかべ、別墅にまうけし、草庵に酒肴
携へ来りて行衛を祝し、名残をおしみなどするこそ、ゆへある人
の首途するにも似たりと、いと物めかしく覚えられけれ。抑
道の記といふものは、紀氏・長明・阿仏の尼の文をふるひ
情を尽してより、余は皆俤似かよひ
て、其糟粕をあらたむる事あたはず。まして浅智

短才の筆に及べくもあらず。其日は雨降、昼より
晴て、そこに松あり、かしこに何と云川流れたりなどいふ事、たれ
たれもいふべく覚侍れども、黄奇蘇新のたぐひにあらずば云事なかれ。されども
其所々の風景心に残り、山館野亭のくるしき愁も、且は
はなしの種となり、風雲の便りとも思ひなして、わすれぬ所々、跡や先
やと書集侍るぞ、猶酔ル者の猛語にひとしく、いねる人
の譫言するたぐひに見なして、人も亡聴せよかし。むさし野
の名残に箱根足柄を雪に物うく越て遠江より
三河といふところに隠れすむ杜国の幽棲をとふらひ

てこゝしも美濃尾張のかたにまかりなんとして

旅寝して見しや浮世の煤はらひ

くはなより千里の川ふねにのりて、むかしも来りけるぞ
ときけば日永の里に馬かりて杖つき坂のぼるほど
荷鞍うちかへりて馬より落ぬ

歩行ならば杖つき坂を落馬哉

と物うさのあまり云出侍れど、終に季の詞いらず。今
より後、雑の句もあるべしとや、伊賀の古里に
年の暮とふらふて

旧里や臍の緒に泣としの暮

弥生半過る程、そゞろにうき立心の花の
我を道引枝折となりて、吉野の花におもひ立んとするに
かのいらこ崎にてちぎり置し人の、伊勢にて出むかひ、ともに旅寝の
あはれをも見、かつは我為に童子となりて道の便りにもならんと
自ら万菊丸と名をいふ。まことにわらべらしき名のさまいと
興有。いでや首途のたはぶれ事せんと
笠のうちに落書す

乾坤無住同行二人

よし野にて桜見せうぞ檜の木笠　風羅坊

よし野にて我も見せうぞ檜の木笠　万菊丸

せふぞ檜の木笠　万菊丸　旅の具多きは
道さはりなれば物みなはらひ捨たれども夜の料に
かみこ壱つ合羽やうの物硯筆紙薬等昼餉なんど物に包て
後に背負たれば いとゞすねよはく力なき身の跡ざまに
ひかふるやうにて道猶すゝまず たゞ物うき事のみおほし

くたびれて宿かる比や藤の花

葛城山

猶みたし花に明行神の顔

臍峠

吉野の花に三日とゞまりて 曙黄昏の
けしきにむかひ 有明の月のあはれなるさまなど心にせまり胸に
みちて あるは摂政公のながめにうばゝれ あるは西行の
枝折にまよひ かの貞室が是は是はと打なぐりたるに
われいはん言葉もなくて いたづらに口をとぢたる いと
口をし おもひ立たる風流いかめしく侍れども 爰に至りて
無興の事なり

高野山

ちゝはゝのしきりに恋し雉の声

和歌浦

行春にわかの浦にて追付たり

さながら和哥の浦より一葉の国をへて須磨
ゆくての空も卯月中比の空も朧に残りて はかなき
みじか夜の月もいとゞ艶なるに 山はわか葉にくろみかゝり
て ほとゝぎす鳴出づべきしのゝめも 海のかたよりしらみそめたる
上野とおぼしき所は麦の穂浪あからみあひて 漁人の軒
ちかき芥子の花のたえだえに見わたさるゝ かの須磨川を
わたりて 見わたされてやあらん

蜑の顔先見らるゝやけしの花

されば東須磨西須磨とあり 浜須磨と三所にわかれて
あながちに何わざするとも見えず 藻塩たれつゝなど
歌にもきこえ侍るも 今はかゝるわざするなども見えず きすご
といふうをゝ網して真砂の上にほしちらしけるを からすの
飛来りてつかみ去る 是をにくみて弓をもておどすぞ
海士のわざとも見えず 若古戦場の名残をとゞめて かゝる
事をなすにやと いとゞ罪ふかく 猶むかしの恋しきまゝに
てつかひが峯にのぼらんとする 導する子のくるしがりて
とかくいひまぎらはすを さまざまにすかして 麓の茶店にて
物くらはすべきなど云て わりなき体に見えたり

草むしろえらみあらしや

かゝはゆく角ゆゝさけよ淀しあし

紀行記ハ元禄ノ庚午ナラン井ニ伝ルモ多ケレ或ハ丑紀行
トモ云ヘル其ノ紀ハ貞享子ノ秋ナルベシ去ル冬武江ノ芭蕉ニ庵ニテ
紀行ヲ取捨シ玉ヘル元禄ノ辛未ト見ヘタレハ両紀ノ文法ヲ取
合セテ此一篇ヲ成セリト見エタレモ其中ノ取捨シ文章ノ段
ニハ幻住庵ノ記ト記上ニ之通ノ遠イ見如ク其二度モ取捨
玉ヘルヲ人ハ秘蔵シテ世ニ伝ヘル故ナリ見ル人ハ其モ点検スヘシ
去レハ此紀行ノ婉麗ナル是ヲ詩ノ人モ称シ是ヲ連俳ノ

学ビシ者ルハ芳野ノ花ニ奉リテ一唱一手ノ作ヲナサズ面ニ因アノ二子ニ
筆ヲ絶タル是ヲ文章ノ虚實ニシテ是ヲ文章ノ起結ト
云ハズヤ其モ我師ノ碑文ニモ此筆ノ奥義ヲ云ヘルナリ或ハ名所
ニ雑ノ句アリ又ハ蕉門ノ武円ニ證句アリテ蝸牛ノ句ハ雑体ト
云ヘル或ハ猿面ノ貌ナラズト伝 但シ此記ニ用ル所ノ故実古諺
ナト数多ナル中ニ芳野ニ携帯ノ二子ハ誰ニカアラン知ラズ
或ハ年ト号タルモアリ其モ詩カ吾ノ作者ナラン然レハ此紀
ノ結文ハ蝸牛ノ句ニ合掛テ其ノ終リヲ調ヘカルモ先ハ紀行
ノ種様ナカラ正キニ棗鞘ノ争イヲ寄セテ濟中六十帖ノ
栄落ヨリ人間一世ノ夢幻ヲ観シタル例ニ一篇ノ骨髄ニメ

目次

松尾芭蕉作『笈の小文』
―遺言執行人は何をしたか―

〔最近の研究論文目録〕

論文題名	執筆者名	掲載誌名	西暦年月
・『笈の小文』に於ける二つの問題	増田晴天楼	連歌俳諧研究	1953/12
・東海道の文学—『永代蔵』と『笈の小文』に触れて	岸得蔵	文学・語学	1967/12
・芭蕉の争点—『笈の小文』をめぐって—	弥吉菅一	解釈	1969/10
・『笈の小文』成立上の諸問題	綱島三千代	日本文学研究資料叢書芭蕉	1969/11
・『笈の小文』への疑問（上）	宮本三郎	文学	1970/04
・『笈の小文』への疑問（下）	宮本三郎	文学	1970/05
・『笈の小文』雑記（其の一）	穆山人	女子大国文	1970/07
・『笈の小文』雑記（其の二）	穆山人	女子大国文	1971/01
・『笈の小文』雑記（其の三）	穆山人	女子大国文	1971/05
・『笈の小文』雑記（其の四）	穆山人	女子大国文	1971/07
・『笈の小文』の成立について—乙州編集説追考—	米谷巌	高知女子大国文	1972/06
・『笈の小文』の一問題を論じて芭蕉の伝統観に及ぶ	山下一海	国文学ノート	1972/03
・『笈の小文』の冒頭文について—作品における役割—	笠間愛子	文学研究	1973/07
・『笈の小文』の謡曲構成について—「笈の小文」論序説—	高橋庄次	国語と国文学	1973/08
・『笈の小文』の序破急三段構成について	高橋庄次	国語と国文学	1973/11
・芭蕉の名所歌枕観と蕉門の連衆—『笈の小文』の旅を中心に—	堀信夫	国語と国文学	1974/10
・『笈の小文』の一考察	安藤桂子	樟蔭国文学	1976/09
・『笈の小文』の一問題を論じて芭蕉の芸術観に及ぶ	山下一海	国文学ノート	1976/03
・『笈の小文』幻想稿	上野洋三	俳諧攷	1976/09
・『笈の小文』における杜国の役割	和田忍	松山東雲短期大学研究論集	1976/12
・『笈の小文』の発句と『新古今集』	広田二郎	専修国文	1976/11

・『笈の小文』句文と六家集　広田二郎　言語と文芸　1977/12
・刊本『笈の小文』の視座―「紀行」と「記」と「道の記」と―　井上敏幸　語文研究　1978/08
・『笈の小文』と西行　広田二郎　専修国文　1978/09
・『笈の小文』の問題点一、二―
・『伊賀餞別』と大仏再興周辺―　井上敏幸　語文研究　1978/06
・『笈の小文』考―帰京問題と旅の意識―　塚本美帰子　香椎潟　1979/11
・『笈の小文』の風雅論―四人の先達像について―　米谷巌　国語教育研究　1980/11
・『笈の小文』句文と歌語　広田二郎　専修国文　1980/01
・『笈の小文』句文と『源氏物語』　広田二郎　連歌俳諧研究　1980/01
・刊本『笈の小文』の諸問題―上―「須磨紀行」をめぐって　井上敏幸　文芸と思想　1981/01
・鹿の角先一節のわかれかな（『笈の小文』）の句に対する一考察　綱島三千代　俳文芸　1981/12
・芭蕉の猿雖宛書簡，一，二―『笈の小文』との関連―　笠間愛子　文学研究（日本文学研究会）　1981/12
・刊本『笈の小文』の諸問題（中）―『須磨紀行』をめぐって　続―　井上敏幸　香椎潟　1982/03
・『笈の小文』と『おくのほそ道』との関連―冒頭文について―　金子美由紀　中世近世文学研究　1982/01
・風雅論の定位―刊本『笈の小文』冒頭文と「幻住庵記」―　井上敏幸　語文研究　1982/06
・『笈の小文』吉野の条の推敲過程　綱島三千代　俳文芸の研究　1983/03
・『笈の小文』の成立（一）　赤羽学　俳文芸　1983/06
・『笈の小文』の成立（二）　赤羽学　俳文芸　1983/12
・沖森氏蔵写本『笈の小文』は異本系統　大磯義雄　連歌俳諧研究　1983/01
・『笈の小文』小考―表現技法を中心に―　金子美由紀　中世近世文学研究　1983/01
・『笈の小文』における風雅論　山西みどり　中世近世文学研究　1984/01
・『笈の小文』の句三、四をめぐって　浜千代清　俳文学研究　1984/03
・刊本『笈の小文』の諸問題（下）―真蹟写［近江・美濃路紀行］をめぐって（一）―　井上敏幸　香椎潟　1984/09

・『笈の小文』と謡曲『西行桜』―吉野の条における桜三句と苔清水の句をめぐって―　染谷智幸　茨城キリスト教短期大学研究紀要　1984/12
・『笈の小文』論序説―「四時を友とす」の構想と限界―　楠元六男　立教大学日本文学　1984/12
・『笈の小文』と『庚午紀行』　松井　忍　近世文芸稿　1985/08
・大和路の芭蕉―『笈の小文』の解明―　赤羽学　俳文芸　1985/12
・『笈の小文』の一問題―奈良経回をめぐって―　山本唯一　文芸論叢（大谷大学）　1985/09
・『笈の小文』奈良経回攷　山本唯一　俳文学研究　1986/03
・『笈の小文』の俳諧姿勢　畠田みずほ　大谷女子大国文　1988/03
・松尾芭蕉研究―『笈の小文』と『幻住庵記』における思想　西脇淑江　東洋大学短期大学論集（日本文学編）　1988/03
・「夢」の来し方―『笈の小文』所収「蛸壺や」の句の位相　光田和信　武庫川国文　1988/03
・『笈の小文』についての一考察　野谷良子　明治大学大学院紀要（文学篇）　1989/02
・『笈の小文』須磨の条の推敲過程―幻の「須磨紀行」　綱島三千代　俳文芸　1989/06
・『笈の小文』と東三河（上）　小池保利　解釈学　1989/06
・『笈の小文』と東三河（下）　小池保利　解釈学　1989/11
・芭蕉の企図した『笈の小文』　荒滝雅俊　近世文芸研究と評論　1991/06
・刊本『笈の小文』須磨の条における「蛸壺や」の句解について　露口香代子　樟蔭国文学　1991/03
・「丈六の」の句形をめぐって―付、異本『笈の小文』の問題　今　栄蔵　俳文芸　1991/12
・『笈の小文』は誰が書いたのか　西村真砂子　国文学　1991/11
・『笈の小文』　堀　信夫　芭蕉と元禄の俳諧（講座元禄の文学）　1992/04
・『笈の小文』の宗教性　藤森賢一　高野山大学国語国文　1992/12
・『諸本対照　芭蕉全集』編纂へ向けての始動―『笈の小文』の異本・乙州本の原典の推考　赤羽学　岡山大学文学部紀要　1992/07

論文名	著者	掲載誌	発行年月
・『諸本対照　芭蕉全集』編纂へ向けての始動（2）―『笈の小文』の諸本の異同の検証	赤羽学	岡山大学文学部紀要	1992/12
・『諸本対照芭蕉全集』編纂へ向けての始動（3）―『笈の小文』の異本の重要性	赤羽学	岡山大学文学部紀要	1993/06
・刊本『笈の小文』の諸本	荒滝雅俊	解釈学	1994/06
・『笈の小文』における西行の面影	橋本美香	岡大国文論稿	1994/03
・『笈の小文』の上梓について	荒滝雅俊	解釈学	1995/07
・〈翻〉『泊船集解説』所収『笈の小文』『更科紀行』（2）	三木慰子	大阪青山短大国文	1995/02
・芭蕉と『荘子』とのかかわり―『笈の小文』の「造化」と『荘子』の「天」を中心として	許坤	大学院研究年報（文学研究科篇）	1996/02
・『笈の小文』と『平家物語』―「須磨のあまの矢先に鳴か郭公」考	石上敏	岡大国文論稿	1996/03
・「はて」か「はた」か―乙州本『笈の小文』の本文に対する疑問	赤羽学	解釈	1996/03
・『笈の小文』研究―発句「星崎の」を中心に	近世文学ゼミナール	国語と教育（大阪教育大学）	1998/03
・研究十二月往来〈205〉『笈の小文』と〈定家〉	田口和夫	銕仙	2001/02
・『笈の小文』小見	中川光利	俳文学研究	2002/03
・特集　風　芭蕉の俳諧と風―『笈の小文』にそって	日暮聖	日本の美学	2003/12
・雪舟史料を読む39　西行の和歌における、宗祇の連歌における、雪舟の絵における、利休が茶における、其貫道する物は一なり―（番外・止）松尾芭蕉『笈の小文』	大西広	月刊百科	2008/07
・『笈の小文』の表現の瑕疵について	浜森太郎	国文学攷	2013/03

前書き

本書は松尾芭蕉作『笈の小文』の伝記の詳述である。同書の叙述の瑕疵を廻る十七の考察で構成されている。中では同紀行中の「須磨明石紀行」が元禄七年（1694）すなわち芭蕉末期の年に書かれた事実の考証が叙述の中心を占めている。

本書の着想は、松尾芭蕉の著作『笈の小文』の、次の結末文を芭蕉の遺言執行人たる各務支考が実にあっさりと、書き換えてしまうことから始まる。次の文章がその書き換え前の原文である。

■鉢伏のぞき、逆落など、おそろしき名のみ残て、鐘懸松より見下に、一ノ谷内裏やしきめの下に見ゆ。其代のみだれ、其時のさはぎ、さながら心にうかび、俤につどひて、二位のあま君皇子を抱奉り、女院の御裳に御足もつれ、船やかたにまろび入らせ給ふ御有さま、内侍・局・女嬬・曹子のたぐひ、さま〴〵の御調度もてあつかひ、琵琶・琴なんど、しとね・ふとんにくるみて、船中に投入、供御はこぼれてうろくづの餌となり、櫛笥はみだれて、あまの捨草となりつゝ、千歳のかなしび、此浦にとゞまり、素波の音にさへ愁おほく侍るぞや。（『笈の小文』結末、読み仮名筆者）

この文章を、遺言執行人たる各務支考が次のありきたりの述懐に置き換えてしまったのである。

■誠に須磨あかしのそのさかひは、はひわたるほど、いへりける源氏のありさまも思ひやるにぞ、今はまぼろしの中に夢をかさねて人の世の栄花もはかなしや。

かたつぶり角ふりわけよ須磨あかし

（支考編『本朝文鑑』所収「庚午紀行」）

同じく『笈の小文』の本文ながら、支考が校訂した本文の結末はシンプルで分かり易い。分かりすぎて困るほど、平明なのである。だが、支考が校訂した本文では、迫力に富んだ一ノ谷合戦の騒乱幻覚がすべてあっさり切り捨てられている。また、その幻覚から自然に導かれる「千歳のかなしび、此浦にとゞまり、素波の音にさへ愁おほく侍るぞや。」という風羅坊の嘆息も無視されている。

『笈の小文』は「庚午紀行」と改名され、省筆・修正・加筆が多いありふれた紀行文に書き換えられた。この作品を未定稿と見なし、読者の立場から読みやすさを追求することが書き換えの動機らしいが、読みやすさの極端な追求が『笈の小文』の要所を骨抜きにすることもある。

庵室を出発し、庵室に帰る（門人友人の家に迎え取られる場合を含む）松尾芭蕉の巡礼行動は、それなりに目に見えない文化の規範には適っている。一般に言う「行っていらっしゃい」「只今、帰りました」は「行って無事に帰っていらっしゃい。」、「お待ち遠様でした。只今ようやく帰って参りました」という意味である。拠点とする安心の場所があり、そこには自分を気遣って暮している人々がいるという無意識に近いコミュニケーションの空間が伏在している。それゆえ、庵室を出発し庵室に帰る松尾芭蕉の巡礼行動は文化的な暗黙智に適い、落ち着いた物語の筋立てとして受け入れられる。いわゆる食べやすさが成立しているのである。

ところが『笈の小文』に至って、松尾芭蕉は、風羅坊が深い幽愁とともに海辺を流浪する場面で終わる物語を紡ぎはじめる。最後の遺作『笈の小文』に至って海辺を流浪するままで作品を閉じるとしたら、それは松尾芭蕉に、文化的な規制を越えた何かが起きた、と再考してみる必要がある。遺言執行人の各務支考は、『笈の小文』の結末部を切り捨てることで、その疑問にも頓着しなかったように見える。

大礒義雄著『笈の小文（異本）の成立の研究』（ひたく書房、昭和五六年二月刊）によれば、『笈の小文』の主要写本は、大礒本（第一稿本）、雲英本（第二稿本）、乙州本（第三稿本）であり、芭蕉の自筆本は残されていない。大礒本は、大礒氏の架蔵で、袋綴じ、半紙本、縦23センチ、横16・5センチ、本文26枚、一行16〜18字の7行本で仕立てられている。一方、第三稿本の乙州本は河合乙州が出版した版本で、大礒本によく似た字詰め、丁構成ながら、一丁の行数が八行に変更されている。両者は共に原本の体裁を保持する慎重な筆跡で制作されている（詳しくは5節・9節）。

『笈の小文』自体は、同行者杜国の一周期に当たる元禄四年四月〜九月頃の執筆と見られるため、大礒本の原本にあたる芭蕉自筆本もまた元禄四年四月〜九月頃の成立と見積られる。ただし『笈の小文』の首・尾に配置された「風羅坊の所思」と「須磨明石紀行」とは、用字特性に照らすと、諸本ともに元禄六・七年の染筆と判断される。ちなみに、大礒本巻末に附録された「連句教則部」は、元禄六年七月以降の成立と、すでに考証されている。

今、各務支考の改作に限って言えば、出来る限り原文を残す、やむを得ない場合に限って原文に手を入れる、これが遺言執行人の職責であろう。ところが支考は、読者の分かりやすさに通暁している自分ならこう書く、とでも言いたげに、複雑なニュアンスの表現を次々に削除していく。松尾芭蕉の遺言執行人になると、蕉門俳人はこういう誘惑に直面するのか。それともこれは各務支考の人生を絡め取る甘い罠だったのか。支考はこの書き換えとともに行き詰まり、自己死を宣伝して、門人の名を使って「庚午紀行」（『本朝文鑑』所収、京寺町押小路 野田治兵衛、享保三年［1718］跋）を刊行する立場に立ち至る。

『笈の小文』を廻る疑問の闇には深いものがある。だが、現在、そう感じ取る事が出来るのは、恐らく少数の読者に限られる。というのは、当時は、この遺言執行人と類似した感受性で、取って付けたような陳腐な観想を書き付けてよしとするたくさんの読者がおり、この切り捨てが「重大な錯誤」として、問題化しなかったからである。加えて、先の芭蕉の幻覚叙述（厳密には、直観像叙述という）が彼の人生の最後の著作『笈の小文』の最終局面で書かれた、との共通認識が欠けていた。さらにまたその最終章が松尾芭蕉の俳句人生の存在理由に関わる叙述だったことが見過ごされたからでもある。要するに、「これが遺言執行人のする事か」という問いは、いまだかつてすっきりと成立したためしがない命題だった。このため、芭蕉の遺言執行人がした事に対する驚きはあっても、実際、実行したことの内実が見えるような解説は書きようがなかった。

これまでの常識に従えば、『笈の小文』は貞享五年（1688）冬に始まる吉野行脚の道中における備忘メモを下敷きとし、元禄四年（1691）三月・四月の京都落柿舎滞在中に現在の形に整理されたものと考えられている。このため本書では、まず先の芭蕉の幻覚叙述が彼の最後の著作の最終章として元禄六年七月以降に添附されたこと、その最終章が松尾芭蕉の最後の文学的努力の結果であること、その文章「須磨明石紀行」には入念な編集の手が加えられて現在の文章になったことなど、『笈の小文』に関わる細かな事実関係を新規に解き明した後に、問題を再設定する必要があった。この再設定の作業が本書の中盤（3節～11節）に配置されている。

この再設定作業の結果から言って、『笈の小文』を取り巻く常識に最初に正真の疑問符を突きつけたのは故宮本三郎氏だったと言える。同氏の論考（初出は、宮本三郎著「『笈の小文』への疑問」（『文学』昭和四五年四月号・五月号）は、今でも示唆に富んで刺激的な著作である。筆者はこの論考の示唆を受けて、本書中盤の再設定作業を遂行したが、学会ではこの宮本論文の後にかなり大きな論争が起きた。このために、この論争に参加した各著者の主要論文は、『日本文学研究資料叢書　芭蕉Ⅱ』（有精堂刊、昭和五二年八月）に一括して再録されている。後学者の立場からは大きな便宜である上に、それらの論考の分析結果を検証することは、そのまま松尾芭蕉の幻覚叙述が彼の最後の著作『笈の小文』の最終章として元禄六・七年に付帯されたことを解き明かす機縁になっている。

本書の終盤（14節～17節）は、同じく最晩年（1694）の松尾芭蕉が工夫を凝らした直観像叙述が削除される実例を取り上げ、その周辺を探った。その格好の実例は、支考筆と推定される伝芭蕉筆「渋笠ノ銘」に現れている。芭蕉筆と名乗るとおり、この「渋笠ノ銘」は確かに芭蕉直筆の「渋笠ノ銘」を踏まえているが、肝心の直観像叙述を言うまでもないこととして切り捨てている。

ちなみに、芭蕉没後、芭蕉庵二世を誇称する理論派の森川許六もまた、芭蕉の処女紀行文『野ざらし紀行』（『泊船集』所収、伊藤風国編）において、最晩年の松尾芭蕉がせっかく復活させた、意識のフラッシュバックを不可解として校訂している（拙著『松尾芭蕉作『野ざらし紀行』の成立』（三重大学出版会）。

先の「渋笠ノ銘」と同文同筆の「渋笠ノ銘」を掲載した支考編『和漢文操』には支考の文章論が添附されている。この遺言執行人の主張を踏まえると、実際、支考が何を引き起こしたかを推測することが出来る。還俗坊主で、酒を飲んでは「なにやら踊り」を踊ることが上手だった各務支考は、儒佛における聖典の語句を用いて既存の抽象思考を操るには巧みだった。しかし、半ば仏教学者でもある彼は、松尾芭蕉のように人間の意識や感覚には無頓着だったし、意識や感覚が微かに感応する、目に見えないモノ、「物の微」に瞳を凝らす文才には欠けていた。

一方で、松尾芭蕉の本文をそのまま保持した伊藤風国（『野ざらし紀行』）、河合乙州（おとくに）（『笈の小文』）、向井去来（『おくのほそ道』）らは芭蕉の紀行文を原文どおりに保存した。彼らはそれが直観像叙述か否かはともかくとして、芭蕉が書いたテクストだから正確を期して保持すべしとしたのである。

芭蕉没後、最初は協力し、後に犬猿の仲となる、蕉門の二人の理論家支考と許六とが共に同じ過ちで松尾芭蕉の遺志を引き違えるところで、拙著の探索は終りを迎える。許六も支考も芭蕉流の「道統二世」を名乗ることでは共通している。それほど芭蕉を必要としていたはずの彼らが、『野ざらし紀行』『笈の小文』を引き違えて理解するのは、いま以て不思議なことである。だが、この疑問を照らし出す新しい灯明に辿り着くのはまだ先のことになるだろう。

二〇一六年五月

濱　森太郎

〈序章　誰にでも表現したいことがある〉

1節　芭蕉は分かりにくい

一　「見える化」する

ガリレオやセルバンテスが「世紀の扉」を開いた十七世紀。望遠鏡も定規もメスも活字もデッサンも、いっせいに真理の探求に欠かせないアイテムとして脚光を浴びる。「自然」は意識化されて観察の対象となり、観察の技術や結果に新しい名称が与えられた。因果は予め定められたものから、手段を尽くして確認するものに変わり、目で見るよりも分明に天体や地理や人体を記述するための努力が重ねられた。

東洋の片隅で徳川幕府が整備に当たった参勤交代制、宿駅制、伝馬制、本陣制のお陰で、街道は見事に整備され、晩食を供する旅籠さえ現れていた。旅客は草鞋を脱ぐと足を洗い、浴衣に着替えて湯屋に行き、帰りに総菜屋に立ち寄って簡単な煮物を食べた。食材はおおむね半径三十キロ圏内の魚介・穀物・野菜に限られていたが、それでも同時代のヨーロッパに比べれば遥かに恵まれた食事と寝床だった。街道沿いの総菜屋をハシゴして、気付薬の酒一杯を飲み終わると、旅客は旅籠の寝床に身を横たえていた。ノリの利いたシーツという訳にはいかなかったが、行燈があり、読み書きもできた。彼らにとって、旅を通じて知る新しい天地・地勢・暦日に通じることは、価値有ることと見なされた。宿駅毎の好ましい湯屋や旅籠、総菜屋や名物の食材に通じることは自慢の種でさえあった。郊外・山野を逍遥して地誌や民俗に通じることは、金銭に換えてでも体験したい話しの種となった。

郊外・山野を逍遥すること、近隣の地誌や民俗に通じるこの「噺し」は、やがて普及して愛好者を増やし、「文化」を形成して価値を生んだ。その「文化の価値」はステイタスを象徴し、近隣往来の触媒となることで、積極的に消費され始めた。「消費」である以上は、自己が観察し得た気候・草木・人情・風俗を目に見えるように価値付ける尺度が必要だった。価値ある旅行や行楽のためには、オーソリティーによる分明をモットーとする新しい説明が形成されなければならなかった。この時に起きるまだ見ぬものの「見える化」は、自分のテイストの発見や才能の開発とも重なっていた。彼らが求めたのは、聞く者を説得し、納得させ、模倣させる新しいオーソリティーの分明な言葉だった。とくに十七世紀、その嗜好の先端を行く俳諧と松尾芭蕉にとって、それは不可欠の要求だった。

その真理の「見える化」を推し進める松尾芭蕉の最晩年の作『笈の小文』は、観察し得た気候・草木・風俗・人情を意味付け、「見える化」する書物としてみる必要がある。まことに興味深いことに、『笈の小文』は普段は見えない自意識「風羅坊」が語る風雅論・表現論に始まり、明石における皇后・女官の阿鼻叫喚を描く幻覚表現で終わる。この首・尾を見るだけでも、とかく問題が多い『笈の小文』は、見えないものに向かい、「見える化」する旅だった、と言うことが出来る。

この「見える化」する言葉には、元来右手で使う道具類を左手で使うような困難さがある。見えるものには豊富な言葉があり、言い換え可能な表現も多い。そしてその分、自由でもある。しかし、自意識や驚きや蜃気楼を言い表す多彩な言葉があるだろうか。無意識や錯覚や既視感を言い表す語彙が豊富だとはとても言えない。風味や質感や技術の巧みは、分かると言えば分かるのだが、言葉で言う時は難儀なことになる。適切な語彙を捜して言い当てなければならないからである。

一般に俳論書と呼ばれる『去来抄』（向井去来著）や『三冊子』（服部土芳著）を紐解くと、その言い当てるための努力を具体的に見ることが出来る。例えば彼らは「花守や白きかしらをつき合せ　去来」を捉えて「さび色よく現れ、悦候」（去来抄）という。その時、彼らが想起しているのは、頑固そうな花守が雁首揃え、白髪頭を付き合わせて何やら談合する光景である。ここに「見える化」された花守、この春期の天候、桜の手入れ、不躾けな花見客、はたまた腑抜けの息子や役立たずの女房の愚痴、それらの目に見えない物を白髪頭を突き合わせた談合の絵柄から「さび色」として見出す必要がある。作者の言葉はいったん「見える化」され、時相に従って逐一点検され、その映像世界に参入した去来や土芳が「さび色」と言い当てるのである（詳しくは後述する）。

松尾芭蕉の死後、大津の門人河合乙州（かわいおとくに）が芭蕉の草稿断片をもとに一編の旅の集として編集したものかと疑義される『笈の小文』（注1）もまた、いったん映像に還元された世界に参入する「見える化」の作業と共にある。この作品に関して、後日に書かれた多くの試論（注2）もまた、是非善悪を別にして言えば、この「見える化」の努力だと言って良い。ただしそれは「これを条件としてかれがある」という、釈迦如来以来の思弁の言葉で探求されている。見えるものに附属する豊富な語彙、言い換え可能な表現、そして自由な言い回しが用いられたのである。

しかしそれにも関わらず、断片の接合かと疑われるこの作品の不思議な特性は、今もまだ、目の前に残されている。叙述の省略、齟齬や欠如が多すぎて、豊富な語彙や言い換え可能な説明が余り役立たなかったせいである。この叙述の省略、齟齬、欠如に最初のメスを入れた宮本三郎氏の論説の是非を細かく詮索する作業は後段に譲るとして、先ずは一見、各断片の接合に見える文脈形成の要点を読解して、この文章の特異性を整理してみよう。それが松尾芭蕉の遺作となる作品だからである。

二　冒頭文の「見える化」

松尾芭蕉作『笈の小文』は、貞享四年（1687）十月二五日に江戸深川を出発し、貞享五年（1688）四月下旬に京都に辿り着くまでの近畿巡礼を取り扱う俳諧の紀行文である。主な巡礼地は、名古屋、伊賀上野、伊勢山田、吉野、高野、和歌浦、奈良、大阪、須磨、明石、京都で、実際の旅はそこからさらに長野に向かって延伸するが、その先の説明は省筆に従う。

『笈の小文』冒頭にある乙州本の「笈之小文序」には「此翁上がた行脚せられし時道すがらの小記を集て、これをなづけて笈のこぶミといふ。積て漸浩瀚となる。」（濁点筆者、以下同）とある。『笈の小文』は「道すがらの小記」としてあり、それを「集て」一作品となしたのは芭蕉である。当然、この旅中からすでに「惣七宛芭蕉書簡、貞享五年四月二五日付」の形で書き進められていた『笈の小文』が、貞享五年（元禄元年と改元）八月下旬の江戸帰着前後に江戸で書き進められたことは想像に難くない。しかし、『笈の小文』はわずか十九丁の冊子である。普通これを「浩瀚」とは言わない。芭蕉も恐らく「浩瀚」とは呼ばなかっただろう。「浩瀚」とは分量の多い書物を言う言葉で、この字義を確認すると「〔淮南子、叔真訓〕「浩浩瀚瀚」の〔許慎注〕に「浩浩瀚瀚は廣大の皃なり」」とみえる（『字通』、白川静、平凡社、1997年3月刊）。「浩瀚」が容貌の広大さを含意するのであれば、作品世界の広大さまで拡大できるかもしれない。『笈の小文』の作品世界は確かに広いからである。

乙州本『笈の小文』所収の芭蕉発句を子細に観察すると（注3）、『笈の小文』が紀行文の形にまとめられた時期は『猿蓑』（元禄四年七月刊）前後と推定することができる（注4）。実際、乙州本『笈の小文』の元禄六・七年マーカー（後述する）は、元禄四年筆「幻住庵記」（『芭蕉全図譜』幻住庵記245、元禄三年秋筆、再稿系）並びに『和漢文澡』所載の「幻住庵記」によく似ている（第4節、表1。注5）。ただしその草稿が実際に纏められ一書として集積されるのは第一稿（大礒本、元禄六年七月～元禄七年五月）まで待たなければならない。後に詳しく考証するように、『笈の小文』では第一稿・第二稿（雲英本）・第三稿（乙州本）と推敲が進む時期が江戸における松尾芭蕉の終活時期と重なるのである。

その長い執筆期間にも関わらず、断片の集合かと見まがう『笈の小文』の文章の特質、それが文章の瑕疵かと疑われるかたちで詮索されてきた理由は何か。理由の第一は、そこに確かに見逃しがたい瑕疵があるからである。ただし唯一人、高橋庄次氏は、一物語をせいぜい二時間程度の詠唱に圧縮して表出する能楽の詞章を例に、文脈の切断や飛躍を常套手段とする謡曲型の文章だと主張する（注6）。朗唱の声が聞えてくる文章、大乗り・小乗りのリズムや拍子、論理の飛躍や美文の生成など、『笈の小文』の文脈生成に触れる重要な指摘には読者を啓発するものが多い。しかし仮にこの説明を肯定したとしても、『笈の小文』の瑕疵の大半が高橋氏の論理で説明できるわけではない。

この疑問に正面から答えるには、従来見落とされていた単純な発明を一つ追加する必要がある。それが「見える化」である。まず具体的にこの冒頭文の基本形を一稿本（大礒本）で示すと、次のようになる。

■第一稿本（大礒本）

【1】①百骸九竅の中に物あり。仮に名付て風羅坊と云。誠にうす物の風に破れ易からぬ事を云にやあらん。彼レ狂句を好む事久し。終に生涯の謀をゝもひ、或寸ハすゝむて人に語む事をほこり、是非胸中に戦ふて、是が為に身安からず。暫身をたてん事を願へども、是が為にさへられ、暫学んで愚を暁む事を思へども、是が為に破られ、終に無芸無能にして、只此一筋につながる。

この論述の趣旨や特徴は第3節で詳述するとして、まず目立つことを焦点化すると、目立つものは自意識「風羅坊」ではなかろうか。肥大した自意識は述者風羅坊と同じく「風羅坊」と命名され、「見える化」されている。

述者風羅坊と同じ言葉を獲得する自意識「風羅坊」（以下「」を付けて述者と自意識とを区別する）は葛藤し、「彼レ狂句を好む事久し。終に生涯の謀をゝもひ、或寸ハすゝむて人に語む事をほこり、是非胸中に戦ふて、是が為に身安からず。」と把握される。自意識「風羅坊」は、言葉を持ち、意志を持ち、欲望を持ち、競争心を持つことで、述者の安寧を脅かす。また「暫身をたてん事を願へども、是が為にさへられ、暫学んで愚を暁む事を思へども、是が為に破られ、終に無芸無能にして、只此一筋につながる。」と人生行路を阻害する。「つながる」は「つながれる」意で、「る」は受け身の助動詞である。述者風羅坊の立身、出家をさまたげる自意識「風羅坊」は、狂句を誇ることが昂じて、ついには災いを招く。彼はいつの間にか、無芸無能の境涯に述者を導く。これは風羅坊が「風羅坊」を探求した結論であるが、もしこれが事実なら、風羅坊の症状は普通ではない。思春期に感染した一過性の俳諧熱が晩年まで蠢き、昂じて、一生の進路を誤らせるからである。

「見える化」は探求のための手段であり、探求の焦点は述者風羅坊にある。述者風羅坊は己の体内に、火の点いた欲望「風羅坊」を発見し、その「風羅坊」は「狂句」に魅入られている。人に優れ、人に勝ち、やがて生涯の生計となるような「」付きの「狂句」が切望されている。「風羅坊」はさながら「狂句熱」細菌のように「狂句」を喰って養分とし、狂句を呑んで体液とする。これが探求され、「見える化」された風羅坊の内実である。

三　風羅坊の分かりにくさ

さらに「見える化」の径路を辿り、述者風羅坊の当座の口調・感情の細部に立ち入るために、冒頭部の風雅論と典拠の揚げ方について紹介する。

②西行の和歌における、宗祇の連歌における、雪舟の絵における、利休が茶における、其貫道する物は一なり。しかも風雅におけるもの、造化にしたがひて四時を友とす。見る所花にあらずといふ事なし。おもふ所月にあらずといふ事なし。像花にあらざる時は夷狄にひとし。心花にあらざる時は鳥獣に類ス。夷狄を出、

鳥獣を離れて、造化にしたがひ、造化にかへれとなり。（乙州本）

この論理文の中身は、前後に二分される。前半は風羅坊がいう造化随順論の前提で、西行・宗祇・雪舟・利休をならべて、そこに共通し、一貫するものがあるとの主張である。後半は風羅坊が繋がれている「造化」の理法を説明原理とする「芸能原論」にあたる。

ここに言う「風羅坊」と狂句との関係は、「西行」と和歌、「宗祇」と連歌、「雪舟」と絵、「利休」と茶の湯の関係に普遍されている。自意識「西行」は歌を喰い、「宗祇」は連歌を喰い、「雪舟」は絵を喰い、「利休」は茶を喰うことでその道の先達となるとの洞察である。これを分かりやすく表示すると、次のようになる。

「西行」の和歌における、（※を気る）
「宗祇」の連歌における、（※を介る）
「雪舟」の絵における、（※於気る）
「利休」が茶における、（※を気る）
（「風羅坊」が狂句における）
其貫道（かんどう）する物は一也。（※春る）（大礒本『笈の小文』）

風羅坊に「風羅坊」があるように、西行に「西行」、宗祇に「宗祇」があり、彼ら四先達の末尾に連なるものが「風羅坊」となる。ただしここには烏滸がましさがある。そこで（「風羅坊……）以下は省筆されている（注7）。

しかし、彼ら四人は、狂句細菌に汚染された「風羅坊」が老成の後にもまだそのくびきに繋がれて、就業も修学もならず、殻を失う蓑虫のようにそこかしこを放浪したか。果たして「風羅坊」の狂句は、「西行」と歌、「宗祇」と連歌、「雪舟」と絵、「利休」と茶の湯との関係に普遍化されうるか。風羅坊の主張のこの核心部分が、検証抜きに熱述されるのである。

最晩年の芭蕉の作品では、文章の要点が目立つように装飾仮名を用いて装飾表示されるが、この引用箇所では漢文訓読語の「おける」四例が強調表示されている。日常語では言いにくい、高尚な気分を誘う漢文訓読語の四連続「を気る」「を介る」「於気る」「を気る」が風羅坊を高揚させ、風羅坊の熱述を呼び込むのであろう。

実はこの冒頭部は通常言う元禄四年初夏の執筆ではなく、元禄六年七月以降に加筆されたと推定される叙述だが（詳しくは9節）、中でもこの風雅論はとくにその加筆の痕跡が顕著な一節に当たる。

『笈の小文』本文「行脚心得」の文中には「山野海浜の美景に造化の功を見」とあり、『おくのほそ道』「松島遊覧」には「ちはや振神のむかし、大山ずみのなせるわざにや。造化の天功、いずれの人か筆をふるひ、詞を尽さむ。」とある。大山づみに匹敵する神力の働きを「造化の天功」と言い換えてその文意を明示する入念さである。さらに本文「行脚心得」の「山野海浜の美景に造化の功を見」の原型は、『笈の小文』編成第一期（元禄三年夏〜元禄四年秋）に書かれた「道の記」草稿に「山野海浜におゐて造化の功を見」とあり、これが元禄四年当時の芭蕉の認識である。

しかし、「山野海浜の美景」に「造化の天功」を見る元禄四年前後の認識と、「造化」に従い「造化」に帰ることとは同一ではない。『笈の小文』本文の「山野海浜の美景に造化の功を見」、『おくのほそ道』「松島遊覧」の「造化の天功」を見る発想はともに述者がそれを見出し「造化の天功」と呼ぶときに姿を見せる。作者芭蕉が言う「風雅の誠」や「本意・本情」についてもこれは同じである。目前の松や竹に本来備わっている情趣を見抜き、句意の上に漂わせることで初めて顕現するのである。それらはその都度発見すべきものであるせいで、作者芭蕉は、自明のそれが神棚にあるような指摘はしない。

それがあたかも護符のようにあちこちに張られると、事態はにわかに緊張する。暴飲・博打・道楽、いずれも一回性で通過するなら、魔が射しました、気のゆるみです、ご容赦下さいとなる。しかしそれが繰り返されて晩年まで続き、挙げ句の果てに「造化」に従い「造化」に帰れとまで言い始めると、これは尋常ではない。俗に言えば「病み付き」となり、「ビョーキ」と見なされる。この「ビューキ」は、もちろん生身の作者芭蕉をいうのではない。元禄六年七月以降に新規にここに形成され始めた風羅坊の心性についていうのである。

さてその風羅坊は、あたかも予言者のように探り得た天象を形作る根源の力を「造化」と呼び、その「造化」に随う事で、花鳥風月に充ち満ちた世界が出現すると言う。

しかも風雅におけるもの、造化にしたがひて四時を友とす。見る所花にあらずといふ事なし。おもふ所月にあらずといふ事なし。像（かたち）花にあらざる時は夷狄（いてき）にひとし。心花にあらざる時は鳥獣に類ス。

勿論、風月だけが世界の中心であるはずはない。政治・経済・土木・医療に従事する人々は、それぞれの営為を人生の大事だと心得て生きている。ここに花鳥風月を軽んじる人間がいるとしても忌避することはない。それを風羅坊は鳥獣や夷狄の類だと言う。これでは庶民の大方が鳥獣の類になる。これは明らかに常軌を逸した暴言に相違なく、信仰者の予言にしてはお粗末に過ぎる。そしてこの常軌を逸した予言もまた、芭蕉最晩年に新規に追加された叙述にあたる。

四　造化の概略

ここに言う「造化」の原義は、『列子』の「周穆王篇」に「造化の始まる所、陰陽の変ずる所、之を生死と謂ふ」にある。不動の原理である生・死が「造化の初め」と見なされる理由は、生（始まり）、死（終わり）が生存の両極にあり、「これを条件としてかれがあるという」縁起の論理で繋がれるかに見えるからだろう。生・死の縁起を連ねることであたかも一貫した目に見えない意志が働くかに見えるのである。ちなみに、人倫の死生を司る造物主を想定して「造化」と呼ぶ『笈の小文』の出典は『荘子』ではない。その『荘子』に施された林希逸（南宋の人、号、鬳斎。瑞平年間（1234―36）の進士）の注釈の中である（後述する）。

しかしこの注釈者の仮想認識を拠り所とした「造化論」には、見過ごしに出来ない欠点が二つ有る。第一にその本文たる『荘子』「斉物論」には、これと指定する統一原理の実態がない。『荘子』「斉物論」において主題となる「天籟」（林注では、造化）は、「子綦曰「夫大塊噫気其名為風、是唯无作、作則万竅怒号」（夫れ大塊の噫気は、其名を風と為す、是れ唯作こるなし、作これば則ち万竅怒号す。）とある。ここに言う「大塊の噫気」は大地のあくび、「天籟」は天の笛を意味する。どこか牧歌的な「大塊の噫気」を、注釈者の林希逸はいかめしい「造化」に置き換え、普遍化したのである。

第二に、その「造化」は、後人たる林希逸が追加した本文説明のための仮称の術語だが、述者はそれを内面に巣くう「風羅坊」をも従わせる統一原理だと受け止めている。本当に「天籟」は「造化」か。「大塊の噫気」は「造化」の働きか。実態が掴みがたい造化にしたがうことはできるか。風雅の道の先達にしてはお粗末な説明ではないか（注8）。

「像、花にあらざる時」の「像」は、「型」や「固」と同根の語で、「《「象」・「兆」と書く》鹿の骨を焼いてあらわれ出た、ひびわれの形」（岩波『古語辞典』）を源義とする。「無象」（注9）が一所に偏満して「実有」となり、その「実有」から「ひびわれ」が生じる時の「きざし」を「象」という。これもまた見えないもの、すなわち、モノの「微」に当る。水温が下がると、水が氷に変わるように「微」はやがて「顕」に変わる。日差しが伸びる早春期に、発芽細胞の先端で活発に進行する細胞分裂の瞬間（注10）などもこの「微」に相当するか。その発現が日々目に見える「花」になるように、「花」は万象が「象」として華やかに出現する現象を言う。

風羅坊が言う「西行・宗祇・雪舟・利休」は、造化の発現領域に生まれ出る「象」や「兆」の時宜を見抜き、この実相世界にその「象」や「兆」を運び込んだ人々として説明されるべきだろう。だが、それにしてもこの揚言は、飛躍しすぎている。果たして「西行・宗祇・雪舟・利休」は、「造化」に従ったかと、問うてみればよい。彼ら自身が己の芸能の説明に当たって「造化」を持ち出す必要はあるまい。彼らは恐らく「造化」という言葉すら知らなかっただろう。

五　分かりにくい芭蕉の心底

奥羽巡礼を終えて美濃大垣にたどり着いた松尾芭蕉を迎えて、引き出物「南蛮酒一樽」を添え、面談の席を用意した戸田如水（大垣藩家老格）は、その日の日記に、心底計りがたき男なりと書いている。奥羽巡礼における見聞を話の種とし、薬味としての南蛮酒を勧めながら、如水は芭蕉の心底を観察しただろう。この種の初対面の場を「許容関係」と呼び、行き届いた懇情のお返しには、うち解けた応答が期待される。その暗黙知を承知する芭蕉はしかし、如水に風羅坊や「風羅坊」を開陳することは無かったのだろう。もともと語りがたい内面を抱える松尾芭蕉からすれば、簡単にうち解けられる「許容関係」こそ胡散臭いからである。

心底計りがたい松尾芭蕉がいる上に、芭蕉と述者風羅坊、風羅坊と「風羅坊」とが同居するとなれば、芭蕉には三重の底辺があることになる。これら相互の繋がりが複雑に葛藤することは先に述べたとおりである。

この風羅坊が口にする造化芸能論が、「見える化」することで分かりやすくなるとも限らない。作者の心底が三重の底辺を持つ上に、風羅坊の言動が熱弁という意識の波動と共にある。読者は依然として、曖昧な物を見、聞こえない物おとに耳を澄ます必要がある。風羅坊と「風羅坊」との葛藤、風羅坊がいう造化芸能論の異様な熱弁ぶりが、紛れもなく熱弁として聞こえる時に、読者は初めて、叙述の成り立ちや仕組みを探求する通路の入り口に辿り着く。

まず表面に見えるものは、人に優れ、人に勝ち、やがて生涯の生計とするような「」付きの「狂句」を切望する風羅坊の自意識である。この「風羅坊」はさながら「狂句熱」細菌のように「狂句」を喰って養分とし、「狂句」を呑んで体液とする状況を生きている。

次に、「狂句」を切望する風羅坊に従えば、「和歌」「連歌」「絵画」「茶の湯」に精進する四聖人は皆、「造化」を感得し、これに精進した。ゆえに「狂句」に精進する我らもまたこれに習い、「造化」に帰一し、これを称揚すればよい。これが風羅坊が目論む内面の葛藤解決策である。だが、西行は「西行」と同居したか、西行に「和歌」はあったか、西行は「造化」を希求したか。

考えれば数限りなくわき上がる疑問をすっ飛ばした風羅坊の声が熱弁の声調で聞こえる必要がある。のみならず、造化随順する者には、飛花落葉の毎日が訪れるが、さに有らざれば鳥獣の日々が待ち受けていると言う風羅坊の熱弁からは、風羅坊の熱しやすい心性を透かし見る必要がある。正気を疑う必要さえあるからである。ここには、確かに探求され「見える化」された風羅坊の内実が表現されているが、これはもちろん風羅坊の平常心ではない。風羅坊の平常心は言葉まみれで筆を駆り、心熱の波動を乗り切って進む航海士に似ている。波浪には馴れている。そしてその背後には、地勢を選び、航海の全般を指揮する船長が控えている。

最後に肝要なことは、この航海の船長を尋ね、繰り返される推敲という名の航海の、意図・目的・理由を解き明かすことである。抹消し挿入し改訂する文言の背後には文脈があり、その文脈には作者の意図が畳み込まれている。原型を復元し、推敲理由を探り、章段の形成過程を辿れば、本文成立の意図や目的が露わになる。それは文脈と作為とを通じて、作者が考察の対象となることを意味する。

六　結び

『笈の小文』第一次編成期の松尾芭蕉の言説は極めて穏当なもので、「造化随順論」や「俗流忌避論」のような極端な文言は、第二次編集期（元禄六年七月以後）に、初稿本（大礒本）において始めて追加された言説である（詳しくは12節）。しかもそれは『笈の小文』第二稿・第三稿と改訂を重ねてもなお保存された言説である。したがって、この冒頭文は単に瑕疵の痕跡を残す叙述だとは言いにくい。ここに、作者芭蕉の分かりにくさがある。

この極端なキャラクターを憂擾の人と呼び、その極端な言説を騒擾言説と読み取ることは許されるだろう。それが『笈の小文』編集第二期に意識的に書かれ、そのまま保存されたとすれば、その理由は、その異端者の騒擾を吹聴し、もって風羅坊の騒人性をクッキリと読者の胸に焼き付けることにあっただろう。

ここで用いられた風羅坊を「見える化」する技術は、述者風羅坊の特異な個性を表現するためにも欠かせない手段である。述者の特異な個性がなければ、風羅坊を「見える化」する必要はないし、述者の特異な個性を描く意志がなければ、「見える化」は採用されない。「見える化」の技術を使って述者風羅坊の特異な個性を描くという作意を持ち込んだために『笈の小文』冒頭部の異様な肥大化が生じたのである。

したがって『笈の小文』におけるいわゆる瑕疵には「瑕疵」と書くべき箇所が多い。しかもその瑕疵は、『笈の小文』の文中で思わぬ進捗を遂げ、思弁の届かぬ幻覚の未開地で結末を迎える。「心に残り」思い出となる巡礼行の哀楽が風羅坊に染みつき、風羅坊の消しがたい記憶として血肉化されるからである（注11）。そしてその記憶の蓄積とともに、風羅坊による「造化芸能論」「俗流忌避論」は裏返り、文字どおり「酔ル者の猛語（戯言）」「いねる人の譫言（うわごと）」に向かって展開する。『笈の小文』冒頭にしっかり盛り上げられた風羅坊の異風の心性が山野海浜の巡礼を通じて大きく変成するところにこの作品の原動力があるのである。

注1、初出は、宮本三郎著「『笈の小文』への疑問」（『文学』昭和四五年四月号・五月号）。同著『蕉風俳諧論考』笠間書院刊、昭和四九年八月に再録。

注2、綱島三千代「『笈の小文』成立上の諸問題」（『連歌俳諧研究』二五号、昭和三八年七月）。井本農一著「『笈の小文』と『おくの細道』の関係」（「成蹊国文」創刊号、昭和四三年一月）。井本農一著「『笈の小文』の執筆と元禄四年四月下旬の芭蕉」（『連歌俳諧研究』昭和四五年三月刊）。『笈の小文（異本）の成立の研究』大礒義雄著、ひたく書房刊。

注3、山本荷兮編『曠野』(元禄二年三月成立)所収の同句型よりは洗練され、宝井其角(きかく)編『花摘』(元禄三年刊)所収の句型に比べると見劣りがする点を根拠としている。阿部正美著『芭蕉伝記考説』昭和三六年一〇月。

注4、綱島三千代『笈の小文』成立上の諸問題(『連歌俳諧研究』二五号、昭和三八年七月)。また「幻住庵記」(元禄三年八月成立)冒頭部と重複する文言がある事、「嵯峨日記」には杜国の夢を見て落涙した四月二一日の翌日から、幻住庵で書きためた草稿の清書に取り掛かっている事が根拠となる。井本農一著「『笈の小文』と『おくの細道』の関係」(「成蹊国文」創刊号、昭和四三年一月)。井本農一著「『笈の小文』の執筆と元禄四年四月下旬の芭蕉」(『連歌俳諧研究』昭和四五年三月刊)。

注5、『松尾芭蕉作『野ざらし紀行』の成立』376頁、三重大学出版会、2009年刊。

注6、初出は、「『笈の小文』の謡曲構成」(『国語と国文学』昭和48年8月号。後に『芭蕉連作詩篇の研究―日本連作詩歌史序説―』高橋庄次著、笠間書院刊に収録。

注7、米谷　巌「『笈の小文』の風雅論―四人の先達像について」(『国語教育研究』1980/11)

注8、「芭蕉と『荘子』とのかかわり―『笈の小文』の「造化」と『荘子』の「天」を中心として」許　坤著(中央大学大学院研究年報25号)では、風羅坊がいう「造化」に該当するのは『荘子』の「天」だという。

注9、無象は仏教用語。形がないもの。肉眼で見えない細菌やウイルスの類を含む。

注10、受粉や受精、発芽や発症なども「兆」に当たる。目の前に有る花の発芽細胞の先端では、胚細胞に蓄えられたジベレリンの産生が始まり、脂質やデンプンが分解されて発芽細胞に変わる。無から有が生じるかと見まがう化学変化を含む。

注11、この体験のエッセンスを脳科学ではクオリ(英：複数形qualia、単数形quale クワーレ)という。心的生活のうち、内観によって知られうる現象的側面のこと、とりわけそれを構成する個々の質、感覚をいう。

2節　芭蕉と風羅坊、杜国と万菊丸

一　異風

元来、生硬な『笈の小文』の「序章」をさらに異体にした原因は、「風羅坊」のエキセントリックな物言いである。彼の生業は俳諧師すなわち「俳優(わざおぎ)」であり、彼が演じる風羅坊は自己内面のパラドックスを抱え込んで膨満した自意識である。恐ろしいことにその自意識が自立して、「百骸九竅(ひゃくがいきゅうきょう)の中に物有。かりに名付て風羅坊(ふうらぼう)といふ。（中略）かれ狂句を好こと久し。」などと言う。風変わりな発言に相違はないが、そう言わなければ止まなかったところに、風羅坊の膨満した騒擾がある。風羅坊はそれを承知で、異風を不可欠の要素とする紀行文を起動させようとしている。

『笈の小文』の第一次編成期（元禄三・四年）、京都滞在中の松尾芭蕉はすでに一度、この「異風」をめぐって、向井去来と対峙したことがある。去来が編集する『猿蓑』に盛り込む「幻住庵記」の冒頭部をめぐってかなり込み入った応酬があった。この時、向井去来の意見を汲んで『猿蓑』版「幻住庵記」を作成した松尾芭蕉は、一方で、「some strangeness」（フランシス・ベーコン）を包含するもう一巻の「幻住庵記」を作成して後日に備えた。「some strangeness」を包含する物語の生成は、芭蕉が芭蕉的努力を繰り返す時に必ず出現する創作徴証である。俳優芭蕉が作品のプロポーションを損なってまでも「some strangeness」を取り込もうとするには原因がある。原因を作るのは内心に巣喰「風羅坊」だと述者は言うが、では内心に巣喰う自意識「風羅坊」はいかなる機序で「some strangeness」を喚起するのか。

それを解き明かす事で、丁度同時代に、フランシス・ベーコンが逢着したのと同じ課題に取り組む松尾芭蕉の思考回路を紹介する事が出来る。

二　表現の原理

周知のことだが、フランシス・ベーコン作『The Essays』[Of Beauty]（1597刊）には、次の言葉が残されている。

There is no excellent beauty, that hath not some strangeness in the proportion.（良くできたプロポーションの中に、或る種の不自然さがなければ、エクセレントな「美」は成り立たない。）

未完の作品とされる『笈の小文』は、幸いな事に風羅坊が書き上げるはずの物語原理として受け止める事が出来る。その原理書が結局、何を主張するかは次節に述べるとして、松尾芭蕉が「some strangeness」を取り込もうとする衝動の根本には、恐らく、「病」がある。それは長期の療養が欠かせない「病」である。次の松尾半左衛門宛書簡にその「病」が現れている。

かれらが事までハ拙者などとんぢやくいたすはづ二而も無御坐候へ共、一ハあねの御恩難有、二、大慈大悲の御心わすれがたく、色〳〵心を砕候へ共、身不相応之事、難調候。其身四十年余寝てくらしたる段、各々様能御存知に而御坐候へバ、兎も角も片付様之相談ならでハ調不申、さて〳〵慮外計申上候。御免可恭候。以上

同日　桃青

半左衛門様

（『全釈芭蕉書簡集』、田中善信注釈、新典社刊、131頁）

恐らく姉の嫁ぎ先で困窮する事があり、兄半左衛門から松尾芭蕉に救済を意味する金銭援助を申し入れた文面を読んで書かれた返事だろう。「姉上には在郷中に受けた御恩ありがたく」までは分かり易いが、「大慈大悲の御心わすれがたく」には主語がない。田中善信氏はここでの主語は母者だと解している。母者がしてくれた大慈大悲の菩提心には深く感謝申し上げるが、姉の婚家のご家族への心配までは手が回りかねるの意味になる。それに兄上もよくご承知のとおり「其身四十年余寝てくらしたる段、各々様能御存知に而御坐候へば」、とてもご無心の金子は用立てかねます、と直截に断りの文言を並べている（全釈芭蕉書簡集、131頁）。

貞享五年頃（芭蕉45歳、注1）執筆とされるこの手紙の中で一際目に付く発言は、先の引用部「其身四十年余寝てくらしたる段」だろう。俳諧にうつつを抜かし、無為徒食でその日暮しをした四十年を比喩的に「其身四十年余寝てくらしたる」と言うことは有り得る。しかしこの書簡における兄者半左衛門の言い分は、江戸の俳諧師は貴顕紳士宅への出入りも多く、一晩の俳諧捌きで銀一両も稼ぐと聞くが、この度はどうかその金子を古郷の親族のために廻して貰え無いかとの依頼である。『芭蕉伝記の諸問題』「俳諧経済社会学」（今栄蔵　新典社刊、243頁）によれば、俳諧師の収入は月額およそ金三・五両、四人家族で月一八〇匁の当時にあっては、五〇石取りの武家に比べても相当良い暮らし向きだったという。一般に芭蕉らの俳諧は稼げる稼業と見なされており、決して「無為徒食」とは見なされていない。それに江戸で頻繁に病臥する芭蕉の身上を言うのであれば、出郷以来二十六年であって、「四十年余」ではない。当時芭蕉は四十五歳である。「各々様能御存知に而御坐候へば」とも書き得ない。兄者やその姉妹は、江戸から来る風の便りに、芭蕉が江戸で長期療養する風説を伝え聞くことになるからである。その伝聞の場合であれば、芭蕉が古郷の兄者や姉妹たちに向って、皆々様は先刻、ご承知の通り、とは書かないのである。

兄半左衛門の内意を汲み取った上で書かれる返信だとすれば、実は俳諧師は、世間の噂では派手な生業ながら、内実は稼ぐことが難しく、その俳諧宗匠の身ではご依頼の金子はご用立て致しかねますと書くか、または、古郷の釣月軒で病臥する拙者を見ていた「各々様能御存知」のとおり、以来四十年、病臥続きで稼ぎもママならず今に至りました、と書くかである。そのどちらかと言えばこれは後者、「自室に病臥することが多く、俳諧師の稼ぎもママならず今に至り、残念ながらご用立てする金子はご用意致しかねます」の文意で書かれている。

つまり「其身四十年余寝てくらしたる段」は、単なる実年月の誇張ではない。古郷における芭蕉は既に病臥する身であり、母者・姉上の大慈大悲を忝なくする暮らしだった。病者につきものの暗い思念から救われ、本復を遂げた今は独創の俳諧師として人にも慕われ、その作風に倣う弟子達もいる。だから自分は、当然、母者や姉者に恩返しはしなければならない身の上ながら「各々様能御存知に而御坐候へば」それが叶わないという文意で書き継がれる。古郷、伊賀上野でも病臥する身の上だったとすると、当然、主君の病没に伴う寛文六年（23歳、1666）の致仕に始まり、寛文十二年（28歳、1671）迄続く芭蕉伝記の空白期間は、この病気療養と無関係ではなかっただろう。この長期の療養期が万人の胸に「風羅坊」を育てるとは限るまいが、決して無関係とは言いがたい。上野赤坂に今も残る芭蕉生家裏の「釣月軒」には、松尾宗房（芭蕉）の病床があり、その病床の中から「風羅坊」は誕生したのでは無かったか。芭蕉が俳諧の才覚に目覚め、優劣を競い、生涯のはかりごととまで考え始めたのは、寛文六年（23歳、1666）の致仕に始まり、寛文十二年（28歳、1671）の江戸下向に至るこの五年間だからである。

平家の家人、弥兵衛宗清の裔孫、松尾芭蕉は伊賀の国上柘植の郷、日置・山川の一族、松尾氏に生まれた。父与左衛門は「全ク郷士ナリ。作リヲシテ一生ヲ送ル。」（遠藤日人『芭蕉翁系譜』）とされ、農作を生計とした。郷士とは、藤堂家に仕官出来なかった地侍を言う。彼らを懐柔する意味で百姓とは呼ばず、年次交代で「藪廻り」「山廻り」の任を与えた。そしてその任の替わりに幾分かの特権を付与して「無足人」と呼んだ。この役務を担う郷士を「無足人」と呼ぶとき、「無足人」の「無足」は無給を意味する。藤堂家からは扶持米を頂かない郷士である。

この役務を分担する郷士は「無足人帳」に記載された（『芭蕉伝記の諸問題』（今栄蔵　新典社刊、74～86頁）。藤堂家の伊賀進駐を機会に、この郷士は在地に止まって「無足人」に編入される者、藤堂藩または藤堂家中に雇従する者、縁を頼って他国に移住する者に別れた。藤堂家ご家中に郎等として雇従する道を選ぶ郷士並びに無足人は、順次、伊賀上野に移り住み、学業を修めて時機の到来を待った。しかし松尾芭蕉の父与左衛門の場合は、明暦二年（1656年）、芭蕉13歳の時に死去してその志望を果たせなかった。兄の名は「半左衛門命清」、松尾芭蕉は「忠右衛門宗房」で、二人の名は松尾家の始祖弥兵衛宗清から各自一文字を授かっている。父亡き後を預る母、宇和島藩より藤堂高虎に随って名張に移り住んだ百司氏の娘には、藤堂家家中にて家子・郎等となるはずの息子を育てることが悲願として残された。そういう母であれば、道を隔てて向かい合う侍大将藤堂新七郎家の台所方に自家製の米穀・野菜を安く売り込むことは有り得ただろう。将来、藤堂家中への雇従を考える母は、さながら孟母三遷を地でいくように松尾家の家屋を藤堂家に隣接する位置のまま維持したのである。

文政四年（1821）に藩校崇廣堂（伊賀上野）が第十代藩主藤堂高兌の発議で建設される以前の伊賀上野では、藩士の子弟も家庭教師また近在の寺社・私塾に通って13・14歳までに教養の基礎を築いた。新七郎家の嫡男良忠公（俳号禅吟）が通った私塾は判明しないが、松尾家の父与左衛門は郷士にして手習いの師匠だった。仕官と学業との繋がりをよく知る父母は、孟母三遷の故事に倣って、松尾家の半左衛門・忠右衛門兄弟を藤堂家中の子弟と同じ私塾に通わせるよう取りはからうことは無かっただろうか。

松尾芭蕉が生来多病であったことは深川隠棲期の俳文「乞食の翁」以下で繰り返される事実である。「唯、老杜にまされる物は、独多病のみ。」（天和元年冬、「乞食の翁」）「病身人に倦で、世をいとひし人に似たり。」（元禄三年、芭蕉文考本「幻住庵記」）「此砌、極暑、多病難レ凌候間」（元禄七年六月、李由宛書簡）など、病弱を語る事が事実だったからこそ、彼は旅の人生の始発に当たって「野ざらしを心に風のしむ身哉」「しにもせぬ旅寝の果よ秋の暮」（『野ざらし紀行』）と詠唱することができた。そしてそういう長期療養者固有の内心の騒擾から「狂句木枯の身は竹斎に似たる哉」（『野ざらし紀行』）と藪医者竹斎もどきの騒擾を口にすることもあった。内心に巣くう「風羅坊」が、抑制や逡巡を越えて、俳句世界に突出するのは、それが日ごろは抑制され、蓄積した内的騒擾だったからだろう。

貞享四年八月に旅の人生を再開するに当たって、松尾芭蕉は常陸潮来の医師本間道悦から「医術免許状」を授与されている。

相伝之医術啓廸院一流之秘書秘語那豈漏他乎
若於違背者大小神祇別而生縁之氏神可蒙御罪者也
仍而起請文如件
貞享三丙寅年四月十二日
物部道意（花押）
松尾桃青（花押）
本間道悦様（「伊賀日記」大礒義雄著『笈の小文（異本）の成立の研究』ひたく書房刊、241頁）

松尾芭蕉が医業に精励した形跡はない。彼が薬効や薬業に通じていた証拠はある。芭蕉が内蔵するこの病弱由来のアンビバレンツが松尾芭蕉から立ち去ることは無かった。『野ざらし紀行』『鹿島詣』『笈の小文』『おくのほそ道』と続けた巡礼修行の結果、松尾芭蕉は人並みの体力を身につけることはあった。しかし生来の病弱者が満足な五体を手に入れたとしても、その身体に健康な精神が宿るわけではない。アンビバレンツな「風羅坊」の上に健康を塗りつけても「健康なアンビバレンツ」が出来るだけの話である。

実際のところ、十七世紀の広い日本の国土の上にも、内なる自己を「風羅坊」と名付ける様な文学作品は他に類を見ない。また「宿世」や「命運」に替わって、この内なる自己を、蹉跌に次ぐ蹉跌の原因だと見なす作家は珍しい。大方の芭蕉追従者にも、内面に巣くう「無能無芸」な「風羅坊」が居ない筈はないが、『笈の小文』のように「見える化」されて表立つことはなかった。

日常生活を「人倫ノ教」や「礼楽・法制」の教えを使って、人・身分・暮らし・言動の順に分節化し、それを認識枠として現実の人士・処世の心得を説明するのが儒学である。この儒学者が得てして陥りやすい弊害は分節化そのものにあり、分節化は、それ自体で一つの「罠」である。その「罠」に敏感な本居宣長は、「真心」に眼を据え、儒学者の小器用な分節化を丁寧に排除する（注2）。

制度的な各種の技芸に背を向け、「無能無芸」を自称する風羅坊の性情は、丁度同時期に書かれた松尾芭蕉の再稿系「幻住庵記」の冒頭部にも、次のように顔を出す。

> 五十年や、近き身ハ、苦桃の老木となりて、蝸牛の殻を失ひ、蓑虫の蓑を離て、行衛なき風に浮かれ出むとす。彼宗鑑が旅籠を朝夕になし、能因が頭陀の袋をさぐりて、松島・白川に面を焦がし、湯殿の御山に袂を濡らす。（中略）今年湖水のほとりに漂ふ。湖水の浮き巣の流れとゞまるべき芦の一葉のやどりを求む。名を幻住庵といふ。山を国分山といへり。（底本米沢本）

この言葉通り、風羅坊が奥羽巡礼の動機や「幻住庵記」への滞在理由を述べようとするとき、彼はすぐに拙い情動に支配された己の生涯やその鬱屈から形成された「苦桃」風の自己の心性を口にする。先ずは、反俗型の性情が初めに頭をもたげるのは、本質は繰り返すの言葉どおり、この「苦桃型」の心性が彼の本性に根ざすからである。この「苦桃型」の心性を、松尾芭蕉は「夏炉冬扇」（「許六離別詞」元禄六年孟夏）と言い変え、「衆にさかひて用る所なし」（同上）と付言することもあったが、これを「風羅坊」と呼ぶこともできる。

これは単純な、社会的敗者の自己省察ではない。勝者・敗者、世間・脱世間という二項対立の認識枠を使った分析が求められる訳でもない。何より確実なことは、松尾芭蕉が「俳諧熱」に浮かされるように一心不乱に俳諧師になったからである。

江戸に出て、異境の地で一道に打ち込む人間は、親切さに応えようとしてつい「苦言」を口にしてしまう。同じ現場に立ちながら、目に見えているもの、感じていることが違うからである。不器用な「芭蕉庵苦桃」の言動とそこに生じる主客共通の「切なさ」がこの「苦桃」の含意だろう。それゆえ、風羅坊は自作の執筆動機を述べようとする時にも、先ず最初に、拙い性情が苦桃的に表出する己の心性を語ろうとする。そして、その苦桃型の心性が、「蝸牛の殻を失ひ、蓑虫の蓑を離」れるような、自他との隔壁、侘びしい境涯を出現させるさまを語る。またその孤独癖が昂じることで、人付き合いに十全さを求める実社会に習熟せず、この世界の周辺を回遊する巡礼者の暮らしを選び取る行状が語られる。

三　発語の「狂言性」

俳諧師である松尾芭蕉や井原西鶴が文章を鍛錬した俳諧修行では、修行にかなめがある。

漢書ニ云ハク、誹諧ハ滑稽ナリ。滑ハ妙義ナリ。稽ハ詞尽キザルナリ。史記滑稽伝ノ考物（＊注釈）ニ云フ。滑稽ハ酒器ナリ。言フココロハ、俳優ハ口ニ出シテ章ヲ成スニ、詞窮リ竭キザルコト、滑稽ノ酒ヲ吐クガ若キナリ。伝ニ云フ、太史公（＊司馬遷）曰ク、天道恢々タリ。広キナリ。豈大ナラザランヤ。談言微ニ中ル。マタ以テ紛ヲ解クベシ。優孟ハ多弁、常ニ談咲ヲ以テ諷諫ス。優旃ハ善ク咲言ヲ為スモ大道ニ合ヘリ。（中略）その趣、弁舌利口あるものの言語の如し。（藤原清輔著『奥儀抄』、仮名ルビは筆者。以下同じ。）

ここにも「微中」という言葉がある。大言壮語ではない。巧言令色でもなければ謹厳実直でもない。藤原清輔によると、「俳諧」は、王侯に仕える俳優の巧みな笑言であるゆえに、言葉使いに「微中」の心得が欠かせない。王侯の琴線に微かに触れて、風のように遠ざかる言葉のわざである。優孟は楚の荘王に仕えた古代の楽人で、愛馬を悼んで士大夫の位で葬ろうとした荘王を巧みにいさめた逸話で知られる（『史記』「滑稽列伝」）。また「優旃」は始皇帝に仕える古代の侏儒（俳優）で、雨に濡れたまま宴席を警護する衛士を、皇帝の酒宴中に交代させたエピソードで名を上げた。二人とも、談笑するとき「詞窮リ竭キザル」こと、あたかも酒器が「酒ヲ吐クガ若キ」により「滑稽（酒器の意）」と称された。その俳優の笑言が聞き手の心に「微ニ中ル」ゆえに、心うち解け、諍いを治めることができる。その愛嬌に富む巧みな笑言を俳諧と言い、連歌と区別する。「常ニ談咲ヲ以テ諷諫」する多弁な「優孟」や「善ク咲言ヲ為スモ大道ニ」適う「優旃」の智弁が「利口あるものの言語」の見本とみなされた。

この「利口」、時には風変わりな狂言綺語を用いてその場を和ませる語り手は、落語家や漫談師のように、聞き手の気を惹き、その気にさせる、言わば不断の「対話システム」の巧者である。「優孟」や「優旃」の智弁を愛する王侯貴族らが同席する「談咲の場」がその実演の場に当たる。

さて、その滑稽者が「俳人」としてこの社会の庶民的社交の場に公然と出現するところに一七世紀後半の「俳諧熱」の流行がある。『笈の小文』における述者風羅坊の芸術家めいた心性は、先の狂言綺語の、「抑道の日記といふものは、紀氏・長明・阿仏の尼の、文をふるひ情を尽してより、余は皆俤似かよひて、其糟粕を改る事あたはず。」という切り口上に現れている。この辛口の裁断は、決して実直な官吏や水道差配人の科白ではない。取引に長けた商人や大工の棟梁のそれでもない。読者に対する親和的な口調で出発する文筆家一般の語り口でもない。「わすれぬ所〳〵跡や先やと書集侍るぞ、猶酔ル者の怪語にひとしく、いねる人の譫言するたぐひに見なして、人又亡聴せよ。」という苦桃らしい言葉付きは、明らかに「俳諧熱」に浮かされた異端者の立ち位置からの苦言である。

もちろん、芭蕉の作中の熱弁は、作者芭蕉の生の声ではない。熱弁に浮かされた口から吐き出された片言雙句に縛られ、結末で「忘れぬ所、あとやさきと書集侍るぞ、猶酔る者の猛語にひとしく云々」と、逃げを打って結びとする口付きをそのまま理解する必要がある（詳しくは4節）。

もし典拠に疎い筆者がこの文言を聞けば、これは『笈の小文』の「序文」であるはずだが：：：？と思う。元来「序文」は、読者と作者とが初めて出会う「挨拶」の構図で発話される。いまだ、親和関係にない読者と作者とが、この序文を通じて、取りあえず「許容関係」（注3）を形成する大切な場面である。この許容関係だけが、挨拶以後の平穏なコミュニケーションの基盤になるからである。このとき、言葉が真に役立つ通路が開かれる。

その初発の通路でいきなり相手が「異風」を吹かせたとすると、大方の挨拶者は「何？何？」と耳をそばだて、相手の一歩手前で立ち止まる。語り手との間に無難な距離を取るせいで、次の言葉を探しあぐねる。自分はこの男に言うべき事はないのかと、早めに思案を切り上げる士人もいる。それにこの述者に「黄奇蘇新」並みの優れた文章力があるかどうかも疑わしい。そこで疑いの眼差しでその男の言動を読み解くと、「されども其処〳〵の風景心に残り、山舘野亭のくるしき愁も、且ははなしの種となり、風雲の便りともおもひなして云々」と語るのを聞く。「黄哥（奇）蘇新のたぐひにあらずば云事なかれ。」という先刻の裁断とは、大きく齟齬する発言である。

この性急な述者は、確かに自己の所信を語る事を急ぎすぎている。結果的に、彼の弁舌は、空理空論、自己矛盾を孕んで不連続に展開する。ただし無謀な性急さはあるにしても、これを読む読者に対する媚び・諂いの気配はない。独善的だとしても率直、「自己虫」だとしても邪気はない。「猶酔ル者の猛語にひとしく、いねる人の譫言するたぐひに見なして、人又亡聴せよ。」と裁断する言動や姿勢は、深くはないが潔い。この述者は世間でよく会う、善良で親切で万事、行き届いた社交人ではない。また奸物、佞人と呼ばれる悪人でもない。読者は、風羅坊、別名「芭蕉庵苦桃」、「口に苦い」放談を用いて耳目を集める異端者に直面する。彼は、その言説を「猶酔ル者の猛語」「いねる人の譫言」と見なして「人又亡聴せよ。」と、聞き慣れぬ片言の断言で締め括る。読者は論述が展開するたびに自己矛盾が膨満する「風騒の人」（『奥の細道』）に向かい合うのである。

四　従者、万菊丸

一方、万菊丸は二つの顔を持つ人物として登場する。一つは、渥美半島の付け根の「保美村」に逼塞する犯罪者としての「杜国」である。米穀商だった名古屋の杜国は、空米売買が発覚して、家財没収・国外追放刑に従い、今は、逼塞する身の上である。従者一人を召し連れて、強風が吹く渥美半島で無聊を託っている。当然、彼は檀那寺を持たぬ無戸籍者である。二つめの顔は、風羅坊の従者万菊丸として薪水の労を取る身の上である。風羅坊と従者万菊丸との主従関係は、『おくのほそ道』における予と曾良との主従関係に似ている。行脚の道程の従者であり、記録者であり、起き伏しを共にする同伴者である。「惣七宛芭蕉書簡」には杜国が記録した行脚の行程が簡略な形で記されている。『笈の小文』に残された万菊丸の句は大方が風羅坊と万菊丸との、次のような唱和のかたちで記録されている。

　　乾坤無住同行二人
①よし野にて桜見せふ(う)ぞ檜の木笠
②よし野にて我も見せふぞ檜の木笠　万菊丸
　　初瀬
③春の夜や籠リ人ゆかし堂の隅
④足駄はく僧も見えたり花の雨　万菊
　　高野
⑤ち、は、のしきりにこひし雉の声
⑥ちる花にたぶさはづかし奥の院　万菊
　　衣更
⑦一つぬひで後に負ぬ衣がへ
⑧吉野出て布子売たし衣がへ　万菊

　①②は「乾坤無住同行二人」の前書を共有し、「桜見せふ(う)ぞ檜の木笠」「我も見せふぞ檜の木笠」と平仄を合わせる唱和句法。風羅坊の主張どおり、万象を「花」の時制(テンス)・「花」の時相(アスペクト)で捉える事で、表現の時宜を掴む旅人の意気込みが語られている。この句法には、吉野行脚を目の前にした心の昂ぶりが共有されている。

　③④は「初瀬」の前書で、初瀬観音に参詣する敬虔な「籠リ人」の「ゆかし」さに着目する予の気持に平仄を合わせて「足駄はく僧も見えたり」と唱和する句、また⑤⑥は「高野」の前書で、この聖地に埋葬する父母の声を触発する「雉の声」に耳を澄ませ、これに唱和する杜国は、「たぶさはづかし」と奥の院の静粛の気配に清められる心持ちを述べたもの。⑦⑧は前書で括られた衣更えの感懐、二態を並べて、唱和の句としたものである。

　ここにひたすら「花」の時制を捉えて唱和する従者万菊丸は、『笈の小文』では渥美半島の僻村に逼塞する「杜国」としても登場する。実名は、名古屋の米穀商坪井庄兵衛（俳号、杜国）で、彼は、貞享二年（1685）春には、江戸に帰る芭蕉を見送って送別の句を贈っている。が、貞享三年（1686）の『春の日』では、すでに三河湾に面した渥美半島の畑村に（後、保美に移る）逼塞した罪人になっている。空米売買に関わる法度違反の咎で領国追放刑が科せられたのである。したがって万菊丸はひたすら唱和する従順な従者ではない。時にはご法度をも顧みず、空米売買に打って出る「勝負師」の顔を持っている。

　大礒義雄の「坪井杜国」（『芭蕉と蕉門俳人』八木書店、平成九年五月刊）によると、坪井杜国は名古屋御園町の米穀商で、事件の判決文（留書方状留）には「御園町之町代」とある。その地の旧家で富商（米問屋）であり、奉行所の覚えもめでたかったであろうと推測する。大礒氏は、次の資料を紹介している。

瑞龍院様（尾藩二代光友、元禄十三年没、七十六歳）は、なるべき程は死罪を御いとひありし由、或時正万寺町（上御園町と背中合わせ）米屋坪井庄兵衛といふ者、今の世にいふのべのごとき事をなして、御蔵に無レ之米を有レ之と手形にてうりし。此事発覚し、籠舎し、已に死罪に極り、その旨言上せしに、暫御考へ有て、其庄兵衛はもし杜国といふて俳諧はせざるや、可レ尋と御意あり。不思議成御尋とおもひながらたづねしに、いかにも杜国と申て芭蕉門人之由申す。其旨達せしに、然らば前年歳旦に、

宝来（蓬莱）や御国のかざりひの木山

此句をなせしや、よく可レ尋とありし故尋ねしに、成ほど何年以前之私句之由申達す。其旨及二言上一しかば、其者は国を祝ひし発句せし者なれば死罪を免ずべし、追放せよと仰付られし。（近松茂矩聞き書き『昔話』所収）

ここにいう「のべのごとき事」は米市場にいう「延べ米」のことで、米切符に書かれた納品期日が取引当日よりも後日に指定された米をいう。名古屋の米市場でも尾張藩の米蔵のほかに各藩米を保蔵する御蔵があり、在庫に応じて米切符を作成し、売り出し当日は、「差し紙」に米切手を添えて市場の月行事に差し出す。競（せ）り売りに掛かるためである。通常なら藏米と米切符記載の米量とは等量であり、米切符を買い取った米穀商は、その切符をもって蔵前を訪ね、切手と等量の米を引き取ることが出来る。

ところが、米価安定（藩財政の安定）のために地方から大阪・名古屋・江戸に向かう回米を増やす事が試行され、一六七一年（寛文11）東回り廻船行路、一六七二年（寛文12）西回り廻船行路の開設が決まると、仙台藩の米は、江戸に、また庄内・新潟の米は、大阪・名古屋まで回漕される。その回送途中に災害・事故もあり、回米の到着が差し紙・米切符の期限を越えることもある。それに幕府開闢（びゃく）五十年を超える辺りから諸藩の財政が窮乏を極める。秋の収穫期を待たずに米切符を春期に発行して売り立てる諸藩が多くなると、米切符を実米に交換するのは半年後になる。これが「延べ米」の正体である（小野武雄編著『江戸物価辞典』展望社、一九九二年八月刊、444頁）。月行事の監督下で行われるこれらの「延べ米」売買なら、まだ坪井杜国が捕縛・籠舎され、死刑判決を受けることは無かっただろう。恐らく杜国は「月行事の監督下で行われる」という警戒線を越えたのである。

『江戸名所図会』の「伊勢町米河岸」（新版　江戸名所図会　上巻、鈴木棠三・朝倉治彦校註、角川書店、p86-p87、1975）に見るように米河岸に数百の米藏が軒を並べるのは、相場の推移を見て、筑前蔵、肥後蔵、豊後蔵と、商人の蔵元が臨機に売買に打って出るための備えである。貯蔵が容易な米穀は、市場の蔵元の倉庫に山を成して保管され、市場の米穀仲買は、この米切手を競（せ）り落とした後に、蔵元に米切手相当分の米の引き渡しを請求する。米切

手を競り落とした米穀仲買が、市場内の蔵元の保管倉庫に米切手を持参して、直に米切手を米穀と交換するのである。これなら、売買が実行された後にトラブルが生じる可能性はまず無い。

だが、福岡・広島・岡山・大阪・名古屋など米所の蔵屋敷では、臨機応変の利ざや稼ぎも欠かせない業務とされる。利ざやを稼ぐ商いでは度胸と機敏さとが勝敗を分けるため、米市場では米切手だけが売買される「延べ米」も増える。さらに「延べ米」切符を半年以上抱え込む米仲買の中には、手持ちの米切手を担保にして、米両替から借銭する者も現れる。その借銭を使ってさらに大口の米切手投機に走る目ざとい米仲買も出現する。この切符投機がもし月行事の監督下を離れ、胴元の米両替と米仲買とが共謀する米切手の架空取引になると、米市場を実質支配するのは、尾張藩主でも月行事でもないことになる。これが後に「延米(のべまい)」と呼ばれた米の市場外取引で、当然この種の「延べ米売買」は、藩財政に仇をなす御法度破りである。

名古屋御園町の町代を兼ねる旧家の米穀商として渡世していた坪井庄兵衛は、句集『冬の日』(1684年刊)の時、二十八、九歳と推定されている(『俳文学考説』石田元季著)。大礒義雄氏が紹介する貞享二年八月十九日付け空米売買の判決文(名古屋奉行所の「留書方状留」)によると、「無レ之米ヲ噂ニ而致二売買一……先年ヨリ之御法度ヲ相背キ候段不届」とある(大礒義雄「坪井杜国」『俳句講座2　俳人評伝上』明治書院刊、昭和四四年再版)。実際のところ、この商いで空買い・空売りした米切手の売買差額を清算した者が十八名いる。彼ら主として手代たちの罪科は、尾張領国からの「追放」である。その中で、坪井庄兵衛一人が店主であり、彼一人が死罪の罪科だった。杜国の罪科が最も重いのは坪井商店がこの企ての主犯だったからだと考えるのが自然だろう。

その上で言えば、延べ米の架空取引は、要するに、売るか買うかで、博打に近い。この稼業は侠気、肝力、度胸を売り物にするが、情報を握るのは胴元である。さき物を売る者が多ければやがて米価は下がり、さき物を買う者が多ければ、やがて米価は上がる。米価が上がれば庶民は苦しみ、武家の懐は潤沢になる。米価が下がれば庶民は喜び、武家の台所は逼迫する。もし杜国が売り買いの主犯(胴元)なら、杜国は常に中立であり、ご公儀への態度はニュートラルなものとなる。尾張藩主徳川光友は、そこに目を付け、杜国作の「宝来(蓬莱)や御国のかざりひの木山」を使って杜国に叛意無しと見なし、罪一等を減じたものだろう。恐らく、杜国には叛意は無かったし、松尾芭蕉はそれと察して杜国との交際を断たなかったものだろう。

五　風羅坊・万菊丸の立ち位置

侠気、肝気、度胸を売り物にする勝負師の坪井庄兵衛が万菊丸と名を変え、あたかも鷹匠の腕に止る鷹のように忠実に風羅坊の従者を勤める。打てば響くようなあうんの呼吸は、響きや闊達さのかたちで『笈の小文』を華やがせる。その呼吸を売り物にすることで、『笈の小文』の物語にも爽快な風味が生まれる。ひたすら即妙に唱和する万菊丸の唱和が「猛禽類」の唱和である事を忘れずに、読者はこの物語を読み進む必要がある。
一方芭蕉は風羅坊に似ている。古典籍に通じ、俳諧をたしなみ、遍歴する巡礼者である。風雅の根本力を目指し、「微」が発現する機微を探求し、見えない物を感知する。虚弱で感じやすく、古漬けのような言説を嫌いながら「造化」（詳しくは1節。注4）にしがみつくこともある。風羅坊の内面には自負と謙退とが同居し、自家撞着が騒擾を誘発する。そういうアンビバレンツな内面は、芭蕉自身の物言いにも似かようかたちで現れている。述者風羅坊が抱えもつ「風羅坊」は、自家撞着が膨満し、少しの刺激で騒擾に転じる過敏なキャラクターに書き換えられたのである。

注1、全釈芭蕉書簡集、田中善信注釈、新典社刊、131頁
注2、宣長の歌論、物語論は、いずれも身分や礼儀、公私や善悪にこだわることがほとんど無い。
注3、『なぜヒト旅するのか』榎本知郎著、株式会社化学同人刊、139頁
注4、『荘子献斎口義』を直接出典とする。ただし、他文献に出典の可能性があるか検証する必要がある。広田二郎「湖南・京師蕉門と『荘子』」『専修国文』18号、昭和50年11月参照。

〈第一章 『笈の小文』には第二次編成があった〉

3節 『笈の小文』の表現の瑕疵について

一 一つの疑義

松尾芭蕉作『笈の小文』に顕著な叙述の瑕疵について考える場合、必ず看過出来ない一編の論文がある。故宮本三郎氏が書いたその論文は、単純に言えば、『笈の小文』は、大津の門人河合乙州（かわいおとくに）が松尾芭蕉の没後に、草稿断片をもとに、一編の旅の集として編集したものではないか、と主張するものである（注1）。この『笈の小文』乙州編集説の反響は大きなもので、当時、たちまち幾つかの反論が書かれたが、中でも『笈の小文』の草稿本写しを提示した大礒義雄氏（注2）、また、各断片の接合に見える『笈の小文』の文脈を説明して、謡曲形式の文脈構成を援用した高橋庄次氏（注3）、さらに、これを元禄三年（一六九〇）に死亡した旅の同行者坪井杜国追悼を主題とした紀行文であると読み解いた尾形仂氏（注4）の発言が注目された。三氏は、この作品が各断片の単純な接合ではなく、当初から明瞭な意図や骨格をもって構成された一作品だと主張したからである。

こうして『笈の小文』乙州編集説は、確実に批判されたが、反論が大きく、終息の波も素早かったために、議論の出発点となった表現上の沢山の瑕疵が軽い吟味の後に放置されて残った。『笈の小文』の表現上の瑕疵は、一体、いかなる表現努力の過程で生まれ、瑕疵の形で放置されたのか。宮本論文の根本にあるはずのこの問が、乙州編集説の論破によって掻き消されたのである。

二 『笈の小文』について

貞享四年（一六八七）一〇月二五日に江戸深川を出発し、貞享五年（一六八八）四月下旬に京都に辿り着くまでの近畿巡礼を取り扱う同紀行は、ジャンル上は俳諧の紀行文という。「惣七宛芭蕉書簡貞享五年四月二五日付」に見るとおり、同紀行はこの廻国修行中からすでに記録の形で書き進められていた。その『笈の小文』が、貞享五年（元禄元年と改元）八月下旬の江戸帰着と共に書き進められたことは想像に難くない。だが、乙州本『笈の小文』所収の芭蕉発句五三句のうち、推敲の痕跡がある一六句を分析することで同紀行の正規の執筆時期を考察した阿部正美氏（注5）は、この作品の成立を元禄二年（1689）以後、元禄三年以前と見なしている。また綱島三千代氏は、『曠野』所収句の中に須磨・明石関係句、八句が一句も含まれず、その未収句「かたつぶり」・「蛸壷や」が元禄四年（1691）七月刊『猿蓑』に初出することを上げて、『笈の小文』が現在の形に仕上げられた時期を『猿蓑』出版と余り隔たらぬ元禄四年と推定する（注6）。さらに井本農一氏は、『幻住庵記』に『笈の小文』と重複する記事がある事以下数点を根拠に、『笈の小文』が現在の形に整形される時期を幻住庵滞在（元禄三年四月入庵）から「嵯峨日記」が書かれる元禄四年五月四日までと推定する。ちなみにこのテキストが河合乙州に遺贈されたのは元禄四年九月末、松尾芭蕉が乙州宅に立ち寄ったときだとされている（注7）。傍証材料が多いこの判断に誤りはなさそうだが、只一つ気掛かりは、果たして元禄四年四・五月までに、『笈の小文』は現型の形で仕上げられていたかである。綱島三千代氏が言う『曠野』（1689年刊）所収句の中に須磨・明石関係句、八句が一句も含まれ無いことから見て、この時期に『笈の小文』の須磨明石巡礼は未完だったはずだが、その未収句八句のうち「かたつぶり」「蛸壷や」の二句が元禄四年（1691）七月刊『猿蓑』に初出することをもって須磨明石巡礼の全体がこの時期に既に書かれていたと言えるだろうか。この疑問には、文字データベースによる用字解析を使ってもう一度本文に回帰する確認作業を行う（第6節）

こうして、貞享五年八月下旬の江戸帰着時から書き進められた『笈の小文』は、元禄三年四月から元禄四年七月までに、さらに今一度、一作品として整形されたことが推定されている。

その長い形成過程にも関わらず、断片の集合かと見まがう『笈の小文』の文章の特質は、文章の瑕疵と見なされるかたちで放置されてきた。その理由の第一は、事実、相当の瑕疵があるからであり、この作品が草稿断片を未整理のまま書き残したものだという判断があるからである。唯一人、高橋氏は、これに加えて文脈の切断や飛躍を常套手段とする謡曲型の文章構成が採用されたせいだと主張する（注8）。しかし、この主張をもってしても、『笈の小文』の瑕疵の大半を高橋氏の主張で説明できる訳ではない。『笈の小文』の表現上の瑕疵は、一体、いかなる表現努力の過程で生まれ、未完成の形で放置されたのか、という問は、依然として残るのである。

三　大きすぎる序章

それではまず、宮本氏が『笈の小文』の瑕疵と見なす代表的な二箇所の表現に立ち返ってみよう。最初に取り上げるのは、『笈の小文』の冒頭部にある論理文、次に取り上げるのは筆者が「伊賀・伊勢紀行」と名付ける表現上の一ブロックである。この二箇所を取り上げる事で作品前半の主要な問題箇所を取り上げることになる。またこの二箇所は芭蕉による文脈操作の痕跡が明瞭であるため、なぜ、文脈に瑕疵や断絶が生ずるのかを実証的に説明する事が出来る。

さて、単純に言えば『笈の小文』は概略、【起】江戸・東海紀行（注9）、【承】伊賀・伊勢紀行、【転】吉野・高野紀行、【結】須磨・明石紀行の起承転結構成だと考えれば分かりやすい。処女作『野ざらし紀行』における吉野登山、代表作『おくのほそ道』における羽黒三山巡礼と同様、紀行文の頂点に廻国修行者の「聖地」を配置し、長い歩行に信仰生活の意味を持たせることで紀行文の起承転結を定めている（注10）。

その中にあって『笈の小文』の【起】の部に位置する序章（1）自己省察、（2）旅の首途、（3）道の記論（原文は下段C）

に接続上の不具合を感じるのは誰しもだが、この序章（1）について、宮本氏は「紀行の序としては、あまりに重々しく、頭でっかちである。」「これはこれ自身独立した一つの俳文と私は考えたい。」という。また（1）（2）（3）の切れ続きの不自然さに関わる井本農一氏の指摘（注11）に賛同して「何か不自然な違和感を持つ文であることを承認して居られるためではあるまいか。」ともいう。

この冒頭文（1）（2）（3）に見る論述の不自然さが、『笈の小文』の編成第二期に極端なかたちで追加された騒人言説にあることはすでに述べた。だが、その論述の不自然さは、実は「結果」であって「原因」ではない。序章（1）の論理文を一纏めにして「これ自身独立した一つの俳文」ではないかと思案してみても、その不自然さの原因は見えてこない。

では、この切れ続きの不自然さの真因は何か。この冒頭文の組み立てを次のように整理すれば、ここで実際に起きた事が見えるようになる。

【1】（A）自己省察・（C）道の記論

A百骸九竅の中に物有。かりに名付て風羅坊といふ。誠にうすもの丶かぜに破れやすからん事をいふにやあらむ。かれ狂句を好こと久し。終に生涯のはかりごと丶なす。ある時は倦で放擲せん事をおもひ、ある時はす丶むで人にかたむ事をほこり、是非胸中にた丶かふて、是が為に身安からず。しばらく身を立む事をねがへども、これが為にさへられ、暫ク学て愚を暁ン事をおもへども、是が為に破られ、つゐ（ママ）に無能無芸にして、只此一筋に繫る。

B西行の和歌における、宗祇の連歌における、雪舟の絵における、利休が茶における、其貫道する物は一なり。しかも風雅におけるもの、造化にしたがひて四時を友とす。見る所花にあらずといふ事なし。おもふ所月にあらずといふ事なし。像花にあらざる時は夷狄にひとし。心花にあらざる時は鳥獣に類ス。夷狄を出、鳥獣を離れて、造化にしたがひ、造化にかへれとなり。

C抑道の日記といふものは、紀氏・長明・阿仏の尼の、文をふるひ情を尽してより、余は皆俤似かよひて、其糟粕を改る事あたはず。まして浅智短才の筆に及べくもあらず。其日は雨降、昼より晴て、そこに松有、かしこに何と云川流れたりなどいふ事、たれ〳〵もいふべく覚侍れども、黄哥（奇）蘇新のたぐひにあらずば云事なかれ。されども其処〳〵の風景心に残り、山舘野亭のくるしき愁も、且はなしの種となり、風雲の便りともおもひなして、わすれぬ所〳〵跡や先やと書集侍るぞ、猶酔ル者の猛語にひとしく、いねる人の譫言するたぐひに見なして、人又亡聴せよ。

鳴海にとまりて

星崎の闇を見よとや啼千鳥

【2】（2）旅の首途

神無月の初、空定めなきけしき、身は風葉の行末なき心地して、旅人と我名よばれん初しぐれ

又山茶花を宿ぐにして
岩城の住、長太郎と云もの、此脇を付て其角亭におゐて関送リせんともてなす。（中略）ゆへある人の首途するにも似たりと、いと物めかしく覚えられけれ。

まず序章（2）の叙事文「旅の首途」の末尾は一稿本（大礒本）では「故有人の首途するにも似たりと、いと物めかしく覚えられけれバ、」とあり、ここで一文は切れている。元来、この末尾に一句書き添えて完了する俳文だったと見られる（注12）。それが次の第二稿本（雲英本）で現行どおり「覚えられけれ。」と修正されている。この序章（2）の配置・修正もまた『笈の小文』第二期編成期のことである。そこでそれを掲示【2】のように除外すること、次に残る序章（1）をその文意に従ってA自己省察とB造化芸能論とに二分すること、その上で次の（3）道の記論をCの位置に接続すること。それによって、この論理文全体を見渡す事ができる。この気付きが遅れた原因は、この「旅の首途」をそのままにして、序章を一纏めにしたことにある。実際、大礒本『笈の小文』、乙州本『笈の小文』の字面は、「只此一筋に繋る。B西行の和歌における」が一行内で直結しており、これを前後に分けてA自己省察、B造化芸能論と二分する思案は湧きにくい。

さらに乙州本では一行末が一文節の途中で切れるケースが多く、また発句「神垣や」「月はあれど」の行末が二文字の折り返しで書かれている。芭蕉の自筆テキストの文字数は現行テキストより二〜三文字多かった可能性がある。また、最上段に本文、そこから一〜二字下げて発句、さらに一〜二字下げて発句前書を書く、句・文の書き分けは、大礒本・雲英本（二稿本）とも共通する。この句・文の書き分けが章段毎の改行表示と重なるのだが、初稿とされる大礒本では、この書式が曖昧で、【転】吉野・高野紀行に至って初めて規則的なものに変わる。

ちなみにこの大礒本では、（2）「旅の首途」の前段並びに後段の切れ目に改行は無く、これに続く二稿本では（2）「旅の首途」の前段の切れ目のみに改行がある。そして乙州本では（2）「旅の首途」の前段並びに後段の切れ目に改行がある。もしこの改行に注目すれば、「旅の首途」を後日の再配置ではないかと疑う思案は浮かびやすい。

実際、この論理文の文脈を点検すると、序章前半Aの末尾にある「只此一筋に繋る。」（傍点筆者、以下同）と、序章B冒頭の「西行の和歌における、宗祇の連歌における、雪舟の絵における、利休が茶における、其貫道する物は一なり。」とは一続きの文脈と言える。前文の「只此一筋に繋る」を受けて、それを「其貫道する物は一なり」と、もう一度確認する構文だからである。この構文は「此一筋に繋る」ものと「貫道する」一筋のものとを繋いだ上で、「造化にしたがひ」「四時を友と」する一道随順の芸能論を提唱している。

一方、同じく序章の論理文（C）冒頭の「抑（そもそも）」

は、前段にあるA自己省察、B造化芸能論を踏まえて本旨を展開する意図を伝える接続詞である。ここにこの冒頭文全体の力点があり、本旨がある。前段の「造化芸能論」で風雅の一筋に数えられた「西行・宗祇・雪舟・利休」に倣って新規に練達の作家「紀氏・長明・阿仏の尼」を一列に並べてその実力を称揚した上で、その余の文人に対する新たな批判を展開する。不遜にも、その余の文人たちはみな「髣似かよひ」、古文の「糟粕」を改めることを疎かにしたと言うのである。

ここで新らたに言い起こされていることは、前段の風雅の達人たちの系譜を受け、その実践者の立場から、「並み」の文筆家の行動を批判することである。「並み」の文筆家には、「其日は雨降、昼より晴て、そこに松有、かしこに何と云川流れたりなどいふ事、たれ〳〵もいふべく覚」える錯覚があるが、それは「黄哥蘇新のたぐひにあらずば云事なかれ。」ということである。

ただしその論調はすぐに大きく転調して「されども」以下、心に残る「風景」、旅中の「くるしき愁」など、「わすれぬ所〴〵跡や先やと書集」めることを是認する心情が綴られる。そしてその締め括りは「わすれぬ所〴〵跡や先やと書集侍るぞ、猶酔ル者の猛語にひとしく、いねる人の譫言するたぐひに見なして、人又亡聴せよ。」である。文中Cの「黄哥蘇新」の典拠は、「蘇子瞻以レ新、黄魯直以レ奇」（『詩人玉屑』巻十二）であり、「人又亡聴せよ」は「予嘗為レ汝妄二言之一。汝以妄二聴之一」（『荘子』「斉物論」）である。このため「「黄哥蘇新」は「黄奇蘇新」の片言、また「猶酔ル者の猛語」の「猛語」は「妄語」、「人又亡聴せよ。」の「亡聴」は「妄聴」の誤り。熱弁に浮かされた挙げ句に吐き出された片言である。熱弁に浮かされた風羅坊は、己の言葉を最後まで収拾しかねて、逃げを打つように『荘子』由来の片言雙句を繰り出している。だが、残念なことに、その締め括りの科白が『荘子』の引用を誤り、片言になっているのである。

もちろんこの熱弁は、作者芭蕉の生の声ではない。熱弁に浮かされた口から吐き出された片言雙句に悩まされるのは風羅坊である。支離滅裂な片言雙句を収拾しかねた風羅坊は、動揺し、投げやりになり、学業に未熟な風羅坊の拙さを露呈している。このやや凄まじい論理破綻の光景もまた、元禄四・五年の芭蕉及び彼の作品にはなかったもので、『笈の小文』第二期編成期の加筆と見られる。

こうしてこの句文の文脈を整理すると、ここにあった【1】は独立した一俳文であり、その原型に照らせば井本氏や宮本氏が言う「違和感」はなかったことになる。つまりこれまで一様に語られていた序章の切れ続きの悪さは、一つの論理文の中に（2）の叙事文、旅の首途が強いて再配置され、巡礼記の序章らしい体裁を整えた結果生じたものと見なされるのである。

またその原型【1】から言える事は、一に、この作品の始発点が尾張の国に歩みを進める風羅坊の内心を描く事にあり、二に風羅坊の熱弁が破綻し、肝心要の結論で、「忘れぬ所〻あとやさきと書集侍るぞ、（中略）いねる人の譫語するたぐひにミなして、人に亡聴せよ。」と居直りを決め込む風狂人の弁舌を鮮明に表示すること（注13）、さらに三に、「百骸九竅」に始まり「人又亡聴せよ」と結ばれる『荘子』「斉物論」の引用によって、風羅坊に相応の学識、秀でた先見性、人目を惹くような文才の片鱗を付与する事が許されていたことである。

四　伊賀・伊勢紀行

次に『笈の小文』の【承】の部に位置する「伊賀・伊勢紀行」は、冒頭にある「師走十日余、名ごやを出て旧里に入んとす。」という叙述で始まる。ここは乙州本でも改行して書き始められている。尾張と伊勢とは元来、木曽三川で地勢上区分され、東日本・西日本の境界に当たるが、ここには「名古屋」と「旧里（伊賀）」とを地勢で区切って、叙述を区分する意図が見える。またこの「伊賀・伊勢紀行」の結末は、「弥生半過る程、そゞろにうき立（つ）心の花の、我を道引枝折となりて」と、花咲く春の到来、沸き立つ行楽の気分で始まる吉野巡礼の始発の記事によって、もう一度、空間的に区画されている。

この二つの仕切りで区画される「伊賀・伊勢紀行」の叙述は、語り手すなわち風羅坊が故郷で迎えた越年行事並びに親族打ち揃っての墓参と、早春の行楽を兼ねた伊勢参宮とで二分されるが、その越年・墓参と伊勢参宮との間には、足取りや時間推移等の繋がりが欠けている。その原因とされる「さま〴〵の」発句は、確かに伊賀の旧主の庭園で披露された「桜」の発句で、この次に、「衣更着」の風俗や「梅の花」の開花が続くというのは奇妙である。宮本三郎氏はここに「詞書なしに「さま〴〵の事おもひ出す桜哉」という一句を出すのは、いかにも唐突で」「乙州本の句の挿入が芭蕉自身の手に成ったとは考えがたい」（『蕉風俳諧論考』三〇一頁）という。以下、具体的にその発句の配列を示す（後続の資料と比較するために頭に番号を付す）。

伊賀国阿波の庄といふ所に、俊乗上人の旧跡有。護峰山新大仏寺とかや云（中略）。

①丈六にかげろふ高し石の上

②さま〴〵の事おもひ出す桜哉

伊勢山田

③何の木の花とはしらず匂哉

④裸にはまだ衣更着の嵐哉

菩提山

⑤此山のかなしさ告よ野老堀

龍尚舎

⑥物の名を先とふ芦のわか葉哉

網代民部雪堂に会

⑦梅の木に猶やどり木や梅の花

草庵会

⑧いも植て門は葎のわか葉哉

神垣のうちに梅一木もなし。（中略）
⑨御子良子の一もとゆかし梅の花
⑩神垣やおもひもかけずねはんぞう

他本では②の発句「さまぐの」の前書に「故主蝉吟公の庭にて」とある（注14）。その故主の庭園にこの時、何桜が咲いたかは不明である（現在は早咲きのしだれ桜が植えられている）。だが、何桜が咲くにしろ、②の「桜」の後に「衣更着」や「梅の花」を配置することは奇妙である。季節の進行や植物の開花の順行に反するからである（注15）。もしこの奇妙な配列さえ小事と見えるような大きな加筆要因がなければ、これ自体が大きな瑕疵の放置と見なされるだろう。

ちなみに、この「伊賀・伊勢紀行」の障害物となっている発句「さまぐの」は、今栄蔵氏が紹介する次の『笈の小文』断簡では省かれている（注16）。

阿波大仏
①丈六にかげらふ高し石の跡
いせ
③何の木の花とハしらず匂哉
神垣のうちに梅一木もみえず。いかなる故にやと人に尋侍れバ、唯ゆへはなくて、むかしゟ一木もなし。おこらごの舘の後に一もと有といふヲ
⑨梅稀に一もとゆかし子良の舘
一有が妻
○暖簾のおくものふかし北の梅
網代民部息雪堂会。ちゝが風雅をそふ。
⑦梅の木に猶やどりぎや梅花
龍尚舎にあふ
⑥もの、名をまづとふ荻のわかば哉
二乗軒と云草庵會
⑧やぶ椿かどは葎のわかばかな
菩提山即吏
⑤山寺のかなしさ告よ野老掘
久保倉右近會、雨降
○かミこ着てぬるとも折ン雨の花
十五日、外宮の舘にありて
⑩神垣やおもひもかけずねはん像（句読点、濁点、傍線、傍書筆者。以下同じ。）

『笈の小文』本文に先立って書かれたと見られるこの断簡では、伊勢神宮関係者との俳事がそれと分るように丁寧に配列されている。ただし『笈の小文』では、○「暖簾の」、○「かミこ着て」の二句が除外され、②「さまぐの」、④「裸には」の二句が追加されている。また、①⑤⑥⑧⑨の発句（傍線部）には推敲の跡がある。その推敲の跡を見ると、『笈の小文』には明らかに推敲後の発句が掲出されている。そしてその掲出された発句贈答を通じて、和やかな風交を演出する作意が見える。ただしその作意の点では、『笈の小文』の伊勢参宮記事より断

簡の方が生の人情のやり取りに近いように見える。「伊賀・伊勢紀行」の原型と言われるこの『笈の小文』断簡に照らすと、発句「さまぐ〵の」が『笈の小文』本文の執筆時に新規に追加されたかと予想されやすい。先に宮本氏がこの句を後に「挿入」されたものと考えたのは、この草稿があるからである。

　では、旧主一族との邂逅を偲ぶこの一句が、事実上、季節上、行程上、素材配列上、齟齬を来すことを承知の上で追加された理由は何か。また、なぜ不自然さの解消策が未定のまま、放置されたのか。

　実は、事実関係から言えば、伊勢参宮は二月中旬に終了して、松尾芭蕉は二月十八日には、伊賀上野に帰郷している。「二月四日参宮いたし、当月十八日、親年忌（おやねんき）御座候付、伊賀へかへり候」「尾張の杜国もよし野へ行脚せんと伊勢迄来候而、只今一所に居候」（杉風宛芭蕉書簡、元禄元年二月）という書簡の文面もある。芭蕉と杜国とは、伊勢で落ち合った後、芭蕉の生国伊賀上野にて春暖を待ち、三月十九日に吉野巡礼に旅立っている（注17）。その伊賀滞在の模様を伝える服部土芳の『芭蕉翁全伝』には、次の記事がある。

　　○薬師寺月並初會
〽初桜折しもけふハ能日なり
　　○探丸氏別墅の花を
〽さまぐ〵の事思ひ出すさくら哉
〽丈六の陽炎高し砂（ママ）の上
〽かげらふや俤つゞ（ママ）れいしの上
（中略）再吟シテ後、丈六のかたにきハまる。
　○瓢竹庵ニテ
〽花を宿に初終りや廿日ほど
　○旅立ツ日
〽此ほどを花に礼云別哉
　此二句ハ瓢竹庵休息の時也。是ヨリ吉野の花ニ出ラレシ也。
　万菊も
〽長閑さに何も思ハぬ昼寐哉
　ト云句アリ
　○よし野ニ立し朝、笠の書付
〽よし野にて花を見せうぞ檜木笠
　○同行二人乾坤無□（住）、風羅坊・萬菊丸トアリ。
　　萬菊も
〽よし野にて我も見せうぞ檜木笠
（今栄蔵著『芭蕉伝記の諸問題』三八三頁、翻刻「芭蕉翁全傳」）

　この発句「初桜」「さまぐ〵の」の後に「丈六の陽炎高し」「かげらふや俤つゞれ」が配置され、その次に、伊賀滞在中の桜の句々が配列されて、「廿日ほど」続いた花見の喜びが語られている。またこの句稿中には「是ヨリ吉野の花ニ出ラレシ也。」という服部土芳の解説がある。「吉野の花ニ出ラレ」とは、吉野における花見見物こそ、当初はこの吉野巡礼の主眼だったことを意味する。
　ちなみにこの句稿によると、伊賀上野で開花する桜を堪能した芭蕉と杜国とは、そこから直ちに吉野の桜を目ざして旅立っている。杜国が言う「何も思ハぬ昼寐」とは、空米売買の罪で名古屋を追放された坪井杜国にも幽愁の霧を払う好日が訪れていたことを示している。
　ところが『笈の小文』では、伊勢神宮巡礼を終えた風羅坊を「かのいらこ崎にてちぎり置し人」が「い勢にて出むかひ」て後、伊勢からいきなり吉野行脚に旅立つかたちに変更されている。

　　御子良子の一もとゆかし梅の花
　　神垣やおもひもかけずねはんぞう
　弥生半過る程、そゞろにうき立（つ）心の花の、我を道引（く）枝折となりて、よしの丶花におもひ立んとするに、かのいらこ崎にてちぎり置し人の、い勢にて出むかひ、ともに旅寐のあはれをも見、且は我為に童子となりて道の便りにもならんと、自万菊丸と名をいふ。
　（（　）内は筆者。以下同じ）

すでに「衣更着（貞享五年二月四日）」頃には制作されている伊勢参宮の発句③〜⑩がここに配置される理由は、「かのいらこ崎にてちぎり置し人の、い勢にて出むかひ、」という『笈の小文』の叙述から導かれるだろう。その整合性を維持するためには伊賀滞在中の句稿の後に「伊勢参宮句稿」が挿入される必要があるからである。文中に熱田神宮・伊勢神宮・金峯山寺・金剛峯寺と著名な寺社が並ぶことで、風羅坊らは紛れない巡礼者になるのである。
　そこでその伊勢巡礼を『笈の小文』の追加部と見て一度除外することでこの箇所を原型に戻すと、叙述は次のようで支障ない事になる。

　　春立てまだ九日の野山哉
　　枯芝やゝかげろふの一二寸
　（中略）
　①丈六にかげろふ高し石の上
　②さま〳〵の事おもひ出す桜哉
　弥生半過る程、そゞろにうき立（つ）心の花の、我を道引（く）枝折となりて、よしの丶花におもひ立んとするに、かのいらこ崎にてちぎり置し人の、い勢にて出むかひ、ともに旅寐のあはれをも見、且は我為に童子となりて道の便りにもならんと、自万菊丸と名をいふ。

『笈の小文』冒頭で露沾公（岩城内藤藩、藩主息）に餞別句を賜って「ゆへある人」らしく江戸を旅立ったのは、他ならぬ風羅坊である。その風羅坊が故郷で新年を迎え、一族再会を果たした後に、春暖の季節と共に吉野を目指す時期が、この「さま〳〵の」発句が詠出される時期である。故郷出立に当たって、「故主蝉吟公の庭」で催された祝宴に参加して詠唱された「さま〳〵の」発句の背後にあるのは、晴れがましさを伴う祝賀の意識だろう。旧主藤堂良長（探丸）に招かれて出座する祝賀の儀には、いよいよ念願の吉野行脚に乗り出す行人を送るという、目に見えない筋立が有ったはずである。同じく紀行冒頭で「岩城の住、長太郎と云もの」が「関送りせん」とて用意した祝宴の句会に正客として招かれたのも風羅坊ではなかったか。他本で「故主蝉吟公の庭にて」（一葉本・蝶夢本）と前書きするこの「さま〴〵の」発句は、この位置にある事で誠に上首尾に生きて働くのである。

つまり『笈の小文』の原型は伊賀に尋ね寄った杜国を同道して行われた吉野における花見遊山にあり、「さま〴〵の事おもひ出す桜哉」に続く伊勢参宮の記事③〜⑩は、「かのいらこ崎にてちぎり置し人」が「い勢にて」出迎え、そこから伊賀滞在を中抜きにして直に吉野の花見に出掛けるという【虚構】に従って新規に追加された叙述と見なされるのである（その理由は後述する）。

五　瑕疵の縁起

先に引用した「惣七宛芭蕉書簡」の末尾に付載された杜国の旅行メモによると、「三月十九日伊賀上野を出て三十四日。道のほど百三十里。此内、船十三里、駕籠四十里、歩行路七十七里、雨にあふ事十四日。」という記事がある。杜国にとってこの度の近畿巡礼は、伊賀上野を出立して吉野に向かった「貞享五年三月十九日」を始発とし、京都でこの「惣七宛芭蕉書簡」が書かれた「四月二十五日」で終了する巡礼修行だった事が分る。

しかし、吉野における花見遊山の前に伊勢参宮記が配置されると、この事情は少々変質する。二月（更衣）の伊勢参宮、三月中旬の吉野の花見遊山、三月末、和歌浦で春を見送り、四月に、大阪・尼崎・兵庫を船便で通過し、須磨・明石の古戦場を廻る約二ヶ月半の長旅が出現するからである。しかも、伊勢参宮が始発となる事で、今回の旅には宗教色が加わり、物見遊山さながらの行者の巡礼行にも修行色が付与されるのである。

もとよりこの風羅坊は江戸出立時点ですでに「関送り」のもてなしを受ける仏道修行者である。風羅坊の旅が最初から宗教色を帯びていたことは承知しておく必要がある。当初から目的地が吉野と定められているのは、吉野が修験道の道者の聖地だったからに他ならない。また、渥美半島の付け根の保美村から船便を使って伊勢の大湊に上陸した坪井杜国の旅行もまた、伊勢参拝を目指した巡礼行に他ならない。

ただ、先に述べた通り、風羅坊の帰郷に続く約四ヶ月の、墓参・越年・挨拶・休息・花見三昧は、巡礼というには長すぎる滞在になる。事実上「帰郷」の意味を持つこの期間を巡礼行に組み入れることには無理がある。また坪井杜国自身がそう自覚したように、伊賀上野を発して吉野の花見を目指す彼らの巡礼は、三月十九日に始まる。その旅の実態に幾分かの修正を加えるには、伊勢から直に吉野山を目指す日程の組替えが欠かせない。ここに先の虚構の意味を見る事ができる。

こうして『笈の小文』の旅行の原型を確認し、「さまぐ〵の」発句に続く「伊勢句稿」③〜⑩の挿入によって「伊勢」から直に吉野の花見遊山に出立する【虚構】の意味を読み取ってみると、臨時的にしろ「伊勢句稿」③〜⑩を「さまぐ〵の」発句の後に挿入する理由の過半を見通す事が出来る。伊勢参宮の記事③〜⑩を「さまぐ〵の」発句の後に配置する事で生じる不自然さは重々承知の上で、なおかつ、この虚構を採用する理由は確かに有りそうである。

六　遺文の奥深さ

松尾芭蕉作『笈の小文』は、仏道修行者風羅坊が背中に背負った箱状のキャリー（笈）に納められていた書き差しの小文を意味する。その小文を見つけ出し、梓に乗せる事で、その修行者の隠された威徳を広布するところに版本『笈の小文』の意味がある。たとえそれが未完の紀行文であろうと、それは編者河合乙州から見れば、さまざまに読み解かれるべき瑕疵である。

『笈の小文』の【起】の部の原型が「自己省察」「造化芸能論」「道の記論」にあり、【承】の部の原型が杜国を同道して行われた吉野における花見遊山だったことが確認されると、分る事がもう三つある。一つは『笈の小文』冒頭部、露沾公に餞別句を賜って「ゆへある人」らしく江戸を旅立つ叙述は、仮に幾分の変更はあるとしても、「伊勢句稿」挿入以前にすでに本文に組み込まれていたこと、また一つは、「かのいらこ崎にてちぎり置し人」すなわち杜国を尋ねて、伊良子崎を訪問する「伊良子崎紀行」の叙述もすでに書かれていたこと（注18）、三つ目は杜国を同道して行われた吉野遊山が、純正、廻国行脚の物語に書き換えられつつあることである。

この長い射程をもつ改訂作業が誰の手に拠るものか、今はまだ判然としない。しかし今後、この遺文の瑕疵を読み取る作業が意義深い作業になることは言い添えて良いことではあるまいか。

注1、初出は、宮本三郎著「『笈の小文』への疑問」（『文学』昭和四五年四月号・五月号）。同著『蕉風俳諧論考』笠間書院刊、昭和四九年八月に再録。かなり大きな論争だったため、主要関係者の論文は、『日本文学研究資料叢書　芭蕉Ⅱ』（有精堂刊、昭和五二年八月）に一括して再録されている。資料叢書には未収録だが、赤羽学「『笈の小文』の成立（一）」（『俳文藝』21号　1983）、赤羽学「『笈の小文』の成立（二）」（『俳文藝』22号　1983）も示唆に富む論考である。

注2、大礒義雄著『笈の小文（異本）の成立の研究』ひたく書房刊、昭和五六年二月。

注3、初出は、高橋庄次著「『笈の小文』の謡曲構成」（『国語と国文学』昭和四八年八月号）。後に同著『芭蕉連作詩篇の研究—日本連作詩歌史序説—』笠間書院刊、昭和五四年二月に収録。

注4、初出は、尾形仂著「鎮魂の旅情」（『国語と国文学』昭和五一年一月号）。『日本文学研究資料叢書　芭蕉Ⅱ』再録。

注5、山本荷兮編『曠野』（元禄二年三月頃成立）所収の同句型よりは洗練され、宝井其角編『花摘』（元禄三年刊）所収の句型に比べると見劣りがする点を根拠としている。阿部正美著『芭蕉伝記考説』明治書院刊、昭和三六年一〇月。

注6、綱島三千代著「『笈の小文』成立上の諸問題」（『連歌俳諧研究』二五号）、昭和三八年七月。『日本文学研究資料叢書叢書　芭蕉Ⅱ』再録。

注7、「幻住庵記」（元禄三年八月成立）冒頭部と重複する文言がある事、「嵯峨日記」では杜国の夢を見て落涙した四月二七日の翌日から、幻住庵で書きためた草稿の清書に取り掛かっている事が根拠となる。井本農一著「『笈の小文』と『おくの細道』の関係」（『成蹊国文』創刊号、昭和四三年一月）。井本農一著「『笈の小文』の執筆と元禄四年四月下旬の芭蕉」（『連歌俳諧研究』三八号、昭和四五年三月）。乙州への遺贈時期について特に大きな異論はない。赤羽学「『笈の小文』の成立（一）」（『俳文藝』21号　1983）。

注8、注3に同じ。

注9、起承転結の起の部にあたる「江戸・渥美・名古屋」の内、「渥美・名古屋」についても、「伊良胡紀行」と呼ばれる詞章の断片が紹介されている。森川昭著「伊良古崎紀行真蹟・奥州餞等発句切」（『連歌俳諧研究』三七号、昭和四四年九月）には「よしだに泊る夜　寒けれどふたり旅ねぞたのもしき」以下、発句七句を連ねている。

注10、詳しくは拙著『野ざらし紀行の成立』三重大学出版会刊、平成二〇〇九年三月、『巡礼記『奥の細道』』三重大学出版会刊、平成一四年三月、参照。

注11、井本農一著「『笈の小文』と『おくの細道』の関係」の発言を踏まえる。『蕉風俳諧論考』二九九～三〇〇頁。

注12、芭蕉真蹟（下郷氏蔵）には「ね覚は松風の里、よびつぎは夜明てから（中略）」と前書きしてこの句が記載されている。夜明けに鳴く呼続の浜（名古屋の名所）の千鳥は、「星崎の闇を見よ」と鳴くの意。芭蕉を泊めた鳴海の知足は「芭蕉翁を送る／君により知る呼継のちどり哉」の句を贈って「呼継のちどり」が「闇を見よ」と発声する着想への共感を伝えている。この時の「千鳥」を機縁に執筆が始まった『千鳥掛』（正徳二年序）に因む俳文として書かれた可能性もあるか。

注13、『冬の日』冒頭には「笠は長途の雨にほころび、帋子はとまり〳〵のあらしにもめたり。侘つくしたるわび人我さへあはれにおぼへける（中略）狂句木がらしの身は竹斎に似たる哉」と、その風狂振りが披露されている。同句は『野ざらし紀行』にも収録。

注14、他本には、「故主蝉吟公の庭にて」（一葉本・蝶夢本）の前書がある。事実は前書通りだが、乙州本では削除されている。『芭蕉連作詩篇の研究―日本連作詩歌史序説―』、七三五～七三八頁。

注15、『笈の小文』後半部ではこうした叙述の入れ替えの痕跡を吉野山「吉野三滝」「和歌浦句稿」「須磨明石」に確認することができる。

注16、今栄蔵著「新出『蕉翁全伝附録』」（『連歌俳諧研究』四八号）、

一九七五年一月。同著『芭蕉伝記の諸問題』新典社刊、平成四年九月所収　五〇二頁。

注17、惣七宛芭蕉書簡、貞享五年四月二五日付。

注18、注9の通り、この本文の下敷となる「伊良胡紀行真蹟」はすでに書かれていたので、比較的早い時期に成文化されていたと推測される。

なお乙州本『笈の小文』・「惣七宛芭蕉書簡」（貞享五年筆）の翻字掲出は、『古典俳文学大系5　芭蕉集 全』に準拠した。また『荘子』は寛文五年刊『荘子献斎口義』、解釈は岩波文庫版『荘子』によった。

4節　『笈の小文』吉野巡礼の成立　―唱和する杜国―

一　質疑

松尾芭蕉作『笈の小文』は、貞享四年（一六八七）十月の江戸出発に始まり、吉野・奈良・大阪・須磨明石を廻る近畿巡礼記である。江戸から名古屋までを【起】、伊賀・伊勢紀行を【承】、吉野・高野紀行を【転】、須磨明石紀行を【結】と区分すると、全体像を容易に概観することができる。この内『笈の小文』【起】の部で新規に挿入された「旅の首途」は、巡礼者の盛大な江戸出立の送迎行事を描いて、巡礼記の体裁を整えたもの、【承】の部で挿入された「伊勢句稿」は、伊良子崎に流浪する杜国を迎え、「伊勢」から直に、吉野巡礼に旅立つという紀行文の【虚構】に従って挿入されたものである（注1）。

しかし、この補筆・修正を宮本三郎氏の主張に照らすと、これらがいずれも表現の瑕疵と見なされ（注2）、その多すぎる瑕疵のせいで作品全体の構図が見定めがたい。そこでその瑕疵を整理し、作品の後半に焦点を絞って箇条書きにすると、その一は、同紀行【転】の部「吉野巡礼」の「吉野三滝と備忘メモ」、その瑕疵の二は、同部の「和歌浦句稿」、その瑕疵の三は、上記「句稿」に後続する「行脚心得」の唐突さ、その瑕疵の四は、【結】の部「須磨明石紀行」の「夏の月二句」の不揃いである。

これらを取り上げることで、いわゆる『笈の小文』の表現上の瑕疵を全体的に考察することができる。ただ、それを一挙に仕上げることは筆者の力量に余る。そこで小論ではまず、「吉野巡礼」を対象とし、「吉野三滝と備忘メモ」を考察の中心に据えることで、「吉野三滝と備忘メモ」がいかなる表現努力の過程で挿入されたかを解き明かすことにしたい。

二　成立とテキスト

通説に言う『笈の小文』の成立は、この旅の同行者坪井杜国の訃報が幻住庵に伝えられた元禄三年四月八日（又は九日）に始まり、杜国の一周期が過ぎた元禄四年四月二十一日、落柿舎滞在中の松尾芭蕉が書き差しの原稿（『笈の小文』）を清書するまでを言う（注3）。ただし現存する『笈の小文』諸本は、いずれも元禄四年四月二十一日、落柿舎において松尾芭蕉が清書した本文、またはその写しではない。

以前、自筆本が二本伝存する『野ざらし紀行』を使って作成した「元禄六・七年マーカ」を使うと（注4）、それを容易に判別することができる。具体的には「け・す・の・ほ・み」の五文字、「介・遣・計」「春・須・寸」「乃・能・農」「保・本」「ミ・美」の十三字体がそのマーカーである（同一仮名の内、使用率が80％を越える文字をこの年次の識別標識上の基本仮名とした）。

既に周知の様に、芭蕉が使う仮名字体には基本字体と補助字体とがあり、基本字体は満遍なく、また補助字体は行頭・行末

表1　芭蕉文献の元禄六・七年マーカー

テキスト	け	す	の	ほ	ミ
※泊船本	介21　遣5　計4	春24　須2 寸3	乃113　能9 農11	保10　本2	ミ11　美1
◎大礒本	介9　計1　希5 遣1　気12	春30　須11 寸5	乃197　能14	保5　本3	ミ31　美1
◎乙州本	介13　遣13　計4 気1	春6　須5 寸44	乃172　能47 農3　濃5	保6　本5	ミ13　美9 見5
中尾本	介11　計12　希6 気31　遣12	春77 須2 寸41	乃527　能66	保7　本25	ミ16　美51 見1
天理本	介11　計20　希8 気24	春8 須24 寸93	乃358　能54 農1	保7　本25	ミ19　美54
素龍本	介32　計19　希8 気2	春1　須0 寸164	乃585　能0 農1	保2　本40	ミ35　美35
幻住庵記	介2　遣3　計2 気1	須1　寸21	乃67　能1	保1　本6	ミ2　美9
文操幻記	介2　遣3　計1	春19　寸3	乃67　能6	保9　本4	ミ9　美2

泊船本＝泊船本『野ざらし紀行』　大礒本＝大礒本『笈の小文』　乙州本＝乙州本『笈の小文』、
中尾本＝中尾本『おくの細道』天理本＝天理本『おくのほそ道』　素龍本＝素竜本『奥の細道』。
幻住庵記＝『全図譜245』棚橋家蔵　文操幻記＝『和漢文操』「幻住庵記」。
数字は用例数を示す。用例数は、『笈の小文』本文部分のみの用例数。

の識別表示、同一文字の反復回避、該当単語のマークアップ、行文のショーアップなどに用いられる。上表1の「乃」のように常に使用頻度で一位を占めるのが基本字体、二位以下の「能・農」が補助字体に当たる。同一人物が使う仮名文字が変化しにくい理由は、この基本字体が常用されるせいだが、一方、補助字体は変動しやすく、上記「け・す・ほ・み」ではテキスト毎に複数字体が増減しながら併用されている。

大多数の仮名は、通常、基本字体一字、補助字体一〜二字を一セットで使うが、中にはこの「け・す・ほ・み」のように、複数の基本字体、複数の補助字体が併用されるケースがあり、その様態変化が執筆年次を推定するマーカーとして役立つ。

この「け・す・の・ほ・み」の仮名が上表泊船本『野ざらし紀行』のような一セットで利用されるところが、元禄六・七年の松尾芭蕉の文字遣いの特色である（注5）。そこでその「け・す・の・ほ・み」に焦点を絞って、大礒本・乙州本『笈の小文』のマーカーを上表1に表示した。大礒本の「け（気12）」、乙州本の「す（寸44）」を除けば、残る「の・ほ・み」は元禄六・七年執筆の文字遣いと言える。また懸念される「け（気12）」「す（寸44）」は、中尾本・天理本『おくのほそ道』で使われる基本字体「け（気）」「す（寸）」と符合する。この中尾本・天理本『おくのほそ道』の執筆作業が元禄五〜六年と推定されるので、一年差と見れば支障のない用字差だと言うことが出来る（注6）。

次に『笈の小文』冒頭で露沾公（岩城内藤藩、藩主息）に餞別句を賜り、「関送り」の儀式とともに江戸を旅立った風羅坊は、故郷で新年を迎え、一族再会を果たした後に、やはり旧主家の祝宴に送られて吉野を目指す。

吉野巡礼の同伴者、坪井杜国は、唱和の才に恵まれた俳人だった。先ずは、桜で彩られる吉野巡礼に視線を移して、『笈の小文』の叙述の仕組みを観察すると、この二句連唱が吉野巡礼の「竜骨」をなすことが見える。

【1】「吉野入山」

弥生半過る程、そゞろにうき立（つ）心の花の、我を道引（く）枝折となりて、よしのゝ花におもひ立んとするに、かのいらこ崎にてちぎり置し人の、い勢にて出むかひ、ともに旅寝のあはれをも見、且は我為に童子となりて道の便りにもならんと、自万菊丸と名をいふ。（中略）

　乾坤無住同行二人

①よし野にて桜見せふぞ檜の木笠

②よし野にて我も見せふぞ檜の木笠　万菊丸

旅の具多きは道さはりなりと、物皆払捨たれども、（中略）いとゞすねよはく力なき身の、跡ざまにひかふるやうにて、道猶すゝまず、たゞ物うき事のみ多し。

　草臥て宿かる比や藤の花

　初瀬

③春の夜や籠リ人ゆかし堂の隅

④足駄はく僧も見えたり花の雨　万菊

　葛城山

猶みたし花に明行神の顔

　三輪　多武峰

　臍(雀)峠　多武峰より龍門へ越道也

雲雀より空にやすらふ峠哉

（1）－－－－－－－－－－－－－－－－－－－－－－

【2】「吉野三滝」

　瀧(ママ)門

⑤龍門の花や上戸の土産にせん

⑥酒のみに語らんかゝる滝の花

　西河

ほろ〱と山吹ちるか滝の音

　蜻蛉が滝（※発句の欠落か―宮本氏）

布留の滝は、布留の宮より二十五丁山の奥也。

津国幾田の川上に有　大和

　布引の滝　箕面の滝　勝尾寺へ越る道に有

（2）－－－－－－－－－－－－－－－－－－－－－－

【3】「吉野桜巡礼」

　桜

桜がりきどくや日々に五里六里

日は花に暮てさびしやあすならふ(う)

扇にて酒くむかげやちる桜

苔清水
春雨のこしたにつたふ清水哉
よしの丶花に三日とゞまりて、曙・黄昏のけしきにむかひ、有明の月の哀なるさまなど、心にせまり胸にみちて、(中略)われいはん言葉もなくて、いたづらに口をとぢたるいと口をし。おもひ立たる風流、いかめしく侍れども、爰に至りて無興の事なり。

(3)―――――――――――――――――

「和歌浦句稿」
和哥
行春にわかの浦にて追付たり
きみ井寺 (※発句の欠落か―宮本氏)

(4)―――――――――――――――――

【4】「吉野出山」
跪はやぶれて西行にひとしく、天龍の渡しをおもひ、馬をかる時は、いきまきし聖の事心にうかぶ。(中略)日比は古めかし、かたくなゝりと悪み捨たる程の人も、辺土の道づれにかたりあひ、はにふ・むぐらのうちにて見出したるなど、瓦石のうちに玉を拾ひ、泥中に金を得たる心地して、物にも書付、人にもかたらんとおもふぞ、又是旅のひとつなりかし。
衣更
⑨一つぬひで後に負ぬ衣がへ
⑩吉野出て布子売たし衣がへ　万菊
(点線2の末尾にある高野山での⑦⑧の詠唱は省筆した。)

「吉野巡礼」の出発地が『笈の小文』では伊賀上野から伊勢に書き換えられ、その吉野巡礼の叙述には、はっきりした表現上の区画が設けられている。【1】「吉野入山」の冒頭に配置された「いでや門出のたはぶれ事せんと笠のうちに落書ス。」は、【4】「吉野出山」時の「吉野出て布子売たし衣がへ　万菊」と一対をなす。ここには、二人の花見遊山を仏道修行者による「入山・出山」として意味付ける意図がある。

しかもその首尾承応及び巡礼の要所には、この宗教儀式を言祝ぐように、風羅・萬菊による二句連唱が①～⑩まで十句配列されている。加えて「吉野巡礼」の入口に当たる「葛城山」では、醜さを恥じて姿を隠す葛城の神をシテとする謡曲『葛城』を踏まえて、今一度の葛城の神の降臨を願い、吉野金峰山では「そもそも酒のその徳を　いざや語って聞かせんと柄杓に扇とりそへて　第一酒は百薬の」と謡曲『二人猩々』を踏まえて行楽の粋を尽くす入念さで書かれている。

さらに言えば「吉野三滝」の一句を除けば、杜国の句には記名がある。同じ時、同じ場所、同じ視線で、吉野巡礼の「花」の時を語る二人連れを繰り返し描くところに杜国の名が欠けたのでは話しにならない。同行二人の注意や感興を丁寧に揃えて繰り返すことで、二人が弾け、共鳴する次第を明瞭に語ることができる。この共鳴する心機は即興のライブに近く、勿論、二人連れで行う大方の巡礼旅に舞い降りる心機ではない。「同行二人」が共有するこの「感興の時」が連なることで、【転】の部に「竜骨」が形成されるのである。

ちなみに、「瀧門(ママ)」における「⑥酒のみに語らんかゝる滝の花」には「万菊」の署名がない。風羅坊が唱和する相手は例外なく万菊丸であり、⑤⑥の二句が唱和であることは疑いない。ではなぜここに万菊丸の署名がないのか。

その原因は、この署名の欠落がいわゆる『笈の小文』の第二期編集時に挿入された記事の特徴であることによる。杜国没後、時を経て書かれた二句連唱には杜国の署名が欠けている事が失念されているのである（元禄六年七月以降。詳しくは後述）。

次に、長い詞書と二句連唱で始・終を区画する「吉野巡礼」の文脈中心部にも重要な意味がある。

■桜遊山の中心部

苔清水

春雨のこしたにつたふ清水哉

よしの、花に三日とゞまりて、曙・黄昏のけしきにむかひ、有明の月の哀なるさまなど、心にせまり胸にみちて（中略）、われいはん言葉もなくて、いたづらに口をとぢたるいと口をし。


当初、桜遊山を意図して始められた芭蕉・杜国の吉野巡礼では、「吉野巡礼」の動機を語って「花」の時相の眉目とする必要がある。その叙述に当たって、いざ旅立ちの心踊りを「乾坤無住同行二人」で宗教的に意味付け、次に二句唱和を使って具体化する仕組みがあることは道理にかなう。「乾坤無住」は天地の間を大きく独歩遊行する意志、「同行二人」は信頼し助け合う二人の求道者の意。特に「乾坤無住」には、求道者の弾んだ心意気が圧縮されている。

だがその心意気は、この度の桜巡礼の狙いではない。ここに言う「苔清水」は、回峰修行・滝修行を重ねて辿り着いた金峯山寺で「西行庵跡」のとくとくの清水を賞味することを意味する。またその賞味の後には、吉野巡礼の実感を吐露する長い述懐が続いている。「金峯山寺奥の院」の外れに庵室を構えていた西行の山岳修行は、「心にせまり胸にみちて」くる新羅万象と無心に対峙する風流修行でもあった。西行法師は、大峰修行をもって吉野奥駆けの修験者として知られていた。風羅坊らの信仰の焦点は、宗教施設としてある吉野山「金峯山寺」ではない。「奥の院」にほど近い西行庵の「苔清水」や彼ら風流人の枝折りに向かい合うこと、そこから清明な詩心を受け取る願行結縁にある。勿論、この種の宿願が成就しないことも多い。「われいはん言葉もなくて、いたづらに口をとぢたるいと口をし。おもひ立たる風流、いかめしく侍れども、爰に至りて無興の事なり」。

一方、吉野巡礼の結末は、巡礼者風羅坊が辿り着いた長い「行脚心得」で始まる。その後には、巡礼行路と修行経過とを一点に集約する「衣更」の詞書きがあり、その「衣更」に導かれて、今現在の主従の感懐が簡潔に吐露される。

⑨一つぬひで後に負ぬ衣がへ

⑩吉野出て布子売たし衣がへ　万菊

「ゆへある人」風羅坊の衣更えは「一つぬひで後に」背負うことで楽々と果たせるが、万菊丸の「衣がへ」は、嵩張る「布子（麻木綿の綿入れ）」を売ることで果たさなければならない。この衣装替えの衣並びに衣の取り扱の差異にも、二人の暮らしと心性の差異が現れている（注7）。万菊丸は正しく貴僧に随身する従者の扱を受けている。

以上、整理すると【転】の章、「吉野巡礼」の初め・終りには、長い前書付きの二句連唱を配置し、文脈上の一区画を明示する意図がある。またその途中に配置された主従二人の二句連唱を竜骨とし、巡礼行路の要所々々で主従二人の弾ける感興の到来を明示する構成が採用されている。

三　吉野「三滝」への疑義

こうした明示的な作意は、吉野行脚の二句連唱をジャムセッション（a jam session）に似た力動的な機知の連携として実現されるもので、黙読型の読書では看過されることが多い。この「吉野巡礼」に於いても宮本三郎氏は、【2】「吉野三滝」には、いまだ叙述の不足があると言う。すなわち竜門・西河・蜻蛉という三滝の叙述では、前二者には句を付すが、「蜻蛉」には句が欠けること。「しかもこれより一層不可解なのは、「蜻蛉が滝」に続けて、あたかも紀行本文のごとく⑬（前掲本文点線（2）—（3））の布留の滝を説明し、さらに一段下げて布引・箕面の滝の名を記すことである。」（宮本三郎『蕉風俳諧論考』305頁）。

実際、事実確認のために「惣七宛芭蕉書簡」（貞享五年四月二十五日付）に照らすと、関連箇所は「布留の社に詣（中略）、猶なつかしきまゝに弐拾五丁わけのぼる。滝の景色言葉なし。」とあるばかりで、美景の滝をいくつか並べて、滝尽し風に賞味する言葉はない。

宮本三郎氏が「見及んだ滝の名をここに一括して備忘のため書きとめたもの」（宮本三郎『蕉風俳諧論考』302頁）と見る理由は、『笈の小文』の礎稿となる前掲「惣七宛芭蕉書簡」に

滝の数　七ツ　／竜門／西河／蜻蛉／蝉／布留／布引／箕面

と、七滝を集約した「備忘メモ」が残るからだろう。

しかし、これに反論する高橋庄次氏は「これは単に瀧尽しというよりは、むしろ順路を逐った道行的瀧尽しと言うべきであろう。」（注8）と言う。高橋氏は、この「滝尽し」に先立つ吉野入山の叙述を「この条は、初瀬山・葛城山・三輪山・多武峰とつづく〝山尽し〟の形態をとっていることになる。つまりここは〝山尽し〟から「臍峠」を経て、〝瀧尽し〟へ転換する構成になっているわけである」（注9）と言う。

確かに、吉野入山から吉野三滝に到る叙述を「山尽し」「滝尽し」だと指摘する高橋氏の主張には、共感出来るものがある。だがそこには、もともと不可欠の「見なし」が二つ含まれている。

初瀬

③春の夜や籠り人ゆかし堂の隅

④足駄はく僧も見えたり花の雨　万菊

葛城山

猶みたし花に明行神の顔

三輪　多武峰

臍峠　多武峰より龍門へ越道也

雲雀より空にやすらふ峠哉

瀧（ママ）門

⑤龍門の花や上戸の土産にせん

高橋氏の「見なし」は、「初瀬」は初瀬山、「三輪」は三輪山だと見なすことである。確かにこれらの地名の後には、三つ続けて滝の名が続くので、それを「滝尽し」と見る視点に立つと、これらの地名は「山尽し」に見える。逆に言えば、もし後続する「滝尽し」が無ければ、これは初瀬寺、大神神社（おおみわじんじゃ）、談山神社（多武峰）参詣を済ませ、臍峠・龍門岳へと足を運ぶ吉野春峰の一コマとなる。

その上「惣七宛芭蕉書簡」には、先の「滝尽し」の後に、次の「峠・山峯」の記述がある。

①峠　六つ

琴引　臍（ホソ）峠　小仏峠（野路）

くらがり峠　岩や峠（当麻）　樫尾峠

②山峯　六つ

国見山　安禅嶽　高野山　てつかひが峯

勝尾寺ノ山　金龍寺ノ山

ここでは、高橋庄次氏がいう「初瀬」「三輪」「多武峰」が「峠」にも「山峯」にも数えられていない。

ちなみに、高橋氏が「順路を追った道行き的〈滝尽し〉」と言う場合も、滝の位置から見て、大和から摂津に続く行脚の行程が想定されるが、風羅坊らの実際の道程は、吉野から高野・和歌浦に向って続いている。

これを逆に言えば、もしここに「和歌浦句稿」が無ければ（注10）、吉野巡礼の叙述は、「吉野入山」「吉野三滝」「吉野桜巡礼」「吉野出山」のシンプルな四段構成となり、吉野「入山・出山」が夾雑物無しに出揃うことになる。またもしここに「和歌浦句稿」が無ければ「吉野三滝」のメモ書きは、回峰修行、滝修行の足取りを示唆して、巡礼修行のはかどりを示し、吉野出山・奈良・大阪・須磨明石に至るこの物語の行路をシンプルに指示する役割を果たすことになる。

四　吉野三滝の挿入

ところで、通説に言う『笈の小文』の第一次編成時、『笈の小文』は大きく姿を変えている。前稿に述べた通り、「伊勢句稿」が挿入されることで、二月の伊勢参宮に始まり、四月に、尼崎から須磨・明石の古戦場を廻る約二ヶ月半の長旅が出現する。しかも、熱田神宮・伊勢参宮が巡礼行事の始発点となる事で、風羅坊・万菊丸には修行者色が付与される。吉野遊山もまた、大峰修行に代表される山岳修行地として意味づけられる。

そこは『古今著聞集』巻二「西行法師大峰に入り難行苦行の事」にあるとおり、「飢寒辛苦」を通して我が身の「罪障消滅」を目指す修行者には欠かせない修行場となる。その西行にあやかるべく枝折りの跡を訪ねる風羅坊の巡礼もまた（注11）、「回峰修行・滝修行」を伴う山岳修行として意味付けられる。

すでに前稿で見たように、現『笈の小文』【承】の部に「伊勢句稿」が挿入された『笈の小文』第一次の編成時、編成作業には三点の共通項がある。一に、二人の旅路を廻国修行者の巡礼旅に化粧直しする、二に、紙片の挿入という略式の改編であり、三に、その結果、表現上に瑕疵を残す本文が出現すること、の三点である。

しかも宮本氏によると「吉野三滝」の質疑に関わって、それ以上に重要な事実は、実は「滝尽し」に関わる次のような『笈の小文』諸本共通の署名の欠失である。

瀧門（ママ）
⑤龍門の花や上戸の土産にせん
⑥酒のみに語らんかゝる滝の花　（万菊か）

この前文に「臍峠」を注して「多武峰より龍門へ越道也」と有るとおり、「臍峠」は多武峰から龍門岳（標高904メートル）を越えて吉野山塊に足を踏み入れる途中にある。龍門岳北西側の峠には、今も芭蕉の「雲雀より」の句碑がある。この「龍門」がもし「龍門滝」の略なら「多武峰より龍門へ下る道也」となりはしないか。⑤にいう「龍門の花」はこの龍門岳の桜で、その稜線を下ってゆくと、龍門寺跡と龍門の瀧とがある。⑥はその、本来修行場である「龍門滝」の桜の句である。つまりもともとここは、「多武峰・臍峠・龍門岳」と続く峠であり、高橋氏の主張のように「〝山尽し〟から「臍峠」を経て、〝瀧尽し〟へ転換する構成」では無かったのである。

ちなみに、一見、同工異曲とも言えるこの「龍門」の二句連唱は、龍門岳の見所二つを語って、あの時、あの場所、あの気分で、風羅・万菊が同じ感興に浸った事を示している。人品賤しからぬ風羅坊が言う「上戸（原義は、豊かに暮す家族）・土産（つと）（雅語）」、闊達な庶民である杜国の直截な物言いを示す「酒飲み・滝の花」。『笈の小文』冒頭ですでに露沾公は風羅坊に吉野の土産を所望している。花籠か葛籠に入れた花びらを露沾公の「土産（つと）」にする風羅坊に「酒飲み」はふさわしい。龍門の滝の雫を斗酒なり、いざ呑まんと讃える趣味はない。「酒のみに語らんかゝる滝の花」の「かゝる」は、「かゝる（このような）」と「懸かる（滝に懸かる花）」の掛詞だろう。先に記した長谷寺参篭時に、当初「木履はく僧も有けり雨の花」（『阿羅野』）とあった句形を「足駄はく僧も見えたり花の雨　万菊」と、より直截な言葉遣いに改めたのは芭蕉である（注12）。

さてこの「龍門」の二句が唱和であることは動かないが、この⑤⑥のような作者名を欠く唱和が、杜国没後、『笈の小文』の第一次編集時（元禄三年四月〜元禄四年四月）以後に、新規に挿入された箇所であることは何故か見落されてきた。その原因は後に尋ねるとして、今は、その作者名の欠失は何故出来たかを尋ねる必要がある。すると、実はこの連唱の記名欠失が、最終章、「須磨明石紀行」の叙述で、ふたたび全章に渡って起きていることが分かるからである。

（1）須磨冒頭

①月はあれど留主のやう也須磨の夏
②月見ても物たらはずや須磨の夏　（万菊か）

（2）須磨明石句稿

③須磨のあまの矢先に鳴か郭公
④ほとゝぎす消行方や嶋一つ　（万菊か、注13）

この二句連唱の通り、吉野三滝に於ける連唱の記名欠失は、単独の記名欠失ではない。吉野三滝と「須磨明石紀行」の連唱書式で共通する欠失である。

この二句連唱書式が「吉野紀行」の「竜骨」であることはすでに述べた。その書記態度が『笈の小文』の「結」の章、「須磨明石紀行」まで延伸される事の意味は、第一に「吉野紀行」と「須磨明石紀行」とを同じ唱和のセッションで統合すること、またその二は、山岳巡礼（吉野）と海浜巡礼（須磨明石）とを一対の形で連結し、「山野海浜の美景に造化の功」（『笈の小文』）を探る『笈の小文』一巻の指針を実現することである。さらに第三に同行二人の花見遊山を文字どおり山野海浜をさすらう山伏修行に化粧直しする。加えて第四に随行者万菊丸を「唱和する人」として特徴づける。

一般に、『笈の小文』の編成第二期が始まったとされる元禄六年七月以後なら、万菊丸の名が一時的に省筆されることはありうるが、署名の書き差しが自然になるのは、これらの句々の作者が実際は万菊丸ではなく、作者芭蕉の代作である場合だろう（注14）。

五　海辺をさすらう巡礼

ところで、宮本三郎氏による『笈の小文』【結】の部（「須磨明石紀行」）の不審は、前掲（1）として表示した二句連唱に限られる。この同類二句のごとき配置を芭蕉が考える筈がないと同氏は不審する。

しかしその同類性には疑問符が付く。前者は「月は出ていても、夏では、主人の留守に訪ねて来たようだ」（『日本古典文學大系芭蕉句集』大谷篤藏他校注）と落胆する風羅坊の句、後者は「なるほど、月を見てもご満足なされぬか、須磨の夏ではのう。」と前句に同感を表わす万菊丸の唱和の句である。一般にこの句は両句とも芭蕉作と見なされるため、「空の月を見ても、なんだか物足りないことであるよ。須磨の夏景色は」（『日本古典集成芭蕉文集』新潮社刊）と、前句と同じ落胆を繰り返す句と解され、同類二句かと不審されるのである（注15）。

次にその二句連唱の共鳴作用を取り扱った「須磨明石紀行」の、①②、③④を唱和の句と認める高橋庄次氏は、①②句に謡曲『松風』を面影にした「歌謡調の韻律」(『芭蕉連作詩篇の研究』734頁)の繰り返しを、また③④の間には同曲中の海女、松風・村雨を面影にした「ほととぎす」の「尻取り句法」を読み取っている(『同研究』739頁)。筆者はこの解説の賛同者ではないが、ここに掛け合い唱和の作意があることは、次の発句「海士の顔」「似合しき」(杜国)に照らしても賛同されるだろう(注16)。

○海士の顔先見らるゝやけしの花 (『笈の小文』) ※男海士と芥子
○似合しきけしの一重や須磨の里 亡人杜国(『猿蓑』)※女海女と芥子

この「芥子」の両句は「けしの花」を中に挟んで対照を成し、軽いユーモアを喚起する掛け合いで成立っている。その掛け合いの呼吸の「え!何?」という緊迫と「よーし!」という安堵とは、先の「郭公」の二句にも通じる。つまり「え!」と思う危ない「郭公」と「よーし!」と安堵する機敏な「ほとゝぎす」とを対照し、ユーモアを交換する唱和の呼吸は、③④の句の応答にも見られるのである(注17)。

六 結び

結論を要約すると、次のようになる。新規に考察した【転】の部「吉野三滝」、【結】の部の「夏の月二句」、「ほとゝぎす二句」に共通するものは、【転】の部以後に顕在化する風羅坊・万菊丸の二句唱和である。この連唱書式が言わば「竜骨」として【転】【結】の部を繋ぎ、「同行二人」に舞い降りた「花」の時相を表示する。その「花の時」の弾ける心機を読みとるには、この作品の読み直しが欠かせない。

闊達な応答を繰り返す万菊丸の死後、『笈の小文』の第一次編成にあたった松尾芭蕉は、【承】の部に「伊勢参宮」を裁ち入れて、芭蕉らの吉野遊山を吉野巡礼に衣更えした。

次に松尾芭蕉が【転】の部に「吉野三滝」を挿入して「回峰修行・滝修行」を演出し、【結】の部には「夏の月二句」を挿入して「須磨明石紀行」を『笈の小文』に組み込むのは元禄六年七月以後の第二次編集期である(詳しくは9節)。

この「吉野三滝と備忘メモ」「須磨明石巡礼」がここに挿入される『笈の小文』の第二次編集期、『笈の小文』の物語の時空は、大和から摂津・兵庫・須磨・明石に向って延伸される。巡礼者らしい行状に、修行者風の人物造形が加わり、「山野海浜」を経巡る巡礼記『笈の小文』の竜骨が誕生する。丁度その加筆時期なら、「吉野三滝と備忘メモ」は挿入されても「和歌浦句稿」はいまだ染筆の予定が無い時期は有り得る。したがって「吉野三滝」備忘メモと「和歌浦句稿」との間に構想の齟齬が生じることも有りある。「和歌浦句稿」は「吉野三滝と備忘メモ」に十行ほど遅れて書かれる位置にあるからである。

それでは、大和から摂津に向う「道行き的滝尽くし」が無効になるにも関わらず、「和歌浦句稿」は、いつ、なぜこの位置に追加されるのか。

注1、拙稿「『笈の小文』の表現の瑕疵について」(『國文學攷』217号、平

成二十五年三月三十一日）に述べた。

注2、宮本三郎著「『笈の小文』への疑問」（『文学』昭和四五年四月号・五月号）。同著『蕉風俳諧論考』笠間書院刊、昭和四九年八月に再録。

注3、この点は、尾形仂著「鎮魂の旅情」（『国語と国文学』昭和五一年一月号。『日本文学研究資料叢書　芭蕉Ⅱ』再録。）にすでに整理されている。

注4、拙著『松尾芭蕉作『野ざらし紀行』の成立』第三章の4「続、泊船本の用字特性―晩年執筆の痕跡」p358参照。

注5、注1拙稿に同じ。表1の上・下段のように基本字体・補助字体の使用比率が10％以上変化し、かつ同類の変化が同一年度で相当数確認される時に、その年度を大きな用字変化の年と見なしている。前後を見計らって仮設した基準である。

注6、初稿とされる中尾本は、張り紙以前の本文と張り紙以後の本文とで、成立時期に時間差がある。前者は元禄三年夏―元禄四年秋までの関西滞在中に下書きされ、後者は元禄五年六月以降、江戸で作成されたとの分析がある。伊藤厚貴「新出芭蕉自筆本『奥の細道』の位置付けについて―張り紙改訂前・後の用字法の相違を中心に―」（日本近世文学会平成九年度秋季大会研究発表要旨、『近世文芸』六七号、平成一〇年一月）参照。筆者が言う中尾本の執筆は、この張り紙訂正作業後、本文が完成するまでの過程を言う。また天理本はこの中尾本を踏まえて執筆されているので、元禄五―六年次の執筆となる。

注7、金任仲「西行の大峰修行をめぐって―説話との関連を中心に―」『文学研究論集』第16号、'02／2）

注8、高橋庄次著「『笈の小文』の謡曲構成について」（『日本文学研究資料叢書　芭蕉Ⅱ』116頁、有精堂刊、昭和五二年八月）

注9、『高橋庄次著「『笈の小文』の謡曲構成について」（『日本文学研究資料叢書　芭蕉Ⅱ』118頁、有精堂刊、昭和五二年八月）

注10、元禄三・四年に『笈の小文』が一度編成されたあと、『笈の小文』を三つ海辺の物語（後述する）として再編する元禄六年に、西行法師の修験道修行を踏まえてこの「和歌浦句稿」は追加されたものだと考える。西行の修験道修行については金任仲「西行の大峰修行をめぐって―説話との関連を中心に―」（『文学研究論集』第16号、'02／2）参照。このため拙稿では略述するに止めた。

注11、『笈の小文』乙州本は、道すがらに書いた数十点の「小記」がベースになって、「浩瀚」（少なくとも一冊）の体裁に編集された「記」である。当初は素朴な「記」だった本文が主題と構成を備えた紀行文として編成されていく様子は、次の記録にも表れている。

芭蕉七回忌追善集『雪薬集』（一吟編、元禄十三年）には義仲寺無名庵の什物の一つとして「大和後の行記　自筆」（『野ざらし紀行』の大和紀行に次ぐ後の「大和紀行」の意）が記録されている。また『泊船集』夏の部、郭公の項の芭蕉発句「須磨の蜑の矢さきに啼や郭公」の後書きには「此詞書ハ須磨紀行に見え侍る」とある。「吉野出山」に先立つ「行脚心得」にも独立して賞味された可能性がある。金関丈夫著「芭蕉自筆「笈の小文」稿本の断簡」（『連歌俳諧研究』38号、昭和四五年三月)。

注12、この二句唱和は、尾形仂氏の論文「鎮魂の旅情」にすでに指摘されている。またこの句の「足駄」の解説を通してこの二句の応答の見事さについても解説されている。さらに「大和吉野行脚にのみ見出せる特徴的な表現形態、繰り返しと呼応、しかもそれが一貫して万菊とのかかわりにおいて見出される」(「大和後の紀行」井上敏幸『貞享期芭蕉論考』197頁、臨川書店、平成四年四月刊)という指摘もある。

注13、この句は一般には芭蕉の作とされている。また『日本古典文学大系芭蕉句集』97頁(大谷篤蔵他編、岩波書店刊)ではこの句を「鉄拐山頂からの眺望の句」とする。制作当初はそうだった可能性もある。が、『笈の小文』の推敲過程でこの句の後に発句「須磨寺や」が挿入され、須磨海岸から須磨寺までの途中吟に修正された。この修正によって発句「ほとゝぎす」は、「須磨の海士」の発句と一対をなす発句に改められた。

注14、この点は、前掲の尾形仂著「鎮魂の旅情」、また「大和後の紀行」井上敏幸『貞享期芭蕉論考』198頁(臨川書店、平成四年四月刊)に触れられている。ちなみに、先に「瀧門(ママ)」の「⑥酒のみに語らんかゝる滝の花」を「万菊か」と単純に注記した理由は四つある。第一に、この叙述の骨格部には二句連唱をもって二人の「感興」を唱和する構図がある。第二に、この⑤⑥が臍峠・龍門岳・龍門滝を廻る回峰修行・滝修行という吉野巡礼の眉目に位置して、二人の唱和が有るべき位置にあること。第三に、杜国の死後(元禄三年三月二〇日)に始まる『笈の小文』編集第一期以後に追加された二句連唱には、共通して杜国の署名がないこと。第四に、①の芭蕉句は「花を見せうぞ」(『土芳筆芭蕉翁全傳』)、④の杜国句は「木履はく僧も有けり雨の花」(『曠野』山本荷兮編元禄二年三月)とあったものが『笈の小文』編集時に修正され、芭蕉の手が加わった形跡があることによる。

注15、著者は富山奏、昭和五十三年三月刊。『小学館日本古典文学全集松尾芭蕉集②』もほぼ同じ解釈で、「やはり昔からいうとおり、須磨は秋に限るようである。」と付言している点も諸注釈と変りがない。また『古典俳文学大系5芭蕉集全』集英社刊(154頁)はこれを元禄三・四年の作とする。実際に、セッションとして『笈の小文』を読み直す作業は、次稿で行うので省筆する。

注16、一対をなす句である点は、前掲尾形仂氏の論文「鎮魂の旅情」にも指摘されている。

注17、綱島三千代著「『笈の小文』成立上の諸問題」(『連歌俳諧研究』第二十五号、昭和三十八年十二月)参照。なお阿部正美氏も「想像を逞しうすれば、この時(※元禄四年四月二十一日~二十八日)芭蕉は「須磨紀行」の条を書いていたのかもしれない。」という。「『笈の小文』の成立」(『連歌俳諧研究』四十七号、昭和四十九年八月)参照。

5節　『笈の小文』の記名と小口の書き揃え

一　承前

『笈の小文』の制作時期は、従来、大まかに二分して考えられてきた。坪井杜国の訃報が幻住庵の芭蕉に届く元禄三年四月八日までの句稿生成期、同日から杜国の夢を見て大泣きした松尾芭蕉が『嵯峨日記』（元禄四年四月二一日）に旧稿の手入れの記事を書き付けるまでを句稿編成期とするものである。

諸説は概ね『笈の小文』の成立をこの編成第一期の事と考えるが（注1）、一人大礒義雄氏は第一稿本（大礒本）に附録された連句の制作年次を点検し、附録編の最終成立年次を芭蕉の江戸滞在時の元禄六年七月以降と考証する（注2）。

一方、『笈の小文』吉野紀行の「吉野三滝句稿」（以下「吉野三滝」と略す）「和歌浦句稿」を後日の挿入かと疑義する宮本三郎氏は、この二篇の句稿の挿入時期を松尾芭蕉の没後と考えている。この疑義に注目する筆者は（注3）、元禄六・七年に訪れた『笈の小文』編成第二期に「吉野紀行」と「須磨明石紀行」とを繋ぎ、唱和する人としての杜国を顕彰する改作行為が進行したと結論する（詳しくは次節。注4）。

しかし、先に検討した通り、この編成第二期に制作された『笈の小文』（第一稿の祖本）には、「吉野三滝句稿」と「和歌浦句稿」とは別紙紙片の挿入状態にあった。その事実を具体的に徴表すると共に、『笈の小文』が筆写者たちの微妙な文字操作を経て現在の本文に仕上がる経過を開示し、上記徴表の動機を考察してみたいと思う。

二　風羅坊・万菊丸の唱和

「伊良古崎紀行」「伊勢紀行」など、『笈の小文』はもともと前書き・発句を書き連ねる句稿書式を基本とする。そのため『笈の小文』には、複雑な思考や感懐を盛りつける上で書式上の不備がある。そこでその不足を解消すべく、『笈の小文』の要所には、長い俳文、簡潔な前書きに続いて、その場の思考や感慨を集約した発句が配置される俳文書式が採用されている。

このため以下に掲げる七つ、合計一四句の風羅・万菊の唱和についても、この二種類に区分することができる。②③⑥は前書き・発句で構成される句稿書式、①④⑤⑦は、長い俳文、簡潔な前書き、感慨を集約した発句で成り立つ俳文書式である。これによって、風羅・万菊の唱和の大部分が『笈の小文』の要所、複雑な思考や感懐を盛りつける箇所であることが分る（引用は大礒本。長い俳文は切詰めて掲出）。

①〈長い俳文〉弥生半過るほど、そゞろ浮立心の花の、我を道引枝折となりて、よし野の花に思ひ立んとするに、（中略）いでや首途の戯事せんと、笠の内に落書す。

乾坤無住同行弐人

よし野にて桜ミせうぞ檜木笠
よし野にて我もミせうぞ檜木笠

②
　初瀬
春の夜や籠人ゆかし堂の隅
足駄はく僧も見えたり花の雨

③
　瀧(ママ)門
龍門の花や上戸の土産にせん
酒呑に語らんかゝる瀧の花

④〈長い俳文〉芳野の花に三日止りて、曙・黄昏のけしきにむかひ、(中略)徒に口を閉たるいと口をし。思ひ立たる風流、いかめしと侍(ママ)れども、爰に至つて無興の事なり。
　高野
父母のしきりに恋し雉子の声
散花にたぶさ耻けり奥の院　万菊

⑤〈長い俳文〉跪ハ破れて西行にひとしく、天龍の渡りをゝもひ、馬をかる時ハいきまきし聖の事心ニうかぶ。(中略)物にも書付、人にも語らんと思ふぞ、又是旅の一ツなりかし。
　衣更
一ツ脱で後に負ぬころもがへ
芳野出て布子売たし衣更

⑥
　須广
月ハあれど留主の様也須广の夏
月ミても物たらハずや須广の夏

⑦〈長い俳文〉東須广・西須广・濱須广と三所に分れて、あながちに何業するとも見えず。(中略)つゝじ根笹に取つき、息をきらし汗を浸して漸雲門に入にぞ、心もとなき導師の力也けらし。
　須广の蜑の矢先に鳴か郭公
　杜宇聞(ママ)行かたや嶋ひとつ

①は吉野巡礼出発の興奮を伝え、②は行脚初発の足腰の疲れの後に訪れた長谷寺参籠の静謐を語り、④は、桜を展望する吉野巡礼の至極の興奮を綴っている。また⑤では降り積もる行脚の感懐を独りごち、⑥では須磨明石一見時の落胆を語り、⑦では、初見の眼差しが捉えた須磨明石海岸夜明けの風光を緻密に写し取っている。風羅・万菊の二句唱和による叙述密度の高まりは、この吉野紀行・須磨明石紀行において高揚感を生み出し、この二人の二句唱和が二人巡礼の要所で弾ける行脚の歓喜を伝えている。相互に響き合う連唱十四句が意味的にも感情的にも相互に連関して二人巡礼の華やかな交歓を照らし出す。
　火山地帯を含む山岳修行は、それ自体、修行行路の進捗に連れて「乾坤無住同行弐人」の信頼感を醸成する。山頂にあって

異界とされる弥陀ヶ原や三途の川を渡る二人巡礼は、信頼や友情を確かめ合う点では、誰かと「絆」を分かち合う経験そのものである。その巡礼が、愛着という大切な感情を露わにし、確かなものにする。それは現世ではなかなか巡り会えない確かな「方法」と言うことが出来る（『欲望と消費の系譜』監修草光俊雄・眞嶋史叙（NTT出版 2014/7/30　p81）。二句唱和をもってこの連帯感を炙り出すことこそ、二人巡礼の濃やかな交歓を繰り返す意図である。

次に目立つことは、②③⑥の簡略な二句連唱が『笈の小文』の要所に配置された俳文書式とは違っている事である。俳文書式よりはむしろ単純な句稿書式で書かれている上に、発句には記名がない。また、記名の有無で言えば、一稿本祖本（大礒本の祖本）の唱和にはすべて記名が無い。

この句稿書式は道中の備忘録として役立つ上に、そのまま送付して句集に掲載することができる。江戸で書写された一稿本で初めて一句のみ記名されたこの記名欠失（注5）は、一稿本が書写される元禄六年七月頃までは欠失のままだった（後述する）。また一稿本の一句記名が二稿本（雲英本）に引き継がれているので、二稿本執筆は元禄六年七月以降のものと推定される。それは芭蕉逝去まで約一年間を残す最晩年である。

この無記名のせいで③⑥⑦の連唱六句は従来、すべて風羅坊の詠唱だと見なされているが、果たしてそうか。当面、だれがこの句の作者かは脇に置くとして、この③⑥⑦の六句は③「上戸」―「酒呑」、⑥「月はあれど」―「月見ても」、⑦「郭公」―「ほとゝぎす」と一対の語句を復唱して前句に追随する唱和の句である。詠唱は風羅・万菊の順で、その逆はない。万菊丸は一貫して師坊の句に共感し、類語で復唱し、闊達に唱和する位置に立っている。

江戸で書写された一稿本からその祖本を照らし見ると、署名は元々無かったものであり、それが一稿本・二稿本で一句のみ新規に記名されたものである。一稿本の筆写の際に、すでにこの唱和の作者名欠失は気がかりだったと見えて、一箇所だけ小さな割り注の形で「万菊」と補記されている。（左掲の末行の小文字）

図版①　大礒本「高野」『笈の小文（異本）の成立の研究』大礒義雄著、ひたく書房刊、p122

この二句唱和は元禄二年三月刊『曠野』（巻七）に掲載されているので、たとえ江戸在住の筆写者であっても補記することはできる。そのためここは二稿本（雲英本、東烏林、安永七年弥生十七日写）でも「散花にたぶさ耻けり奥の院　万菊」と句末に小さく作者名を付記している。付記した人物が「東烏林」であることはもとよりだが、同書は後年（安永七年）の写本であるため二稿本の基礎に当たる底本の筆写者も又、この箇所では「万菊」という小文字の「付記」を採用していた事になる。

句稿書式に準拠して言えば本文同等の字体で「万菊丸」と書くことが正式だが、ここでは小文字化し、割り注化し、略称化し、筆写者の走り書きの印象を持たせることで、本文と区分する文字操作が行われている。この文字操作は作者芭蕉の筆記ではないし、芭蕉の文字を模写したものでもない。松尾芭蕉の意志とは別に、一稿本筆写者が多少の労力をかけた心覚えを書き付けるのである。もし芭蕉が筆記するなら、総ての万菊丸の句に「万菊丸」と署名するだろう。そうすることでのみ万菊丸の句と風羅坊の句とがすべて識別され、『笈の小文』本文が容易に読解可能な本文になるからである。

一方、この事情は最後に関西で書写された三稿本では違ってくる。①の「万菊丸」の記名は割り注、小文字の「万菊丸」であり、②④⑤では本文よりはやや小振りの文字で「万菊」と書かれている。しかも①は「同行二人」の文脈から自然に万菊丸と分かり、②④⑤の「万菊」はすでに『曠野』で「杜国」と記名されている。

本文より一回り小さいこの略称記名もまた、本文と筆写者の注記とを区別するつもりで書かれたか。誰がこれを記入したかは不明ながら、それは「吉野三滝」を除く「吉野紀行」の全体に及ぶ。「吉野紀行」において「吉野三滝」だけが記名を欠くのは、それが後述の通り、元禄六・七年に挿入された「別紙」として本文に添付されていた証拠ともなる。元禄六・七年に加筆された「須磨明石紀行」の風羅・万菊唱和の四句には万菊の記名が欠けているからである。元禄六・七年に加筆された原稿において万菊の記名が欠けるのは、万菊が元禄三年三月には死亡していること、言い換えれば、元禄六・七年に加筆された万菊の句は、芭蕉の代作によるせいでもある。

図版②　乙州本『笈の小文』（天理大学善本叢書10『芭蕉紀行文集』）十三オ八行目

図版③　乙州本『笈の小文』（天理大学善本叢書10『芭蕉紀行文集』）十四オ三行目

しかしその記名はまた、ただちに芭蕉本人とも考えにくい。もし元禄七年の芭蕉なら、万菊の句にすべて記名して『笈の小文』の完成を急ぐからである。ちなみに後述するように第一稿本が丁寧に行文をなぞる書写であることは認められるが、それは芭蕉の筆跡ではない。部分的に芭蕉的な筆跡があるのは、それが丁寧な写本だからであろう。同じく二稿本・三稿本も芭蕉の筆跡ではないが、宮本三郎氏は三稿本（乙州本）の筆者を河合乙州だと考え、筆跡を照合している（注6）。

一方、第一稿本の祖本執筆に関わったのが松尾芭蕉本人である事は已に考証されている。また第一稿本・第二稿・第三稿本を詳細に比較し、一稿本から三稿本に向って句・文の彫琢をこらし、三稿本祖本まで推敲を押し進めた人物が松尾芭蕉であることも大礒義雄氏の指摘するところである（注7）。本文並びに挿入句稿を点検するとき、推敲の練度や完成度に芭蕉らしい痕跡が残るからである。

三　吉野三滝と須磨明石句稿

ところで、先に触れたように、旅の同行者杜国の死亡並びにその一回忌を契機に『笈の小文』が編成されたとする従来の通説は、恐らく動かない。その時期を第一次編成期と呼ぶなら、それ以前に書かれた『笈の小文』はいまだ紙片の集積であって、それを一編の作品に編集したのは芭蕉自身である（「乙州本「笈之小文序」）。

しかし杜国一回忌に手向ける手向け草として取り纏められた著作に、杜国の名が記載されなかったとは考えがたい。本文の現状に照らせば、江戸で既に一冊として書写されていた『笈の小文』が草稿紙片のまま乙州に授与されたとも考えにくい。「笈之小文序」における乙州の発言が成立つとすれば、その可能性は、元禄四年九月末、江戸帰庵の途中に杜国宅に立ち寄った芭蕉が、第一次編成時の『笈の小文』を後の形見に書き与えたと見ることとだろう。ただしそれは「江戸出発」「東海紀行」「伊賀伊勢紀行」「吉野紀行」の四章から成る『笈の小文』である。当日、姉の智月が形見が欲しいと明言したところを見ると、この面談の場には永別の気配があったと考えて良い。姉は「幻住庵記」を、弟は芭蕉の自筆画像を賜ったという。同じ近江蕉門で後に江戸に移った史邦は、同じ記念（かたみ）に、芭蕉画像、文机、『笈の小文』を与えられている。常に史邦よりは上位者として処遇されてきた乙州に先に『笈の小文』が遺贈されることは不思議ではない。

また、ことがもし元禄四年九月末に起きたことなら、それは第一次編集期の末尾に当る。その時期なら、『笈の小文』がいまだ料紙片を含む初稿であることにも、乙州一人に授与されることにも不都合はない。さらにその時期の『笈の小文』が実質、「吉野紀行」なら、吉野における唱和句に限って杜国の記名があることも自然な事になる。

では現状の『笈の小文』にその痕跡はあるのか。

三稿本で無記名の③⑥⑦の唱和句の内、③は吉野紀行の中の「吉野三滝句稿」に、また⑥⑦は須磨明石紀行の中の「須磨明石句稿」（後述する）に含まれる。長い俳文、簡潔な前書、鮮明な発句という俳文書式を連ねる風羅・万菊の唱和が『笈の小文』の要所を構成する中で、③⑥は例外的に、前書き・発句を端的に書き並べた句稿書式である。しかも③⑥の唱和に文脈上の齟齬を読み取る宮本三郎氏は、この句稿自体を後人（乙州）による挿入ではないかと質疑している（注8）。

しかしこの③⑥⑦の唱和は、元禄六年七月以後に乙州に無関係に筆写された第一稿本ですでに記載されている。宮本氏の乙州挿入説では、③「吉野三滝」、⑥⑦「須磨明石句稿」がともにすでに一稿本の書写段階で、『笈の小文』本文に追加されている説明がつかない。

ただし『笈の小文』の一稿本・三稿本のどちらを用いても、宮本三郎氏が言う前書だけの「蜻蛉滝」「きみ井寺」の不自然さ、そこからさらに不自然に続く「芭蕉の行脚観・旅行論と言ふ(ママ)べき俳文」(注9)は不可解だという疑念は残る。確かに「きみ井寺」だけでは文意が不足し、吉野山塊の奥の奥まで踏破する遠大な行脚巡礼が「壮挙」として顕在化しない。また、「そとの濱邊」(幻住庵記)から蝦夷地を眺めるような異境に向かい合う至極の興奮もない。さらに、風羅坊の行脚論が「その前後と不調和に不自然に雑居介在する」(注10)という宮本氏の困惑も残る。三ヶ月足らずの行脚にも拘らず、行脚の限りを尽くし、山岳地帯の奥の奥まで巡礼修行した熟練の修行者にしか言えないことが、さも子細らしく軽々に語られていると見えるからである。

しかし、これらの指摘は実は「結果」からの指摘であって「原因」からの指摘ではない。その不自然さの「原因」は「芭蕉の行脚観・旅行論」がもたらしたものではなく、急遽、虚構された「吉野三滝」「和歌浦句稿」、就中短すぎる詞書き「蜻蛉滝」「和哥」「きみ井寺」がもたらしたものだからである。

それではその事実を示すために、実際『笈の小文』に挿入された「吉野三滝句稿」「和歌浦句稿」を本文の実情に即して点検してみよう。今、これを一纏めに検討するのは、それぞれの挿入事情に一連の似かよった作意が作用するからである。

まず『笈の小文』の原形を留める一稿本(大礒本)は枡形七行本(一行は14—18字)、同二稿本(雲英本)は12行本(一行は22—26字)、三稿本(乙州本)は八行本(一行は15—17字)で、三書ともに発句及び前書で改行する書式である。何気ない事実のようだが、12行本の二稿本は字詰めの点では一稿本の2丁分を概略一丁に収録する。叙事文が長くなると二稿本の字詰めが進み、一ページ当りの字数が増えるので、両書の足並みには3行～5行分の誤差を生じる。

このため、二稿本(雲英本)の2丁裏末尾の「訪んと先」は大礒本の4丁裏末尾に有るはずだが、実際は5丁表4行目に位置している。また二稿本(雲英本)の3丁裏末尾の「或は」は大礒本の7丁表4行目に、同じく4丁裏末尾の「伊勢山田」は9丁表の5行目に、という調子でこの誤差は上表の通りゆっくり拡大する。

ところがその誤差の持続にも関わらず、不思議な現象が起きている。大礒本12丁裏冒頭の「吉野三滝」、14丁裏冒頭の「和歌浦句稿」の二箇所に限っては、雲英本6丁裏冒頭の「吉野三滝」、7丁裏冒

表－1　紙面の誤差

雲英本	大礒本	誤差
1丁裏末尾	2丁裏7行目	0行
2丁裏末尾	5丁表4行目	4行
3丁裏末尾	7丁表4行目	4行
4丁裏末尾	9丁表5行目	5行
5丁裏末尾	11丁表5行目	5行
6丁裏末尾	13丁表6行目	6行
7丁裏末尾	15丁裏3行目	10行
8丁裏末尾	17丁裏4行目	11行

頭の「和歌浦句稿」と、きっちり二分の一倍の位置に、同じ語句、同じ行文が配置されている（図1・2）。

念のために言えば、『笈の小文』の原型をとどめる一稿本（大礒本）は枡形七行本、同二稿本（雲英本）は十二行本である。二稿本で同じ行文配置を実現するためには、二稿本で字詰めを調整する他はない。事実（表1の7丁・8丁）、二稿本の一丁当たりの文字数が一稿本の4〜5行分（約70字）増えるのである。これは偶然ではない。

■図1，吉野三滝、雲英本6丁・大礒本12丁

6丁裏　12丁裏

三輪　多武峯　臍峠

雲雀より上にやすらふ峠かな

多武峯より龍門へ越す道也

〈小口、山折り〉

龍門

龍門の花や上戸の土産にせん

酒のミに語らむかゝる瀧の花

（本文、二稿本）

図2，和歌浦句稿、雲英本7丁・大礒本14丁

7丁裏　14丁裏

父母のしきりに恋し雉子の声

散花にたぶさ耻けり奥の院　万菊

〈小口、山折り〉

和哥のうら

行春に和哥のうらにて追付たり

きミ井寺

（本文、二稿本）

右の通り、諸本は共に前書き改行、発句改行で記述されている。その『笈の小文』では、表1のような文字列の誤差は、叙事文の文字間隔の伸縮から生じるのが通例で、特に「吉野三滝」から「和歌浦」まで三丁分の字間調整は顕著に見える。だが、もしそれだけなら右図1・2のような同一行文からなる小口折端・折立の文字揃えは起きにくい。

■〈大礒本「臍峠」12丁表末尾〉

図版④　大礒本「葛城」『笈の小文（異本）の成立の研究』大礒義雄著、ひたく書房刊、p112

三輪　多武峯

臍峠　多武峯より龍門へ越す道也。〈大礒本〉

このように三行書きする大礒本本文が次の第二稿、雲英本では「三輪　多武峯　臍峠（多武峯より龍門へ越す道也）」と一行書きに改められている。

■〈雲英本「臍峠」6丁表末尾〉

図版⑤『笈の小文（異本）の成立の研究』大礒義雄著、ひたく書房刊、p190。

この二行節約によって図1・2の通り、大礒本12丁裏冒頭配置、雲英本6丁裏冒頭配置の「吉野三滝」、並びに大礒本14丁裏冒頭配置、雲英本7丁裏冒頭配置の「和歌浦紀行」が実現されているのである。

なおこの折立調整に照らすと大礒本もまた、この山尽くしの三行書きによって12丁裏冒頭「吉野三滝」、14丁裏冒頭「和歌浦句稿」を実現している点では変りがない。これが書写者の作意であることは、二稿本12丁裏冒頭から始まる「吉野三滝」の詞書きを例にとって後述する。作者芭蕉ならまず百（パーセント）書かないような行文配置が実行され、それが結果的に、14丁裏冒頭の「和歌浦句稿」配置を実現しているからである。

この「吉野三滝」「和歌浦句稿」が先に宮本氏によって編入だと推定された本文であることは既に述べた。小口先に図示した通り、この二箇所に限って、独り乙州本の折立の行文が揃えられている中で、「和歌浦句稿」だけが「16丁表末尾」に配置されている（表2）。本来ならば16丁裏冒頭に配置されるべき行文である。八行本の乙州本では「吉野三滝」14丁裏の冒頭で大礒本・雲英本と行文を揃えた後に、15丁表・15丁裏・16丁表と書き進む三丁分、すなわち三行分の繰り上がりが生じ、その分、本文が繰り上がったせいである。このため乙州本の「和歌浦句稿」だけが「16丁表末尾」に移動している。

表－2　大礒本・乙州本の折立揃え

	大礒本	乙州本
吉野三瀧	12丁裏冒頭	14丁裏冒頭
和歌浦句稿	14丁裏冒頭	16丁表末尾

ちなみに、芭蕉筆の祖本に近い大礒本「吉野三滝」の末尾にも以下の首をかしげる注記がある。

　山の奥なり津の国生田の川上に有
　布引の滝　　　箕面滝
　勝尾寺へ越す道に有

本来なら天理市にある「布留の滝」の説明が「山の奥なり」で終了し、その続きに「津の国生田の川上に有」と続く行文である。このままでは「布引の滝」ではなく「布留の滝」が摂津の国の生田川の川上にあることになる。

その同じ箇所が二稿本では次のように修正されている。

津国生田の川上に在　　　大和
布引の滝　　箕面の滝　勝尾寺へ越る道に有

これは、誤解の源である「津国生田の川上に在」が切り分けられ、独立した一行に仕立てられたものである。ここに一つ「大和」なる注記が追加されているが、すべて独立した一行書きであるため、この「大和」が左行の注記とは読みにくい。作者芭蕉なら書く筈のない行文であることは確かだが、殊に第二稿で追加された「大和」は左行の傍注と考えても意味を成さない。芭蕉がこれを書かないとするなら、筆写者がこれを追加したことになる。ただしこの一行の増減が大礒本において後の「和歌浦句稿」における「14丁裏冒頭」配置、雲英本における「7丁裏冒頭」配置を実現する工夫にもなっている。

一方、三稿本の乙州本では、該当箇所が上記のようにさらに修正されている。問題になる「津の国生田の川上に有」が乙州本（15丁裏冒頭）では、前丁行末で切り分けられて行移りする点では雲英本と変わらない。

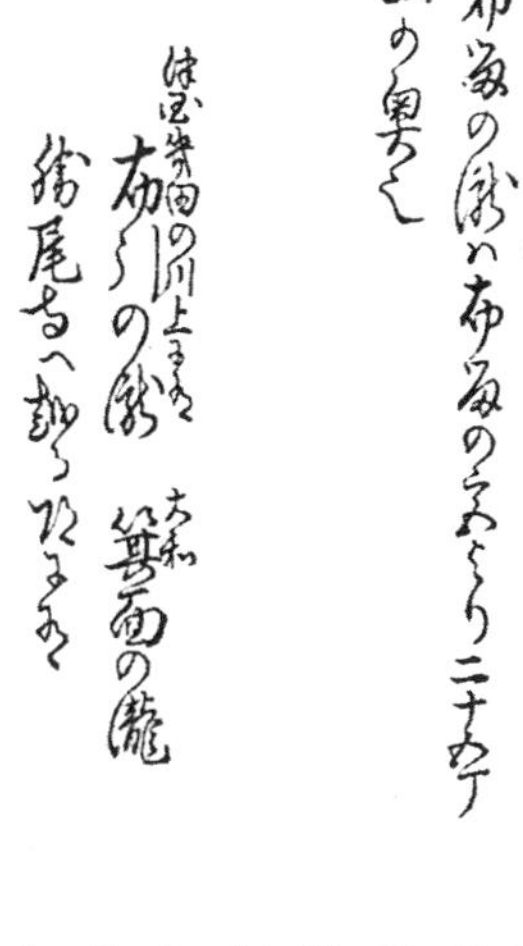

図版⑥　乙州本『笈の小文』（天理大学善本叢書10『芭蕉紀行文集』）一四ウ七・八行目。

違いは、それが丁移りして16丁表の一行目で独立した傍注行となり、同じく「大和」もまた丁移りして「箕輪の滝」の傍注になっている。二稿本の2行分を傍注書式の1行に仕立てることで1行分の節約を図り、「和歌浦句稿」末尾の小口折立を揃える工夫を凝らしたものである。しかしこれだけではまだ「箕輪の滝（大阪府）」が「大和」に在ることになり、行き届いた修正とは言いがたい。仮に「布留の瀧ハ、大和、布留の宮より二十五丁山の奥也」と書けば合理的だが、それでは「大和」を動かし、文意を書き換えることになる。筆写者の注記が二稿本、三稿本と変化する過程で、厄介な本文を生み出した例に当たる。要するに『笈の小文』の傍注、割り注の類は、どうやら先の二箇所の小口折立揃えと密接に関係する筆写者の裁量範囲にあるらしい（注11）。

事柄の経緯から言えば、当初、大礒本筆者があえて一行で「津の国生田の川上に有」と続けたのは、そうすることで一行分の節約を図ったものだろう。さらに同じ行文を傍注形式で書き、行数の増加を抑えた乙州本は、16丁表末尾に「和歌浦句稿」全体を収納した。要するに『笈の小文』の一稿本・二稿本・三稿本はすでに、「吉野三滝」でいったん行文を切りそろえた後に、「和歌浦句稿」の冒頭で再び行文を切り揃えるべく、行幅を調整しているのである。

主要三本でともに起きている「吉野三滝句稿」「和歌浦句稿」の小口折立の書き揃えは、恐らく枡形七行本の底本（芭蕉筆の祖本）がそうなっていたからだろう。またその祖本でそうしたのは芭蕉であり、そうした理由は、「吉野三滝」から「和歌浦句稿」までがこの紀行のハイライトであること、「吉野三滝」が追加されることで、葛城・三輪・多武峰・臍峠と続く「回峰修行」と「滝修行」とが出現し、山岳修行の験功までが想起される等、内容面の充実が計られたからだろう。（「和歌浦句稿」の役割はこれを東国人の眼差しで眺める必要があるので、別稿に委ねる。）

ただし芭蕉筆の祖本が大礒本のように「吉野三滝」12丁裏の冒頭、「和歌浦句稿」14丁裏冒頭に配置されていたからだけでは先のような顕著な小口揃えが起きるとは限らない。三名の筆写者が揃って、ここで小口折立を揃えようという芭蕉の意志、或いは威志を継承するのでなければならない。例えば、紙面に丁付けがあるだけでは、強制力に欠ける憾みがあるし、位置指定した指示書きがある場合は、三稿本（乙州本）のような三行繰り上げは起こりにくい。もしこの写本が書写の後に芭蕉に返却される本文、芭蕉自筆の祖本と同じ体裁で書写されなければならない書き取り本文ならば、指定位置での折立揃えは必然のことになる。（その場合、現存の大礒本は副本又はその写しだったことになる。）

乙州本において、14丁裏冒頭に「吉野三滝」、16丁表末尾に「和歌浦句稿」が収納される原因も、芭蕉から授与された祖本にあるだろう。この配置にもまた第一稿本・第二稿本と同じ意志が働いている。『笈の小文』を原型に従って保蔵することは、芭蕉の意志として乙州に伝えられたことになる。なお「和歌浦句稿」を三行引き上げて配置した原因は、枡形七行本が枡形八行本に変更されたことにあるが、その原因を作ったのは芭蕉である可能性もなくはない。また、もし八行本の採用が芭蕉没後の版下制作時なら、河合乙州は、16丁裏冒頭であれ、16丁表末尾であれ「和歌浦句稿」が丁の小口折端に有ることをもって良しとした可能性がある。その場合、三稿本の筆写者河合乙州は、版下制作時に若干、校訂者として振る舞っていたことになる（注12）。

五　結び

以上、『笈の小文』吉野紀行で山場を形成する風羅・万菊の二句唱和の記名が、江戸で書かれた大礒本（元禄六年七月以後）書写時点までは欠けていたこと、そこに書かれた一例のみの「万菊」は、略称化し、割り注化し、小文字化することで差異化され、本文とは別の「筆者注」であることを明示したものであること、またその「筆者注」は、一稿本・二稿本から三稿本に至って徐々に正規化され「本文注」に近くなることを考証した。したがって、第一稿、第二稿における風羅・万菊の二句唱和の記名注記は、元来、作者芭蕉による記名ではなく、元禄六年七月以後、まず一句について、また芭蕉没後に起きた三稿本の書写過程で四句まで追加された「筆者注」だと見る必要がある（注13）。

次に、乙州本では、芭蕉筆の祖本にかなりの加筆・修正があり、その彫琢がそのまま丁寧に継承されている。その丁寧な継承の状態から見て「和歌浦句稿」は三行引き上げた現状本文の形で授与された可能性が大きい。

　またこの「吉野三滝」の風羅・万菊の二句唱和が、同じく記名欠如になっている須磨明石紀行と同時期に出来上ったことを証明するには、須磨明石紀行が同じく元禄六年七月頃に成立したことを証明する必要がある。その証明は第6節で行う。

注1、大礒義雄著『笈の小文（異本）の成立の研究』ひたく書房刊（昭和五六年二月）。詳しくは第3節1参照。

注2、『笈の小文（異本）の成立の研究』大礒義雄著、ひたく書房刊、p28～30。

注3、拙稿「『笈の小文』吉野巡礼の成立―唱和する杜国―（「三重大学日本語学文学」25号、平成26年6月）参照。なおこの小論は、「『笈の小文』の表現の瑕疵について」（『國文學攷』217号、平成二十五年三月三十一日）の続編であるため研究史の概観は割愛されている。

注4、注3に同じ。

注5、「吉野紀行」では「吉野三滝」での二句連唱にのみ署名の欠失がある。

注6、宮本三郎著『蕉風俳諧論考』笠間書院刊（昭和四九年八月）の口絵参照。

注7、大礒義雄著『笈の小文（異本）の成立の研究』ひたく書房刊。

注8、吉野三滝については「好意的に見た場合も、この旅で見及んだ滝の名をここに一括して備忘のために書きとめたもの」で、「実際その滝を見てやがて京入した芭蕉による記入とは信じられない。」と言い、和歌浦句稿に「「きみ井寺」とのみ記して句がないのは、ここが書写・編集の際の発句の脱落と見るべきか（中略）、一貫した紀行文として芭蕉がこの本文に推敲を加えたとは、上来たびたび指摘したところからも到底考えられない。」（『蕉風俳諧論考』「『笈の小文』への疑問」笠間書院刊、p302～p303）という。

注9、宮本三郎著「『笈の小文』への疑問」（『文学』昭和四五年四月号・五月号）。同著『蕉風俳諧論考』笠間書院刊、昭和四九年八月に再録。『蕉風俳諧論考』p304。

注10、右に同じ。

注11、乙州本の筆写者について前掲宮本氏は「乙州」を想定している（『蕉風俳諧論考』「『笈の小文』への疑問」笠間書院刊。

注12、乙州本筆写者が書写する時点では、その底本の「和歌浦句稿」部分がすでに張り合わされ同一料紙に書かれていた可能性は高い。

注13、元禄六年七月頃追加された無記名の唱和句③⑥⑦の作者が万菊丸だと述べたが、万菊丸はすでに死亡しているので、実際の作者は芭蕉だと見る判断を否定するものではない。

6節　『笈の小文』—須磨明石紀行の成立—

一　原型から尋ねる

元禄四年四月、『笈の小文』の「吉野紀行」を山場とする紀行文が出来上り、唱和する人としての杜国を顕彰する改作行為が進行した（注1）。その「吉野紀行」の中の「吉野三滝句稿」「和歌浦句稿」を後の挿入箇所だと見なすのは宮本三郎氏だが（注2）、筆者は、その後にある「須磨明石紀行」もまた、元禄六・七年に新規に挿入されたものだと推定する。この三箇所の補入を待って、『笈の小文』本文（第一稿本）全体が現行本のかたちで出現するのである。

この筆者の主張を裏付けるために、小論ではまず、「吉野三滝句稿」「和歌浦句稿」と同時期に書かれたと推定される「須磨明石紀行」を取り上げ、文字分析の知見を借りて、それが元禄六・七年に、いかなる推敲を経て形成されたかを考証する。それによって、結果的に、従来、芭蕉句とされていた「吉野紀行」「須磨明石紀行」の中の唱和句三対に万菊の記名が欠けている理由を明らかにすることが出来る（注3）。

二　雛形の叙述

複雑な考証になる前に、ここでは予め叙述の用語を定義して論述の輪郭を明示したい。筆者は『笈の小文』の行脚当初に書かれた備忘メモを「須磨明石句稿」と呼び、その「句稿」の前部に配置された須磨明石の海岸巡行の記録「海岸巡行記」と区別する。また、同「句稿」の後部に配置された山上幻覚の記録を「山上幻覚記」と呼び、「海岸巡行記・須磨明石句稿・山上幻覚記」がこの序列で並ぶ現行本文を「須磨明石紀行」と呼ぶ。

その上で「山野海浜の美景に造化の功」（『笈の小文』）を探る『笈の小文』一巻の指針を実現する本文を想定すると、その初発には少なくともすでに次の須磨明石の記述が準備されていたことが予想される（後述）。この、原「須磨明石紀行」の【1】の終わりに「海岸巡行記」を、また【3】の次に「山上幻覚記」を加えると、現行本文「須磨明石紀行」が出来上る。

【1】-----------------------------

須广

①月ハあれど留主の様也須广の夏

②月ミても物たらハずや須广の夏

【2】＝＝＝＝＝＝＝＝＝＝＝＝＝＝＝《海岸巡行記》

③須广の蜑の矢先に鳴か郭公

④杜宇聞行かたや嶋ひとつ

明石夜泊

⑤蛸壺やはかなき夢を夏の月

かゝる所の穐なりけるとかや、此浦の実ハ秋を宗とするなるべし。かなしささびしさいはん方なく、秋也せばいさゝか心のはしをも、云出べき物をと思ふ（そ）て、我心道（ママ）の拙きをしらぬに似たり。

【3】＝＝＝＝＝＝＝＝＝＝＝＝＝＝＝《山頂幻覚記》
（引用は一稿本、大礒本『笈の小文』）

一度は「杜若語るも旅のひとつ哉」で終結した筈の「吉野紀行」に新しく須磨明石巡礼の記録が添附されるときの原型がこの構成である。紀行冒頭の「旅人と」が謡曲『梅が枝』冒頭のシテの科白「御とまりあれやたび人」の「旅人」に呼応し、この結びの杜若は謡曲『杜若』のシテ「遥々来ぬる旅をしぞ　ワキ「思ひの色を世に残して　シテ「主（ぬし）は昔に業平なれども」と呼応する。極上の杜若を廻るその場のあるじと風羅坊との夢見心地の歓談を讃えた応酬である。この首尾の承応を通じて、謡曲世界に参入する風羅坊の志が成就し、極上の杜若を目の前に深い安堵を吐露する結構が出現する。この結構は又、険路を踏破し辛うじて難波に到着した風羅坊らが「遥々来ぬる旅を」懐古し、「巡礼修行」の無事終了を深く噛みしめる満願成就の感慨を綴る一句でもある。

その後に追加された「須磨明石紀行」の中心にあたる【2】「須磨明石句稿」は、その後半にある発句後書きによってすでに句稿の述意が完備している。この後書きに言う「此浦の実ハ秋を宗とするなるべし。」によって、古典的侘びの情趣で説明されてきた須磨明石の風土が確かに言葉によって明示されているのである。

しかしその侘びの情趣に彩色された「句稿」に【1】①②が追加されると、その情趣が幾分、物語的な風情を帯びて、動き始める。

①月ハあれど留主の様也須广の夏
②月ミても物たらハずや須广の夏

この二句を加えると、最初、須磨明石の夏の月に落胆を隠さなかった風羅坊が「かなしさ さびしさいはむかたなく、秋なりせばいさゝか心のはしをも、いひ出べき物を」と前言を翻す脈絡が生れる。多分、読者は不審して「何？」と注力して行文を覗き込むことで、ここに「謎」が生じる。そこに生じる「謎」を通じて、俳文の結びに、結末らしい「意外な物語（エピソード）」の種が仕掛けられる。

ただしその時にもまだ、前言を翻す物語の自然な展開と、その展開の要となる筈の「明石夜泊」の「はかなき夢」の中身が意味不明のままで残る。そこでまず、前言を翻す物語の自然な展開を計るのが「海岸巡行記」であり、展開の要となる筈の「はかなき夢」の中身を明かすのが「山上幻覚記」の役割である。

この材料として追加される「海岸巡行記」と「山上幻覚記」の原材料が「惣七宛芭蕉書簡」（貞享五年四月二十五日付）である事は周知の事実である。

【A】－－－－－－－－－－－－－－－－－－－－－－－－－－

十九日あまが崎出船。兵庫に夜泊。相国入道の心をつくされたる経の島・わだのみ崎・わだの笠松・内裏やしき・本間が遠箭を射て名をほこりたる跡などきゝて、行平の松風・村雨の旧跡・さつまの守の六弥太と勝負したまふ旧跡かなしげに過行、

【B】------------------------------

西須磨に入て、幾夜ね覚ぬとかや関屋の跡も心とまり、一の谷逆落し・鐘懸松・義経の武功おどろかれて、てつかひが峯に昇れば、須磨・あかし左右にわかれ、あはぢ嶋、丹波山、かの海士が古里田井の畑村など、めの下に見おろし、①天皇の皇居はすまの上のと云り、其代のありさま心に移りて、女院おひかゝへて舟にうつし、天皇を二位どのゝ御袖によこ抱にいだき奉りて、宝剣、内侍所あはたゞしくはこび入、或は下々の女官は、くし箱・油つぼをかゝへて、指ぐし・根巻を落しながら、緋の袴にけつまづき、臥転びたるらん面影、②さすがに見るこゝち、あはれなる中に、敦盛の石塔にて泪をとゞめ兼候。（以下略）

【C】------------------------------

（「惣七宛芭蕉書簡」（貞享五年四月二十五日付））

後述するとおり、「須磨明石句稿」にこの「惣七宛芭蕉書簡」の文言を加筆、追加する過程には注意が欠かせない。「海岸巡行記」に該当する【A】～【B】と「山上幻覚記」に該当する【B】～【C】では利用の仕方に大差がある。「惣七宛芭蕉書簡」の加筆修正は、無作為で実行されるわけではない。須磨明石の夏の月に落胆を隠さなかった風羅坊が「かなしさびしさいはむかたなく」と前言を翻す「物語」を内在化させる作意が欠かせないからである。その「物語」の内在化にあたって、芭蕉が伊賀上野の友人惣七に宛てて書いた海岸巡行の記録は大きく書き直されている。それは兵庫・須磨海岸を遊覧した者の周遊記から、兵庫・須磨の海岸における夜明けの輝きを目撃した者の目撃談に変更される。

一方、芭蕉が惣七に宛てて書いた山頂幻覚の語句はほぼそのままのかたちで踏襲されている。ただし踏襲された「山上幻覚記」にも微妙な配慮がある。風羅坊は、「①天皇の皇居はすまの上のと云り」「其代のありさま心に移りて」など、見聞記の口ぶりで目撃した事実を書き送っている。「海岸巡行記」にあっては、その見聞記の事実が文字どおり、海岸の朝景色を目撃した者の目撃証言として書き直される。これは微妙な事実だが、その作意や加筆の詳細は後に譲りたい。

次にもう一つ、この記事に言う貞享五年四月二〇日、芭蕉たちが辿った行路に、従来、見落されてきた事実が一つある。この主従が船を使って清盛入道由来の遺跡を巡回する須磨明石巡行の運びである。多分、案内人が同乗したこの入道遺跡遊覧は「経の島・わだのみ崎・わだの笠松・内裏やしき・本間が遠箭を射て名をほこりたる跡などきゝて、（中略）さつまの守の六弥太と勝負したまふ旧跡かなしげに過行、西須磨に入て」と有る。「跡などきゝて」「かなしげに過行」は、いずれもやや離れた所から対象を眺め、説明を聞きつつ行き過ぎること、「西須磨に入て」は西須磨の入江、湊に入ることをいう。この航路

は、兵庫港から引き潮に乗って明石海峡を通過し、西須磨の入江を目指す航路にあたる。前節で念のために追記した杜国の発句「似合しき」（『猿蓑』所収）の前書にも「翁に供せられてすまあかしにわたりて」とある。この書簡文には惣七という読者がおり、その惣七と芭蕉との人間関係を維持する付き合いのモードがあるせいで、芭蕉は経験した事実を分りやすく説明する文脈に乗せて伝達しようとするのである。

なお、傍点部①の「其代のありさま心に移りて」とは、「女院おひかゝへて舟にうつし」、「天皇を二位どのゝ御袖によこ抱にいだき奉りて」など、さながらコマ送りのようにくっきりと心に浮かんでの意。ここにありありと見える幻覚を心理学では直観像と言い、その精神状態をトランスと呼ぶ。特異な精神状態には相違はないが、山岳修行中、特に一週間続く「穀断ち(こくだち)行(ぎょう)」のなかでは、トランス状態が現れる。「天皇の皇居はすまの上のと云り、其代のありさま心に移りて」とある通り、ここではそのトランスに移る意識の変調が、一度、前もって惣七に説明され、その説明の後には、トランス状態で目撃した女官たちの狼狽振りが再生される。ただしその狼狽振りもまた、「緋袴にけつまづき、臥転びたるらん面影、②さすがに見るこゝち、あはれなる中に」と説明されている。「②さすがに見るこゝち」とは、実景でないことは先刻承知ながら、目に見るような心地になったと、騒乱場面の幻覚性を自分の自覚的な感想として伝達する語句である。

この須磨海岸巡行の叙述を海上から眺めた叙述だと最初に指摘した井上敏幸氏は、海上からの広い視野が収束し、やがて漁家の軒先に咲く「芥子の花」に収斂するこの構成を巧みだという（注4）。須磨明石の月に対する失望に始まり、叙述のフォーカスを動かし、読者の視線を誘導して、古戦場幻覚・女官狼狽の惨劇に向って迷いこむ巧みな叙述構成のせいだろう（注5）。海上から見晴るかす広い視野の中に須磨明石の海岸が最初黒く、やがて朝日を浴びて濃い緑の塊となり、さらに梢や枝葉が浮き上がるゆっくりとしたテンポは、西須磨海岸に向って進行する帆船の船足に合わせたものだろう。

三　「須磨明石紀行」はいつ頃書かれたか

ところで、前節で触れた通り『笈の小文』には多数の元禄六・七年マーカ（5文字13字体）が出現する。具体的には、「介・遣・計」「春・須・寸」「乃・能・農」「保・本」「ミ・美」の五字十三字体がそのマーカーである（同じ仮名の先頭に基本字体、二位以下には補助字体を表示した）。大多数の仮名は、通常、基本字体一字、補助字体一〜二字が一セットで使われる。が、複数の基本字体、複数の補助字体が併用されるケースがあり、その様態変化が執筆年次を推定するマーカーとして役立つ。これは治療上で使われる癌マーカーと同じで、「介・春・乃・保・ミ」が揃って基本仮名（使用率80％以上）である文書は、元禄六・七年執筆の可能性が高くなる。加えて「遣・計」「須・寸」「能・

農」「本」「美」が揃って補助仮名として使われていればいっそうその可能性が高くなる。大礒本『笈の小文』の場合は、この基本仮名五字の内四字、補助仮名八字の内七字がこの要件を満たしている。また例外となる基本仮名「け介」は「介9・計1・希5・遣1・気12」の形で分布し、第二位にある「介9」もまた基本仮名として利用されている。そして前節の通り、その点から見て『笈の小文』は元禄六・七年執筆の可能性が極めて高い作品にランクされる。

本来、多用される基本仮名が目立つせいで、このマーカーは見落とされがちだが、実際には、諸本のテキストの変動と共に微妙に変化する。したがって変化して当然の現象ながら、『笈の小文』のそれは、とても当然とは言いにくい変化になっている。普通なら本文上に大きな偏りなく分布するはずのマーカーが、興味深い偏りを見せるからである。マーカーを使ってその偏りを『笈の小文』の章立て通り、①「江戸・尾張」、②「伊賀・伊勢」、③「吉野巡礼」、④「須磨・明石」の順に表示すると左表の様になる。

まず第一稿本（大礒本）の「す」は「春」を基本仮名、「須」「寸」を補助仮名とする。これが元禄六・七年マーカーの特徴である。参考に上げた第二稿本（雲英本）でもこの関係は変わらないが、第三稿本（乙州本）ではこの関係が崩れて、「寸」が基本仮名、「春・須」が補助仮名になっている。特に第三稿の第①章・第④章ではこの「寸」を集中利用する意志が顕著である一方、第三稿第④章の「す春」は皆無である。ちなみに「寸」を多用する乙州本の用字法は、天理本『おくのほそ道』の「春8・須24・寸41」に似た用字法である。

■『笈の小文』諸本の「す」

大礒	①	②	③	④	計
春	7	4	5	14	30
寸	3			2	5
須	4	4		3	11

雲英	①	②	③	④	計
春	9	2	2	11	24
寸			1	7	8
須	9	2	3	5	19

乙州	①	②	③	④	計
春	1	2	3		6
寸	16	7	3	18	44
須	2	1		2	5

■『笈の小文』諸本の「ほ」

大礒	①	②	③	④	計
保	1	2		2	5
本		1	2		3

雲英	①	②	③	④	計
保	1	3	1	4	9
本				1	1

乙州	①	②	③	④	計
保		1		5	6
本	1	1	1	2	5

次には、基本仮名「ほ保」、補助仮名「ほ本」を比較すると、第三稿本では「保・本」が併用状態に近くなる（注6）。し

かし第④章に焦点を絞ると、第一稿本・第二稿本・第三稿本ともに「ほ保」が多用される。そのせいで第一稿・第二稿全体を通すと、「ほ保」が基本仮名になるのである。

　つまり、用字法上、元禄六・七年マーカーが群がるのは主に第④章であり、中でも特異な第三稿では、「保・本」の両方が基本仮名、補助仮名として兼用されている。もし④章に「保・5」がなければ、第三稿の基本仮名は「ほ本」と見なされるだろう。なお基本仮名「ほ・本」の用字法は、中尾本『おくの細道』に近似するが、その原型となる『おくの細道』下地本文は一度、清書された本文上に加筆・訂正を加えたテキストであるため、早ければ元禄五年には下書きされていた可能性がある(注7)。

　さらに、次に「み」に移ると、第一稿本の「み」は「ミ」を基本仮名、「美」を補助仮名とする。第二稿本でもこの基本仮

■『笈の小文』諸本の「み」

大礒	①	②	③	④	計
ミ	4	7	9	11	31
美		1			
雲英	①	②	③	④	計
ミ	1	1	4	7	14
美		1	1	2	4
見				1	1
乙州	①	②	③	④	計
ミ		2	5	6	13
美	1	3	4	1	9
見				5	5

名は維持されている。ところが、第④章に注目すると、第三稿本第④章で集中利用された「み」は「ミ6」「見5」となり、ここでも「ミ・見」は基本仮名と補助仮名とを兼用する用字法になっている。

　ここから見えてくることは二つある。一は、第④章「須磨明石紀行」に元禄六・七年マーカーが群がること。もし④章がなければ、『笈の小文』は、第一次編成期にあたる元禄四年執筆と言って差し支えない用字法で書かれている。二は、第一稿・第二稿に比べると、第三稿(乙州本)の用字はかなり特異であること。「す」の基本字体が「す寸」となる、「ほ保・本」が拮抗する、「み」の基本仮名「ミ13」と補助仮名「美9・見5」とが拮抗するなど、一貫して元禄六・七年マーカーの所見が希薄になる。もし第④章がなければ、乙州本は「幻住庵記」から『おくの細道』に至る元禄四年に書かれたと言って支障ない水準にある。乙州本『笈の小文』のマーカーは、元禄四年筆「幻住庵記」(『芭蕉全図譜』幻住庵記245)並びに『和漢文澡』所載の「幻住庵記」と近似した文字遣いで書かれている(『松尾芭蕉作『野ざらし紀行』の成立』376頁、三重大学出版会、2009年刊)。

　『笈の小文』において、元禄六・七年マーカー(5文字13字体)を使って興味深い偏りを抽出することができるのは、下敷とされた草稿の文字遣いが原因かと推測される。原型に当たる句稿部分は基本的に下敷きの文字通りに筆写されるが、新作部分は元禄六・七年の文字遣いで染筆されるからである。ここに取り

上げた【す・ほ・み】の三例は、いずれも第④章、すなわち須磨明石巡礼の文字遣いの特異さが目立つものだが、それはこの「須磨明石紀行」が元禄六・七年に染筆された兆候となるだろう。

四　偏りの意味するもの

そこでこの見通しをさらにリアルに実証するために、次に大礒本の「す春」、大礒本の「みミ」の用字例を表示する。

〈大礒本の「春」〉

1す　春　名詞うす物　誠にう**す**物の
2す　春　動詞すすむ　**す**ゝむて人に語む事
3す　春　動詞す　其貫道**す**る物は一也
4す　春　動詞るいす　鳥獣に類**す**
5ず　春　助動詞ず　糧を集ルニ力を入**す**
6ず　春　助動詞ず　筆ニ及へくもあら**す**
7ず　春　助動詞ず　たくひにあら**す**と云事
8す　春　動詞なおす　ミかきなを**す**
9す　春　動詞す　暫休息**す**るほと
10す　春　動詞こす　箱根こ**す**人も有らし
11す　春　名詞すき者　**す**き者訪ひ来りて
12す　春　動詞す　思ひを立んと**す**るに
13す　春　動詞す　笠の内に落書**す**
14す　春　動詞こす　多武峯より龍門へ越**す**
15す　春　動詞こす　勝尾寺へ越**す**道に有
16す　春　名詞あすならふ　淋しやあ**す**ならふ
17す　**春**　動詞す　何業**す**るとも見えす
18ず　**春**　助動詞ず　何業するとも見え**す**
19す　**春**　名詞きす子　き**す**子と云魚を
20す　**春**　動詞おどす　を以おと**す**ハ
21ず　**春**　助動詞ず　海人の業とも見え**す**
22す　**春**　動詞なす　かゝる事をな**す**にやと
23す　**春**　動詞す　導**す**る子の
24す　**春**　動詞すかす　さま〲に**す**かして
25す　**春**　動詞くらわす　物喰**す**へきなと云て
26す　**春**　動詞すべる　**す**へり落ぬへき事
27す　**春**　名詞すま　**す**まあかしの海左右に
28す　**春**　名詞すて草　海士の**す**て草と

〈大礒本の「ミ」〉

1み　ミ　動詞みる　**ミ**る所花に非と
2み　ミ　動詞みす　志を**ミ**す
3み　ミ　動詞おしむ　なこりをおし**ミ**
4み　ミ　動詞みなす　譫語するたぐひに**ミ**なし
5み　ミ　動詞みる　星崎の闇を**ミ**よとや
6み　ミ　動詞みつく　鷹一ツ**ミ**付てうれし
7み　ミ　動詞みがく　**ミ**かきなをす

8 み　ミ　名詞かがみ　かゝミも清し雪の花
9 み　ミ　動詞みる　梅に蔵ミる軒はかな
10 み　ミ　名詞かたみ　名斗ハ千歳のかたミ
11 み　ミ　助詞のみ　御くしのミ現前と
12 み　ミ　動詞みす　よし野にて桜ミせうそ
13 み　ミ　動詞みす　我もミせうそ桧木笠
14 み　ミ　助詞のみ　ものうき事のミ
15 み　ミ　動詞みつ　胸にミちて
16 み　ミ　助詞のみ　二ツのミ
17 み　ミ　動詞にくむ　にくミ捨たる人も
18 み　ミ　動詞みる　鹿の子を産をミて
19 み　ミ　動詞みる　月ミても物たらハすや
20 み　ミ　名詞みしかよ　はかなきミしか夜の月
21 み　ミ　動詞しらみそむ　海の方よしらミ初たる
22 み　ミ　動詞あからみあう　あからミあひて
23 み　ミ　動詞つかむ　飛来りてつかミ去ル
24 み　ミ　動詞にくむ　是を悪ミて
25 み　ミ　名詞てっかいがみね　てついかミねに
26 み　ミ　助詞のみ　おそろしき名のミ
27 み　ミ　動詞みゆ　目の下にミゆ
28 み　ミ　動詞うかむ　さなから心にうかミ
29 み　ミ　動詞くるむ　くるミて船中へ投入
30 み　ミ　動詞みだる　櫛笥ハミたれて
31 み　ミ　名詞かなしみ　千歳のかなしミ

前者のゴチは第一稿本『笈の小文』の元禄六・七年マーカー「す春」の分布を本文上で追跡したもの、後者のゴチは第一稿本『笈の小文』の同マーカー「みミ」の分布を本文上で追跡したものである。『笈の小文』の第④章における「す春」(17以後)「みミ」(19以後)ともに見事に「須磨明石紀行」に集中している。「す春」は全体の約三分の一、「みミ」は全体の約二分の一がこの第④章「須磨明石紀行」に分布するのである。

これに続いて集中利用が顕著な仮名は、『笈の小文』第①章の「す春」7例、同本第①章「みミ」4例である。同じく同本第①章に集中する「す春・7」「みミ・4」は『笈の小文』冒頭の陳述文に集中する。この陳述文は、叙述の焦点を外れるので、ここでは省筆に従う。ちなみに、この「す春」「みミ」のように極端に一箇所に密集した文字配置になると、例えば超高周波レーザー光のように、第④章「須磨明石紀行」の生成に関わるもう少し微妙な事実を照射することができる。細かく言えば「す春」「みミ」の両仮名は必ずしも同じ場面や同じ情景を表現する文中にまとまって使われてはいない。しかし「須磨明石紀行」に限っては、「す春」は「須磨明石紀行」の「海岸巡行記」に集中し、明石夜泊を綴る「須磨明石句稿」には使われていない。またその「須磨明石句稿」に続く平家敗退・女官狼狽を描く「山上幻覚記」には二例(27・28)が使われている。

一方、「みミ」は、「海岸巡行記」に七例（19～25）、平家敗退・女官狼狽の「山上幻覚記」に六例（26～31）使われている。さらにこの「みミ」もまた、「須磨明石句稿」には一例も使われていない。

もともと「須磨明石句稿」に「す春」「みミ」が一例も使われないには、見落とせない事実もある。「ほと丶ぎす」二例が漢字書きされているせいで、同「句稿」中の「す春」は二例（27・28）と少ない。「みミ」に至っては仮名文字「み」が一文字も使われていない。このため同「句稿」に「す春」「みミ」が一例も使われないことは、偶然だと言うこともできる。しかし、その判断は当らない。二稿本の「須磨明石句稿」では「たらハず」「むねとする」の「す」二例が、また第三稿本では「たらハず」「ほととぎす」「むねとする」の「す」三例がいずれも「す春」では書かれていない。また第三稿本で唯一、元禄六年七月以後に新規追加されたことが確かな須磨寺の発句「須磨寺や」では「木下やミ」と「みミ」が使われている。どうやら「須磨明石句稿」に限っては、「す春」「みミ」を使う意志がないのである（注8）。この「す春」「みミ」の集中利用の意志については、さらに分析する必要がある。

五　「須磨海岸巡行」は編入された

さて元禄六・七年に『笈の小文』「須磨明石紀行」が編成されたことが推測されるが、その推測に関わって、興味深い主張がある。大礒義雄氏は大方の推定通り『笈の小文』の成立は元禄四年四月とするが、本文に附録する連句部分（「連句教則」と呼ぶ）は元禄六年七月以降、江戸で芭蕉自身によって追加されたとする（大礒義雄氏（「『笈の小文』（異本）の成立の研究」））。根拠は、『笈の小文』末尾に追加された連句抜粋五対、付句抜粋七組のうち、制作年次の明らかな連句五組、付句五対の大部分が元禄二年以前に江戸で制作された作品であること、その連句五組、付句五対のうち、最終期日に作られたのは、「小傾城」歌仙、元禄五年十二月作、「初茸や」歌仙、元禄六年七月作で、元禄六年七月以降でなければ、この連句抜き書きは書けない筈だと考証する（詳しくは後述）。

先の用字分析並びにこの附録分析によって元禄六年七月以降に「須磨明石紀行」が新規追加された可能性が見えると同時に、同時期に進行した「須磨明石紀行」の推敲についても別の意味が生ずる。第一稿本を作成する時点で松尾芭蕉の手許には、小論冒頭で述べた「須磨明石句稿」「惣七宛芭蕉書翰」がすでに書かれている。次にこの「須磨明石句稿」の前半に「海岸巡行記」、後半に「山上幻覚記」が添附されて、現行の「須磨明石紀行」が成立する。

①月ハあれど留主の様也須广の夏

②月ミても物たらハずや須广の夏

「須磨明石句稿」にこの二句が追加されてできた原「須磨明石紀行」（注9）では、須磨明石の夏の月に落胆を隠さなかった風羅坊が「かなしさびしさいはむかたなく、秋なりせばいさゝか心のはしをも、いひ出べき物を」と前言を翻す。その時、叙述の中で動き出した「翻意物語」の自然な展開を助長する「海岸巡行記」が投入される。風羅坊的に言えば、須磨明石海岸の夜明けの景色は時々刻々と生成し変容する。その時を捉えて風景を眺める視覚の喜びを伝えなければ、己の大きな心変わりは伝えきれない。そこで後掲する本文【2】の通り、おもむろに「はかなきミじか夜の月もいとゞ艶なる海の方よりしらミ初たるに」と語り始める。巡行が進むに連れて愛着が湧き、須磨明石の海岸は生彩を増すのである。その愛着の叙述を積み重ねることで「かなしさびしさいはむかたなく、秋なりせばいさゝか心のはしをも、いひ出べき物を」という「後書き」の文言が締め括りの重みを増す。

しかしそれだけではまだ分明でないことがある。本文中の発句③④⑤のうち、⑤の「はかなき夢」の内実が判然としない点である。「はかなき夢」は古戦場の風土に関わる夢かと見えるが、夢の内実が読み取れない。そのもどかしさを解消する方策として、「蛸壷や」の一句を含む「明石夜泊」に焦点を当てると、再び、叙述が動き始める。具体性を欠く「はかなき夢」の不備は、ここに新規配置された「山上幻覚記」によって幾分緩和される。この位置に夢の内実を明示して読者の疑問を解き、迫力に満ちた女官狼狽の修羅場を描くことで紀行の大団円を演出する作意である。

具体的に示すと、次のような文章である。

【2】------

■〈海岸巡行記部分〉

卯月中頃の空も朧に残りて、はかなきミじか夜の月もいとゞ艶なる海の方よりしらミ初たるに、上野と覚しき所ハ、麦の穂浪あからミあひて、漁人の軒ちかき芥子の花の、たえ〴〵に見渡したる。

　海士の皃先見らるゝや芥子の花

東須广・西須广・濱須广と三所に分れて、あながちに何業するとも見えず。（中略）なをむかしの恋しきまゝに、てつかひがミねに上らんとする。導する子の苦しがりて、とかく云まぎらかすを、さま〴〵にすかして、ふもとの茶店にて物喰すべきなど云て、わりなき躰ニ見えたり。（中略）つゝじ根笹に取つき、息をきらし汗を浸して、漸雲門に入にそ、心もとなき導師の力也けらし。

【3】------

③須广の蜑の矢先に鳴か郭公
④杜宇聞（ママ）行かたや嶋ひとつ

↑後に発句「須磨寺や」が挿入される。

【4】------

明石夜泊

蛸壺やはかなき夢を夏の月

かゝる所の穐なりけるとかや、此浦の実ハ秋を宗とするなるべし。かなしさびしさいはん方なく、秋也せばいさゝか心のはしをも、云出べき物をと思ふて（そ）、我心道（匠）の拙きをしらぬに似たり。

■〈山上幻覚記部分〉

淡路しま手に取様に見えて、すま・あかしの海右左にわかる。（中略）尾上つゞき丹波路へかよふ道有。鉢伏のぞき、逆落など、おそろしき名のミ残りて、鐘かけ松より見下すに、一谷内裏屋敷目の下にミゆ。其代の乱、其時のさはぎ、さながら心にうかミ、俤につどうて、二位の尼君皇子を抱奉り、女院の御裳に御足もつれ、船屋かたにまろび入せ給ふ御有様、内侍・局・女嬬・曹子のたぐひ、さまぐ御調度もてあつかひ、琵琶・琴なんど、しとね・ふとんにくるミて、船中へ投入、供御ハこぼれてうろくづの餌となり、櫛笥ハミだれて、海士のすて草となりつゝ、千歳のかなしミ、此浦にとゞまり、素波の音さへ愁ふかく侍るぞや。

（大礒本『笈の小文』ゴチは元禄五・六執筆のマーカー）

この「山上幻覚記」の追加によって事態はかなり分かり易くはなるが、まだ不備は残っている。「かなしささびしさいはん方なく、秋なりせばいさゝか心のはしをも、いひ出べき物を」で一度、終結したはずの本文に「千歳のかなしミ、此浦にとゞまり、素波の音さへ愁ふかく侍るぞや。」が重複して、未整理の文章に聞えることである（注10）。これは芭蕉らしからぬ叙述の不備で、もし著者芭蕉が「須磨明石紀行」を一枚の料紙に右端から順に書いたとすればこうした叙述の重複は削除されていただろう。言い換えれば、芭蕉が「須磨明石紀行」を一続きの作品として清書した可能性はかなり低いのである。

文字分析で示したように、元禄六・七年に染筆されたとされる「須磨明石紀行」の中でも、同「句稿」に限っては元禄四・五年の染筆と見られる。その「須磨明石紀行」の加筆部分に当たる「巡行記」「幻覚記」が別料紙に書かれ、後日の加筆修正に備えて保蔵されていたとすれば、先のような表現の重複は起こりうる。結果的に、「須磨明石紀行」はいまだ推敲の余地を残す本文として残されるのである。

六　結論

最初、須磨明石の夏の月に落胆した風羅坊は、西須磨で下船し、鉄拐山登山の後に、明石の浦で夜泊する。その夜泊の途中に見た「はかない夢」に衝き動かされて侘びしさの極みに浮かぶ須磨の「夏の月」に開眼する。単純に言えば、この「須磨明石」の眉目にあたる開眼ストーリーを実現することが「須磨明石紀行」の意図だっただろう。

しかし、元禄六・七年にこのストーリーを実現すべく「海岸巡行」まで書き進むと、「はかない夢」に触発されて、侘びしさの極みに浮かぶ須磨の「夏の月」に開眼するという当初の目論見は、単純で色あせたものに変る。鉄拐山登山に続く女官狼狽・平家敗退の直観像叙述こそ『笈の小文』の眼目になるからである。その優劣の狭間にあって調和を生み出す詩想を練るべく立ち止る位置で、本文もまた立ち止っている。

「須磨明石紀行」の形成は、須磨の海岸巡行並びに鉄拐山登山と山上から見た女官狼狽の幻覚叙述の中間に「須磨明石句稿」を填め込むことだったと誤解されやすいが、実際の順序はその逆である。そしてその叙述を通じて、『笈の小文』冒頭で「其日は雨降、昼より晴て、そこに松有、かしこに何と云川流れたりなどいふ事」を忌避する風羅坊のネガティブな主張がポジティブなかたちで明示される。風羅坊が書くはずの文章、言い換えれば「一念一動」の記録（『野ざらし紀行』跋）が出現するからである。夜明けの海、「初見」の風景に揺らぐ感覚、浜の漁師たちがカラスを追う矢叫びの声（注11）、未知との遭遇に心躍る視線が捉えた須磨明石の海辺の輝きを形象化することで「物の見えたる光」を伝達するところに『笈の小文』の醍醐味があると言って良いのではなかろうか。

注1、従来の『笈の小文』の成立研究では、主にこの内の第二期の考察が進行した。詳しくは前節、注1。

注2、ただし宮本三郎氏は「『幻住庵記』とあまり隔たらぬ時期」と考えている（「『笈の小文』への疑問」『文学』昭和四五年四月号・五月号。同著『蕉風俳諧論考』笠間書院刊、昭和四九年八月に再録。））大礒義雄氏（『笈の小文』（異本）の成立の研究』）は、『笈の小文』本文の成立を「元禄三年四月以降」とする一方、附録部分の成立を元禄六年七月以降とする。

注3、拙稿「『笈の小文』吉野巡礼の成立─唱和する杜国─（「三重大学日本語学文学」25号）参照。なお先の小論並びに本拙論は、「『笈の小文』の表現の瑕疵について」（『國文學攷』217号、平成二十五年三月三十一日）の続編であるため研究史の概観は割愛されている。

注4、「作者芭蕉の位置が、須磨の海上にあったのではないかということの方が重要ではあるまいか。」（「刊本『笈の小文』の諸問題（一）─「須磨紀行」をめぐって─」『貞享期芭蕉論考』一二三〇頁、平成四年四月二十三日、臨川書店刊）。
同じ設定は次の真蹟懐紙の叙述からも窺われる。
「卯月の中比須磨の浦一見す。うしろの山は青ばにうるハしく月はいまだおぼろにて、はるの名残もあはれながら、たゞ此の浦のまことは、秋をむねとするにや。」（真蹟懐紙）『芭蕉翁真蹟拾遺』（大蟲自筆知橋写本、赤羽学氏「芭蕉翁真蹟拾遺翻刻と解説」『俳文芸』13号、昭和54年6月所収）

注5、このように遠近・方角を移動しながら観察出来る幻覚を真性幻覚という。「真性幻覚」については、「幻覚」（『心理学事典』中島 義明、子安 増生、繁桝 算男、箱田 裕司 有斐閣刊、1999/1）参照。

注6、『奥の細道』における元禄六・七年マーカーについては、拙稿「『笈の小文』吉野巡礼の成立─唱和する杜国─（「三重大学日本語学文学」25号）参照。

注7、初稿とされる中尾本は、張り紙以前の本文と張り紙以後の本文とで、成立時期に時間差がある。前者は元禄四年九月末までの関西滞在中に書かれた下書きに基づく校正用本文（下地本文）である、との分析がある。伊藤厚貴「新出芭蕉自筆本『奥の細道』の位置付けについて─張り紙改訂前・後の用字法の相違を中心に─」（日本近世文学会平成九年度秋季大会研究発表要旨、『近世文芸』六七号、

平成一〇年一月）参照。筆者が言う中尾本の執筆は、この張り紙訂正作業後、本文が完成するまでの過程を言う。また天理本はこの中尾本を基礎にして執筆されているので、元禄五―六年次の執筆となる。このため執筆時期の判定上、中尾本・天理本に似ることは、一年程度の小差があることを示唆する。

注8、行脚当初の備忘メモに当たる「須磨明石句稿」に焦点を絞ると、二稿本では「たらハず」「むねとする」の「す」二例が、また乙州本では「たらハず」「ほとゝぎす」「むねとする」の「す」三例が「す春」では書かれていない。また乙州本で元禄六年七月以後に追加された須磨寺の発句では「木下やミ」と「みミ」が使われている。このためここでは偶然だという主張に「強弁」という言い方をして採用しなかった。

注9、用字法から見て「須磨明石紀行」の冒頭二句は、元禄六・七年の執筆である。

注10、綱島三千代「『笈の小文』須磨の条の推敲過程―幻の「須磨紀行」―」（『俳文藝』33号、1989/6）も「たとい言葉を補ってもやはり続かない」という。

注11、石上　敏「『笈の小文』と『平家物語』―「須磨のあまの矢先に鳴か郭公」―考」（『岡大国文論稿』24号　1996/3）参照。

7節　元禄六年七月、史邦来訪

一　承前

元禄六年七月は、芭蕉庵のあるじにとって、格別困難な日月に当たる。夜間の桃印の看病、薬代・治療費の支払いが重なっていた。桃印家族並びに食客たちの食費の心配もあった。宗匠としては稼ぎを増やす必要があった。節季払いである養子桃印の治療費支払いを済ませた松尾芭蕉は、疲労困憊の余り、床に伏して日を過ごすようになる。周囲の門人達には面会を謝絶し、「閉関之説」を書く。この三月に芭蕉庵で死亡した養子桃印の病は結核であり、昼間、通いで桃印の看病をしていた寿貞にも伝染の気配があった。親しく芭蕉庵に出入りし、芭蕉、寿貞の看病をつぶさに見ていた弟子達には、当然、もしやと頭を掠める懸念があっただろう。

ましてや芭蕉は桃印の容態を日々観察した人物である。また医師免許を持ち、生来多病で病にはことに詳しい経験をもつ。芭蕉はひと際、緊張して、自分の容態を観察するはめになる。「大丈夫。過労ですよ。過労。」と気休めを言う弟子達の言葉は、正確に、気休めに聞えただろう。寿貞も芭蕉もすぐさま医師の診察を受ける必要があった。その上で医師の見立てを聞き、治療方針を立てなければならない。桃印の薬代を支払って無一文になった芭蕉は、薬代支払いのために頻繁に句会を開き、収入を確保する必要があった。芭蕉は不安と緊張の糸を引き絞って、自分の容態に自問自答する日々を過ごすようになる。

京の仙洞御所与力の役職を辞した中村史邦が江戸に来て芭蕉庵を訪ねるのは、丁度この元禄六年七月である。芭蕉に対面する史邦が芭蕉に何と言ったかは定かでないが、芭蕉が大きな喜びを持って史邦を迎え入れたことは確かである。芭蕉は半ば病態であるにも関わらず、芭蕉庵でこの七月、三度まで句会を開いて、江戸の門人達に史邦を紹介する労を取った（注1）。元禄六年七月、なぜ史邦は、芭蕉庵でほとんど希有の歓待をうけるのだろうか。

二　原型部と追加部

さて、この元禄六年七月について、大磯義雄著『笈の小文（異）の成立の研究』（昭和五六年二月、ひたく書房刊）は今読んでも興味深い指摘をしている。ここで大礒氏が主張されたことは大きく分けて二つある。一つは、大礒本『笈の小文』が第一稿、雲英本『笈の小文』が第二稿、乙州本『笈の小文』が第三稿であること。二つめは第一稿に付載されている連句抜粋、付け句抜粋（合わせて「連句教則」と呼ぶ）の内、年代が確認される最も新しい作品は「初茸や」歌仙、元禄六年七月成立であり、したがってこの「連句教則」は元禄六年七月以後に書かれたものと見なされることである。

元禄六年七月に書かれた「初茸や」歌仙とは、すなわち、中村史邦が初めて芭蕉庵を訪ねたときに、史邦歓迎の意を持って開催された三つの歌仙の内の一つである。大礒氏の主張通り第一稿の「連句教則」が元禄七年六月以降に書かれたとするなら、『笈の小文』第一稿自体にも元禄六年七月以降に書かれた痕跡があるのではないか。先に元禄六・七年マーカーを使って示したとおり、『笈の小文』は成立年次を異にする二種類の章段の接合と見なされるからである。

『笈の小文』初稿本を元禄六年七月以降の成立とみる大礒義雄氏の主張を検証することは、松尾芭蕉文字データーベースを使えば、それほど困難な課題ではない。ここにいう松尾芭蕉文字データベースは、文字別、品詞別、活用別、位置別、前後別、使用頻度別に検索可能な一文字一レードの文字データベースで、visual dBASEを基盤として構築されている。その詳細は拙著『松尾芭蕉作『野ざらし紀行の成立』』（三重大学出版会刊）附録のCDを起動して見て頂くとして、今回紹介するのは、そのデータベース作りの副産物にあたる元禄六・七年マーカーである。医療現場で普及している癌マーカーは特殊なタンパク質の集合だが、元禄六・七年マーカーは特殊な文字の集合である。具体的には、前章で述べた「け・す・の・ほ・み」の五文字、「介・遣・計」「春・須・寸」「乃・能・農」「保・本」「ミ・美」の十三字体がそのマーカーである（同じ仮名の先頭に基本字体、二位以下には補助字体を表示した）。この五文字すべてで所要の基本文字（使用率80％以上）・補助文字が一対として用いられれば、そのテキストは元禄六年・七年執筆の可能性が極めて高くなる。

実際、この文字マーカーを使うと、松尾芭蕉と坪井杜国とが繰広げる吉野巡礼の足跡を再現する『笈の小文』（第三章まで）と「須磨明石紀行」（第四章）とは文字遣いを異にしている（注2）。元来なら、江戸出発に始まり、難波における「杜若かたるも旅のひとつかな」の発句で一段落する『笈の小文』は、吉野行脚の酷道険路を振り返り「はるばるきぬる旅をしぞ思ふ」と安堵の胸の内を披露する発句で締め括られる。この発句によって芭蕉・杜国の吉野巡礼は一段落し、吉野巡礼の足跡を辿って、杜国追悼の記念とする著作の意図は達成される。

ところが『笈の小文』に第四章（須磨明石紀行）が追加され、作品の構成が変わると共に、吉野行脚を焦点とする杜国追悼記念の意図が変化する。

須磨明石紀行の主題を示す「蛸壷やはかなき夢を夏の月」は、山岳修行を無事終了した時の安堵感を綴った発句ではない。前書きは「明石夜泊」とあり、明石港で夜泊し、蛸壷の傍で眠りについた風羅坊が、女官達の悲痛な叫びとむごすぎる修羅場が怒濤のように襲いかかる壮絶な夢を見て、はっと目覚める光景を描いている。目覚めれば、夏の月に照らされた蛸壷が静に影を落としている。まだ女房達のおぞましい悲鳴が闇の中でこだまし、胸の高鳴りは続いている。終わらない夢はないし、鎮まらない闇はないが、まだ明石の港の夜の闇は深い。又寝して同じ夢の中に落ちていく心配はある。

　これでは杜国追悼記念の意図が顕現する作品とは言いにくい。しかもこの部分に限っては、元禄六年七月以降に追加されたものと見なすのが文字データベスの結論である。もしこの分析が正しいなら、大礒本のどこか別の箇所にもそれらしい痕跡が残るのではないか。そのつもりで調べてみると、巻末の「連句教則」に興味深い叙述を見付けることができる。

三　「初茸や」歌仙の附録採用

　最初に『笈の小文』巻末の連句抜粋・付け句抜粋に注目した大礒義雄氏（注3）によると、第一稿本『笈の小文』の巻末に追加された連句抜粋五対、付句抜粋七組のうち、制作年次の明らかな連句五組、付句五対（1、2、3、4、6）の大部分が次の通り、元禄元年以前に江戸で制作された作品である。

■歌仙抜粋

一、「花咲て」歌仙、貞享三年三月、江戸、芭蕉・清風・挙白他
二、「雪の夜ハ」歌仙、元禄元年冬、江戸、路通・友五・翁・曾良他
三、「初茸や」歌仙、元禄六年七月、江戸、翁・岱水・史邦・半落他
四、「秣負ふ」歌仙、元禄二年四月、余瀬、翁・桃酔・曾良他
五、「小傾城」歌仙、元禄五年十二月、江戸、其角・渓水・翁・
　支考・史邦・去来・丈艸他

■付句

（1）雪ごとに、元禄元年、江戸、岱水・路通・はせを・曾良他
（2）雪ごとに、元禄元年、江戸、岱水・路通・はせを・曾良他
（3）雪ごとに、元禄元年、江戸、岱水・路通・はせを・曾良他
（4）「皆拝め」、元禄元年、江戸、はせを・岱水・曾良・路通他
（5）「出典不明」
（6）「月出は」、元禄元年、江戸、越人・苔翠・芭蕉他

右記「歌仙抜粋」四の「秣負ふ」歌仙（元禄二年四月成）は奥羽行脚中に那須黒羽の館代に招かれて興行されたもので、芭蕉の旅中の手控えに書き残されたものだろう。これは曾良の『俳諧書留』にも収録されて江戸に運ばれている。総ての抜粋が芭蕉一座の連句で占められ、それらの作品のうち、次に上げる三・五の連句には共に珍しく京の「史邦」の名がある。「小傾城」歌仙、元禄五年十二月は、薬代で困窮する芭蕉の支援を目指して其角の発句を立句とし、その連句一巡の後、上方の作者、史邦・去来・丈艸らに送付されたものである。この付合いを完成間近で江戸に回送し、宗匠の出座を仰ぐためであろう。それは芭蕉の収入になるし、連句の批点を乞うことで、点料（約百文）を支払うこともできる。

　また元禄六年七月の「初茸や」歌仙も同じ事情で開催された句会である。芭蕉庵主の芭蕉を正客とし、あるじは岱水が勤めている。したがって表向きの主催者は岱水である。史邦は正客芭蕉に随伴する付き添い（相伴）の位置にいる。これに続く半落の伝は未詳だが、嵐蘭はこの時期、蕉門の句会開催に自ら進んで協力した人物で、元禄六年八月没。「父のごとく、子のご

とく、手の如く、足の如く、年比なれむつびたる俤の愁の袂のむすぼほゝれて、枕もうきぬべき斗也」（悼嵐蘭詞、芭蕉）と哀悼される知音である。これによって『笈の小文』第一稿本付録が書き上げられる日時、場所は「初茸や」歌仙興行以後（元禄六年七月以降）の江戸だということになる。今それを原文のままで引用する。

（「初茸（はつたけ）や」歌仙）

初茸やまだ日数経ぬ秋の露　翁
　青き薄の残る谷川　岱水
野分より居村の替地定りて　史邦
　月をさし込む茎瓶のふた　半落
塩付て餅喰程の草まくら　嵐蘭
　なでてこわばる革の引きはだ　翁

「小傾城」歌仙、元禄五年十二月、「初茸や」歌仙、元禄六年七月と、最近作の歌仙から収録された抜粋に京の作者「史邦」の名があることはすでに述べた。丁度同時期、芭蕉庵にて史邦を正客、芭蕉をあるじ、岱水を相伴とする「帷子（かたびら）は」歌仙が興行され、同時に芭蕉庵にて史邦を主客、沾圃（せんぽ）をあるじ、芭蕉を相伴とする「朝顔や」歌仙（芭蕉、史邦、魯可、里圃、乙州）も興行されている（注4）。同席してしんがりを勤める大津の乙州は芭蕉の容態を案じて芭蕉庵を訪ねたものと見える。大津蕉門の顔役である乙州は、仲間内に芭蕉の容態を報告する必要もあったであろう。いずれも江戸では新参の中村史邦を芭蕉周辺に紹介する挨拶の句会である。

■「朝顔や」四吟歌仙　元禄六年七月、

朝顔や夜は明きりし空の色　史邦
　をのれ〳〵と蚓なきやむ　沾圃
舛落またぬに月は出でにけり　翁
　廊下口までゆるす板の間　魯可

■「帷子は」三吟歌仙　元禄六年七月

帷子は日ゝにすさまじ鵙の声　史邦
　籾壱舛を稲のこき賃　はせを
蓼の穂に醤（ひしお）のかびをかき分て　岱水
　夜市に人のたかる夕月　邦
木刀の音きこへたる居あひ抜き　蕉
　二階ばしごのうすき裏板　水

「朝顔や」歌仙の沾圃は、芭蕉晩年の門人で、元禄六年、芭蕉の後見により立圃二世を継承する。同時に『続猿蓑』句集を発願し、収録五歌仙の内、三歌仙に一座する。また、発句二十句が収録される。芭蕉には同志と言うべき門人である。なお魯可は伝未詳。

「帷子は」歌仙の岱水は、元禄五年八月の「移芭蕉詞」に「柱は杉風・枳風が情を削り、曾良・岱水が物ずきをわぶ。」とある。曾良同様、深川に住み、芭蕉庵新築に当たっては曾良と共に現場を見回り、細工の出来を検分した男として登場する。

彼が芭蕉没後に出版した『木曾の谷』（宝永元年（1704）井筒屋庄兵衛刊、野紗帽（野坡）序）には芭蕉作『更科紀行』が収録されている。晩年の芭蕉には昵懇の友の位置を占める。両歌仙共に昵懇の門人達が芭蕉を励まし史邦を歓迎するために集まったものと見える。

折から芭蕉は桃印没後の仏事・薬代支払い（節季、七月十五日）に直面し、文字どおり困窮し、疲労困憊する時期に当たっている。過労が昂じて寝て暮す日々の中で「閉関之説」を書き、門人達の来訪を謝絶する。これを伝え聞く門人達は、表向きは宗匠が疲労困憊の末に門人の来訪を謝絶したと、言うだろう。だが、その時、彼らの脳裏を掠めることは、宗匠が労咳の桃印を看病したという事実である。宗匠は己の病状を思い計って、面会謝絶の通知を出したのではあるまいか。

元禄六年八月、江戸の暑さは厳しく、残暑は長引いた。芭蕉庵に同居する甥の二郎兵衛は息災で、家事を取り仕切る猪兵衛を助けて食前を整えていた。通いで桃印の看病に当たっていた寿貞は、はっきり病態になっていた。寿貞の親戚に当たる猪兵衛にも、病気の気配があった。そしてこの寿貞には「まさ」「おふう」の二人の子供がいる。芭蕉庵に出入りする桃隣、理兵衛を加えれば、芭蕉庵は都合八名の大世帯である。医師免許を持っている松尾芭蕉は、桃印の容態の推移を観察したのと同じ目で、猪兵衛、寿貞、二郎兵衛、まさ、おふうらの容態を観察する必要があった。

芭蕉の江戸出立後、芭蕉庵に引き取られた寿貞は、すでにお茶の給仕もままならぬほど深刻な容態だった。普通に考えれば肺結核だろう。元禄七年閏五月二十一日の杉風宛芭蕉書翰には、寿貞は茶の給仕さえままならぬ「病人」、また猪兵衛は「病気」と記されている。恐らく芭蕉の看病にも当たった寿貞の容態は心配の種で、その心配は、まさ、おふうにも及んでいた。やがて容態が悪化した寿貞は元禄七年六月に死亡する。芭蕉庵の閉関が解かれる元禄六年八月中旬まで、芭蕉もその周囲もまだ緊張の糸を張りつめたまま朝夕を迎えるのである。

元禄五年十二月の「小傾城」歌仙には、京都の中村史邦が京都の去来・丈艸らと並んで参加している。この時期は珍しく、江戸以外の連中が連句に参加し、江戸にそれを返送することが多い。宗匠の出座料は、約銀一両（二・五万円）、添削料は約百文（一八〇〇円）である。連句満尾が重なれば、その分、宗匠の収入は増えるのである。元禄五年十二月の「小傾城」歌仙を見ると、京都の去来・丈艸らと並んで参加した史邦は、芭蕉庵における急遽の出費増の背景や、その背景にある猶子桃印の病状を承知していたと考える必要がある。それを承知の上で、すでに前年、御所の与力を辞職していた中村史邦が江戸の芭蕉庵にやって来るのである。実はこの時、仙洞御所与力の職を辞して芭蕉庵を訪ねた史邦の前職は、尾張犬山藩、寺尾直竜の侍医であった。医師中村春庵（史邦）は来庵と同時に芭蕉の脈を取ることができた。

史邦を迎える芭蕉の喜びの大きさは強いてでも想像する必要がある。金銭的に困窮する松尾芭蕉に、診察料や薬代を請求する事なく、治療を買って出る史邦には、芭蕉もその周囲も、出来る限りの謝意を表わす必要があった。加えて史邦には、芭蕉庵に張りつめている芭蕉の危惧の正体を察知することもできた。自身の病態の気遣いのみ成らず、芭蕉庵に寄宿し、芭蕉を頼って暮らしを立てる猪兵衛、寿貞らに対する芭蕉の気遣いを共有する必要もあった。ご子息桃印様のことは承知しておりますとは言っても、芭蕉の容態を見て「過労です」などと気休めは言わなかっただろう。

一年三ヶ月後に芭蕉の死因ともなる「痃気」は、ごく希に芭蕉の口から「折〳〵持病痃気音信致、迷惑候へ共、臥り申程之事ハ無御座候」（元禄五年二月十八日、洒堂宛芭蕉書翰）と語られる病で（注5）、今日の医学では腸カタル（腸炎）または腸結核と見られる。腸カタルは細菌による腸の炎症だが、腸結核は結核菌が腸に感染し炎症を起こす疾患である。この疾患は、継続する腹痛が80~90%で、発熱、倦怠感、体重減少、寝汗などの症状を伴う。腸結核には、肺結核のような感染はないが、結核の既往者、また結核患者への曝露が続く患者が長期間腹痛を訴えた場合にはこの限りではない。

元禄六年夏、江戸はことの他の猛暑である。当然、病臥する芭蕉には、慢性的な腹痛、発熱、全身倦怠感、体重減少、寝汗などがあっただろう。加えて「さむけ、発熱、頭痛」が加わることもあった（注6）。その中で、元禄六年九月・十月、芭蕉は岱水からの招宴一回、素堂からの招宴一回のほか、少なくとも歌仙三回の句会をこなしている。寝たきりだったわけではない。病臥と外出とを天秤に掛けながら、芭蕉は微妙な均衡を探るのである。外気を浴び談笑し、句作に浸ることは健康維持の上でも芭蕉には好ましいことだった。中村史邦はすぐさま治療に取りかかると同時に、芭蕉には症状を逐一、詳細に伝えることを求めただろう。この史邦歓迎の三つの句会以後、芭蕉は約一ヶ月の閉門、安静を経て床払いすることになる。それまでの緊張が深いだけに、史邦を信頼する気持も大きく高まっただろう。

元禄六年十一月、松尾芭蕉は大垣の荊口に宛てて、初秋より閉関、病閑保養に手間取って、ようやく近頃、筆を執るに至ったと告げる。どちらかというと冬に強い松尾芭蕉は、寒気の到来と共に立ち直り、病気本復を遂げる。それは同時に中村史邦の治療が一段落したことを意味する。勿論、看病を通して桃印の症状を熟知する松尾芭蕉は、この「ぶらぶら病」とも呼ばれる労咳が、小康の後にまた発症する、際限のない病であることは承知している。小康が長く続き、自然治癒に近づくこと、老年を迎えて治癒力の低下と共に、症状がぶり返すことも芭蕉は承知している。決して油断は出来ない。それがこの労咳である。普通に見れば「腸カタル」、大阪における松尾芭蕉の最後の病床の言葉で言えば「持病」もまた、腸結核に類似した症状を呈する病気である。

元禄六年冬の寒気の到来と共に、芭蕉の容態が回復に向うと、昨日と変わらぬ夕暮れ、今朝と同じ明日があることが滋味を伴う景色としてしみじみと眺められる。元禄六年十一月八日付「荊口宛芭蕉書翰」には、次の句が並んで書き付けられている。「金屏の松の古さよ冬籠り」「鞍つぼに小坊主乗るや大根引き」「寒菊や醴(あまざけ)造る窓の前」「菊の香や庭に切れたれ(る)沓の底」。その日々の暮らしの中で、松尾芭蕉は何故、『笈の小文』第一稿本の附録に、史邦とのちなみを語る「小傾城」歌仙・「初茸や」歌仙を抜粋し、『笈の小文』末尾に新規に追加したのか。

その理由は『笈の小文』第一稿本が度重なる診察の謝礼として中村史邦に授与されたと考えれば分かり易い。二年後には『芭蕉庵小文庫』（史邦編、元禄九年三月刊）を出版する中村史邦には芭蕉の作品を蒐集する意志があった。また実際、同集には『笈の小文』所収句文「丈六に」「月見ても」「蛸壺や」「春雨の」その他が収録されている。この『芭蕉庵小文庫』（史邦編）所収の芭蕉句文を見れば、芭蕉がどれほど深い謝意を抱いて自己の句文を贈与したか、具に確認することが出来る。これら芭蕉の句文は、新規に江戸で医師兼俳人として暮らしを立てる史邦にとっては特別の意味を持つ。芭蕉から授与される句文、芭蕉作二見形文台、芭蕉肖像の贈与は、何より芭蕉の信認のあかしである。芭蕉が己の遺品をもって史邦への並はずれた懇情を示すことになるからである。これにもし芭蕉作『笈の小文』第一稿が加われば、それは師坊芭蕉からの強固なお墨付きとして、背後から史邦の俳諧活動を支援するに相違ない。『笈の小文』の末尾に付記した「連句教則」に史邦の句が含まれているのといないのとでは、この書物の価値は大いに異なったものになるのである。

四　『笈の小文』本文の再編成

元禄五年十二月作「小傾城」歌仙、元禄六年七月作「初茸や」歌仙が松尾芭蕉と中村史邦との殊に深切な治療の記念にきり取られた歌仙断片だったことが明らかになり、この歌仙断片が元禄六年七月以降に挿入されたものであることが判明すると、『笈の小文』追加部（須磨明石紀行）の追加行為についても再考の余地が生ずる。この第四章の追加によって、『笈の小文』本文の構成や主題に大きな変化が生ずるからである。

これを当初の行脚の実情に照らすために、元禄元年四月二五日付「惣七宛芭蕉書翰」を参照すると、ここには「吉野巡礼」に対する言及はなく、「吉野出山（天理）」以後、奈良・丹波市・八木・道明寺・藤井寺を通過し、四月一三日から四月一八日まで、難波の八間屋久左衛門方に六泊する経過が語られている。そして次には、四月一九日、尼崎を出船して兵庫に一泊、二〇日は西須磨に上陸後、鉄拐山に登って眺望を愉しんだ後に、明石から須磨に帰って一泊。二一日は布引の瀧に登り、山崎街道を北上して、能因の塚、金龍寺、山崎宗鑑屋敷跡を廻って、二十三日入京。この後、約二週間、松尾芭蕉は京都に滞在して近畿巡礼の幕を閉じる。同行者杜国はここから伊賀上野を経由して再び渥美半島の保美村に帰省する。これが「吉野出山」以後のこの旅の行程である。

これを見ると、どの叙述からも同行者杜国の影が薄いこと、杜国がこの旅の記録者として控えめに振る舞っていることが読み取れる。また「吉野出山」以後の二人の足取りには、難波滞在六日間、京都滞在二週間という二つの大きな休息期間があること、前者の六日間は文字通りの骨休め、後者の二週間はこの旅の終わりを区画する長い休息であることも明らかである。その難波における骨休め期間を境にして、吉野出山以後の行脚は前後に二分されているのである。

一方、紀行文に戻ると、江戸旅立ち、東海紀行、伊勢・伊賀紀行、吉野紀行と四部に区切られていた原型の『笈の小文』では、紀行の頂点は「吉野紀行」だと見定めることができる。芭蕉と杜国とは高らかに唱和し、同行二人の旅の楽しみを謳歌している。しかもそれは、紀行冒頭の発句「旅人と我名呼ばれん」が謡曲『梅が枝』冒頭のシテの呼びかけ「袖をかたしきておとまりあれやたび人」の「旅人」に呼応し、この「吉野紀行」結びの杜若は、謡曲『杜若』の「ワキ「三河の澤乃杜若シテ「遥々来ぬる旅をしぞ　ワキ「思ひの色を世に残して　シテ「主（ぬし）は昔に業平なれども」を想起させる。極上の杜若を廻るシテ（業平の化身）とワキ僧との昔語りの応酬を踏まえて、極上の杜若を目の前に吉野の隘路険峰を踏破した深い安堵が吐露される。またこの紀行首尾の呼応を通じて、謡曲世界に参入する風羅坊の初志が成就し、難波において満願の時を迎える結構も露わになる（注7）。

芭蕉・杜国の当初の旅行企画の上でも「吉野巡礼」はこの度の主眼として位置付けられる。がそれは山岳修行の聖地である吉野山塊を踏破し、天理にて出山の後、難波に至って「遙々来ぬる旅」（伊勢物語）を振り返る巡礼者の道程には比べられない。当初の旅は、強いて言えば「遊山」、手の舞い、足の赴く所に従って見聞を深める行楽の旅である。『笈の小文』編成第一期（元禄四年四月〜九月）には、その行楽の旅が、風羅坊・万菊丸が山岳巡礼を経て娑婆世界に回帰する険路回生の修行行為としてまとめられた。その修行路を「同行二人、乾坤無住」の心意気で踏破する行動を通じて、風羅・万菊は初めて苦楽を共にし、信頼を深め、連帯を築き上げる修行者となる。難波での発句「杜若かたるも旅のひとつかな」には、二人が経験した苦楽・信頼・連帯を振り返り、安堵の思いを噛みしめる意図がある。杜国との在りし日の悦楽を語り、再現して、元禄三年三月二十日に死亡した杜国への餞とするためである。つまり、この原型は、杜国随行の吉野巡礼を回想し、再構成し、彼の追悼を意図した個人的な動機の著作である。これは杜国追悼の趣旨には適うが、中村史邦に譲渡するに相応しい書物であろうか。史邦に譲渡するには『笈の小文』の構成・主題を手直しした物であることが望ましい。

この要請に従って、『笈の小文』に「須磨明石紀行」が追加されると、『笈の小文』には山岳修行に加えて海浜巡礼の情趣が追加される。清盛由来の港湾開削遺跡や起死回生を計って九州から攻め上る平家が源義経の奇策に敗れて算を乱して落ち延びる光景が追加される。ここで芭蕉が踏まえるのは謡曲『敦盛』に相違ない。有り触れた夏の月が照らし出す夜明けの海辺には、漁師らの普段の暮らしがあるが、それはやがて古戦場の争乱に中に飲込まれていく。鉄拐山山頂から見た古戦場幻覚は悲惨極まりない「明石夜泊」の残夢に置き換えられる。風羅坊は、夏の月に照らされた蛸壷の傍らに取り残される。目の前にはまだ消えやらぬ無惨な残夢の余波がある。本来なら風雅の極みである船中夜泊の悪夢の終わりを、船端に積み重ねられた蛸壷、夜明け前の「夏の月」がしらじらと照らし出す仕組みである。

「同行二人、乾坤無住」の心意気で信頼を深め、連帯を築き上げ、難波において「杜若かたるも旅のひとつかな」と、安堵の思いを噛みしめる筈の『笈の小文』の原型に照らすと、悪夢に襲われて目覚めるこの「須磨明石紀行」の追加が真逆のベクトルを持つ作品世界を生成することが分かるだろう。ここには吉野の険路を踏破し、無事辿り着いた難波の某家で杜若を賞味しつつ安堵の思いを噛みしめる穏和な気分の終幕はない。天地の間を独歩する「乾坤無住」の陽気な健気さもなければ、荒野に旅寝して中有をさまよう怨霊を折伏し、無事、朝を迎える夢幻能の怨霊浄福の結末もない。丁度、旅を写したネガフィルムのように修行の時空がいきなり暗転する一夜を描いて、修行の旅は終幕する（注8）。

五　結び

元禄五年十二月作「小傾城」歌仙、元禄六年七月作「初茸や」歌仙が松尾芭蕉と中村史邦との、殊に深切なちなみの記念にきり取られた歌仙断片だったことが明らかになった。するとこれと連動して変化する『笈の小文』追加部（須磨明石紀行）の追加行為についても再考の余地が生じた。この第四章の追加によって、『笈の小文』本文の構成や主題に大きな変化が生じたのである。

第三章「吉野巡礼」で終幕する原型の『笈の小文』は謡曲『梅が枝』冒頭のシテの呼びかけ「袖を片しきて御泊りあれや旅人」の「旅人」に呼応して夢幻世界への追慕を語ることから始まり、「吉野巡礼記」における謡曲『葛城』や謡曲『二人猩々』の飲酒を踏まえて山場をなし、結末の杜若、すなわち謡曲『杜若』の「シテ「遥々来ぬる旅をしぞ」を踏まえて、風流な昔を語り合う、夢見心地の三昧境に辿り着く。極上の杜若を廻るシテ（業平の化身）とワキ僧との昔語りを彷彿とさせつつ至極の旅の充足を語って締め括りとするものである。

しかしその杜国追悼の意図を露わにした『笈の小文』を中村

史邦に差し出すに当たって、第四章が追加され、『笈の小文』の構成と主題とが書き改められた。『笈の小文』「須磨明石紀行」には、酷すぎる夢があり、その夢に飲み込まれる直前に目覚めて安堵の胸をなで下ろす風羅坊がいる。古戦場に集う悪霊が甦るこの一夜は、普段なら見えない物にあたるが、その見えない物が風羅坊の脳裏をディスプレイとして「見える化」され、悲惨で壮大な夢想が出現する。

　こうして風羅・万菊が繰広げる健やかな吉野巡礼行は、正真の生存や修行の実相を表象のかたちで顕現する。その再生産の全てが史邦への授贈に起因すると言うのでは誇張が生まれる。史邦への授贈はあたかも玉突きのキューの最初の一突きのように、「須磨明石紀行」追加の局面を開いたものだろう。その展開全体の深みと具体相は第8節・9節で述べるとして、筆者はその最終作業で、松尾芭蕉が巡礼者杜国とのちなみを語る「吉野巡礼」の二句唱和に付された杜国の記名をすべて削除したことを指摘したい。その『笈の小文』を中村史邦に貸与し、史邦がこの改訂版『笈の小文』の写本を作るためである。

注1、一人の人物のために芭蕉庵で一ヶ月に三回の句会が開かれる実例はない。

注2、第5節『笈の小文』—須磨明石紀行の成立—に述べた。

注3、大礒義雄氏（『笈の小文』（異本）成立の研究』p40）による。

注4、今栄蔵『芭蕉年譜大成』（平成六年六月十日、角川書店刊、p377）は、「昨秋、仙洞御所与力を辞職し」「元禄六年七月上中旬頃」に江戸に来るとする。三作共に「元禄六年七月上中旬」成立。

注5、通常芭蕉は「持病」と書いて「疝気」と書くことは希である。

注6、元禄七年九月十日から十日間、大阪で病臥した芭蕉の症状には、疝気によくある腹痛の他に「さむけ、発熱、頭痛」が加わっている。元禄七年九月二十三日、松尾半左衛門宛芭蕉書翰。

注7、「「更衣」から夏に季が改まり、芭蕉は奈良を経て大坂に至り、「杜若語るも旅のひとつ哉」の句を詠ずる。宮本氏は、そこまでを⑮（※ひとまとまり）とする。（中略）それが『笈の小文』の下書きであったと考えられる。」という（宮本三郎（『笈の小文』への疑問）。赤羽学「『笈の小文』の成立（二）」（『俳文藝』22号　1983）はこれを支持する。

注8、この時期の芭蕉は心身共に衰弱しきった状態にあった。（大内初夫「芭蕉「閉関」の考察」『佐賀龍谷學會紀要』第三号　昭和30年12月）

8節　『笈の小文』―和歌浦句稿の追加

一　承前

元禄六年七月中旬、門人たちの来訪を謝絶して「閉関之説」を書く松尾芭蕉は、京都から来訪した中村史邦を芭蕉庵に迎え入れる。その史邦（医師、春庵）の治療が功を奏して、閉門の一ヶ月を乗り切ると、彼はやおら病床から起きあがる。この約一ヶ月間、松尾芭蕉が『笈の小文』に「須磨明石紀行」や「連句教則」を追加した形跡はない。

治療の謝礼にふさわしく『笈の小文』を書き直すことが起床後の松尾芭蕉の課題となるが、その課題は撞球の最初の一撃に当り、幾つかの文言に波及する。「須磨明石紀行」と同時期に挿入されたと推定される「吉野三滝」「和歌浦句稿」はあまりに短文であり、用字分析の対象にはなりにくい。だが、『笈の小文』の編成第一期（元禄四年四月〜九月）には、その手稿はいまだ「吉野紀行」とでも呼ぶべき形態で保蔵されており、その手稿が元禄六年七月以後に改めて「須磨明石紀行」を加え、現状本文に近い形に仕上げられることはすでに述べた。次には「和歌浦句稿」が何故、いつ頃挿入されたかを考察する必要がある。それが芭蕉の最晩年の挿入でありながら、『笈の小文』の文言の瑕疵をいっそう拡大する叙述・文言であるからである。

二　曾良の吉野巡礼

さて、元禄四年九月二十九日、大津を発った松尾芭蕉は、一ヶ月後の十月二十九日に江戸に帰着する。当面、日本橋橘町、彦右衛門方の借家に落ち着いた後、約七ヶ月後の元禄五年五月中旬に新規に竣工する芭蕉庵に移る。だがこの時期は、江戸人と会話し、江戸人の眼差しで『笈の小文』の旅程を眺め、紀行文に手を入れるには早すぎる。余裕がないからである（7節に述べた）。

元禄四年四月二十一日、松尾芭蕉が「幻住庵にて書捨たる反古を尋出して清書」（嵯峨日記）した時（注1）、『笈の小文』は、簡略ながら吉野巡礼を山場とし、同行二人の入山・出山、参籠、回峰修行で構成された「巡礼記」として形成されていた。「惣七宛芭蕉書簡」（貞享五年四月二十五日）で杜国が言う「伊賀上野を出て三十四日。道のほど百三十里」の旅が元来の吉野巡礼であり、これらは、尾形仂氏がいう他界した杜国との名残を惜しむための本文には欠かせない文言である（注2）。

恐らく河合曾良の視線を借りれば、芭蕉たちの吉野巡礼は次のように見えていた。

（元禄四年五月）二日

曾良来リて、よし野の花を尋て、熊野に詣侍るよし。

武江旧友・門人のはな（し）、彼是取まぜて談ズ。

くまの路や分つゝ入ば夏の海　曾良

大峯やよしのゝ奥を華の果（『嵯峨日記』）

曾良は紀伊半島に広がる吉野山塊の向こうを見ている。曾良の視線を借りれば、吉野は遙か遠方にあり、その吉野よりさらに遠方に熊野はある。熊野は、吉野大峯から「くまの路」「大峯奥駆け」で知られる修験道の修行路で繋がっている。そしてその果ての果てには、歌僧西行法師が通過した「華の果」を見ることが出来る。

この吉野修験道の道の果てに輝く夏の海は、芭蕉・曾良が繰り広げる「みちのく行脚」の「そとの濱邊」（「幻住庵記」）に匹敵する。二人が「そとの濱邊」から「ゑぞが千しま」を眺めたいと願ったように、『笈の小文』の和歌浦からは淡路・四国を眺めることが出来る。「四国の山ぶみ」（元禄三年十月、山本荷兮宛書翰）は、松尾芭蕉の長年の宿願でもある。いずれも未知の世界への入口にあたる最果ての地に立ち、その先を遠望したいという情動が働いている。その風羅坊を「多病いぶかし」とて袖を引き据えていさめた筈の河合曾良にも、最果て願望はあったのである。

しかも関東人の河合曾良から見れば、この世の最果ては、「そとの濱邊」の真逆の位置にある吉野山塊の向こう側にもあった。嵯峨野の「落柿舎」に熊野詣の報告に来た河合曾良の二句を、松尾芭蕉は丁寧に『嵯峨日記』に書き留めている。みちのく行脚に、果ての果てがあるのなら、西国行脚にも果ての果ては有るに相違ない。もし熊野の海が「華の果」であるなら、高野山の向こうに開ける「和歌浦」もまた、四国を遠望する最果てに数える事が出来る。

その時「道のほど百三十里」の巡礼行が大きく延伸され、『笈の小文』は熟練の修行者が繰広げる「果ての果」「華の果」を目指す巡礼記として見直される。「吉野三滝」「和歌浦」の挿入は、その新しい構想の一翼に当たる。この新しい構想がなければ同紀行への「吉野三滝」「和歌浦句稿」の挿入はない筈である。

第三稿（乙州本）の序文に照らすと、芭蕉の自筆草稿は幾つかの断片を集積した物で、それを旅程の順に編成し、一書とする必要があった。その編成の際に、「吉野三滝」と並んで、挿入されたと推定される【起】の部の「旅支度」、【承】の部の「伊勢句稿」には「小口揃え」は起きていない。これらの句文は、元禄六・七年、第一稿本書写時点で、すでに紀行本文に組み込まれていたせいだろう。

ところで、「惣七宛芭蕉書簡」（貞享五年四月二十五日）で杜国が言う「伊賀上野を出て三十四日。道のほど百三十里」を修正し、「華の果」を目指す長大な旅を描き出すことと並んで重要なことがもう一つある。これらの挿入句稿はまた、『おくの細道』の完成と同時に、海浜巡礼者の悦楽を描く句稿として生まれ変わる必要があった。「和歌浦句稿」「須磨明石句稿」には、海浜逍遙を際立たせる役割が求められるのである（後述する）。

これらの事実経過を踏まえて、『笈の小文』第一稿本直前の原本、すなわち大礒本直前の『笈の小文』「吉野巡礼」を想定すると、それは次の様に書かれていた事になる。これなら宮本三郎氏が言う表現上の懸念を払拭することが可能になると思われる。

初瀬
春の夜や籠人ゆかし堂の隅
足駄はく僧も見えたり花の雨
葛城
猶みたし花に明行神の皃
三輪　多武峰
臍峠　多武峯より龍門へ越す道也
雲雀より上(ママ)に休らふ峠かな
〈吉野三滝————①追加挿入部〉
桜
桜がりきどくや日ゝに五り六里
日ハ花に暮て淋しやあすならふ(う)
扇にて酒汲かげやちるさくら
苔清水
春雨に木下につとふ清水かな

芳野の花に三日止りて、曙・黄昏のけしきにむかひ、有明の月の哀なる様ち(な)と、心にせまり胸にミちて、あるは摂政公の詠にうばハれ、西行の枝折にまよひ、彼貞室が是ハ〳〵と打なぐりたるに、我いはん詞もなくて、徒に口を閉たるいと口をし。思ひ立たる風流、いかめしと侍(く)れども、爰に至つて無興の事なり。

高野
父母のしきりに恋し雉子の声
散花にたぶさ恥けり奥の院　万菊
〈和歌浦句稿————②追加挿入部〉

跪ハ破れて西行にひとしく、天龍の渡りを、もひ、馬をかる時ハ、いきまきし聖の事心ニうかぶ。山野海濱の美景に造化の功を見、あるハ無依道者の跡をしたひ、風雅の人の実をうかゞふ。猶栖を去て器物の願なし。空手なれバ途中の愁もなし。寛歩駕にかへ、晩食肉よりも木(甘)し。とまるべき道に限りなく、立べき朝に時なし。（以下略）（大礒本『笈の小文』）

「吉野三滝」「和歌浦句稿」を除外し、原型を回復した本文を眺めて見ると、それは比較的完成度が高く、かつ取り立てて言うほど大きな支障もない本文が出現する。文中にある多武峰は吉野より四里余り、細嶺（臍嶺）より一里北にある。このため臍峠で詠まれた「雲雀より」だけでは、この後さらに竜門岳を踏破して吉野山塊に足を踏み入れる巡礼者の足取りが曖昧になる。そこでその踏破の道筋を明示するために追加されたのが「臍峠　多武峯より龍門へ越す道也」という注釈である。細嶺の頂上には大きな岩が二つ並び、細峠から北に流れる谷道と西から流れ出る渓谷とが交差する。その辺りが多武峰から細嶺への通路になる（『和州巡覧記』注3）。

その臍峠を越えて竜門岳を踏破し、吉野山に至る行程は、これに続く発句の光景「桜がりきどくや日ゝに五里六里」とも自然に符合する。雲雀さえ見下ろしてしまう臍峠からの眺望は、次の「きどくや日々に五り六里」という風羅坊の満ち足りた詠嘆を呼び出すに相応しい。これまで辿り着いた巡礼道を振り返る地点に立つと、竜門岳、青折岳、安禅獄と回峰修行を重ねながら山野を廻る登山修行者特有のロケーションが目近に見える。高い視座から見た四月解禁の山々が振り返りの視線で語られている。その結果、花桜を賞味するこの句の視線、句の配列、ランドスケープが夾雑物無しに一場面として安らかに形成される。

後に追加された「吉野三滝」を廻る滝修行を除外したとしても叙述上の不備はない。そのランドスケープと高所から眺望する立ち位置に立てば、吉野の渓谷に食い込んで細流を成す「吉野三滝」は景観上、不可欠だとは言いにくい。この文脈の中で「吉野三滝」が欠失したとしても、如上の華やかなランドスケープは眼前に表象されるからである。

一方「高野巡礼」については、西行法師の事績が欠かせない前提となる。西行における高野山は吉野山以上に長く居住した修行地であり、それを踏まえて「行脚心得」冒頭の「跪ハ破れて西行にひとしく」が想起される。天竜の渡しでむち打たれ、下船させられた西行法師の故事（西行物語）を呼び起こすからである。さらにまた、「いきまきし聖の事」からは、落馬して堀に落とされて息巻いた高野山の証空上人の故事（徒然草一〇六段）が喚起される。西行・証空の事績を踏まえることで、風羅・万菊の高野巡礼は、それぞれ前後で符合し、自然な文脈を形成する。第二次編成期以前にすでに書かれていたこの西行・高野山文脈があるせいで、「高野巡礼」と「行脚心得」とは、肝心の「和歌浦句稿」を除外しても文脈を辿ることが出来る（注4）。

ただし盛大に描かれた吉野の桜巡礼に比べれば、吉野から高野に至る次の叙述には、やや唐突の感がある。

高野

⑦ちゝはゝのしきりにこひし雉の声

⑧ちる花にたぶさはづかし奥の院　万菊

盛大な吉野の花見巡礼の後に簡潔な前書き「高野」が登場して、場面はいきなり高野山、金剛峰寺の奥の院に切り替わる。仮に詞書の短縮、語気の圧縮に伴う論理の飛躍は、詩的な感興や快感を引き出す句法だとしても、この飛躍は常識の範囲を越えている。この短縮された詞書「高野」の他に、芭蕉作の俳文には「権七にしめす」（貞享四年十一月作）、「素堂亭十日菊」（貞享五年八月）、「深川八貧」（元禄元年十二月）など、若干はこの詞書の短縮書式が採用されている。しかしこの詞書「高野」をもって、発句に盛られた高野山巡礼の感激を引き立てるとは言いにくい。

一方、その「高野」に続く「和歌浦句稿」にも不備が目立つ。高野参詣から何の前触れもなく「和哥」の前書が登場し、発句一句の後には、「きみ井寺」の詞書ばかりで発句がない。この「和歌浦句稿」の文脈の不備もあって、「和歌浦句稿」がなぜここに配置されるかを適切に説明する事は出来にくい。

加えて、先の「惣七宛芭蕉書簡」（元禄元年四月二十五日）には和歌浦訪問の記載がない上に、彼ら二人は、石の上在原寺、布留の社、則ち、今の天理市で吉野出山を果たしている。また『芭蕉翁全傳』には、「先コノ国（※伊賀）ノ田井ノ庄、兼好ノ跡ヲ尋、吉野ヨリ南京ニ出ラル。伊賀ノ誰彼モ奈良ニ行アヒテ暫クアリ。」（注5）と書かれている。実際、惣七・市兵衛・梅軒子らは、この時、吉野を経て南京（奈良）にて出山する芭蕉と面会している。少なくとも『笈の小文』の原型にあたる「吉野巡礼」の段階では、「和歌浦紀行」は不必要な章段ではなかったか。

三　和歌浦句稿の役割

さて元禄四年十月二十九日、江戸に帰着した松尾芭蕉は、翌元禄五年五月中旬、弟子たちの浄財で竣工した新芭蕉庵に移る。「杉風・濁子・梨下・深川のものども」の斡旋（元禄五年五月七日付、去来宛芭蕉書翰）を得てできた庵である。「深川のものども」とは大ざっぱな書き方だが、転居記念に書かれた「芭蕉を移詞」には「住居は曾良・岱水がものずきをわぶ。」とある。庵室の意匠や建付けは曾良・岱水が日参して指図したものだろう。「ものずきをわぶ。」は、曾良・岱水らが凝らした意匠が「わび数寄」にも見え、その侘びを愉しむ気分になることを手短に言ったものである。

この間、満尾した歌仙は一巻（「鶯や」元禄五年正月）で、参会者は支考一名である。支考はこの度の江戸下向に同道して芭蕉に近侍し俳諧修行に励んでいたが、江戸蕉門の杉風・其角らと「そり」が合わず、五月には奥羽行脚に旅立って行く。江戸に帰着した松尾芭蕉の当面する仕事は、猶子桃印の看病と『おくの細道』の執筆である。彼はとかく器用で役立つことが多い天野桃隣を同道して江戸に下り、宗匠家業、桃印の看病、『おくの細道』執筆の手伝いとした。

この時期、『おくの細道』の旅に同行し『随行日記』を保持する河合曾良は、芭蕉との往来を欠かさない位置にいる。元禄五年正月七日、杉風立句による歌仙「仕着せ物」に出座（続深川集）、同年二月二十日の呂丸宛て芭蕉書翰に、曾良とよく呂丸の話しをすると報告されている。奥羽行脚の途中、羽黒三山登山を支援した呂丸を懐かしむ記事である。曾良は同五月中旬、新芭蕉庵の竣工に尽力する一方、七月七日、素堂の母の喜寿の祝宴に杉風・芭蕉らと共に招かれて同席する。また同中秋、芭蕉庵で開催された三日月を賞する句会に参加する。諸般の事情から推し量って（後述する）、松尾芭蕉の『おくの細道』草稿本（中尾本の下地本文の草稿）の執筆は、この元禄四年初冬には始まっていなければならない。

ところが、その松尾芭蕉には、当面、金銭の心配があった。労咳で苦しむ桃印の薬代である。江戸の弟子たちは参会して句会を開き、その謝礼の形で芭蕉を支援した。そうでもしなければ金銭を受け取らない律儀な芭蕉だったからだろう。だが、この時期に限っては珍しく、元禄六年二月八日、遠方に住む近江の膳所藩士、菅沼曲水宛に、金銭を無心する手紙を書いている。

新芭蕉庵移転（翌元禄五年五月中旬）以後、芭蕉の手許不如意が逼迫に変わる元禄六年二月までに限ると、次の句会が開催されている（表3.『古典俳文学大系5芭蕉集全』集英社刊による）。ここに満尾しない句会を省くのはその句会が内輪の句会で、宗匠芭蕉の出座を必ずしも必要としないからである。芭蕉激励連句会とでも呼ぶべきこれら十三巻の会合のうち、①は友人素堂との両吟で、芭蕉の出席も宗匠としての出座ではないだろう（表3）。また④は江戸在住の俳人による一巡の後に、多く京都の作者に回覧されたもので、宗匠の批点を求める連句と見られる。全体に、上方の門人を含んで常よりも広範で頻繁に句会が開かれている。またその分、珍しい参会者が出席している。しかもその句会は年末になるほど頻繁に開かれる傾向にある。

①を除く十二巻を概観すると、この芭蕉激励連句の始・終を勤めるのは、大垣藩江戸留守居役中川濁子に率いられた大垣藩士達である。中川濁子自身は二回の出座で多くはないが、彼の配下の此筋・千川らは②⑦⑪⑬と四回も句会を主催している。ちなみに新芭蕉庵の寄進者でもあった中川濁子は、芭蕉筆『野ざらし紀行画巻』の清書者に指名されている（濁子に贈与された可能性もある）。

一方、③④⑤⑥⑦⑧⑨⑪⑫と九回出席する洒堂（珍碩）は、

表3　元禄5年8月から元禄6年1月までに満尾した芭蕉一座の連句

①	元禄五年八月	素堂（「破風口に」歌仙）
②	同上八月	濁子、千川、涼葉、此筋（「名月や」歌仙）
③	同上九月	洒堂、嵐蘭、岱水（「青くても」歌仙）
④	同上九月	洒堂、嵐蘭、嵐竹、北鯤、昌房、正秀、臥高、探志、游刀、野径、去来、野童、史邦、景桃、素牛、之道、車雇（「刈りかぶや」歌仙）
⑤	同上十月	許六、洒堂、岱水、嵐蘭（「けふばかり」歌仙）
⑥	同上十月	志梁、嵐蘭、利合、洒堂、岱水、桐奚、也竹（「口切に」歌仙）
⑦	同上冬	千川、此筋、左柳、洒堂、海動、嵐蘭、丈草（「月代を（十八公）」）
⑧	同上冬	兀峰、洒堂、里東、キ角（「水鳥よ」歌仙）
⑨	同上十二月	洒堂、許六、嵐蘭（「洗足に」歌仙）
⑩	同上十二月	彫棠、晋子、黄山、桃隣、銀杏（「打よりて」歌仙）
⑪	同上十二月	荊口、洒堂、此筋、左柳、大舟、千川（「木枯しに」歌仙）
⑫	元禄六年一月	嵐雪、珍硯（「蒟蒻に」歌仙）
⑬	元禄六年一月	涼葉、千川、宗波、此筋、濁子（「野は雪に」歌仙）

江戸の芭蕉庵に寄寓して俳諧修行に励む俳人で、彼自身が正客となる句会三回、彼が亭主を務める句会三回も含まれる。一座の取り持ちに長けた世話役だっただろう。修行期を終えた彼は上京し、大阪で蕉門の宗匠を勤める。次に出座回数が多い嵐蘭は③④⑤⑥⑦⑨と六回の出席で、洒堂を正客とする③④の句会では亭主を引き受けている。彼は洒堂の句会取り回しを支援する「肝煎り」というところだろう。元禄六年八月、嵐蘭の急死を知った芭蕉は、これまでの嵐蘭の懇情に感謝して「悼嵐蘭詞」をその家族に書き送っている。洒堂・嵐蘭と並んで芭蕉激励句会の立ち上げに貢献した③⑤⑥の岱水は、芭蕉から「更科紀行」を書き与えられている。

ちなみに、宗匠の一回の出座料は一〇〇〇文で、金一両―銀六〇文―銭四〇〇〇文の標準価格で換算すると、銭一〇〇〇文は四分の一両、月四回の出座で一両になる（今栄蔵著『芭蕉伝記の諸問題』p243新典社刊、平成四年九月）

元禄四年年末に満尾した歌仙が一巻も無いこと、元禄四年十月から翌元禄五年二月までに満尾した歌仙が僅かに四巻であることに比べれば嘘のような盛況である。中でも先頭に立って句会開催に尽力した荊口、濁子、千川、左柳、涼葉、此筋、大舟（「名月や」同上八月）ら大垣藩士は、②⑪⑬で勢揃いして大垣藩の江戸藩邸にて句会を準備した事さえあった。

これら門人の好意に応えて、松尾芭蕉は連句の添削（添削料あり）や句会の出席に精を出し、合わせて桃印の看病と『おくの細道』の執筆にいそしんだ。桃印の没年は元禄六年三月、病名は結核で、寿貞・猪兵衛らが看病に当たっている。薬代の節季払いを勘案すれば、金子の入用は元禄五年年末と元禄六年七月中旬に集中しただろう。

四　『奥の細道』と『笈の小文』

この間に行われた河合曾良との面談は、『おくの細道』の執筆を急ぐ松尾芭蕉には欠かせない面談だった。曾良を相手に奥羽行脚の記憶を再生し、曾良が記録した『随行日記』によって、事実確認を済ますことが出来るからである。『随行日記』を下敷にして、その時、その場、その人が巻き起こした出来事や雰囲気から臨場感や躍動感を呼び覚ます必要があった。想を練って叙述にメリハリを付ける作業は、『おくの細道』をこれまでの芭蕉の紀行文とは別格の新しい紀行文に変貌させる。

松尾芭蕉の草稿本（中尾本の下地本文の草稿）の執筆がいつ終了したかは判然としない。だが、その草稿を書写して出来た貼り紙下地本文にさらに貼り紙して、修正本文を作る作業が、元禄五年六月以後に始まったことは確認できる（注6）。貼り紙修正作業はその後、数ヶ月続くと推定されるが、その時点ではまだ、集中力を要する『おくの細道』の執筆作業が前向きに進んでいる。だが、その中尾本下地本文に貼り紙した「貼り紙本文」を作成し、さらに加筆訂正して書き取り本（後述する）を作り、これを天理本清書者に手渡す過程がある。丁度その時期は、猶子桃印の薬代の支払いを支援する句会が頻繁に開かれ、松尾芭蕉が辛うじて節季払いを切り抜ける時期と重なる。その看病中に暇を見付けて『おくの細道』を執筆したのでは不謹慎の誹りもある。実際、「天理本」の清書者と言われる越後屋呉服店の手代利牛、野坡、孤屋と芭蕉との接触が始まるのは元禄六年十月である。その松尾芭蕉に『笈の小文』をじっくり検討し、時間を掛けて想を練り、丁寧に書き上げる時間は無さそうに見える。

だが、その『おくの細道』の形成とともに、見逃せない事実が二つできる。その一つは『おくの細道』の冒頭「予もいづれの年よりか、片雲の風にさそはれて、漂泊の思ひやまず、海浜にさすらへ。」、また一つは敦賀「色の浜」で持ち出された「須磨にかちたる浜の秋」との関連である。前者「海浜にさすらへ。」は、諸注ともに『笈の小文』の旅を踏まえた叙述と解説するが、その理由は、『おくの細道』冒頭部の現在時が「元禄二年三月」で、主人公の予は元禄元年の秋に江戸深川の破屋に帰庵したと記すからである。元禄元年の秋以前の旅で「海浜にさすらへ」と書きうる旅は、『笈の小文』以外にはない。一方、「須磨にかちたる」は『笈の小文』に「須磨明石紀行」を追加し、その濱邊の侘びしさをしっかり嘆いて見せることで初めて成立つ表現である。

しかしその芭蕉の言葉にも関わらず、『笈の小文』はいったい、「海浜にさすらへ」と概括出来る旅だったか。さらに元禄五年六月以降、十二月の時点で、『笈の小文』に「須磨明石紀行」は添附されていなかった。『笈の小文』は「山野海浜に造化の巧」(『笈の小文』)を探る旅とされるも、実態は山岳を踏み分ける山岳修行に偏っていた。しかもそれはまだ他見を憚る推敲段階に止まる本文でもある(注7)。「須磨明石紀行」は、元禄六・七年筆と推定される詞章であり、それ以前の本文では、「吉野三滝」「和歌浦句稿」「須磨明石紀行」を欠いた状態にあった。またその原型に遡ると、須磨明石紀行は「須磨明石句稿」と「海岸巡行記」「山上幻覚記」とに別れており、「海岸巡行記」「山上幻覚記」には元禄六・七年染筆の痕跡が濃厚であった。

ただし、その草稿本文を下敷きにして山岳巡礼と「海浜流離い」とが同居する物語に仕立てることは不可能ではない。すでに小論で触れた「旅の首途」「伊勢紀行」「高野行脚」が追加された本文に、「吉野三滝」「和歌浦句稿」「須磨明石紀行」を追加することでそれは可能になる。わずかに三箇所、手を入れることで『笈の小文』を山岳巡礼、兼、海浜流離（さすら）いの物語（ストーリー）に打ち返すことができるのである。

元禄四年五月二日、吉野の花を尋ねて熊野に詣でた河合曾良が発句「くまの路や分けつゝ入ば夏の海」(『嵯峨日記』)を携えて嵯峨野の落柿舎に芭蕉を訪ねることは既に述べた。この曾良の発句は芭蕉の身には大きなヒントになる。関東育ちの曾良から見れば、吉野山塊を峰伝いに踏破して熊野に至る「奥駆け道」は、気の遠くなるような遠方にある。それこそ山塊の奥の奥を踏破する廻国修行の極みに当たる。これに倣えば、吉野・高野に分け入った末に、風光明媚な和歌浦に辿り着く構図もまた、奥の奥を踏破する巡礼修行の極みに当たる。この点、京阪文化圏育ちの松尾芭蕉と東国文化圏生まれの河合曾良とでは、大いに地理感覚が違うのである。

ところで、その和歌浦巡礼の追加と同時に、一箇所、文脈に齟齬をきたす恐れがある箇所ができる。「吉野三滝」末尾の次の「備忘メモ」がそれで（注8）、これが切り捨てられずに残ったのは、「吉野三滝」が「和歌浦句稿」以前に、すでに書かれていたからだろう（注9）。

■第一稿の備忘メモ

図版⑦　大礒本「布引の滝」『笈の小文（異本）の成立の研究』大礒義雄著、ひたく書房刊、p118。

■第二稿の備忘メモ

布留の滝は、布留の宮より二十五丁山の奥也。
津の国生田の川上に有　大和
布引の滝
箕面の滝　勝尾寺へ越す道に有　（雲英本）

この内、第二稿本の「箕面の瀧」に対する傍注の「大和」は筆写者の誤記だが、その傍注がすでに第二稿本から始まること、恐らくは元禄六年七月以降、江戸で是を書写する筆写者がこれらの傍注について無用な誤記を書き残したことは既に述べた。第一稿本における傍注の字詰め・文字サイズが右に掲載した写真の通り一行仕立ての本文と同じで、右行の「津の国生田の川上に有」が「布引の瀧」の傍注だとは気付かなかったことが分かる。第二稿本でも、この文字サイズのままだと「津の国生田の川上に有　大和」が次行のための傍注だとは気づきにくい（注10）。

ここにある傍注「津国生田の川上」「大和」が単に滝修行地を心覚えするために書かれた備忘メモと見なされるなら、風羅・万菊の道行きが吉野・高野・和歌浦・奈良・大阪と続いても支障なしとなる。というより、『笈の小文』には、伊良子崎「冬の岬」、和歌浦「春の入江」、須磨明石「夏の港」と、廻国修行の文脈を点綴する海浜流離いのストーリーが浮かび上がる。しかもそれは『笈の小文』の全編を貫き、随身者万菊丸ともども、修行路の奥の奥にある極上美景の海浜を流離いする旅となる。遙か遠方に四国を見晴るかす、真に好都合な物語りが作り出されるのである。

五　「行く春」の含意

和哥

行春にわかの浦にて追付たり

きみ井寺

（※宮本氏、発句欠落という。注11）

「吉野三滝」が滝修行の妙味を伝えて山岳修行の眉目を記すのに対して、この「和歌浦句稿」の役割は、熟練した修行者が繰り広げる「果ての果」「華の果」を目指す巡礼行の着地点を示すことであろう。河合曾良なら差し詰め「大峯やよしの、奥を華の果」（『嵯峨日記』）と詠唱するところだが、それだけでは物足りない。願行成就の騒人にふさわしいシャングリラに辿り着くような大きな歓喜が不足するのである。

　冒頭の詞書「和哥」は熊野ではなく「和歌浦」である。次に「行春」は、「行く春を近江の人と惜しみけり」（『猿蓑』元禄三年春作）を踏まえ、『おくの細道』冒頭の「行く春や鳥啼き魚の目は泪」とも呼応する。芭蕉は生涯で三句、「行く春」の句を書き残しており、その内の一句がこの「行春に」である。元禄三年作「行く春を」は、琵琶湖の湖上に消えて行く春を惜しむ人々を「近江の人」と指定して、湖北の山に消えていく春の息吹を哀惜する句である。琵琶湖の季感に導かれたこの春興は、湖岸に育った文人ならではの実感に支えられ、その季感で捉えられた湖水の息吹を「風光」と呼ぶ。この春の息吹を知る向井去来は、この句の見どころを訊かれて「風光の人を感動せしむる事、真成哉」（『去来抄』（向井去来著））と応えることが出来た。

　ただし湖岸に、行く春の光芒を見る去来の眼差しには、まだ見えていないものがある。それは山岳修行の満願者にふさわしい風景の躍動である。『おくの細道』の「行く春」に従うなら、水辺を飛翔する魚鳥にも休憩地はある。しかもそれは、鳥の声、魚の目の涙のかたちで「見える化」することができる。行く水が集まり滞留する水辺の神々と共に季節を経巡る感性があれば、生き物としての景観を実感することが出来る。水辺は春気の寄る辺、春風の佇むところに変わるのである。

　同じく春が佇む場所にふさわしい「華の果」の「わかの浦」では、新規に「行く春」に追い付くことの満足が語られている。生きものである春は、山笑う春であり、水温む春である。波の音、潮の香り、水辺の輝きで春の潮目を識別することができる。滞留した春が厚味を増し、雲霧のように対流する岸辺がその場所である。

　「行く秋の芥子に迫りて隠れけり」（元禄七年五月十四日、芭蕉宛去来書簡）「行く秋や手を広げたる栗の毬」（元禄七年九月『続猿蓑』）など、行く秋の場合も、それは秋風となり「芥子」の花に迫って花弁を揺さぶり、その背後にそっと消えている。目に見えない秋は「栗の毬」の生気の形で顕現し、やがて栗の殻の背後に隠れる。木枯しが竹に隠れて鎮まるように、季節はそれぞれ瞬時

図版⑧　和歌浦絵図

に顕現して老衰する。それが見えるものになるとき、季節は生き物となる。人が水辺で「行かふ春」に追い付くことがあるのは、そのせいである。春は生き物として地上に降り立ち、天気や地気を揺さぶり、植物の芽生えを助けた後に何処ともなく立ち去って行く。

六　まとめ

「和歌浦句稿」が『笈の小文』に追加される時期は、松尾芭蕉が看病、薬代、執筆、稼業に追われる元禄五年年末にはまだ訪れ無かっただろう。同じく芭蕉が薬代の清算に追われた後に閉関する元禄六年七月で区切ってみても、その可能性は少ない。元禄六年十一月、松尾芭蕉は菅沼曲水に宛て、この夏、読み書きを断って臥床して過ごした上に、秋に入ると諸縁を絶って閉関し、初冬になってようやく筆を持つ気になったと書くからである。

猶子桃印が死亡し、『おくの細道』第二稿（貼り紙修正本文）を下敷きにした加筆修正が終わって、さらにそれが書き取り者、清書者（曾良・利牛ら）に手渡される経過を勘案すると、「和歌浦句稿」が『笈の小文』に追加される時期は、元禄六年十一月以後、すなわち『笈の小文』第一稿本完成直前まで下るだろう。先ずは『おくの細道』第二稿（貼り紙修正本文）を用いた加筆修正が終わって、さらにそれを書き取り者、清書者（曾良・利牛ら）に手渡すことが松尾芭蕉の最優先作業になるからである。また『笈の小文』第一稿本後半に添附された「連句教則」を考慮すると、この度、芭蕉の窮状を察して、病気治療を買って出た新人史邦に対する謝礼の時期が熟するまで待つ必要がある（注12）。

この紙片「和歌浦句稿」の編入によって「高野・和歌浦巡礼」が出現し、風羅坊・万菊丸をさらに堅固な廻国修行者に化粧直しする。この句稿挿入は極めて簡便なもので、ここに二句唱和はもとより、「吉野山金峯山寺」「高野山金剛峰寺」を廻る聖地巡礼記に近い丁重な見聞記も見あたらない。詞書だけで発句を欠く叙述や前後を繋ぐコンテキストが欠けている叙述もある。それにも関わらず、松尾芭蕉はここに「和歌浦句稿」を編入したものである。そうまでしてここに「和歌浦句稿」を挿入したにはそれだけ深い理由があることは確かだと言って良い。

注1、綱島三千代『笈の小文』成立上の諸問題（『連歌俳諧研究』二五号、昭和三八年七月）。井本農一著「『笈の小文』の執筆と元禄四年四月下旬の芭蕉」（『連歌俳諧研究』昭和四五年三月刊）。大礒義雄氏は大方の推定通り『笈の小文』の成立は元禄四年以降とするが、本文に附録する連句部分は元禄六年七月以降、江戸で芭蕉自身によって追加されたとする。大礒義雄氏（『『笈の小文』（異本）の成立の研究』）。小論では『笈の小文』本文も連句附録も元禄六・七年に書写されたとする。

注2、尾形仂氏、論文「鎮魂の旅情」（『国語と国文学』昭和五一年一月号）参照。

注3、和州巡覧記、正しくは和州巡覧記大和廻。柳枝軒元禄9年刊。

注4、「和歌浦句稿」に後続する「行脚心得」には原型になる、よく似た俳文が紹介されている。『連歌俳諧研究』38号。原型となる俳文は、料紙や推敲形式が「幻住庵記草稿断簡」と共通する所から元禄三年夏頃の執筆かと推定されている（尾形仂『校本芭蕉全集』別巻・補遺篇）。このため「行脚心得」並びにそれと一対を成す「高野巡礼」は第一次編成期にすでに出来上っていたと見ることが出来る。『連歌俳諧研究』38号に紹介された新蹟草稿は以下の通り。

踵は破れて西行にひとしく、面はこがれて能因にゝたれども、不才、性僻のつたなき事は、たれにかなぞろふべき。渡守にいかられては、天龍の渡しをおもひ、馬方ににくまれては何々の聖をおもひ出。山野海浜におゐて造化の功を見、或は無依の道者の跡をしたひ、風雅の人の情をはかる。猶、家をもたざれば、器物のねがひなく、空手にして金なければ、途中の愁なし。寛歩、乗物にかへ、晩喰、骨を当。とまるべき道にのりなく、立べき朝に時なし。只、一日のねがひ二のみ。今宵は能宿とらん、草ぐつのわが足によろしきをもとめむとばかりは、いさゝかの念にて、時々気を転じ、日々情をあらたむ。わづかに風雅ある人に出合たる、悦かぎりなし。日頃は古めかし、かたくなゝりとて、悪捨たる程の人も辺土の道づれ（に）語合、あるはにふ・葎の内にて与風見出たるぞ、瓦石のうちに玉をひろひ、泥中に金を得たる心地して、物にも書付、人にもかたらんとおもふぞ、我をます心地するこそ、又、旅のひとつなれ。

注5、今栄蔵著『芭蕉伝記の諸問題』（平成4年9月新典社刊）所収「芭蕉翁全伝」P382～P383）による。

注6、芦野の里の郡主「戸部某」（元禄六年三月没）の記事が貼り紙本文では「故戸部某」と改められている。

注7、第一稿本（大礒本）の前段階にあるため、第一稿本のような新規追加は含まれない（大礒義雄著『『笈の小文』（異本）の成立の研究』53～54頁）。

注8、高橋氏はこの部分を実際の足取りにしたがって書かれた道行き的叙述だという。高橋庄次著「『笈の小文』の謡曲構成」（『国語と国文学』昭和四八年八月号）。後に同著『芭蕉連作詩篇の研究—日本連作詩歌史序説—』笠間書院刊、昭和五四年一月に収録。

注9、逆の場合なら、道行き的滝尽くしを連想させる叙述はなかっただろう。風羅坊らの足取りは和歌浦から吉野・奈良・大阪に向っ

て進み、滝修行の叙述を要しない。『笈の小文』が吉野紀行であるときの追加なら、可能性としてはありうる。

注10、傍注を本文と誤解した大礒本に対して、雲英本の筆者はその誤解を回避して本文と傍注行とを識別している。

注11、初出は、宮本三郎著「『笈の小文』への疑問」（『文学』昭和四五年四月号・五月号）。同著『蕉風俳諧論考』笠間書院刊、昭和四九年八月に再録。

ちなみに「伊勢参宮」（花はさくら、寛政十三年刊）「伊賀新大仏之記」（芭蕉庵小文庫、元禄九年刊）「高野登山端書」（枇杷園随筆、文化七年刊。引用は『日本古典文学大系芭蕉文集』156頁（大谷篤蔵他校注、昭和42年10月15日、第9印）など、『笈の小文』に関わる神社仏閣を題材にした俳文には「紀三井寺」関連の習作はない。この前章、「高野山」に配置された発句「ちゝはゝの」は『曠野』（元禄二年三月成立）に「高野にて」と前書して披露されているが、「和歌浦句稿」の「行春や」は『笈の小文』が初出である。

注12、史邦の他に、当時、芭蕉をしたって江戸に来ていた支考、洒堂、乙州らがその候補者になるだろう。詳しくは次節。

〈第二章『笈の小文』は遺贈品として書かれた〉

9節　大礒本・雲英本と乙州本

一　作品の竜骨

『笈の小文』編成の第二期、風羅坊・万菊丸による二句連唱が『笈の小文』の【結】章「須磨明石紀行」まで延伸されることで同作の骨格が定まる。いまだ伊賀上野の旧主庭園における「さまざまの」発句が削除されず、「吉野三滝」「和歌浦句稿」では前書の後に、書かれるべき発句が欠落している。が、そうした不備よりも先に、『おくのほそ道』の記述と符合し、山岳修行（吉野）・海浜巡礼（須磨明石）を連結し、随行者万菊丸を「唱和する人」として特徴づけることが優先されている。

それは何故か。大礒本で定められた物語の骨格、大礒本で追加された「連句教則」の背後で何が進行していたのか。雲英本、乙州本と推敲の痕跡を辿ることで、中村史邦に贈与される前・後の、物語世界・ストーリー・テクスチャー・登場人物の形成について、その推敲の理由を見出すことができる。

二　第二稿本の推敲

『笈の小文』の主要写本は、大礒本（第一稿本）、雲英本（第二稿本）、乙州本（第三稿本）であり、芭蕉の自筆本は残されていない。大礒本は、大礒氏の架蔵で、袋綴じ、半紙本、縦23センチ、横16・5センチ、本文26枚、一行16〜18字の7行本で、21丁表までが紀行本文、21丁表から24丁裏までは、付け合いの教則部である。第三稿に当たる乙州本は河合乙州が出版した版本で、大礒本によく似た字詰め、丁構成ながら、一丁の行数が8行に変更されている。一方、後世の写本である雲英本は早稲田大学図書館蔵、一行34〜37字詰め、12行本で大礒本とは体裁を異にするが、実は雲英本の一丁は、大礒本の二丁に相当する。本文書面の圧縮を図りながら、本文の体裁は保持する気配りがある。このため大礒本が書写の際に下敷きにした底本は、一行16〜18字の七行本だったと推定される。

第一稿本（大礒本）・第二稿本（雲英本）の『笈の小文』には、巻末附録「連句教則」が追加されているが、第三稿本（乙州本）にはその巻末附録がない。乙州本『笈の小文』では「吉野巡礼」の唱和者「万菊丸」が記名されているが、大礒本・雲英本『笈の小文』には一例しか記名がない。その一例も筆写者による付記と見なされる文字遣いで書かれている。

「連句教則」を附録する前者の二本が、元禄六年七月以降に、江戸芭蕉庵に於いて病気快癒の返礼として中村史邦に贈与されたテキストの系譜上にあることは容易に想像される。文字遣いには元禄六・七年の芭蕉文書の徴表がかなりくっきりと残っている。だが、これが実際、贈与されたテキストとは言いがたい。明らかに第三者による写本だからである。ちなみにこの時期の『笈の小文』については各務支考の以下の記事がある。「武の桃隣より故翁の文稿をおくられ候よし。定而芳野の紀行は草写のまゝにて岩菊丸と直りたるにて可有候。（『本朝文鑑』第四「甲白狂状」）。当然、第一稿の背後には、書写の底本となる芭蕉自筆の『笈の小文』が無ければならない。事実、後述する大礒義雄氏の分析通り、大礒本・雲英本・乙州本は、それぞれ別個の底本が書写されて出来た写本だと見なされている。では芭蕉はなぜ三種類のテキストを作るのか。

第一稿に続く二稿本（雲英本）には、乙州本に接近した叙述があり、大礒本・乙州本の中間にある写本と見られている。いま、一・二顕著な実例を挙げてみる（濁点は筆者）。

■冒頭〈自己省察〉

大礒本1・終に生涯の謀をゝもひ、或寸（時）ハすゝむて人に語（ママ）む事をほこり、

雲英本1・終に生涯のはかりことゝなす。或時は倦て放擲せん事を思ひ、或時ハすゝむて人にかたんことをほこり

乙州本1・終に生涯のはかりごとゝなす。ある時は倦で放擲せん事をおもひ、ある時はすゝむで人にかたむ事をほこり

■結末〈海岸巡行〉

大礒本2・はかなきミじか夜の月もいとゞ艶なる海の方よりしらミ初たるに、

雲英本2・はかなきみじか夜の月もいとゞ艶なるに、山ハ若葉に黒ミかゝりて、郭公鳴出つへきしのゝめも海のかたより白ミ初たるに

乙州本2・はかなきみじか夜の月もいとゞ艶なるに、山はわか葉にくろみかゝりて、ほとゝぎす鳴出づべきしのゝめも、海のかたよりしらみそめたるに、

この比較で明らかのように、三者共通して、大きな叙述異同は長い叙事文、就中、冒頭の「自己省察」と須磨明石紀行の新規追加部「海岸巡行」で起きている。また、二稿本の叙述は乙州本に近い。1では「或時ハすゝむて人にかたんことをほこり」の前に「或時は倦て放擲せん事を思ひ」が追加されることで、内心の増長、倦怠、葛藤が増幅されている。2では「月もいとゞ艶なる」の前に「山ハ若葉に黒ミかゝりて、郭公鳴出つへきしのゝめも」が追加されることで、夜明け前の白々とした月光と曙光の中で輝き始める海辺の光陰とが緊密に語られている。こうした長い叙事文の緊密に磨き上げられたテクスチャー（文脈の地肌）に雲英本の修正の焦点がある。この種の本文修正は恐らく著者芭蕉ならではの修正だと言って良いだろう。

一方、大礒本・乙州本の異同を比較すると、語句が異同する発句十二句のうち九句は大礒本・雲英本のみが一致する。残り三句は大礒本の誤写が雲英本で修正されている。さらにその三句の内の一句は雲英本で修正された表現を乙州本が踏襲したものである（注1）。

大礒氏の主張どおり、もし第一稿本の書写時点で芭蕉庵の保蔵用一冊、書写者の所持用一冊が作成されたと考えると、松尾

芭蕉は自家の保蔵用の一冊に補筆することで短期間に雲英本祖本を書き上げることが出来る。当時、江戸に居住する芭蕉周辺には、桃隣・曾良・洒堂・支考らのような近持者がおり、芭蕉晩年の書き取り作業を代理することができた。彼らが曾良本(河西本、注2)・利牛本・野坡本・柿衛本『おくの細道』(素龍)を書き残していることで、彼らが清書本・同副本まで含めて書写していたことが分るのである。

ちなみに前述の通り、長い詞書きの加筆修正の他に、雲英本に残る発句三句の語句訂正とは、①熱田参詣、②伊勢巡礼、③西行庵礼拝の三句が以下のように書き換えられたものである(上段第一稿本、下段第二稿本)。

①「ミかきなをす」→「磨なをす」
②「北山のかなしさ」→「此山のかなしさ」
③「春雨に木下につたふ」→「春雨の木下につたふ」

①は「ミかき→磨」の漢字修正、②は「北→此」の誤写修正、③は「春雨に→春雨の」の誤写修正で、すべてが軽微な修正に当たる。詞書の中の語句修正においても、この軽微な修正は続いている。というより、その誤記・誤写の修正箇所はかなり大量に指摘される。加えて次の①④⑥⑦⑨のような難読の文字については、④⑦⑨と、修正後にもまだ誤読が残っている。

(上段第一稿本、下段第二稿本)

①「九竅」→「九窮」
②「鳥獣にはなれて」→「鳥獣をはなれて」
③「道化」→「造化」
④「闇透哥仙」→「闇道りせん」(正しくは「関送り」)
⑤「あらすと」→「あらすと」(正しくは「あらずハ」)
⑥「夜深ふして」→「夜ふかうして」(正しくは「夜更かし」)
⑦「雲堂」→「雲堂」(正しくは「雪堂」)
⑧「ちと」→「ちと」(正しくは「など」)
⑨「我心道の」→「我心までの」(正しくは「我心匠の」)

雲英本における誤読箇所①④⑤⑥⑦⑧⑨は、雲英本筆者による誤写であって、芭蕉自筆の稿本が幾分、誤読しやすい筆跡だったせいだろう。その難読原稿から生じた多量の誤字・誤写がかなりの分量修正されて第一稿本から第二稿本に引き継がれた点に注意すると、第一稿の書写者は芭蕉本人ではない。この書写者は幾分、負担過剰の草稿書写を任されたものと見える。書写した仮名文字は丁寧だが、漢字部には誤りが多い。芭蕉の草稿を書写するには相当の漢字解読力が欠かせないからである。また同じ問題が第二稿に引き継がれている事から見て、この第二稿祖本もまた芭蕉自筆ではないものと思量される。

幸い周辺には、添削を請い、筆耕を代理し、食いものを持参する弟子たちはいるが、『おくのほそ道』の書写に比べると大礒本『笈の小文』のそれには漢字の誤字、宛字、字配り、行末処理の点で注意深さが欠ける。だが、臥床しつつ十一月を迎える当時の芭蕉の健康状態を考えれば、書き取り作業の代行は不可欠だっただろう。

この時に起きた下書き、書き取り、推敲・書き入れと順次推移する校訂作業の進行を考えると、第二稿本（雲英本）が執筆されるのは元禄六年十一月以降のことだろう。この頃になると『おくの細道』の貼り紙本文を下敷きにした書き取り本文が清書者に手渡されて、芭蕉の手許が一段落するからである。そしてその元禄六年十一月以降でもまだ、雲英本に見るように二句唱和の記名は欠けていた。これが江戸の芭蕉庵に保蔵されていた『笈の小文』の記名の有無を廻る事実である。つまり、二句唱和の万菊丸の記名は、『笈の小文』第二編成期の都合二回以上の書写・修正を経てもなお、作者芭蕉が記名しなかったことを意味する。

確かに『笈の小文』の最初の記名は、大礒本・雲英本における高野参詣句各一例の傍注記名「万菊」「万菊」だが、これは既に『曠野』（山本荷兮編、元禄二年三月刊）に掲載された発句であり、またその書きぶりから見て、書写者自身の心覚えで書き付けた記名かと思量される。つまり筆写者自体がこの二句唱和の記名を求めていたのである。

ただし『笈の小文』の焦点が「吉野巡礼」であり、杜国追悼の手向け草だった第一次編成期にもなお、杜国の記名がなかったかどうかは、思案を要する。杜国追悼を目的に書かれた「吉野巡礼」に杜国句の記名「万菊」がなかったとは、いかにも考えにくいからである。それに第三稿（乙州本）に照らせば、「吉野巡礼」の第一期編成部分の杜国句に限れば、すべて記名されているからでもある。

その後の元禄六年七月以降、第一稿本に立ち向かう松尾芭蕉は風羅坊・万菊丸の唱和記名を省略したが、第一稿筆写者が書いた高野参詣の一句に見る注記書式による記名は、それを消さずに第二稿祖本に書き写した。第一稿祖本（恐らく種々書き入れされた草稿）を書き取って出来た第二稿祖本（雲英本の底本）もまた、その誤写、誤字から見て、芭蕉本人ではなく近侍者の助力で書き上げた書き取り本だっただろう。この第二稿祖本を下敷きにした書き取り本の完成を待って、松尾芭蕉が中村史邦に『笈の小文』を贈与する準備が整うことになる。さらにこの第二次書き取り本を下敷きにした本文修正が終わると、『笈の小文』本文は、現状本文にかなり近接した叙述になる。

三　第三稿本の推敲

三稿本になると中村史邦に贈与されたテキストには欠かせない附録「連句教則」が削除され、同時に雲英本の誤読箇所①④⑤⑥⑦⑧⑨は正しく修正される。（上段二稿本→下段三稿本）

①「九窮」→「九竅」
④「闇道りせん」→「関送りせん」
⑤「あらすと」→「あらすハ」
⑥「夜ふかうして」→「夜更かしして」
⑦「雲堂」→「雪堂」
⑧「ちと」→「など」

⑨「我心までの描き」→「我心匠の描き」

この誤写の少ない緻密な修正作業が近侍者の手を借りた書き取り本には欠けている性質であり、乙州本祖本の特性でもある。①④⑤⑥⑦⑧⑨はその証拠であり、これらの緻密な修正行為は本文を熟知した芭蕉でなければ出来にくい。なおその緻密な修正作業は発句にも及んでいる。雲英本における先の誤読の三句が修正されているほか、残る九句にも次の修正がある。（上段第二稿本、下段第三稿本）

①寒けれは二人旅寝そ→寒けれと二人寐る夜そ
②冬の田や馬上に氷る→冬の日や馬上に氷る
③いささらは雪見にころふ→いさ行む雪見にころふ
④丈六の陽炎高し→丈六にかけろふ高し
⑤花ともしらすにほひ哉→花とハしらす匂哉
⑥雲雀より上にやすらふ峠かな→雲雀より空にやすらふ峠哉
⑦散花にたふさ耻けり→ちる花にたふさはつかし
⑧青葉して御目の雫拭ハヽや→若葉して御目の雫ぬくはヽや
⑨杜宇聞行かたや→ほとゝきす消行方や

これら九句の発句の修正は、大礒義雄氏によると、いずれも行き届いて説得力に富んだ修正だという（『笈の小文』（異本）の成立の研究』53～54頁）。確かに⑥⑦⑧⑨を見ると、その緻密な言葉の洗練には卓抜な表現彫琢の意志がある。ただしこれで推敲が終わる訳ではない。徹底した誤読・誤字・脱字の補正と共に、更に若干、長い叙事文の修正が進んでいる。（上段雲英本、下段乙州本）

①紀氏阿仏の尼の文をふるひ情を尽くしてより余は皆俤似かよひて→紀氏長明阿仏の尼の文をふるひ情を尽くしてより余は皆俤似かよひて
②季詞いらす→終に季ことはいらす
③大佛とかや→大仏寺とかや云
④全おハしまし→全おハしまし侍るぞ
⑤道なをすゝます。ものうき事のミ→道猶すゝまず、たゞ物うき事のみ多し。
⑥我心までの描きを→我心匠の描きを
⑦琵琶・琴しとね・ふとんにくるミて→琵琶・琴なんどしとね・ふとんにくるミて（傍点・濁点、筆者）

第三稿本における目に見えて大きな推敲箇所七例のうち最も大きな①は「長明」「余は皆俤似かよひて」を追加して詞書の理路を強化したもの。②の「終に」は、馬上から転倒した時の即興句で起きた季語の裁ち入れ失敗を、いろいろ思案したにも関わらずよい思案至らず「終に」と、より精細に表現したもの。③④⑤は詞の不足を補い、述意の適切な表明を心掛けたもの。また⑥は、誤読の修正、⑦は「なんど」を追加して、女官らの狼狽行為に始まる錯綜した混乱を強調したものである。これらの修正も又、松尾芭蕉ならではの行き届いた修正と言うことができる。

近侍者による書き取り作業に時間的な制約が少ない場合も、一稿本草稿、書き取り本文、加筆・修正、二稿本祖本作成と続く筆耕者と芭蕉とのやり取りは欠かせない。その上、二稿本祖本、加筆・修正、書き取り本文、と続く芭蕉自身の三稿本祖本の作成作業が残っている。元禄六年十一月にようやく本復し、筆を執り始めた芭蕉の体力に照らせば、雲英本祖本、乙州本祖本の完成時期は、早くとも元禄七年一月に繰り下がるだろう。それは『おくのほそ道』の清書用本文が清書者素龍に手渡される時期でもある。

四　詠唱・唱和句の推敲

先に述べた通り、松尾芭蕉が加筆修正した乙州本祖本では「吉野三滝」――「和歌浦句稿」はいまだ小口で文字揃えして、別紙挿入箇所が目立つように清書されている。この細かな指示を書き取り者に徹底出来るのは、松尾芭蕉以外にはあるまい。では枡形七行本を八行本に書き換え、別紙紙片の末尾に当たる「和歌浦句稿」を三行引き上げ、さらに「連句教則」を除外して、現状通りに書写したのは芭蕉か乙州か。それが芭蕉なら、別紙挿入の現状を強く維持する芭蕉がいたことになる。「和歌浦句稿」の三行引き上げは、別紙挿入がテキストの小口折端に位置するので、文脈上は大差ない変更になる。一方、それが乙州なら、「和歌浦句稿」の別紙挿入を目立たせるべく、予め定められた位置に配置する強い意志が幾分か希薄だったことになる。

第一稿・第二稿でさえ記名を省いた芭蕉の書記態度を承知の上でも、なお同行者「万菊」を記名することは不可能ではなかった。大礒本・雲英本の一句記名がその根拠である。乙州本祖本を手に取り、拝読する河合乙州は、この記名ならば自分にも書けると考えることは出来た。僅かに一句だが、見た目にも明らかに書写者が加筆した「万菊」の記名があるからである。

（以下、各項とも初めの二句は雲英本）。

①よし野にて桜ミせうぞ檜木笠　（芭蕉）
よし野にて我もミせうぞ檜木笠　（※万菊）
■よし野にて我も見せふぞ檜の木笠　万菊丸（乙州本）

②　初瀬
春の夜や籠人ゆかし堂の隅　（芭蕉）
足駄はく僧も見えたり花の雨　（※万菊）
■足駄はく僧も見えたり花の雨　万菊（乙州本）

③　龍門
龍門の花や上戸の土産にせん　（芭蕉）
酒呑に語らんかゝる瀧の花　（※万菊）
■酒のミに語らんかゝる瀧の花　（乙州本）

④　高野
父母のしきりに恋し雉子の声　（芭蕉）
散花にたふさ耻けり奥の院　万菊
■ちる花にたふさはつかし奥の院　万菊（乙州本）

⑤　衣更
一ツ脱で後に負ぬころもかへ　（芭蕉）

芳野出て布子売たし衣更（※万菊）
■吉野出て布子売たし衣かへ　万菊（乙州本）

⑥　　須广
月ハあれど留主の様也須广の夏（芭蕉）
月ミても物たらハすや須广の夏（※万菊）
■月見ても物足らハすや須广の夏（乙州本）

⑦須广の蜑の矢先に鳴か郭公（芭蕉）
杜宇聞行かたや嶋ひとつ（※万菊）
■ほとゝきす消行方や嶋一ツ（乙州本）

（（　）内は筆者の注記）

漢字仮名の相違まで含めると、この七対十四句の相違点は以下の通りである。①「ミせうそ―見せふそ」、②変化無し、③「酒呑に―酒のミに」、④「散花に―ちる花に」・「耻けり―はつかし」、⑤「芳野―吉野」・「衣更―衣かへ」、⑥「月ミても―月見ても」・「物たらハす―物足らハす」、⑦「杜宇―ほとゝきす」・「聞行かたや―消行方や」・「嶋ひとつ―嶋一ツ」。①⑥は「ミ―見」、また「ミせうそ―見せふそ」に漢字を宛てたもの。さらに「たらハす―足らハす」と漢字を用いて語句の理路を補強したもの。③「酒呑に―酒のミに」はいわゆる呑兵衛を意味する「酒呑み」ではなく、微醺に酔う上品の「酒のミ」。この紀行冒頭で風羅坊に吉野土産を所望した内藤露沾への挨拶の意が含まれる。④の「散花に…耻けり―ちる花に…はつかし」は、たぶさに散りかかる桜花を回想形式で表現する「観想」の句から、花弁の落花を契機とした「感偶」の句への切り替え。花びらとともに直感的な耻ずかしさがふわりと落下するさまを意味する。「はつかし」の気分が「見える化」された直観像の叙述だということもできる。⑤の「芳野―吉野」・「衣更―衣かへ」は「芳野・衣更」を常態の「吉野・衣かへ」に書き替え、旅宿巡礼の無事終了を世俗の衣更えに託して率直に万菊に語りかける句。「一ツ脱で後に負ぬ」と軽装を喜ぶ師坊に、「布子売りたし」と荷物持ちの従者の立場から応答の声を上げた唱和である。

⑦「杜宇―ほとゝきす」・「聞行かたや―消行方や」・「嶋ひとつ―嶋一ツ」は、蜑の弓先を恐れて飛び立つ「ほとゝぎす」の余声を追尾する万菊丸の直観の働きが焦点だろう。「矢先に鳴か」という師坊の問いかけに「聞行かたや」と応えたもので、問いかけに応えるときの機序に従うと「聞行かたや」は自然な表現に見える。しかし昼間、鳥の声を追尾する人間は直感的に目を使って追尾する。師坊の「ほとゝぎす」に応えて時鳥を目で追尾する万菊丸は、最も簡潔に海上遙かに「嶋一ツ」を見やっている。

いわゆる「見える化」は各務支考の「姿情論」（『続五論』）にいう「姿を先とし、情を後とする」表現の要領ではない。それ以前にある表現の機序、普段は見えない「行く秋」や「行く春」を一瞬だけ「見える化」する感偶の呼吸に焦点を置く主張である。伝統的な姿情二元論を越えて、推敲の筆を進める心得だという事も出来る。これら第三稿の推敲の結果、無記名である③⑥⑦の句は、師坊の詠唱に劣らぬ「感遇句」に摺り上げられている。杜国没後（元禄三年三月）に行われたこれらの修正作業に照らすと、この推敲は芭蕉の代筆だと言う他はない。それは松尾芭蕉自身が元禄七年に至ってもまだ、万菊の記名を省いていた証拠ともなる。

五　無記名三句の追加

先に掲げた③⑥の叙述が本文の切り接ぎ部だと見なされること、⑦は元来句稿であった叙述の前部に「海岸巡行」が追加されて新規に構成された俳文であることはすでに考証した。

通説に従えば（注3）、記名を欠く③⑥⑦の六句はすべて風羅坊の句として取り扱われるが、その理由は、そこに署名がないことによる。しかし、その判断には再考の余地がある。確かに風羅坊が単独歩行する『笈の小文』起の部、承の部の発句には署名がない。そこでは風羅坊以外に句文の詠唱者がいないので、自ずと風羅坊作と読み取ることが出来る。しかし風羅坊・万菊丸が詠唱・唱和を繰り返す『笈の小文』転の部、結の部では、二人の名前を二句に割り振ることが必要になる。前節掲示の③⑥⑦の六句が一対をなす唱和の句であることは動かず、かつ『笈の小文』における転・結部の唱和は、常に風羅・万菊の順に配列されている。

そう考える場合の気がかりは、第一稿本に見るとおり、署名は元々無かったものであり、それが初稿・二稿と書写を重ねて、芭蕉没後に出版された三稿（乙州本）に至って、四句まで記名された経緯である。一稿本の記名「万菊」、二稿本の記名「万菊」、三稿本の記名「万菊丸」「万菊」（3例）には違いがある。第一稿本、第二稿本のそれは本文との混同を回避するために、略称、割り注、小文字の書体で書かれており、筆写者が発句本文とその記名とを識別する徴表となっている。一方、第三稿本の筆者は、記名と本文との文字配列・文字サイズを近付け、本文に組み込むように見える。それは同時に乙州本の筆者乙州がこの記名に自信を持っていた証拠でもある。

ただし、『笈の小文』の原型に当たる「吉野紀行」が執筆される元禄四年四月なら、杜国への感謝をささげる『笈の小文』に記名しない方が不思議になる（注4）。またこの元禄四年四月なら、「万菊丸」と記名する人物は、芭蕉自身になる。さらにその芭蕉自身には、元禄四年九月二十八日、江戸下向に際して、河合乙州宅に一泊し、姉の智月に「幻住庵記」一冊、乙州には自筆の自画像を描き与えたとの記録がある（『芭蕉翁行状記』）。乙州への遺贈品としての「吉野紀行」贈与なら、元禄六年年末の江戸において、医師史邦に授けた『笈の小文』に匹敵して妥当な措置と言えるだろう（注5）。この初稿の「吉野紀行」が手許にあれば、乙州は、乙州本『笈の小文』の書写に際して、すばやく「万菊」と記名することが出来る筈である。

しかし、実のところ、前節掲示の③⑥⑦において万菊丸の記名欠失が元禄六・七年筆の新規追加部で起きたことは、長く失念されてきた。またこれら万菊丸の詠唱句④⑦が推敲後に洗練の度を増し、芭蕉句に近い感遇句にすり上げられたことも看過された。さらに、それらの表現の彫琢が少なくとも二度あったにも関わらず、「吉野三滝」「和歌浦紀行」の発句欠失、③⑥⑦の万菊丸の記名欠失がそのまま据え置かれた事実も看過ごされてきた。その結果、『笈の小文』では、同じ題材、同じ現場、同じ共感を綴る同巣句六句が③⑥⑦で並列して、未整理のまま掲載されていると見なされてきた。

岩波書店版『芭蕉句集』（日本古典文学大系昭和41年12月刊80頁）では⑥の唱和について「元禄元年。一二四七（※月はあれど）と同時の吟。別案。」と注し、⑦の唱和については「元禄元年。前作と同時の作。（中略）須磨鉄拐山での眺望の句。島は淡路島。」（同書97頁）と注する。⑥の唱和が「同時の吟。別案。」というのは、緻密に書き直された『笈の小文』の表現の彫琢を無視することになる。二句をわざわざ並んで掲載した芭蕉の意志が蔑ろにされる。彫琢された瑕疵という（後述する）、この作品の眼目が見失われるのである。

また⑦の唱和が須磨鉄拐山上での眺望の句だとすれば、風羅坊ははるか山頂から弓矢を使って鳶鴉を追う芥子粒大の漁師を見ることになる。この不合理が引っかかりとなって「ほとんど同意で説明的な二句を並べて投げ出したままの形」（宮本三郎、前引書319頁）だという発言も生まれる。さらに「本来なら（※前句に呼応して）「鳴行かた」とするところ「消行かた（ママ）」はその平凡さを破ったものである。」（大礒義雄、前掲書9頁）という強いての解説を生み出すことになる。元来、「須磨明石句稿」だった叙述の前に「海岸巡礼」が追加され、間近に見る漁村の時鳥を描いた風羅・万菊の二句が鉄拐山登頂後まで持ち越される推敲過程が見落とされたのである。

六　結論

第一稿本は芭蕉の筆跡を辿って別紙に書き取る、書き取り本文だろう。この書き取り本を下敷きにし、修正を加えて清書されたものが第二稿本祖本であり、それを写した雲英本もまた、先に見た紙面の誤字誤写の様子から見て、芭蕉に近侍する筆耕者の書き取り本だっただろう。

『笈の小文』編集第二期に、「吉野紀行」と「須磨明石紀行」とを繋ぎ、風羅・万菊の二句唱和から「万菊」の記名を省き、読者の曖昧な読解を誘発したのは芭蕉である。第三稿に至るまで、梅より先に開花する旧主の庭園での桜の句を残し、桜よりも後に開化する竹ノ内街道の藤の花を取り立てたのも芭蕉である。さらに「吉野三滝」「和歌浦句稿」で発句の書きさしを残したのも松尾芭蕉本人である。

元禄七年以後に成立する乙州本『笈の小文』は、もっとも洗練された作品でありながら多くの瑕疵が残されている。大きな瑕疵を残しながらも、表現の細部は一貫して厳しく洗練された作品だということもできる。中には「須磨明石紀行」のように簡単に配列を変え、時系列通りに復元出来ない本文を作出した箇所もある。それはあたかも「未完」と題されながらも彫琢を極めたテキスチャーで飾られた彫刻のごとき佇まいである。

注1　『『笈の小文』（異本）の成立の研究』（53〜54頁）による。ただし今栄蔵著『芭蕉伝記の諸問題』（平成4年9月新典社刊 P461〜P463）は、初めに芭蕉の原稿があり、何人かによって転写本が生じ、その転写本の発句六句に『泊船集』に依拠した修正が加えられたものが現行の異本『笈の小文』（つまり大礒本・雲英本）ではないかと推測する。

注2　曾良本は、普通、天理本を意味するが、ここでは曾良の母系の実家（河西家）に保蔵された曾良伝来の河西本『おくのほそ道』を言う。

注3　宮本三郎著「『笈の小文』への疑問」『文学』昭和四五年四月号・五月号。同著『蕉風俳諧論考』笠間書院刊、昭和四九年八月に再録。大礒義雄著『笈の小文（異本）の成立の研究』ひたく書房刊、高橋庄次著「『笈の小文』の謡曲構成」『国語と国文学』昭和四八年八月号。後に同著『芭蕉連作詩篇の研究―日本連作詩歌史序説―』笠間書院刊、昭和五四年二月に収録。昭和五六年二月。綱島三千代著「『笈の小文』成立上の諸問題」（『連歌俳諧研究』第二十五号、昭和三十八年十二月、阿部正美著「『笈の小文』の成立」（『連歌俳諧研究』四十七号、昭和四十九年八月）、「大和後の紀行」井上敏幸『貞享期芭蕉論考』197頁、臨川書店、平成四年四月刊など、いづれも記名のない句を芭蕉句として取り扱う。

注4　『俳諧一葉集』（仏兮・湖中編、文政十年刊）では『笈の小文』を『卯辰紀行又称芳野紀行』と記名している。

注5　史邦の処遇は8節に述べた。今栄蔵「『丈六の』句形をめぐって―付、異本『笈の小文』の問題―」（『俳文藝』38号 1991/3）は、同じく発句①〜⑨を検討して「『笈の小文』は初めに芭蕉の原稿があり、乙州に付与されて版本となり、同じ原稿から何びとかによる転写本が作られ」たものと主張する。その際、③「いざさらバ」⑤の発句「花とハしらす」では、乙州本は初案、大礒本は再案が採用されていることが有力な根拠にあげられている。③⑤の発句、乙州本初案、大礒本再案の関係は乙州本の授与が二度あったと考えるときの有力な根拠になる。

10節　書き取りと遺贈

一　承前

元禄六年七月、江戸における芭蕉の病臥が『笈の小文』改訂の引き金である。その改訂版は芭蕉の治療に当たった中村史邦への謝礼のために作成されたが、それで「須磨明石紀行」の叙述の全てが説明出来るわけではない。これは問題の入り口であり、まず松尾芭蕉が元禄六年七月、養子桃印の薬代支払いを終え、彼自身が病臥すると同時に、「終活」に取りかかる次第を確認する必要がある。その「終活」が基盤となって、『笈の小文』の本文修正と書き取り遺贈とが動き出すからである。

この終活行為を通じて、前述の如く丁寧に推敲された『笈の小文』が出来上る様を、書き取り、遺贈の側面から解き明かし、次には（11節）未完の遺作なればこその、大胆な物語創出の試みについて簡略に所見を述べたい。それではまずは『笈の小文』第二稿制作の現場に降り立ってみよう。

二　本文の書き取り

中尾本『おくの細道』の熟成につれて、海浜にさすらいし、侘びしさを極める新生『笈の小文』の輪郭が見え始めることは既に述べた。「須磨明石紀行」「吉野三滝」「和歌浦句稿」がその改訂版の輪郭をなすこと、結末に当たる「須磨明石紀行」が第一次編成部分と第二次編成部分との結合であることも既に述べた。

『おくの細道』の熟成の次第に従えば、元禄五年六月に他界した芦野郡守「戸部某」の記事に貼り紙の指示を出したのは松尾芭蕉だろう。『おくの細道』「芦野」の一節「此所の郡守」は「此所の郡守、故戸部某の」と修正されている。この修正によって元禄五年六月過ぎには、『おくの細道』下地本文に貼り紙してできる中尾本「貼り紙修正本文」（以下「貼り紙本文」）の制作が始まった事が分かる。折から桃印の看病に明け暮れる芭蕉から見れば、この『おくの細道』の完成なしには、『笈の小文』の修正には踏み込めない。

元禄四年十月末、俳諧修行のために、芭蕉が江戸に同道した天野桃隣は家事・文事万端に抜かりなく、筆が立ち、俳人仲間にも好意的に迎えられた。学識は乏しかったものの、筆跡が柔らかで俳席の執筆役としても珍重された。器用貧乏とも言えそうな桃隣は、この時期、芭蕉からは、見事な男だと批評されている。この桃隣のほか、同所で俳諧修行中の甥の次郎兵衛、近江の洒堂、美濃の支考らもまた芭蕉から本文の書き取り依頼を受ける候補者である。特に、後に「直聞の誤ラぬ」句を書き残すとて正真の芭蕉句百句を書き残すのは桃隣である。自著『陸奥衡』（元禄十二年刊）に掲出された芭蕉句百句のうち、『おくの細道』下地本文が作成される元禄五年の芭蕉句は、四分の一の二十五句を占める。うちの十句は『おくの細道』所収句である。元禄五年中の芭蕉句が最多を占めるのは、この時期の桃隣が芭蕉に近侍し、芭蕉直筆の原稿を直接手に取ることができたせいだろう。

桃隣筆『笈の小文』をめぐっては各務支考が「武の桃隣より故翁の文稿をおくられ候よし。定而芳野の紀行は草写のまゝにて岩菊丸と直りたるにて可有候。」（『本朝文鑑』第四「申白狂状」）と書き送っている。これは桃隣に仮託された発言の可能性もあるが、桃隣を知る上では役立つ発言となる。彼が書き留めた『おくの細道』は今のところ確認されていないが、この桃隣が『おくの細道』書き取り人の第一候補者にあたる。

貼り紙修正作業が進行する元禄五年後半、猶子桃印の病状が悪化し、芭蕉には看病、薬代調達、貼り紙本文の作成がのしかかってくる（注1）。この貼り紙本文が書き上がると、芭蕉は今一度、これを下地にして書き取り本を作る。この書き取り本文に六十数カ所の加筆・修正を付記して天理本『おくのほそ道』の清書者に手渡すのである（注2）。翌元禄六年春には、彦根藩士森川許六が「旅懐狂賦」（元禄六年春成）で『奥の細道』の概要を紹介している。この『奥の細道』もまた（注3）、閲覧時期から見て、現天理本『おくのほそ道』の底本となる書き取り本文の『おくの細道』だろう。貼り紙本文がそのまま添削原稿と成らず、中尾本『おくの細道』として現存するところを見ると、それ別に、貼り紙本文を下地とする書き取り本文が作成され、それに追加修正が加えられた後に天理本『おくのほそ道』の底本になったと考える他はない。

天理本『おくのほそ道』を継承する野坡と利牛とが芭蕉庵に出入りするのは元禄六年十月以降だが、彼らが書き取り委託された本文もこの書き取り本文だっただろう。彼ら自身が書き取り本文の作成に関わったために、筆捌きの巧みさを買われて天理本『おくのほそ道』の清書者に選ばれた可能性も考えられる。事実、天理本『おくのほそ道』は曾良本『おくのほそ道』と銘打たれているが、実際の筆者は越後屋の手代、利牛筆だという。これは、中尾本貼り紙本文を使った書き取り本作成と、その書き取り本を使った新規の補筆修正作業が、元禄六年十月以後まで遅延していたことを意味する。

松尾芭蕉が江戸に帰着して十二ヶ月後に当たる元禄五年十月、芭蕉庵では養子桃印の病状が悪化し、その余命を数える日々が始まる。金繰りに苦慮する松尾芭蕉には、弟子達の好意を頼んで書き取り本を仕上げる以外に『おくの細道』を書き上げる適切な方法はない。

元禄五年十二月八日付の森川許六宛書簡には「此方御出被レ成候はゞ、十四日・十五日・十六・十一・二は御除可レ被レ成候。十八日・十三日は慥に在宿可レ仕候。」「尚々九日・十日も在庵しれ不レ申」とあり、これに遠慮した許六が同十二月十日頃に書いた訪問依頼の返事にも「十二日にも他出いたし候。明日七つ時分までは、在宿可レ致候。十七日は八つ時分ゟ庵に居可レ申候。十八日は終日在庵仕候。」（同十二月十五日付芭蕉書簡）とある。入門を志し、芭蕉庵訪問を希望する森川許六との日程調整時の答えでさえこの通りの慌ただしさである。元禄五年の師走は、薬代の節季払いに困った芭蕉が菅沼曲水に困窮を口にする直前の時期に当たる。

この書き取り本作成後、まず本文は河合曾良に手渡されて書写されたか。曾良伝来の『奥の細道』は、曾良の母の実家に河西家本として現存する。能書家の利牛に手渡されて現曾良本『おくのほそ道』となった書き取り本文は、ふたたび芭蕉の手許に戻って加筆されている。芭蕉はそれに傍書する形で朱訂・墨訂と二度の修正を加えて本文を読みやすくした。天理本『おくのほそ道』にはその朱訂・墨訂が残っている。その過程で、この書き取り本は江戸越後屋の手代、野坡にも手渡されたものと見える。野坡自身、芭蕉翁三十三回忌追善集『放生日』（享保十一年1725）にその『おくのほそ道』の表紙模刻を麗々しく掲載して喜んでいる（注4）。曾良・野坡・利牛の他に、其角伝来、去来伝来の『奥の細道』があるところを見ると、『おくの細道』の遺贈を望む者は多かったに相違ない。元禄版『おくのほそ道』（井筒屋刊）の奥書には「又真蹟の書、門人野坡か許に有。草稿の書故文章処々相違す。今、去来が本を以て模写す。」とあり、向井去来が手立てを尽くして芭蕉の兄から柏木素竜筆『奥の細道』を譲渡されたことが記されている。猶子桃印没後の松尾芭蕉は日頃の愛顧に対する謝意を込めて、自著の副本作りを許諾し始めているのである。

繰り返して言うが、桃印病臥による薬代から解放されて疲労困憊した松尾芭蕉がようやく「閉関之説」を書き、気持の整理をつけるのは元禄六年七月十五日（節季払い）以後のことになる。これ以後、松尾芭蕉は再び、『おくの細道』貼り紙本文の制作に立ち向かうことになるはずだったが、元禄六年十一月の書簡には、「夏中筆をもとらず、書にむかはず、昼も打捨（て）寝くらしたる計に御座候。頃日、漸寒に至り候而、少し云捨など申ちらし候。」（曲水宛芭蕉書翰）と書かれている。この夏、江戸市中の暑さは事に厳しく、病体の芭蕉は昼夜を問わず寝暮した末に元禄六年十一月を迎えたのである。

元禄六年十一月は、猶子桃印の病状が悪化し、看病・薬代に奔走した松尾芭蕉が長い病臥を通過して俳句世界に復帰する月に当たる。元禄六年三月に病没した桃印の看病に当たった寿貞らには引き続き病衰の気配があった。貼り紙本文の書き取り本を用意して、曾良・利牛らに清書を依頼するこの時点でも、まだ芭蕉は病み上がりである。

三　元禄七年正月

元禄六年十一月には、『おくのほそ道』の清書完成が幾分か見通せるようになる。すると気に懸かるのは『笈の小文』だが、それに手を染める余裕はまだない。『奥の細道』に「片雲の風にさそはれて漂泊のおもひやまず海浜にさすらへ」て「さひしさやすまに勝たる濱の秋」と書き付けた時から、海浜に流離いして深く「さびしさ」を噛みしめる『笈の小文』は、芭蕉には渇望に値する作品に変わる。それも海浜に流離いして須磨明石で寂しさの極みを体験する物語としての『笈の小文』が必要になるのである。

元禄六年十月、病体の芭蕉を助けて「おくの細道」の書き取り本を作成した人物の名はまだ定まらない。芭蕉庵に近侍し、随時、不審点を尋ねることが出来る人物、やや小振りだが芭蕉に似た文字を書き、紙面にそこそこの落ち着きを維持出来る筆写力をもつ人物がこの候補者である。芭蕉の身内で芭蕉庵出入りの者からこの候補者を捜すとすれば、一番近いのは桃隣だろうか。

『おくのほそ道』のための書き取り本が曾良・利牛らに手渡された後になると、松尾芭蕉にもようやく気力の回復が見られる。彼らから返却された清書本（天理本）を受け取り、その紙上に墨筆、朱筆の二度の校訂作業を行う念校作業が開始される。この二度の念校まで含めると、芭蕉の気分が実際に和むのは元禄七年正月だろうか。

試みに書簡を繰ってその分量を見ると、元禄六年一・二月は四通、元禄七年一・二月は八通になる。文通の範囲も拡大する（注5）。本来なら「吉野巡礼」のままで支障なしだった『笈の小文』の旅は、「風羅坊の所思」「吉野三滝」「和歌浦巡礼」「須磨明石巡礼」を追加することで、須磨明石で寂しさの極みを体験する物語に衣更えする必要がある（注6）。風羅坊・万菊丸の二句唱和は、末尾まで一貫し、美景に触れて弾ける主従の心を綴って作品の竜骨に仕立てなければならない。二人の二句唱和を竜骨として連結することで「吉野紀行」に「須磨明石紀行」が接続されることはすでに述べた（注7）。

須磨明石における風羅坊が相変わらず巡礼ハイ（high）の騒人風羅坊で、見どころに欠けた山橋野店の風景に落胆を隠さないのに対し、従者万菊丸は見どころを心得、時と場所とを選んで月や鳥を賞翫する智恵者である。そして最後には、はかなき夏の夢である古戦場幻覚が二人を支配する。

これは烏滸がましくも「造化」に従うことを覚悟して発足した旅である。これは仮初めにも「乾坤無住」を願って始められた旅である。その結末がこれである。須磨明石の風土の「微」が顕現し、その根源を成す古戦場の阿鼻叫喚が見えるのである。

元禄六年十月頃、『おくの細道』貼り紙本文は書き上がり、それが中尾本『おくの細道』として芭蕉庵に保管される。そして同じ貼り紙本文を底本として書き取り本文が作成された後に、その書き取り本文が清書者に手渡される。この時の清書者と見なされる越後屋の手代、利牛が芭蕉の句会に出座するのは、元禄六年十月上旬の四吟歌仙（「炭俵序」）、同十月二十日「振売の」四吟歌仙、同十一月上旬「雪の松」十三吟歌仙の三回である。

この時間進行なら、第一稿本（大礒本）に附録された連句の制作年次を点検し、「連句教則」の最終成立年次を元禄六年七月以降と考証する大礒義雄氏の考証とも齟齬はない（注8）。利牛らとの交渉が始まるこの年十月以降、貼り紙本文をもう一度書写して大量の誤字・宛字を修正した書き取り本文が彼らに手渡され、『おくのほそ道』の清書作業が依頼される運びである（注9）。

元禄七年正月になると、『笈の小文』を読み返して思案を重ねる時期が訪れる。このとき漸く本文を開いて、『笈の小文』の叙述の過不足を具体的に思案する余裕が出来る。廻国修行・海浜巡礼・同行二人の構想が踏襲された上で、作品の新しい骨格が定まり始める。第一稿本『笈の小文』執筆直前には、「風羅坊の所思」「吉野三滝句稿」「和歌浦句稿」「須磨明石紀行」を追加する思案も定まる。『おくのほそ道』「色の浜」の叙述に適う『笈の小文』海浜巡礼の叙述の再編が進むのである（注10）。

四　「初茸や」歌仙の附録採用

ところで、大礒義雄氏によれば（注11）、第一稿本『笈の小文』の巻末に追加された連句抜粋五対、付句抜粋七組のうち、制作年次の明らかな連句五組、付句五対の大部分が元禄元年以前に江戸で制作された作品であることはすでに述べた（注12）。

総ての抜粋が芭蕉一座の連句で占められ、それらの作品のうち、二組の連句には例外的に京の「史邦」の名がある。「小傾城」歌仙、「初茸（はつたけ）や」歌仙所収の連句がそれで、この記載によって『笈の小文』第一稿本付録が書き上げられる日時、場所は「初茸や」歌仙興行以後（元禄六年七月以降）の江戸だと定めることができる。折から芭蕉は桃印没後の仏事・薬代支払い（節季、七月十五日）に直面し、文字どおり困窮し、疲労困憊する時期に当たる。

芭蕉は医師免許を持つ俳諧師である。過労で病臥する自分に労咳の症状が出ないか、観察する心得はあった。その時期に書かれた「初茸や」歌仙が開版される『猿踊師（さるまわし）』（松氏種文編、井筒屋庄兵衛刊）の編者、松氏種文は、江戸における史邦の門人である（注13）。『猿踊師』は元禄十一年七月刊であるため、江戸滞在中の芭蕉（元禄七年五月末に江戸を離れて上京する）がこの刊本を見てこの連句抜粋を書く可能性はない。ここに参加した岱水・半落・嵐蘭が『猿踊師』を見て先の連句抜粋を書く必要もない。種文は実際に句会に参加して連句書き付けを残した誰かから借用してそれを写したのである。松氏種文が同書中、中村史邦を「史師」と書くところから見て、句会の記録を種文に貸与し、『猿踊師（さるまわし）』制作を支援したのは史邦と考えて支障あるまい。

ちなみに、同じく史邦を歓迎する三句会のうち、「朝顔や」六吟歌仙（芭蕉、史邦、魯可、里圃、乙州）を納める『翁草』は里圃編（元禄九年三月自奥）、「帷子は」歌仙を納める『芭蕉庵小文庫』は史邦編（元禄九年三月、井筒屋庄兵衛刊）である。通常なら句会の記録は「執筆」の仕事だが、史邦歓迎の句会においては、珍しく参会者がそれぞれ句会の記録を残したのである。問題の「初茸や」歌仙に限って言えば、京の仙洞御所与力を辞職した史邦が江戸に移住した元禄六年七月上旬に芭蕉庵で「執筆」が書き留めた連句懐紙がここに引用されたものと見られる。

この二年後に『芭蕉庵小文庫』（史邦編、元禄九年三月刊）の編集を始める中村史邦には芭蕉の作品を蒐集する意志があった。また新規にこれから江戸で医師兼俳人として暮らしを立てる史邦にとって、芭蕉から授与される芭蕉作二見形文台、芭蕉肖像、芭蕉作『笈の小文』は、品ぞろえから見て遺贈と見られる。遺贈は当然、師坊からのお墨付きともなる。ちなみにこの時、句会に同席した岱水（伝未詳）は芭蕉作『更科紀行』（岱水編『木曾の谷』井筒屋庄兵衛、宝永元年刊）を、また翌元禄七年九月十日、同病で倒れた芭蕉を大阪で治療した伊藤風国は『野ざらし紀行』（風国編『泊船集』井筒屋庄兵衛、元禄十一年刊）を授与されている。伊藤風国は医師であり、芭蕉の病を治療した侍医である。病臥し衰弱著しい芭蕉がその治療の謝礼を辞退され、懇情を示すために作品を送ることはあった。その作品が芭蕉の遺贈になる可能性は医師風国にも見えていただろう。特に労咳を危惧しながら病臥する松尾芭蕉が中村史邦に授与した二見形文台、芭蕉肖像、『笈の小文』が、この後上京し、そのまま西国を目指して不帰の客となる松尾芭蕉の形見分けだとは、史邦もまた見通したに相違あるまい。

元禄七年五月十一日、江戸を立った芭蕉と次郎兵衛は東海道をゆるゆると西上し、ひとまず五月二十八日に伊賀上野の兄半左衛門宅に到着する。この兄半左衛門には、素竜筆『奥の細道』が遺贈される。この時、芭蕉の旅装の中には、『おくのほそ道』、三稿本『笈の小文』、編集中の『続猿蓑』が携帯されていた。松尾芭蕉は、大津の廻船問屋河合乙州にいつ『笈の小文』を贈与したのか。すでに一度は乙州に贈与したことがある『笈の小文』（実態は吉野紀行）をもう一度贈与するのは、『笈の小文』が江戸において大きく改編されたからだろう。それに京で入門した史邦には新版、大津で昵懇の契りを結んだ乙州には旧版、というのでは乙州に不都合が起きる。乙州もまた史邦同様、宗匠立机を希望する男だったからである。その新版贈与の時、『笈の小文』がすでに加筆され、第三稿本『笈の小文』によってなっていたことは、現存する乙州本『笈の小文』によって確認される。第二稿本から第三稿本への加筆がどの程度のものだったかは第8節に述べたのでここでは省筆する。

同年閏五月十六日、次郎兵衛とともに伊賀上野から湖南に向い、同閏十七日、宇治・伏見経由で大津の乙州宅に一宿する。この十七日、雨に濡れて大津の乙州宅に到着した松尾芭蕉を囲んで智月・支考・丈草らが参集している。その参会者の中で芭蕉がおもむろに取り出した『笈の小文』を乙州に贈与するには口実がいるだろう。すでに形見として遺贈した『笈の小文』が江戸滞在中に大きく改編されたので正真の『笈の小文』を受け取って欲しいという口実である。

③いささらは雪見にころふ→いさ行む雪見にころふ（乙州）
⑤花ともしらすにほひ哉→花とハしらす匂哉（乙州）

前節にあげた発句の修正九句のうち、右二句は、初案乙州本、再案大礒本の関係にあり、第一稿大礒本の信憑性が疑われる箇所にあたるが、それは芭蕉が乙州に『笈の小文』を二度書き与えたことの根拠ともなる。

その芭蕉は、翌閏五月十八日には、大津から膳所の菅沼曲水宅に移る。同五月二十一日まで曲水宅に滞在した芭蕉は、同二十二日、向井去来に迎えられて京の落柿舎に移る。酒堂・去来・支考・丈草・素牛が参集する。そして同六月十五日には、落柿舎滞在を打ち切り、同日再び膳所に移って、木曾塚無名庵に滞在する。ここでは支考・素牛が随仕して家事の労を分担した。

七月五日、大津木曾塚の無名庵を出て、京都桃花坊の去来宅に移る。以後、七月中旬まで京都に滞在して、江戸における『続猿蓑』編集発起人沾圃・里圃らの句作を点検し、集録句を精選する。曾良には、編集中の『続猿蓑』をこの秋には上梓すること、その準備のために伊賀上野に帰郷することを告げる。この言葉通り、七月十五日の盆会に間に合うように帰郷した松尾芭蕉は、以後九月三日まで約二ヶ月、兄半左衛門宅裏手の新庵に滞在して『続猿蓑』の編集に従事する。

五　南蛮酒一樽

ところでこの新庵滞在中の八月十四日、大津の河合智月（乙州の姉）から下男長蔵を使者として南蛮酒一樽、麩・菓子が届けられる。十五日に伊賀上野で月見の句会を予定している芭蕉の喜びは大きかった。「ことにハなんばん酒一樽、ふ二十おくりくだされ（中略）、一入〳〵うれしくまいらせ候」。なんばん酒が贈り物としては珍しく、かつ貴重品であることは言うまでもない。芭蕉の礼状を点検しても、弟子達が南蛮酒を贈答品に使う形跡はない。また、贈答品を詳細に記録した河合曾良の『随行日記』にもそれらしい贈答はない。只一つの例外は、元禄二年九月四日、大垣藩家老格の戸田如水が所望した松尾芭蕉との面談の席で、引き出物に南蛮酒一樽を用意した事実である。旅の俳諧師を迎える面談の席で、引き出物に南蛮酒一樽とは破格の扱であって、これ以後、大垣藩江戸留守居役の中川濁子らは藩邸に芭蕉を招いて句会を開くほど昵懇の度を深めていく。

この南蛮酒一樽は一五四九年九月二九日に、鹿児島の国守島津貴久に宣教師ザビエルが献上した赤ワインを嚆矢とする。後には織田信長・豊臣秀吉・徳川家康にも献上品として、赤ワインが贈られている。スペイン大使ビスカイノが一六一一年に家康に献上した葡萄酒二樽（ドン・ロドリゴ日本見聞録）、スペイン大使セーリスが贈った甘い葡萄酒五壺（セーリス日本航海記）の記録も残る。さすがにミサ用に使われることは少なくなるが、トロリと甘いこの酒は大人の薬用として普及していた。

戸田如水が引き出物にした南蛮酒には模造酒（泡盛・焼酎のブレンド）の可能性もあるが、ここでの南蛮酒は奥羽行脚で疲労困憊し、やっと大垣に辿り着いた芭蕉を慰労する薬用の南蛮酒一樽である。それが沖縄で密造される模造酒だとなると、本物のワインを知らぬ如水が、紛い物を贈ったことになる。正鵠を外すような進物を贈るほど戸田如水が愚かだったとは考えがたい。贈り物の正鵠を射て芭蕉と確実に昵懇の度を深める含みがあるからである。

　同じく昵懇の含みがあるのだとしたら、これを送付した河合智月の意図も表向きは関西巡礼の慰労を意味する薬用の南蛮酒だろう。河合智月はその俳号の通り、理知的な女性である。「くすり」「かみこ」（元禄三・四年九月十日付芭蕉書翰）など、受け取る側にも気の張らない、しかし気配りの行き届いた贈答を心掛けている。元禄三年正月十九日には下男の六兵衛を使者として「水菜」「酒」を伊賀上野に送り届けているが、この「水菜」「酒」は、伊賀上野における正月の句会に弟子衆に振る舞われる酒である。折から元禄七年八月十四日、伊賀上野では芭蕉を囲む中秋名月の句会が準備されている。南蛮酒一樽、麩・菓子が大津の智月からという触れ込みで弟子衆に振る舞われることは、智月も織り込んでいただろう。それがもし水菜と酒なら、弟子衆は水菜に女性らしい気遣いを、また大津の酒には地酒と違った洗練の風味を読み取って句会を終了するだろう。

　だが南蛮酒一樽、これは確かに衰弱が進んだ芭蕉に対する薬用だろうが、それにしては気張りすぎていないか。弟子衆はこのとろりと甘い南蛮酒の盃を口に運びながら、芭蕉と智月との間にあった筈の「何事か」に、一瞬思案を凝らすだろう。

　その何事か、とは何か。単純に言えば、智月は大きな返礼を必要とするような贈与に与っていた。それはすでに行われた遺贈であり、それもここ半年以内に行われた遺贈である。そうでなければ、この時期に盛大な返礼が行われる筈がない。そしてその期間に限ると、元禄七年閏五月十七日、乙州宅滞在時、または同六月十五日、芭蕉が京から膳所に移り、木曾塚無名庵に寄宿した時期に限られる。前者の乙州宅滞在時は、智月・丈艸・支考が同席し、無名庵滞在時は、支考・素牛が随仕して家事の労を分担した。同席した丈艸は、乙州本『笈の小文』にのみ掲載された芭蕉最晩年の発句「須磨寺や」を浪化編『続有磯海』（元禄十一年刊）の刊行記念に贈呈している。この時、支考もまた、第三稿本『笈の小文』を贈与されたことは、彼が後に刊行する「庚午紀行」を見れば明らかである（注14）。一時期の松尾芭蕉は支考を指して「こやつは役に立やつに而無二御座一候」（元禄五年五月七日、去来宛芭蕉書翰）と批評することがあったが、元禄七年閏五月の上京時には「山田をしこなし、庵など結候而、長官一家の洛中見物など取持候とて大津へ一夜泊に参候所、ひしとあひ候而両夜一日かたり、又京へのぼり申候。」と喜んでいる。伊勢俳壇に拠点を築いた支考の功績を多として、両夜と一日、支考の庵住生活や布教、伊勢俳壇の秩序や活況、長官一家の動静について意見を交換したものだろう。この支考もまた、二見形の文台や芭蕉画像を安置した江戸の史邦や「幻住庵記」（智月宛）、『笈の小文』（乙州宛）を遺贈された大津の乙州のように芭蕉の信認を示す遺墨を必要とする人々の一人であった。

六　結び

元禄七年閏五月十七日の乙州宅滞在時、または同六月十五日からの無名庵滞在時は、松尾芭蕉が大津蕉門の指導に努める最後の機会に当たる。この時期なら、松尾芭蕉が加筆済みの『笈の小文』を河合乙州に遺贈する事は可能である。また『ひさご』（元禄三年八月、井筒屋庄兵衛刊）編集後に江戸まで芭蕉を追いかけて俳諧修行に励む浜田珍碩（洒堂）と並んで江戸で芭蕉に俳諧指導を受けた乙州には、次の句が贈られている。

乙州が首途に
行くもまた末頼もしや青蜜柑　（『猿丸宮集』）

深川夜遊（※珍碩宛）
青くてもあるべきものを唐辛子　芭蕉（「青くても」歌仙）

この「末頼もしや」は当然、俳人乙州の将来を嘱望する意味を持つ。また「青蜜柑」「青くても」は、芭蕉庵桃青の「青」を踏まえ、青年の客気を示す措辞である。珍碩と似かよった発句を芭蕉から送られた乙州の心中にも、珍碩同様、俳諧師志望があると読み取っていたことになる。『笈の小文』の受領によって、同門の珍硯・正秀らと競合していた当時の乙州は引き続き大津蕉門の指導者として重きを成すことが出来る。蕉門における乙州は、芭蕉・乙州・珍碩が顔を揃える句会では、常に珍碩の上位者として処遇されている。また実際、乙州は「笈之小文序」が書かれた宝永四年には歳旦帳を発行して「宗匠」の名乗りを上げる（注15）。

その乙州の立場からも、松尾芭蕉作『笈の小文』は、欠かせない一冊となる。その欠かせない一冊を松尾芭蕉が飛脚を使って送致するとも考えにくい。逆にこの時期に遺贈があったとすれば、大津蕉門の「顔」となった返礼に姉の智月（乙州は河合家に養子縁組して姉を義母ともしていた）が八月十四日を選んで「南蛮酒一樽」を気張って進呈する理由は判然とする（注15）。芭蕉の遺贈に対する返礼となれば、人目を憚る日用品よりは、気負いを隠さぬ「南蛮酒」一樽が望ましい贈答品となるからである。

注1、元禄六年二月八日付、曲水宛芭蕉書翰には、芭蕉には珍しく借金依頼の文言がある。

注2、貼り紙本文には多数の誤字脱字があるほか、本文の修正も多い。天理本ではそれらが奇麗に修正されている。このため貼り紙本文が天理本の底本だったとは考えにくい。天理図書館所蔵の『おくのほそ道』には、朱訂・墨訂が施されている。朱訂・墨訂の筆者は芭蕉自身だと考えられている。（『芭蕉自筆『奥の細道』』櫻井武次郎他、岩波書店刊、121頁）

注3、『奥の細道』の内容を紹介・引用する許六の「旅懐狂賦」には、「元禄癸酉（六年）夏五月一五日奥」の日付がある。この頃には試読用のテキストが仕上がっていた。

注4、芭蕉最後の江戸滞在時期であるため、この時期以外に野坡が芭蕉直筆の『奥の細道』を授与される機会はない。

注5、元禄六年一・二月の書簡の宛先は、森川許六・谷木因・菅沼曲水（2通）で、内容は来訪のための日程調整や消息交換である。一方元禄七年一月・二月の書簡は八通で、俳句の品評や消息交換など内容も宛先もさまざまである。『古典俳文学大系5芭蕉集全』（井本農一他編、昭和45年7月10日、集英社刊）所収書簡によった。

注6、『笈の小文』の伝存する諸本の大多数は乙州本『笈の小文』に由来することが確認されているので第三稿本で、必要な題材は出揃っていたと推測される。

注7、「須磨明石紀行」は元禄六年末から七年初めに執筆された。一時期は独立句文だった首途・尾張・伊賀・伊勢、その他の句稿は、元禄六・七年の第一稿本執筆の最終局面ではすでに本文に組み込まれていた。

注8、乙州本『笈の小文』の序文には、句文断簡を集めて一書としたと記されているが、「連句教則」については記載がない。

注9、中尾本貼り紙本文と天理本『おくのほそ道』との間にはかなりの数の語句の異同がある。貼り紙本文完成後、それを下敷きにもう一度加筆した本文を作成し、その本文が『おくのほそ道』清書者に手渡されたと見られる。

注10、『笈の小文』は須磨明石のわびしさを思い切り噛み締める叙述に改善する必要が出来た。ただし最後に進行した修正は、「吉野三滝句稿」「和歌浦句稿」「須磨明石紀行」の各紙片を挿入する取りあえずの再編集である。

注11　大礒義雄著『『笈の小文』（異本）成立の研究』ひたく書房、昭和56年2月刊 p40）による。

注12大礒義雄著『『笈の小文』（異本）成立の研究』ひたく書房、昭和56年2月刊 p40）による。

注13『俳文学大辞典』（平成七年十月、角川書店刊）「猿踊師」による。

注14　支考に書き与えられた『笈の小文』は支考の「庚午紀行」の種本となっている。後述する。

注15、荒滝雅俊「『笈の小文』の上梓について」（『解釈学』14号1995/7）

11節 「明石夜泊」で描かれたもの

一 承前

現存諸本の書写が始まる編成第二期、松尾芭蕉が所持した『笈の小文』は七行本だった。新規に編入される句稿もあり、いまだ一冊本の形態ではなかった。最終稿の「吉野三滝句稿」「和歌浦句稿」が挿入される時期は、「須磨明石紀行」の現状本文が書かれる時期、すなわち元禄六年七月以後になる（注1）。

「須磨明石紀行」に記された平家凋落の幻覚叙述は、元禄六年七月以後の大礒本執筆の際には、すでに二分され「須磨明石句稿」の前・後に分割配置されていた。その時、「須磨明石句稿」の中にもう一箇所、著者の作意をもって虚構された箇所があった。

「惣七宛芭蕉書簡」（貞享五年四月二十五日付）の記述通り「元禄元年四月二〇日」早朝、兵庫の湊を出船した芭蕉と杜国とは、西須磨で下船し、鉄拐山登山、敦盛塚、その他を見廻った後に須磨の地で一泊した。にも関わらず、「明石夜泊」という架空の舞台を用意して夜泊の妙味を語ろうとしている（注2）。なぜか。『笈の小文』が遺贈品として洗練されたとすると、当然それは「未完」の作品として受領されるが、それだけではない。臨終者から愛蔵され、賞翫された経歴が付与されるのである。この作品のどこにその賞翫の秘密が隠されているか。いまだ充分には解明されていないこの新規仮構の作意を解き明かせば、その秘密の入り口に到達することができる（注3）。

二 「海岸巡行」の分断配置

延宝七年十月（1679）、国替えによって大和郡山六万石から明石六万石に移封された藩主本多政利は、五代将軍綱吉が派遣した巡検使の監察上、瑕疵有りと見なされ、天和二年（1682）二月二十二日に陸奥岩瀬藩（一万石）に転封される。彼はさらにこの任地岩瀬藩でも過剰な使役や不行状があり、元禄六年（1693年）六月に領地召し上げの上、他家へお預けの処分を受けている（注4）。

本多政利の後任、松平直明は天和二年（1682）二月、着任と同時に幕府の監察を受けつつ、苛税・苛政の点検と修正、年貢割付の確認、屋敷地の処分、再配分、旧地主への土地払い下げ、新規課税のための替地割付など、後始末に励む必要があった。新領地の税収の安定だけでも数年を要する事業が始まる。風羅坊・万菊丸が鉄拐山から見下ろした明石城下は、無戸籍者の杜国にとっては剣呑な土地柄だったに相違ない。

通常でさえ、僧体の風羅坊は、生国・村・本山と所属寺、師匠の名、自分の名、年齢、出発地・目的地以外にも今日の出発地・宿泊地を関役人に届け出なければならない（注5）。当時の芭蕉には、本山と所属寺、師匠の名は無かったはずだし、領国追放されて二年の杜国は、いまだ俗体だった。無戸籍者の杜国には定まった村・所属寺、師匠はない。伊勢参宮を目指した「抜け参り」なら、旅行手形の用意も無かっただろう。『奥の細道』の同行者曾良が旅立つ前に剃髪して修行者としての身支度を整えたのと比較しても、この度は準備を欠いている。名古屋を所払いされて渥美半島の付け根に住まいする杜国は、所属寺で管理される人別帳やそれを使った旅行手形の発行にも支障が出来るのである。

「惣七宛芭蕉書簡」（貞享五年四月二十五日付）には、次の記事がある。

> 須磨寺のさびしさ、口を閉ぢたるばかりに候。蟬折・こま笛・料足十疋、見るまでもなし。此海見たらんこそ物にはかへられじと、あかしよりすまに帰りて泊る。

「あかしよりすまに帰りて泊る」とあるとおり、当日、明石の浦を探訪した芭蕉と杜国とは、その日の内に明石領を離れ、須磨に帰って宿泊した。本来なら、「明石夜泊」の風情を満喫するはずの明石泊を取りやめ、「此海見たらんこそ物にはかへられじ」と言い聞かせつつ須磨に帰って宿を探したのである。当日、西須磨から鉄拐山、さらに明石に向って下山した二人だが、その下山後の記載は「須磨寺のさびしさ、口を閉ぢたるばかりに候。蟬折・こま笛・料足十疋、見るまでもなし。」に限られている。おそらく昼過ぎ、明石の関所を通過する二人は、今日の出発地・宿泊地を問われて、「明石」と応える替わりに「須磨」と応えたのである。そしてその夕刻、芭蕉と杜国とは須磨寺の山門を潜り、人気の絶えた境内を駆け足で一見し、「蟬折・こま笛・料足十疋、見るまでもなし。」と独りごちた。いかにも「にが桃」の芭蕉庵桃青らしい、にが苦しい言い草である。

さて問題の焦点はこの未踏の、そして架空の「明石夜泊」にある。「明石夜泊」が虚構される動機の第一は、「夏の月」の情趣を借りて、この須磨明石巡礼の妙味を説き、海浜巡礼記を読むに価する一編の作品に仕上げることにある。そのための最大の文学遺産は、恐らく唐詩、船中泊の「愁眠」を詠じて人口に膾炙した「楓橋夜泊　張繼」の最初の一行であろう。

> 月落烏啼霜滿天、江楓漁火對愁眠。
> 姑蘇城外寒山寺、夜半鐘聲到客船。

※「夜泊は船中泊。」（露口香代子「刊本『笈の小文』須磨の条における「蛸壷や」の句解について」）

この詩句の設定の内、「月落烏啼」の「月落」は「夏の月」に、また「漁火對愁眠」の「漁火」は「蛸壷」に、「愁眠」が「はかなき夢」に対応する。ただし踏襲ではない。「愁眠」が含意する詩的な旅愁が引き継がれたのである。

一方、芭蕉一門の語彙を探ると、彼らがこの明石の浦で「夜泊」の感慨を詠唱したことはある。京都蕉門で「西の俳諧奉行」と称されていた向井去来の次の発言である。

①発句「時鳥（ほととぎす）帆裏になるや夕まぐれ　先放」

「初は下を明石潟ト云へり。（中略）去来曰「時鳥帆裏に成

るやと云にて景情足れり。是上に明石潟をもとむるは、心のねばり也。」(『去来抄』「同門評」向井去来著)

②「面梶よあかしの泊りほとゝぎす　野水」

「面梶よと乞たる船中の眺望にあり」(向井去来著『旅寝論』)

小さく閉じた大阪湾の喉元に当たる明石は、もともと交通の要所にあり、水深が浅く急峻な潮流を見計らって明石海峡を越える必要があった。このため、夕刻、引き潮に乗って明石海峡を通過し、大阪湾から瀬戸内海を目指す帆船は、明石の浦にいったん停泊する。その時、大阪湾から明石に向う船の梶は「面舵(右回転)」になる。海峡の急流に乗ると、それまで帆表で聞いていた時鳥の声を帆裏で聞くようになる。帆布の集音効果も手伝って、時鳥の声が大きく聞こえる。その面白さのせいで、先放は「時鳥帆裏になるや明石潟」の作意を得、野水は「面梶よあかしの泊りほとゝぎす」の句を得たものと見える。両句共に明石の泊まりを「船中泊」とする点で一致している。

さらにここには、謡曲『松風』のシテ・ツレの語り「沖に小さき漁舟の、影幽かなる月乃顔。雁の姿や友千鳥。野分汐風何れもげに、かゝる所乃秋なりけり。あら心すごの夜すがらやな」が踏襲されている。発句「蛸壷や」の後書きでは、出典がそれと分るように、謡曲『松風』の引用文とその注解とを前・後に分けて次のように書き並べている。「かゝる所の穐なりけり」とかや、此浦の実は秋をむねとするなるべし。」この「此浦の実は秋をむねとするなるべし。」が注解である。趣旨は「あら心すごの夜すがらやな」と、明石夜泊のすさんだ旅愁を思い入れたっぷりに語ることに集約される。

次に、明石の泊りに郭公を聞く発想は、それ自体優美なものだが、この紀行のベースになった「須磨明石句稿」では、それが次のように二句並んでいる。

須磨のあまの矢先に鳴か郭公

ほとゝぎす消行方や嶋一つ

「二声ときかずはいでじ郭公いく夜明石のとまりなりとも　藤原公通」(新古今集三)とある通り、郭公と明石の泊りとは無縁ではない。それでもさすがに二声聞くことは珍しいと見えて、その二声目の声が切に所望されている。その二声目を聞く幸運に実際あずかった風羅坊・万菊丸の二人によると、二声目は明石海峡を越え、遙に淡路島に向って飛翔する郭公の声であった。これぞ僥倖かと歓喜するところに万菊丸唱和の作意がある。海峡の空は晴れ渡り、遙かに淡路島が見える中空から、無事の飛翔を告げる郭公の声が聞えるのである。

ただし「明石夜泊」の趣旨が「あら心すごの夜すがらやな」と、夜泊のすさんだ旅愁を語ることにあるとしても、遙か淡路海峡の中空を飛翔する郭公の声からは、いまだ「あら心すごの夜すがらやな」という、波枕に聞き耳を立てる船中夜泊の愁眠は聞えてこない。

三　「須磨明石句稿」現状配置の矛盾

ところで時制・時相が切断され、叙述が前・後に逆転配置されることには、時に危険な意味がある。当面する事実の相互関係が跡切れ、事実を理解するためのコンテキスト（文脈）が失われるからである。読者は物語世界の切れ目を計り、自らそのコンテキストを修復しなければならない。

改めて言うが、この須磨明石紀行は本来、次のようなＡＢ・Ｃという二つの本文として書かれていた。

Ａ　（前略）かれは十六と云けん里の童子よりは四つばかりもをとくなるべきを、数百丈の先達として羊腸険岨の岩根をはひのぼれば、すべり落ぬべき事あまたゝびなりけるを、つゝじ根ざゝにとりつき、息をきらし汗をひたして、漸雲門に入こそ、心もとなき導師のちからなりけらし。

Ｂ　淡路島手にとるやうに見えて、すま・あかしの海右左にわかる。（中略）鉢伏のぞき、逆落など、おそろしき名のミ残て、鐘懸松より見下に、一ノ谷内裏やしき、めの下に見ゆ。其代のみだれ、其時のさはぎ、さながら心にうかび、俤につどひて、二位のあま君皇子を抱奉り、女院の御裳に御足もつれ、船やかたにまろび入らせ給ふ御有さま、内侍・局・女嬬・曹子のたぐひ、さまぐの御調度もてあつかひ、琵琶・琴なんどしとね・ふとんにくるミて、船中に投入、供御はこぼれてうろくづの餌となり、櫛笥はみだれて、あまの捨草となりつゝ、千歳のかなしび、此浦にとゞまり、素波の音にさへ愁おほく侍るぞや。

Ｃ　須磨のあまの矢先に鳴か郭公
　　ほとゝぎす消行方や嶋一ツ
　　　↑――須磨寺やふかぬ笛きく木下やミ（乙州本追加）
　　明石夜泊
　　蛸壺やはかなき夢を夏の月
（中略）かなしささびしさいはむかたなく、秋なりせハいさゝか心のはしをも、いひ出べき物をと思ふぞ、我心匠の拙なきをしらぬに似たり。

この内Ａ・Ｂ・ＣのＢ・Ｃが逆転配置され、現状本文に編集された。具体的には「海岸巡行、Ａ」・「須磨明石句稿、Ｃ」・「山上幻覚、Ｂ」と再配置されることで、通常の時制・時相が切断され、「明石夜泊」「はかなき夢」「山上幻覚」の相互関係が明瞭には読めなくなったのである。

Ａの後に強いてＣを配置する理由の半ばは説明することが出来るが（後述する）、その半ばの説明にも関わらず、Ｃの後になぜＢが配置されるかには的確な説明がない。というよりその説明不足を解消するはずのコンテキストが作者自身によって破壊されている。その結果、近年では「蛸壷や」は蛸壷に仮寝する蛸の儚い夢に対する詠嘆だと理解されるが（注６）、その注釈では、蛸の夢に対する哀傷の後になぜ風羅坊が侘びしさの極みにまで大きく舞い上がるかが不明になる。

　発句「蛸壺やはかなき夢を夏の月」において前書・発句・後書を繋ぐ「物語（ストーリー）」の消失がもし長大な説明を必要とする説明不足なら、句稿の再配置の際に単純に放置されたりはしない。その他の部分が盛大に書き直されたように書き直される機会が手近にある。書き直しが無く、取りあえず単純にこの位置に紙片として配置された理由は、その原因が小さく、慧眼な読者なら、こうだなと推測可能な原因だったからではあるまいか。

四　「真性幻覚」と「夢」

　本文の現在位置に「須磨明石句稿」が配置される理由は、分らぬでもない。むしろ「句稿」の前半部は分かり易い。一つは、「句稿」冒頭の「郭公」の二句が西須磨港から鉄拐山山頂までの足取りや気分を集約するかたちで配置されているせいで、これらの発句詠出の背景や動機が説明抜きで「分る句」になっている。また、発句「③須磨のあまの矢先に鳴か」が西須磨上陸直後の「からすの飛来りてつかみ去ル。是をにくみて弓をもてをどすぞ、海士のわざとも見えず。」と対応し、狩猟生活者である漁師気質を彷彿とさせる。さらに、次の発句「④ほとゝぎす消行方や嶋一つ」が、発句③の詠唱を受けて、見晴るかす海原と淡路島とを包み込む天空から郭公の閑雅な一声を聞き届ける喜びを表明する叙述になっている。

　ここに「須磨明石句稿」を現在位置に配置する理由があることは容易に推察可能だが、その理由を細かく考える時には不可解なことがある。（1）夜明けの須磨海岸巡行、（2）鉄拐山登山の実況は、海岸巡行の楽しみを刻み込むべく、新規に書き直されたせいで、元禄六・七年マーカの痕跡が残る。一方、（4）山頂から眺めた須磨明石の景観、（5）沸き上がる女官狼狽の惨劇の記述にも同時期の書き直しが企てられたので、元禄六・七年マーカの痕跡がある。しかも（2）鉄拐山登山、（4）山頂から眺めた景観は、叙事文であるのに対して、（5）眼下に沸き上がる女官狼狽は、「惣七宛芭蕉書簡」に見るとおり、「鐘懸松より見下」すときに見た一ノ谷の「幻覚」である。その時に見た幻覚叙述を現状本文通り「明石夜泊」の後に配置したのでは、山頂幻覚を「幻覚」として識別することができない。海岸巡行の時制・時相が前後し、事実関係の序列や進行が破断されるせいである。その把握しがたさはそのままコンテキストの形成不全を意味する。ここに須磨明石紀行の作意を廻る謎がある。

　たとえば、須磨明石紀行の時系列を重視して「須磨明石句稿」の末尾部分を次の様に移動させれば、その合理的な一案を示すことが出来る。

C ------------------------------

　③須磨のあまの矢先に鳴か郭公

　④ほとゝぎす消行方や嶋一つ（「須磨明石句稿」前半）

B ------------------------------

淡路島手にとるやうに見えて、すま・あかしの海右左にわかる。

（中略）鐘懸松より見下に、一ノ谷内裏やしきめの下に見ゆ。其代のみだれ、其時のさはぎ、さながら心にうかび、俤につどひて、二位のあま君皇子を抱奉り、女院の御裳に御足もたれ、船やかたにまろび入らせ給ふ御有さま、内侍・局・女嬬・曹子のたぐひ、さま〴〵の御調度もてあつかひ、琵琶・琴なんどしとね・ふとんにくるみて、船中に投入、供御はこぼれてうろくづの餌となり、櫛笥はみだれて、あまの捨草となりつゝ、千歳のかなしび、此浦にとゞまり、素波の音にさへ愁おほく侍るぞや。

D

明石夜泊

蛸壺やはかなき夢を夏の月

かゝる所の穐なりけりとかや、此浦の実は秋をむねとするなるべし。かなしささびしさいはむかたなく、秋なりせばいさゝか心のはしをも、いひ出べき物をと思ふぞ、我心匠の拙なきをしらぬに似たり。（「須磨明石句稿」後半）

時系列による叙述配置を重視するこの私案では、「須磨明石句稿」をC・Dに二分して、「明石夜泊」以下点線D部を本文末尾に配置する試案になっている。この位置にDを配置することで、時系列通りに分りやすいコンテキスト（文脈）を実現することは出来る。発句④の後であれば、点線B部はスムースに挟まり、点線C部の「嶋一つ」を見晴るかす高々度の眺望は、奇麗に点線B部「淡路島手にとるやうに見えて、すま・あかしの海右左にわかる。」に繋がる。須磨明石巡行の感激を語る発句③④に続いて、「淡路島手にとるやうに見えて、すま・あかしの海右左にわかる。」以下、山頂から見た爽快で切れ目のないランドスケープが出現する。そしてその後に「鐘懸松より見下に、一ノ谷内裏やしきめの下に見ゆ。」と、風羅坊の一ノ谷幻覚（注7）が始まる。

この一ノ谷幻覚の後であれば、幻覚のコンテキストが作動して「明石夜泊」における「はかなき夢」の内実が「昼間見た幻覚だ」と察知される（注8）。また、その壮絶無比な風羅坊の「幻覚＝夢」の名残が有れば、風羅坊が「かなしささびしさいはむかたなく、秋なりせばいさゝか心のはしをも、いひ出べき物を」と思うことも自然に理解される。そして点線B部の後であれば、点線D部にある風羅坊の述懐のやや概括的な叙述の荒さも大きな瑕疵とはならないで済む。

これは格別難しい本文の改編ではない。もし時系列にしたがって本文を改編する人が芭蕉なら、彼は易々とこの作業を終えるだろう。初稿・二稿・三稿と少なくとも三度の修正機会がありながら、彼はそれをしなかったどころか、逆に、時制や時相が切断された本文を作成し、それを維持したのである。

当面は、現在位置に仮り置きする叙述だからだと言われれば、それらしく見える。これは、第一章における「旅支度」、第二章における「伊勢巡礼」、第三章における「吉野三瀧」「和歌浦句稿」にも共通する。しかし元禄七年に乙州が芭蕉から遺贈された『笈の小文』本文が制定された後でさえ、その仮置き性は維持されている。乙州が贈与された『笈の小文』すなわち芭蕉自筆本が同じ状態なら、読者は本文の仮置き性を芭蕉の意志とし、この切断本文を受け取らなければなるまい。

この「幻覚」叙述を虚心に読むと、これは、幻覚体験に伴う深い感動を生のまま読者に伝える文章に見える。風羅坊は寝覚めの床で、皇后・女房らの阿鼻叫喚に包まれる記憶のフラッシュバックに見舞われている。当初、説明文で書かれていた不思議な幻覚体験を、驚愕する視覚の震えまでそのまま伝達するのは、それが風羅坊の生の体験だったからだろう。この生の体験の描写をゴッホの糸杉の筆触のように表現する印象派絵画に因んで「印象描写」という事があるが、印象という言葉には曖昧さが残る。ここでは心理学の真性幻覚（注9）、フラッシュバックに因んで「直観像叙述」と名付けて明確を期した。直観像叙述と名付けることで、仮想現実をさも触るがごとくリアルに再現する表現技術と見なすためである。戦闘幻覚におびえる者の身震い、女人らの阿鼻叫喚、惨事目撃者の目をむく驚愕など（注10）、惨劇叙述の微細加工が主眼であるため、書き直しの痕跡となる元禄六・七年マーカの分布も細部に行き渡っている。

五 「蛸壷」という感慨

一稿本（大礒本）には欠失する発句「須磨寺やふかぬ笛きく」が、三稿本（乙州本）に挿入されていることはすでに述べた。初稿の大礒本が書かれた元禄六・七年の時点では、この句が「須磨明石句稿」に加筆され無かったところを見ると、「須磨明石句稿」にはもともと発句「須磨寺や」は欠けていたことになる。このため、誰がいつ何のためにこの発句を挿入したかは疑問になるが、その誰かが発句「蛸壷や」の「はかなき夢」を人間の夢・平家の怨霊たちの夢と読み解いていたことは確かになる。またここで聞く笛の音が夢幻能の幕開きの合図であり、結末は必ず旅僧が見た夢の終わりで結ばれることも見通されている。「須磨寺やふかぬ笛きく木下やみ（一・二稿本にはなし）」が、夢幻能『敦盛』を踏まえて青葉の笛に引き寄せられる旅僧の感慨を綴る発句だからである（注11）。

そこで念のために、発句「須磨寺や」が内包するコンテキストを『敦盛』に従って記すと、次の様になる。源平の戦いで平敦盛を討ち取った源氏の武将熊谷次郎直実（なおざね）は、この若者の命をはかなみ、出家して法名「蓮生」と名乗り、修行の旅に出る。その蓮生が平敦盛の菩提を弔うために摂津国須磨の浦に赴くと、どこからともなく笛の音が聞える。蓮生が「誰が笛を吹くか」と尋ねると、近くに笛を吹く草刈男らが働いている。そしてその一人が笛にまつわる因縁を語り、十念を授けて欲しいと言う。十念とは「南無阿弥陀仏」を十回称える仏教の作法をいう。夜、その場所に野宿して、蓮生が読経していると敦盛の亡霊が現れて、平家一門の栄枯盛衰を語り、仇敵の熊谷次郎直実に討ちかかる。しかし、弔い読経する出家者の直実を討つことは叶わず、来世、同じ極楽浄土で蓮(はちす)の上に生まれ変わろうと言い残して姿を消す。

この『敦盛』の文脈に照らすと、風羅坊がワキ僧蓮生と同じ立ち位置から、正体不明の笛の音を聞く点では重なり合う。また敦盛の霊魂を弔い読経する出家者直実がここ須磨明石に夜泊する点でも符合する。謡曲の興趣の中で、廻国修行のワキ僧という「虚像を自在に遊ばせ」「古人の心の「まこと」に交響」(注12)する心得の現れと見ることもできる。さらにこの亡霊住まう海岸ならば「明石夜泊」に付随する「あら心すごの夜すがらやな」というワキ僧の夜泊の旅愁にも適合する。敦盛が出現する予兆としての「ふかぬ笛」を受けて「須磨夜泊」ならぬ「明石夜泊」が設定され、この後、平家一族の壮絶な滅亡が語られると見通せるからである。

須磨寺やふかぬ笛きく木下やみ

明石夜泊

蛸壺やはかなき夢を夏の月

ここで不明なことは、元禄六・七年になぜ松尾芭蕉が「山上幻覚」を、コンテキストの分断、読解不備にも拘らず須磨明石紀行の末尾に配置する必要があったか、である。先に述べた通り風羅坊の巡礼の時制・時相に従えば、奇麗に並ぶ叙述の配列を断ち切ってまでそう編集した理由が必要になる。

周辺部の理由から上げれば、一つは、『笈の小文』冒頭で「其日は雨降、昼より晴て、そこに松有、かしこに何と云川流れたりなどいふ事、たれ〳〵もいふべく覚侍れども、黄哥(奇)蘇新のたぐひにあらずば云事なかれ。」と風羅坊に語らせた松尾芭蕉には、ではいかなる叙述が望まれるかをポジティブな形で書いてみせる必要があったことだろう。そこにある述懐「わすれぬ所〴〵跡や先やと書集侍るぞ、」の「跡や先やと書集める」叙述作法は、すでに『野ざらし紀行』において主人公の意識のフラッシュ・バックの再現に使われている(注13)。

理由の二は、同時期に描かれていた『奥の細道』の次の記事である。

①十六日、空霽たれば、ますほの小貝ひろはんと、種の浜に舟を走す。海上七里あり。(中略)爰に茶を飲、酒をあたゝめて、夕ぐれのさびしさ、感に堪たり。

寂しさや須磨にかちたる浜の秋　(『奥の細道』色の浜)

ここでは奥羽行脚の締め括りに当たる敦賀の風流佳人たちとの肝胆相照らす「色の浜」巡行時の、腑に染み通るような「寂しさ」の極みが須磨明石紀行のそれと照合されている。須磨明石紀行の原型(同「句稿」)にもまたこの「色の浜」に匹敵する深い「寂しさ」が求められることになる。

しかしこれだけでは、「須磨明石句稿」の最後になぜ格別、輝かしい幻想が新規に追加されたのか、その説明が不足している。この疑問に答える直接の理由は、造化随順を説いて旅立つ風羅坊が、この作品の結末において「蛸壷の残夢」に辿り着くこと、また「同行二人、乾坤無住」を謳歌して旅立つ風羅坊が

「蛸壷の残夢」に辿り着いて嘆きを深めるこの作品の結構自体であろう。造化随順を地でいく旅、天地の間を独歩する遊山の日々が、最後の最後に意外な形で暗転する。これでは「造化」は、標榜するだけの鰯の頭か、廻国修行は、坊主の寝言かと疑われる。『笈の小文』の冒頭部で風羅坊は「猶酔ル者の猛語にひとしく（中略）、人又亡聴せよ。」と口走ったが、その言葉がこの結末では文字通り風羅坊の「寝言」になるのである。

平家滅亡の幻覚が襲いかかるように生身の風羅坊にフラッシュバックするところには、『奥の細道』「色の浜」とは異なる「須磨明石紀行」独自の立ち位置がある。それが風羅坊の新しい立ち位置になる時、恐らく夢想だにしなかった世界を見たときの直観像を表現の拠点とする新種の俳文が生まれる。そこでは「在るということの厳しい美しさを、自分の目で感じている実感」（坂本一道（注14））が描かれることになる。

六　結論

当初、須磨の浦、海岸一見の時、風羅坊に見えていたものは味気ない夏の月だった。叙述が進行し、夜明けの光彩に満ちた海岸巡礼行が進んで「明石夜泊」に至った時、風羅坊には見えない物が見えてくる。そのプロセスを明示するところに須磨明石紀行の構成がある（注15）。

元禄六・七年、『笈の小文』編成第二期に至った時、松尾芭蕉は自ら紀行本文を「海岸巡行、A」・「須磨明石句稿、C」・「山上幻覚、B」と配置替えし、配置替えすることで時制・時相を分断した。そうすることで須磨明石紀行の末尾には唐突に怒濤のような平家滅亡の光景が押し寄せてくる。しかし、その光景が実は「はかない夢」の中身だとはどこにも説明されなかった。それが脈絡無く、突然風羅坊に襲いかかるフラッシュバックの特質であることは、知る人ぞ知る仕掛けである。もしそれが表現上の瑕疵と見なされようと、それは可能性に富んだ大きな瑕疵、すなわち芭蕉の遺志が生み出した大きな瑕疵として意味づけられる。

「蛸壺やはかなき夢を夏の月」。ここに焦点化された蛸壷は、積み重ねられた漁具としての蛸壷である。権力や統治や密告や恐怖が作り出す蛸壷ではない。「百骸九竅の中に物有。かりに名付て風羅坊といふ。」という風羅坊の言葉通り、人体自身が「蛸壷」であり、人間も骸骨も記憶も意志も蛸壷に住むのだと言えば蛸壷に住んでいる。そしてその人体が蛸壷だからこそ女官狼狽や平家滅亡がもたらす幻覚の住み家となることもできる。その幻覚の隙間を縫って物語が生まれ出ることを思えば、これは騒擾の人、すなわち自ら進んで「物語る人」の、その人らしい物語の一種ともなるだろう。

注1、通説では、元禄四年頃と考えられている。井本農一著「『笈の小文』の執筆と元禄四年四月下旬の芭蕉」（『連歌俳諧研究』三八号、昭和四五年三月）。尾形仂氏の論文「鎮魂の旅情」（『国語と国

文学』昭和五一年一月号）はこれを踏襲する。

注2、従来は陸路を通って、須磨明石に向ったとされている。只一人井上敏幸氏「作者芭蕉の位置が、須磨の海上にあったのではないかということの方が重要ではあるまいか。」（「刊本『笈の小文』の諸問題（一）－「須磨紀行」をめぐって－」『貞享期芭蕉論考』二三〇頁、平成四年四月二十三日、臨川書店刊）という。同じ設定は次の真蹟懐紙の叙述からも窺われる。

「卯月の中比須磨の浦一見す。うしろの山は青ばにうるハしく月はいまだおぼろにて、はるの名残もあはれながら、たゞ此の浦のまことは、秋をむねとするにや。」（真蹟懐紙）。『芭蕉翁真蹟拾遺』（大蟲自筆、知橋写本）は赤羽学氏「芭蕉翁真蹟拾遺翻刻と解説」（『俳文芸』13号、昭和54年6月所収）による。拙稿「『笈の小文』の表現の瑕疵について」（『國文學攷』217号、平成二十五年三月三十一日）に述べた。

注3、明石夜泊の前書きが虚構であることは注1論文その他ですでに指摘されている。

注4、濱田浩一郎「播磨明石藩　六万石　本多政利転封事件」（『歴史読本』2014/01　KADOKAWA）。ことの起こりは藩主の嫡子本多政利の幼少を理由に藩主を代行した叔父、本多政長が病死したことにある（延宝七年（1679）、その実子本多平八郎を推挙する平八郎派と本多政利派とで内紛を生じ、江戸幕府によって大和郡山一五万石を二分する（本多平八郎九万石、本多政利六万石）との裁定が下された。しかしこれを不服とする本多政利派の紛糾が収まらず、内紛の末に、平八郎は陸奥福島藩へ、同政利は明石藩（六万石）に転封されたのである。その要注意家族を福島・明石と分離して騒乱を解消する裁決はそれなりに温情もあるが、翌延宝八年、徳川綱吉が将軍職に就くと判断は違ってきた。当然この両家は、幕府監察の対象となり、幕府の巡察を受け入れることになる。それにも関わらず本多政利は明石領で「苛政」を実行して譴責され、天和二年（1682）二月二二日に岩瀬藩に転封されたのである。

注5、（『江戸生活事典』稲垣史生著「僧侶投宿の口上」p165）

注6、この句の解説は『日本古典文学全集松尾芭蕉集②』495頁（井本農一他編、一九九七年九月、小学館刊）に詳しい。

注7、真性幻覚と判断される。「真性幻覚」については、「幻覚」（『心理学事典』中島 義明、子安 増生、繁桝 算男、箱田 裕司 有斐閣刊、1999/1）参照。

注8、風羅坊の「はかなき夢」を語る蛸壺の句は、物語的に大きく仮構されている。が、その仮構の様子が説明されていない。同時・同場所の芭蕉発句

〇かたつぶり角振り分けよ須磨明石（『猿蓑』）

〇足洗うてつひ明けやすき丸寝かな（『芭蕉翁真蹟拾遺』）

など、長閑な句が多いためか。『日本古典文学大系芭蕉句集』岩波書店刊（101頁頭注325）では、「かたつぶり角振り分けよ須磨明石」（『猿蓑』）を鉄拐山山頂での句とする。

注9、当事者が視点を移動しつつ、遠近、方角を変えて観察してもあ

たかも実態のように観察可能な幻覚を真性幻覚という。注7に同じ。

注10、一般の注釈では、この平凡さが看過され、須磨の浦の秋の哀れだけが強調されている。『笈の小文』(『日本古典文学大系芭蕉文集』109頁(大谷篤藏他校注、昭和42年10月15日、第9印、岩波書店刊)の頭注23には「「関吹き越ゆるといひけむ浦波、夜々はげにいと近く聞えて、またなくあはれなるものは、かかる所の秋なりけり。」(源氏物語)と謡曲「松風」の「沖に小さき漁舟の、影幽かなる月乃顔。雁の姿や友千鳥。野分汐風何れもげに、かゝる所乃秋なりけり。あら心すごの夜すがらやな」とを同時に出典とする。これらは秋の風情であり、かつ両出典の、須磨の秋の風情にはかなりの差異が出来ている。

注11、紙片(B―C)の前・後に挿入された句文のうち、特に後に挿入された女官狼狽・平家敗退の記事がこれに該当する。

注12、堀信夫「芭蕉の名所歌枕観と蕉門の連衆―『笈の小文』の旅を中心に―」(『国語と国文学』51―9号　昭和四九年十月)による。

注13、拙著『『野ざらし紀行』の成立』三重大学出版会、2009年2月刊。

注14、坂本一道「私にとって石膏デッサンが意味したもの」東京芸術大学油絵科教官研究室『アトリエ:石膏デッサン初歩実技全科Ⅱ』456号(1965年11月)84―85頁。

注15、「むかし平家一門此所に暫やとりて滅亡せしを、蛸の壺に入てはかなき夢を見ることく也との心も有」(梅門著『師走嚢』(明和元年序)という。

12節　首部と結末―幻覚を見る人

一　承前

9節で述べた緻密なテクスチャーの洗練、10節で述べた遺贈品としての『笈の小文』、11節で述べた「未完」の遺品らしい特異な作品構成に続いて、小論ではその特異な作品構成を成立たせている主人公の特異なキャラクターの生成について、本文の生成に即して整理しておきたい。

「惣七宛芭蕉書簡」（貞享五年四月二三日）に見るとおり、芭蕉・杜国の行実は『笈の小文』のそれと大いに食い違っている。またこの作品の主人公の言動も、冷静に言えば、やや常軌を逸している。その上それが冒頭部の主人公の「自己省察」並びに結末の「須磨明石紀行」の追加によって一層顕著になる。加えてその主張は『去来抄』（向井去来著）『三冊子』（服部土芳著）に書き残された芭蕉のそれとは異質である。この小論では『笈の小文』の主人公の言動に焦点を絞り、彼の主張が結末に至る行程でいかに誇張されたかを点検したい。そうすればこの主人公の言動が紛れもないフィクションとして仮構されたこと、またそれが結末にいたって一層極端に造形され、いかにも遺品らしい「未完」を演出していることが判明するからである。

二　冒頭文の加筆

松尾芭蕉ならずとも、書く前と書き始めてからとでは「気分」が切り替わる。書き手はいわば言葉だらけになり、言葉と格闘してファイトする。目つき・口つきが緊張でこわばり、主張が固くなり、その勢いで一時的に「反俗」になることもある。たとえば次の風羅坊の様にである。

【1】（A）自己省察　（B）造化芸能論　（C）道の記論

A百骸九竅の中に物有。かりに名付て風羅坊といふ。誠にうすものゝかぜに破れやすからん事をいふにやあらむ。かれ狂句を好こと久し。終に生涯のはかりごとゝなす。ある時は倦で放擲せん事をおもひ、ある時はすゝむで人にかたむ事をほこり、是非胸中にたゝかふて、是が為に身安からず。しばらく身を立む事をねがへども、これが為にさへられ、暫ク学て愚を暁ン事をおもへども、是が為に破られ、つゐ（ママ）に無能無芸にして、只此一筋に繋る。

B西行の和哥における、宗祇の連哥における、雪舟の絵における、利休が茶における、其貫道する物は一なり。しかも風雅におけるもの、造化にしたがひて四時を友とす。見る処花にあらずといふ事なし。おもふ所月にあらずといふ事なし。像花にあらざる時ハ夷狄にひとし。心花にあらざる時は鳥獣に類ス。夷狄を出、鳥獣を離れて、造化にしたがひ、造化にかへれとなり。

C抑道の日記といふものは、紀氏・長明・阿仏の尼の、文をふるひ情を尽してより、余は皆俤似かよひて、其糟粕を改る事あたはず。まして浅智短才の筆に及べくもあらず。其日は雨降、昼より晴て、そこに松有、かしこに何と云川流れたりなどいふ事、たれ〳〵もいふべく覚侍れども、黄哥(奇)蘇新のたぐひにあらずハ云事なかれ。されども其処〳〵の風景心に残り、山舘野亭のくるしき愁も、且はなしの種となり、風雲の便りともおもひなして、わすれぬ所〴〵跡や先やと書集侍るぞ、猶酔ル者の猛語にひとしく、いねる人の譫言(うわごと)するたぐひに見なして、人又亡聴せよ。

（乙州本『笈の小文』、ルビ筆者。以下同じ）

この冒頭文の論理的な整理はすでに述べた。ここで重要なことはこの論理文の「口付き」であって論理ではない。筆の運びと共に、風羅坊の「気分」が昂揚し、口調が熱を帯び、独自性を際立たせ、「俗流」を忌避し、己を宣揚する気負いが見えるだろう。この心模様を見せようとすれば、彼の陳述文は、勢い、冗長にして気負い込んだ叙述にならざるを得ない。『笈の小文』冒頭文の原型であるこの叙述は、A序、B破、C急、という三つの陳述文で成り立っており、その陳述文のBの末尾に「旅の首途」の一文が配置されていることは既に述べた。ただしその時、叙述の冗長を恐れて省筆したことが一つある。それはこの陳述文が一度書き直された痕跡をもつことである。

　第3節に述べたように、この冒頭文C・B間に配置された「旅の首途」は元来「覚えけれハ」と書かれた前書きであり、発句をつがえて一文とする俳文書式であった。それが元禄六年七月以降に第二稿本で「覚えけれ。」と修正されて、現状本文に配置されたものである。また第9節で述べたとおり、ここには以下のような添削・組み込みの跡もある。

■冒頭〈自己省察〉

大礒本1・終に生涯の謀をゝもひ、或寸(時)ハすゝむて人に語(ママ)む事をほこり、

雲英本1・終に生涯のはかりことゝなす。或時は倦て放擲せん事を思ひ、或時ハすゝむて人にかたんことをほこり

■目立った語句の修正箇所（※上段大礒本→下段雲英本）

①「九竅」→「九窮」

②「鳥獣にはなれて」→「鳥獣をはなれて」

③「道化」→「造化」

④「闇透哥仙」→「闇道りせん」（正しくは「関送り」）

これら目立った語句の修正箇所でも、①〜④は冒頭文、中でも「造化芸能論」中心に起きている。これらの修正が行われるのは、元禄六年七月以降で、芭蕉が江戸から関西に向う元禄七年五月以前でなければならない。

　さらに第6節、『笈の小文』の執筆年次を推定する元禄六・七年マーカーは、「須磨明石紀行」に継いで該当箇所に集中利用されており、『笈の小文』第①章の「す・春」7例、同本第①章「み・ミ」4例と分布する（第4節、表1）。集中する「す・春7例」「み・ミ4例」は『笈の小文』江戸〜尾張の叙述の中でも冒頭文に集中するのである。ただしそこでは、基本仮名「け・介・気」が併用されるために用例が少数になるマーカー

「け・気」の分析を省筆した。

①け　気　おける　西行の和哥における
②け　気　おける　雪舟の絵における
③け　気　おける　利休が茶にをける
④け　気　おける　しかも風雅における物
⑤け　気　けしき　空定なきけしき
⑥け　気　けり　覚えられけれハ
⑦け　気　けり　詠し給ひけるを
⑧け　気　けり　たまハりけるよしを
⑨け　気　けり　杜国かしのひて有ける
⑩け　気　かげ　扇にて酒汲かけや
⑪け　気　けしき　曙黄昏のけしきに

①〜⑥の「気」が『笈の小文』冒頭文に集中している。中でも①〜④は「造化芸能論」に、また⑤⑥は「旅の首途」に分布する。ちなみに⑦⑧は鳴海、⑨⑩⑪は第三章「吉野巡礼」に使われたもので、第二章・第四章には該当する「け・気」はない。「け・気」が無い理由は、替りに「け・介」が使われるからである。

　次に、元禄六・七年執筆の芭蕉文書にはもう一つ重要な徴表がある。各マーカーの用字場面で基本仮名に対応する補助仮名にかなり精度が高い規則性が出来ていることである。その規則性の高い仮名を仮に名付けて「規則仮名」と呼ぶが、『笈の小文』におけるその規則仮名の用字規則には次の十一種が上げられる。①し「之、語中・語尾」、②す「春、基本字体」、③た「堂、語頭」、④ば「ハ・者」、⑤ふ「婦、語頭」、⑥み「ミ、基本字体」、⑦め「免、語頭」、⑧り「利、基本字体」、⑨る「留、語尾」、⑩わ「王、語頭」、⑪を「遠、基本字体」の都合十一字がそれである。①し「之、語中・語尾」は仮名文字「し・之」は語中・語尾専用の文字、②す「春、基本字体」は仮名文字「す・春」が基本仮名として利用されること、③た「堂、語頭」は「堂」が語頭専用の文字である事を示す（注1）。これらの仮名文字の用法は伝統的なものを含むために、これが一例有るからと言う理由で直ちに元禄六・七年の文字徴表だとは言いにくい。これら十一文字の規則仮名が揃えば揃うほど元禄六・七年の文字徴表に近くなるのである。当然これは、これら十一文字の使用頻度が高ければ高いほど元禄六・七年の文字徴表に近くなることでもある。

　そこでその点から点検すると、大礒本『笈の小文』にはこれら十一字の規則仮名がほぼ出そろう上に、顕著な集中利用の事例を一例だけ見つけることができる。それは⑪「を・遠、基本字体」で、冒頭文で28例、風羅坊の帰郷を扱った第二章「伊賀・伊勢紀行」6例、吉野行脚を扱った第三章13例、須磨明石巡礼を扱った第四章16例と大きな偏りが見られる。この偏りの原因は、第一章の本文に「を」が多用され、かつ冒頭文では助詞「を」が集中的に「遠」と書かれたことによる。

　ここに現れる「す・春7例」「み・ミ4例」「け・気8例」の

マーカー三点は、結末文の圧倒的なマーカー集中に比べれば見劣りがする。この冒頭文での偏りが少なければ、冒頭文が元禄六・七年に新規に書かれたとは言いにくい。そこで改めて芭蕉の周辺を捜すと、特に基本仮名「け・気」は中尾本『おくの細道』では基本仮名として利用されている。同書は元禄五・六年に執筆されている。加えて実際のマーカーも、中尾本「み・ミ16例、す・春77例、け・気31例、」とあり、「み・ミ16例」を除けば基本仮名として利用されている。このため、『笈の小文』の冒頭文は元禄五・六年に一度書き上げられた文章を下敷きにして元禄六年七月以後に再度加筆された可能性もなくはない。

いずれにしても、この冒頭文が芭蕉の江戸帰着以後に書き直されたことは事実であり、その加筆によって風羅坊のキャラクターがいっそう騒人らしく整形されることは事実である。このため、冒頭文（特に「造化芸能論」）で描かれた風羅坊の理解には注意が欠かせない。冒頭の陳述文と結末の幻覚叙述とが一対となることで、両者は共に風羅坊の騒擾を書き立てた「風羅坊かく語りき」を出現させることになるからである。出世を果たせない失意や内心に繁茂する自意識、その自意識に己の名を付ける慰みにも、騒擾の匂いがする。仮にその自意識に己の名を付けると、それは言葉を獲得して己の分身となり、成長する。

自分、すなわち百の骨と九つの穴からなる「袋」のごときもののの中に住み着いた「風羅坊」は、俳諧を好み、進んでその優劣を競う。増長して疲労し、落胆して投げやり、仕官奉職の手立てさえ失う。これは二十三才にして主君を失い、恐らく自宅療養しながら再起を図るも適わず、悶々と日を過ごす往時の松尾芭蕉の立ち位置にも似通う。病気がちの青年の不如意、体内に住み着いた病原菌めいた自意識が「風羅坊」を生み出している。

『笈の小文』冒頭文がもしここに引用した原型どおりなら、序章Aに現れているのは、主人公が感染した「俳諧熱症」とでも言うべき感情であろう。もしそれが一世を風靡する俳諧熱症なら一過性で、いずれ体内の免疫細胞に駆逐されるが、その症状が晩年まで治癒せず、発熱・気力減退・持続力の衰えを引き起こすとすると、彼の病は治療の手の届かぬ膏肓の域に入ったことになる。

一方、語りB冒頭は「西行の和歌における、宗祇の連歌における、雪舟の絵における、利休が茶における、其貫道する物は一なり。」で始まる。脈絡としては、加筆可能性が最も高いのは、この「造化芸能論」である。「夷狄を出、鳥獣を離れて、造化にしたがひ、造化にかへれとなり。」に普段の芭蕉にはない大きなはみ出しを含んでいる。

一方、同じく語りCでは、新規に練達の作家「紀氏・長明・阿仏の尼」を並べてその業績を称揚し、凡百の風流才子を批判する。だが、同紀行の「行脚心得」にある通り、在地の風流才子に出会うことは風羅坊の大きな喜びであり、名古屋・伊勢での句文の応酬場面でも、風羅坊は進んで彼らと交流している。

語りCで新規に追加された「紀氏・長明・阿仏の尼」と凡百の風流人との実力差は大きいに相違ない。しかし、十七世紀、凡百の風流人が「紀氏・長明・阿仏の尼」に学んで似かよう文章を書くことに不思議さはない。少なくとも先人を真似した文章を書くことは、非難には価しない。

同じく凡百の文筆家の陳腐さを名指しして「其日は雨降、昼より晴て、そこに松有、かしこに何と云川流れたりなどいふ事（中略）、黄哥蘇新のたぐひにあらずハ云事なかれ。」と主張するのも速断に過ぎる。天象・地勢・地目・樹相の記述は「黄哥蘇新のたぐひ」に学ぶべし、と言えば済むところで感情が激し、口調が飛躍して、凡百の俳文批判に大きく傾斜するからだろう。極端なはなし、天象・地勢・地目・樹相の記述を排除すれば、紀行文は成り立たないのである。

三　原型の風羅坊は何者か

今では空気動態を可視化するセンサーもなくはないが、そのセンサーのように、十七世紀の散文はこれまで曖昧だった物の輪郭を整理し、立体的に可視化する。井原西鶴が描く米河岸の町並み（『日本永代蔵』）や、匂い立つ花見の藤娘（『好色五人女』）、文字通り寝たままで福を待つお目出た夫婦（『世間胸算用』）など、珍しい見ものを見ることは楽しみの一つとなっている。見えない物の可視化によって、散文芸術は高水準の「表象」を実現し、フィクションを目に見えるように書くための言語レベルを獲得する。重要なことはそのフィクションを書くための言語密度の獲得であって、風羅坊が見た『笈の小文』型の真性幻覚や「直観像叙述」（注2）はその言語レベル達成のための端緒に当たる。そこにある通りに真性幻覚を描けば、それがフィクションに直結するのである。

さて、参籠行・回峰行・滝行・護摩行・断食行と行功を積むことで、山岳修行者の意識が幻覚を伴うトランス状態となることはよく知られている。今日の修験道では、一般に《華厳経》に言う成仏過程に即して、地獄、餓鬼、畜生、修羅、人、天、声聞、縁覚、菩薩、仏の修行過程を設け、以下の十種の山岳修行を行うものとされている。

修行者の五体が大日如来の五体だと悟る座法の①床堅（とこづめ）、②懺悔、③修行者の犯した罪の重さを計る業秤、④水断（みずだち）、⑤水汲みの作法である閼伽（あか）、⑥相撲、⑦延年（舞の奉納）、⑧護摩のための木をあつめる小木（こぎ）、⑨穀断（こくだち）、⑩金胎（こんたい）の秘印をさずける正灌頂。峰入りの期間中にこの十種の修行を終えることによって即身成仏しうると言うのである。（世界大百科事典 第2版【十界修行】）

この十種の修行の中でもっとも幻覚が起きやすいのは穀断（こくだち）だとされるが、護摩行に使われる小木の燃焼にもそれに似た幻覚作用があるという。いわゆるイタコが見せるトランス状態は、霊魂がイタコに憑く憑依とイタコの意識が霊魂に着く転移とに区分されるが、風羅坊の場合は幻覚の憑依が進んでいる。真性幻覚が見えるときに限って、幻覚に差し向かうイタコの意識にも憑依が起きるのである。

　原型の風羅坊は、こうではなかった。

①神無月の初、空定めなきけしき、身は風葉の行末なき心地して、
　　旅人と我名よばれん初しぐれ

②　葛城山
　　猶みたし花に明行神の顔

③　桜（中略）
　　扇にて酒くむかげやちる桜

（中略）
④須磨寺やふかぬ笛きく木下やミ
尾上つゞき丹波路へかよふ道あり。鉢伏のぞき、逆落など、おそろしき名のミ残て、鐘懸松より見下に、一ノ谷内裏やしきめの下に見ゆ。


　謡曲『梅が枝』を直に引用した前書きが残るように、①の句は謡曲の道行きの後に登場するシテの言葉「御とまりあれやたび人」に呼応して、旅人と呼ばれることがあれば、喜んであなたの傍に参りますぞと、正真の旅人たる覚悟を披露する俳文である。しかし回峰修行が進むと、謡曲『葛城』の醜い女神伝説を踏まえた②の句、また謡曲『二人猩々』の酒宴に似た③の「酒くむかげ」の句ように、風羅坊の眼下を幻覚が掠めて通りすぎ始める（注3）。そして最後、追加部④では謡曲『敦盛』を踏まえて横笛の幻聴を聞いた後に、圧倒的な迫力の真性幻覚が、最初は静に、後には一場面を覆い尽くして登場する。

　この④幻覚出現の場面である鉄拐山は、山岳修行者の名を冠する通り修験道場の山である。これら山岳にある修験礼場を廻ることで、一見、遊山に見える風羅坊・万菊丸らの巡礼行が巡礼修行としての意味を生じる。そしてその修行が体力の限度を超える時、意識の混濁や幻覚が出現する。吉野巡礼を通じて垣間見た一瞬の幻覚を語る山岳修行者、原風羅坊を、真性幻覚者に書き換える作業が、結末で追加された「須磨明石紀行」において進行したのである。

四　「うねる」心性

　同じ出来事は、風羅坊の口ぶりにも起こっている。「わすれぬ所〲」を先後を忘れて書き綴る風羅坊流の作文術は、同時に『笈の小文』における風羅坊の語り口でもある。従来、注目されることがなかったこの作文術は、実のところ、頭を叩いて呻吟する（『更科紀行』）に近い深刻な表現作業だった。

　ただそれは、今日言う、写生やデッサンの問題ではなかった。ここで風羅坊が拠って立つ俳文作法を掘り下げ、正統派の立場から透視するために、近代画家、坂本一道の次の言葉を掲げる。

視覚的には見えないものの表現、（中略）何かしら大変な未知の扉が開かれそうな予感を持って暗中模索した。あえぎながら山を登り、突然に視界が開けたときの様に、それはほんとに偶然と言えるようなひとこまに突然に訪れた。（中略）在るということの厳しい美しさを、自分の目で感じている実感が私自身をも存在させるということを識った（「私にとって石膏デッサンが意味したもの」注4）

ここで語られる石膏デッサンの体験は、いかにも写実の才幹に恵まれた正統派にしか訪れない劇的瞬間であろう。しかし、「全く夢想だにしなかった世界」が見える経験そのものは、「もの見へたる光」（土芳『三冊子』）として芭蕉一門にも知られていた。普段見ているものの背後に何かが見えたときの感動は、存在の機微に逢着する意味で「物の微」（三冊子）と呼ばれていた。そしてそれに辿り着く方法はデッサンではなく「即興感偶」と呼ばれ、その「即興感偶」を立ち位置とすることで、風羅坊自身もまた「自分の目で感じている実感が私自身をも存在させる」という精神の充実を味わうことが出来た。

ちなみに、『笈の小文』の風羅坊が作中で「即興感偶」を強く唱導するわけではない。風羅坊は「須磨明石紀行」において否応なく「即興感偶」に逢着する巡礼者として描かれている。このため同紀行中の風羅坊の口ぶりは「即興感偶者」の口調に向かって変化する。その変化は、次の①～④の通り、執拗な自己省察から過敏な自己謙退に向う感情の熱いうねりを伴っている。

①風雲の便りともおもひなして、わすれぬ所〴〵跡や先やと書集侍るぞ、猶酔ル者の猛語にひとしく、いねる人の譫言（うわごと）するたぐひに見なして、人又亡聴せよ。（冒頭文）

②かの貞室が是ハ〳〵と打なぐりたるに、われいはん言葉もなくて、いたづらに口をとぢたるいと口をし。おもひ立たる風流、いかめしく侍れども、爰に至りて無興の事なり。」（吉野山）

③かなしさ、さびしさいはむかたなく、秋なりせハいさゝか心のはしをも、いひ出べき物をと思ふぞ、我心匠の拙なきをしらぬに似たり。（須磨明石）

④櫛笥はみだれて、あまの捨草となりつゝ、千歳のかなしび、此浦にとゞまり、素波の音にさへ愁おほく侍るぞや。（須磨明石）

①に綴られた風羅坊には、在り来たりの叙事を止めようという命題と忘れぬ所々を書きつづりたいという欲望とが葛藤している。その葛藤が昂じると騒擾となり、その騒擾から、彼一流の謙退言説が生まれる。この仕組みは②③も同じである。古今無双の歌枕に身を置いて古人の列に連なろうとする自分がおり、まっとうな句文が物に出来ない自分と葛藤している。その葛藤が昂じて騒擾となり、謙退口調を誘い出している。

しかし①の「わすれぬ所〴〵跡や先やと書集侍るぞ、猶酔ル者の猛語にひとしく、いねる人の譫言（うわごと）するたぐひに見なして云々」を単純な謙退言説とするのは間違いである。「酔ル者の猛語」「いねる人の譫言」のたぐいに見なして、とある通り、この謙退は謙退する対象に依存する。自分は思いの丈を縷々披露したが、それが気に染まぬ読者は、これを「酔ル者の猛語」「いねる人の譫言」と見なして、聞き流して欲しいと言うのである。勿論、問題は聞き手の「聞く耳」にある時もありうるという、あつかましい口調である。

　同じあつかましさは、②の「かの貞室が是ハ〳〵と打なぐりたるに、われいはん言葉もなくて、いたづらに口をとぢたるいと口をし。おもひ立たる風流、いかめしく侍れども、爰に至りて無興の事なり。」（吉野山）にも現れている。岩城藩主息、内藤露沾から吉野の「土産（つと）」を所望されて旅立ったこの度の吉野行脚である。その吉野行脚では、安原貞室（慶長15年～延宝元年2月）でさえ、「是ハ〳〵と」八方破れの一句を残したのに、自分はそれすらも出来ず、口を閉じている。これでは折角ご所望の拙句少々さえ準備出来ない。「いと口をし。」と言うのだが、もし自分を繰り言・寝言の平凡人だと見なすなら、西行や貞室を己と比較して口惜しがることはない。本来ならもっと増しな発句が作れる筈だと自負する「風羅坊」がそう言わしめるのである。

　また③の「秋なりせハいさゝか心のはしをも、いひ出べき物をと思ふぞ、我心匠の拙なきをしらぬに似たり。」（須磨明石）にも同じ事が言える。ここでは須磨の夏に落胆を隠せない「風羅坊」がおり、もし秋ならいささか増しな一句成りとも披露する事が出来るのだがと思いかけて、「我心匠の拙なきをしらぬに似たり。」と前言を撤回する。発言自体は謙退に傾くが、「もし秋ならいささか増しな一句成りとも披露する事が出来る」と言う言葉に畳み込まれているのは過剰な自負心ではなかろうか。その自負心を眺め、「心匠」の拙さを知らぬ者と見なす自己批評が「卑下褒め」に聞こえて、聞く者にはあつかましいのである。

　ところが、同種の発言ながら④「櫛笥はみだれて、あまの捨草となりつゝ、千歳のかなしび、此浦にとゞまり、素波の音にさへ愁おほく侍るぞや。」になると趣が違ってくる。「かなしささびしさいはむかた」ない須磨明石の風光がいささかの自負心も含まず、「千歳のかなしび、此浦にとゞまり、素波の音にさへ愁おほく侍るぞや。」と語られるからである。

　要するに冒頭部①で騒擾を吐露する風羅坊は、「或時ハすゝむて人に語（勝）む事をほこり、是非胸中に戦ふて、是が為に身安から」ぬ「風羅坊」である。過剰な自負心・虚栄心に突き動かされる「風羅坊」の謙退口調からは「卑下褒め」とでも呼ぶべきあつかましさが聞こえる。その過剰な自負心・虚栄心を源とする謙退口調の匂いは、②「吉野山」③「須磨明石」と足取りが進んでも持続されている。ところが、結末の④にいたると、その過剰な自負心・虚栄心が消え、謙退口調の大げささが影を潜める。つい先ほどまで目を覆い耳に轟いていた古戦場幻覚を通過した風羅坊からは自負や栄辱の気配がそげ落ちるのである。気付いてみれば、おのれ一人の自負や栄辱など取るに足りない。自負と虚栄の間をうねりながら進捗する風羅坊の騒擾を一挙にぬぐい去る役目を④の古戦場幻覚が果たしている。

五　憑依する意識

最後に、冒頭に位置する風羅坊の長い陳述文と、次に引用する結末の陳述文とが一対を成し、風羅坊の陳述文の大きなうねりを確定する留め金（リベット）となることを指摘して小論を締め括りたい。『笈の小文』の冒頭文で造化原理を説き、平凡な天気や地形の叙述を拒否する風羅坊は、序破急の「急」の段の末尾でいきなりことばを翻して「されども其処〳〵の風景心に残り、山舘野亭のくるしき愁も、且はなしの種となり、云々」と語り始める。その独特の切り口上、自縄自縛の言説、食言を憚らない直情がこの「須磨明石紀行」でふたたび出現し、風羅坊のうねる心性を裏付ける。

須磨

月はあれど留主のやう也須磨の夏
月見ても物たらはずや須磨の夏

（中略）

海士の顔先見らるゝやけしの花

東須磨・西須磨・浜須磨と三所にわかれて、あながちに何わざするともみえず。藻塩たれつゝなど哥にもきこへ侍るも、いまハかゝるわざするなども見えず。きすご（濁ママ）といふうをゝ、網して、真砂の上にほしちらしけるを、からすの飛来りてつかミ去ル。是をにくみて弓をもてをどすぞ、海士のわざとも見えず。（中略）猶むかしの恋しきまゝに、てつかひが峯にのぼらんとする。導きする子のくるしがりて、とかくいひまぎらハすを、さまぐ〵にすかして、麓の茶店にて物くらはすべきなど云て、わりなき躰に見えたり。（中略）息をきらし汗をひたして、漸雲門に入こそ、心もとなき導師のちからなりけらし。（中略）

明石夜泊

蛸壺やはかなき夢を夏の月

かゝる所の穐なりけりとかや、此浦の実は秋をむねとするなるべし。かなしさゝびしさいはむかたなく、秋なりせハいさゝか心のはしをも、いひ出べき物をと思ふぞ、我心匠の拙なきをしらぬに似たり。

淡路島手にとるやうに見えて、すま・あかしの海右左にわかる。呉楚東南の詠もかゝる所にや。（中略）尾上つゞき丹波路へかよふ道あり。鉢伏のぞき、逆落など、おそろしき名のミ残て、鐘懸松より見下（す）に、一ノ谷内裏やしきめ（目）の下に見ゆ。（中略）櫛笥はみだれて、あまの捨草となりつゝ、千歳のかなしび、此浦にとゞまり、素波の音にさへ愁おほく侍るぞや。

この「須磨明石紀行」の叙述は、冒頭の「留主のやう也須磨の夏」という素気ないほどの落胆に始まり、「かなしさゝびしさいはむかたなく、秋なりせハいさゝか心のはしをも、いひ出べき物を」と己の至らなさを振り返り、「千歳のかなしび、此浦にとゞまり、素波の音にさへ愁おほく侍るぞや」と愁嘆するところで終わっている。初発の素気ない印象が大きく裏返り、それまで見えなかった「かなしささびしさいはむかたな」き須磨明石の風土の特性が表象されて、風羅坊の悲しみを誘うのである。

　下界を眺望する風羅坊のランドスケープは最初、尾上続きに丹波路に通じる道を見晴るかすかたちで一旦フェードアウトする。そして次に、近隣にある修験道場並びに『平家物語』縁りの地名に焦点を合わせると、彼の視界が不意に裏返り始めて、思いがけない異変が姿を現す。「鐘懸松より見下（す）に、一ノ谷内裏やしき、めの下に見ゆ。」。これが風羅坊における幻覚憑依の始まりである。当然、これはまことかと疑う間もなく、「其代のみだれ、其時のさはぎ、さながら心にうかび、俤につどひ」、今は己のこの目の前に、「二位のあま君皇子を抱奉り、女院の御裳に御足もつれ、船やかたにまろび入らせ給ふ御有さま」さえ見える。方向感、遠近感を備えた動画像のかたちで、アリアリと見える手・足・腰・動作、乱れ乱れて息つく暇もない女官らの狂乱は、歴史書や古物語りの「語り」を越えたリアルな「現実」として出現する。風羅坊の特異な心性を裏付ける直観像の出現である。途中で、「夏の月」に落胆する叙述が裏返る点、またその裏返りの結果、風羅坊の脳裏に新しい知覚が開ける点で、結末文は冒頭文と同じ機序を備えた陳述文だと言うことができる。

　彼ら廻国修行者は、今日的に言えば直観像素質者（注5）であろうか。その目・耳に響く幻覚を相手に、直に挨拶し、宿を頼み、対話し、聴聞する。それは一つの卓越した能力であり、技法である。この種の真性幻覚に対峙する場面を描く夢幻能の叙述が縁語・掛詞を連ねた美文で綴られるのは、目の前の舞台に生きた役者が舞い踊るからである。このため謡曲では場面や動作の微細叙述、すなわち「見える化」は、最小限度に止められることが多い。

六　結び

　当初は杜国追悼文として編集された『笈の小文』に、冒頭文・結末文が追加されて、『笈の小文』の構成・主題が大きく変革されるときに、風羅坊の心性が大きく弾け出る。冒頭文・結末文が一対になり、騒人風羅坊が弾けるように出現して、「風羅坊かく語りき」とでも呼ぶべき、正真の騒人言説が立ち上がるからである。そしてその構成の点から言えば、冒頭文・結末文を現在の位置に配置することは不可欠の要請だと言える。

　新規に追加された冒頭文・結末文による「見える化」に照らすと、一番大きく変化した風羅坊は、明らかに騒人の心性を備えた人物としてやや大仰に仮構されている。この風羅坊の騒人気質を踏まえて、その言動・行実の裏返りを仮構する所に松尾芭蕉の意図がある。したがって、『笈の小文』の本領は、杜国の追悼叙述から風羅坊の言動の裏返りを実現するフィクションに変化したことになる（注6）。

元禄六・七年マーカーが示唆するように、この冒頭文と結末文とがともに第二期編成期に生じた追加部分である。紛れもなく風羅坊の騒人性を顕現するための道具立てであるこの首尾照応は、紀行の冒頭で裏返り、結末で裏返り、そして最後に冒頭・結末の文脈上で劇的に急変する。仮初めにも「造化」に従うことを覚悟して発足した旅、「乾坤無住」天地独歩を願って始められた旅は、平家滅亡という壮大な悪夢に辿り着く。「旅人よ」と呼びかける、夢幻世界の声を尋ねるはずの巡礼が、正真の夢幻世界に飲込まれる寸前に幕切れしている。

松尾芭蕉がここで描こうとする表象は、物語（ノベル）に近い密度とリアリティを備えた新次元の言語レベルにある。このためこの表象は、視線移動や遠近粗細の直視に耐え、観察・分析可能な仮想現実として出現する。恐らくこの「一ノ谷幻想」を含む騒人の心性を文字どおりの真性幻覚として彫託することが、文学者松尾芭蕉の遺志となった最後の仕事ではなかっただろうか。

注1、規則文字は元禄六・七年に限って規則的に使われる文字ではない。基本文字の使用頻度が上がることで、規則文字の使われ方がより限定され、規則性が顕著になるという相関関係がある。その規則文字の使用頻度を探って、執筆時期判別の目安とするものである。

注2、「真性幻覚」『心理学事典』中島 義明、子安 増生、繁桝 算男、箱田 裕司（有斐閣刊、1999/1）参照。

注3、染谷氏は「桜の精」だという。染谷智幸、『笈の小文』と謡曲『西行桜』。それが見える風羅坊の立場から言えば、「真性幻覚」が見え始めることを意味する。

注4、坂本一道「私にとって石膏デッサンが意味したもの」東京芸術大学油絵科教官研究室『アトリエ：石膏デッサン初歩実技全科Ⅱ』456号（1965年11月）84―85頁。

注5、直感像素質者は意外に多い。精確な調査はないが、小学生を対象とした調査では5％以上の比率になる。（『心理学事典』「直感像」中島 義明、子安 増生、繁桝 算男、箱田 裕司（有斐閣刊、1999/1））参照。

注6、最近、旅の道程等の調査が進み、この作品のフィクションが議論されるようになった。ただしフィクションがこの作品の竜骨であり、風羅坊の言動・心性はもとより、芳野三滝、和歌浦句稿の挿入から冒頭文・結末文の追加まで、作品の構成全体が仮想現実の表現に置き換えられたことは指摘されていない。

13節　芭蕉の立ち位置が動いた

一　承前

元禄元年四月二十三日、須磨明石巡礼を終えたばかりの松尾芭蕉が京都の宿舎から伊賀上野の旧友窪田惣七に宛てて書き送った書簡が幸いした。それは須磨明石巡礼の幻想体験を綴る叙述で、類似した体験そのものは、すでに処女紀行文『野ざらし紀行』「伊勢参宮」に始まっている。『野ざらし紀行』「伊勢参宮」にはフラッシュバックの心理現象が登場する。

誰にしても、表現したいことがあるから作家になろうとするに相違ない。十七世紀もその例外ではない。当時の俳諧は「文学」ではなかったが、それでも表現を盛る器ではあった。そしてそこに何を盛りつけるかは、いまだ試行錯誤が許容される器だった。ただし、問題は当時の松尾芭蕉が表現したかったことが他の誰とも異なっていたことである。その異なっていた事がらの名を仮想現実と呼ぶのは、いわゆるバーチャルリアリティーにちなみがあるからではない。本来Virtualは「実質的な」の意味であり、科学用語のそれは、現実世界の実質的で本質的な部分を相手に提示する技術という意味だからである。

二　個性的な叙述目標

同じ『笈の小文』でも、この仮想現実が重い意味を帯びて登場する箇所がある。『笈の小文』で最後に追加された「須磨明石紀行」である。迫真の「幻覚」を見せ場とする「須磨明石紀行」は、異様な眺望が引き起こす風羅坊の「驚愕」そのものを生のまま描き出す（注1）。「女院の御裳に御足もつれ、船やかたにまろび入らせ給ふ御有さま」と、狼狽する女官らの挙動を積み重ねることで、風羅坊は幻覚に魅入られるように古戦場の臨場者と化する。そうなることで幻覚世界を現実化し「驚愕」の眼差しで幻覚世界に茫然自失する風羅坊が描かれる。

『笈の小文』第四章「須磨明石紀行」には特別な事情があった。随行者杜国の死と共に、旅行記録は散逸したが、芭蕉自身が京都の旅宿から、紀行の原型に当たる「惣七宛芭蕉書簡」（元禄元年四月筆）を書き送っていた。第二編成期の芭蕉はその「惣七宛芭蕉書翰」を参照することが出来るのである。

この惣七宛書簡に照らすと、古戦場に夜泊する際に書かれた「須磨明石句稿」が原型となり、その句稿の前・後に、「惣七宛芭蕉書簡」の記録が二分されて配置されたことがわかる。書簡文の前後を前・後に二分して分散配置する意図は、芭蕉自身が白昼に見た一ノ谷眼下の古代幻覚を、その夕方「明石夜泊」で見た「はかなき夢」の中身に置き換えることにある。ただし単に、置き換えることで、鉄拐山で見た古戦場幻覚が、「明石夜泊」の夢想シーンに置き換わる訳ではない（本文は12節）。

■事実の時相
①須磨明石海岸巡行
②鉄拐山登山
③**山頂幻覚**
④明石夜泊
⑤船中で見た夢の発句
⑥目覚めの後の愁嘆

■紀行文の時相
①須磨明石海岸巡行
②鉄拐山登山
④明石夜泊
⑤船中で見た夢の発句
⑥目覚めの後の愁嘆
③**山頂幻覚**

この構成であれば、⑥目覚めの愁嘆の後に、③山頂幻覚がぐいと立ち上がり、風羅坊を押し包んで虜にする光景を描いたと言う必要がある。いわゆる、夢の（したがって山頂幻覚の）フラッシュバックである（注2）。その時「時相」としての戦場が立ち上がり、音も匂いも気配もそのままに、主人公を押し包んで身動き出来なくする状況を現出する。

もし死者杜国に依頼していた旅行記録が有れば、杜国の力を借りて①江戸出発、②東海紀行、③伊賀伊勢紀行、④吉野紀行とその時々の時相を喜怒哀楽の心をもって描写することができる。またその再構成が進めば、現地の歴史・風土に触れ、感化され、古戦場の臨場者に成り代わる事もできなくはない。このとき出現する新しい時相の中では、仮想現実が風羅坊の存在の拠点になる。

■須磨明石紀行

導する子の苦しがりて、とかく云まぎらかすを、さま〴〵にすかして、ふもとの茶店にて物喰すべきなど云て、わりなき躰ニ見えたり。彼ハ十六と云けん里の童子より四斗弟なるべきを、数百丈の先達として羊腸険岨の岩根をはひ上れバ、すべり落ぬべき事あまた度なりけるを、つゝじ根笹に取つき、息をきらし汗を浸して、漸雲門に入にぞ、心もとなき導師の力也けらし。

（中略）

■奥の細道「那須野」

野夫といへどもさすがに情しらぬにハ非ず。いかゞすべきや、されども此野ハ縦横にわかれて、うゐ〳〵敷旅人の道ふみたがえん、あやしう侍れバ、此馬のとゞまる所にて馬を返し給へと、かし侍ぬ。ちいさき者ふたり、馬の跡したひてはしる。獨は小姫にて、名をかさねと云。聞なれぬ名のやさしかりければ、

かさねとハ
八重撫子の名成べし　曾良

「惣七宛芭蕉書簡」では省筆されているこの「鉄拐山」の叙述は、仮想現実の面白さで読み進むことができる。元禄期、数え年十六の里の子と言えば、すでに寺子屋通いを終えて大人に混じって働いている（義経を鵯越に導いた熊王、十八歳（『平家物語』巻九）をモデルとする。注3）。得体の知れない旅僧の誘いに乗ってやすやすと道案内する素朴さからは脱皮している。「頼む」を繰り返して誘ったとしても彼が付いてくる可能性は少ない。だが、もしこの兄を誘わないとしたら、残る弟は小児である。

誘ってみる価値はある。実際、風羅・万菊は彼を誘って断られたものと見える。他方、いまだ従順さが残るその弟、満十一歳は考えあぐねた。最初は嫌がって、鉄拐山の道案内は「苦しい」と応えた。そのもっともな言い分を様々になだめすかして、風羅・万菊は最後には食べ物で釣って、何とか「先達」にしようとする。

食わせてくれるのは餅か饅頭か。厭は厭だが、それでも「頼む」と言われては断りかねる。立派に男気を持ち、食べ物の誘惑に弱いその子は、すぱっと決断しかねて「わりなき躰ニ」見えた。登山の道筋が子供の身には厭になるほど嶮岨だからである。それを知らずにお八つで釣れば大丈夫とばかりに子供を釣りにかかる風羅・万菊にも可笑しさがある。子供は困りながら付いていくが、案の定、険路を越え、岩壁を這い、砂礫に滑りながら、汗にまみれて頂上を目指す道のりが続く。子供の後をへっぴり腰で這い登る風羅坊・万菊は、今さらながら子供の道案内に感謝する。それがこの叙述である。

他方、下段『おくの細道』「那須野」の叙述は、道に迷ってへたり込んだ「予」らを助けてくれた草刈る男が、「あやしう侍れバ、此馬のとゞまる所にて馬を返し給へ」と、馬を貸してくれた事に始まる。「予」らはその言葉通り、人跡希な夏野を馬に任せて通過するが、小さい子供が二人、なぜか「馬の跡したひてはしる。」。何故走るのか、迂闊な二人はまだ気付いていない。だから「したひてはしる」という。

しかしその二人も、「獨は小姫にて、名をかさねと云。」と聞いた時には、えぇ?と、思い当たることが出来る。当然二人は、子供らに向って父・母の名は?と尋ねたことだろう。「かさね」が「熊」や「寅」ではないように、父の名も又「熊吉」や「虎三」ではない。予らは草刈る男に迂闊なもの言いをしすぎたかも知れない。然るべき武士の名を聞いた予らは、子供達がなぜ馬の後を追って走るのかも読み取っただろう。

馬を追う彼らの仕事は最寄りの集落まで馬を追い、帰りに馬を連れて帰ることにある。父親の言いつけに従う二人は、見るからに健気に馬を追って走る。気付きが遅い迂闊な師坊には、機転が利く曾良がついている。曾良は師坊に替わって「かさねとハ」と一句を作ってその健気さを称揚した。この一句を駄賃に添えて馬を二人に返すためである。その子供から馬を受け取り、鞍壺に置いた駄賃と短冊とを見比べる草刈る男は、自分の配慮が通じたことを知り、ささやかな「風流」を受け取ることになる。

両者共に巧みな叙述で、道案内の顛末には人情が動いている。その動作には曲折があり、密度があり、心理の「あや」が透けて見える。事実を踏まえて読み進むことで、自然に時相が立ち上がり、子供らと応答する「風羅坊」らの声の強弱、トーン、緩急までが甦ってくる。海辺を吹く風や茶店の旗竿、夏野の草いきれや砂礫の滑りまで、再現することができる。読者が、この場の臨場者に成り入り、叙述を仮想現実に変えることが出来るからである。それが、後の尋常成らざる世界への導入となるところに、『笈の小文』「須磨明石紀行」の長所がある。

三　直観像叙述

ところが、肩を並べるかに見える『笈の小文』と『おくのほそ道』の叙述にも違いができる。事実や言動を積み重ねた所に出現する「時相」の性質が食い違うのである。

まず『おくの細道』が描いた主人公「予」の「一念一動」を分かりやすく訳出すると、次のようになる。

その十四日の夜、月、ことに晴れてござれば、挨拶に立ち寄ったこの屋の主人に、「明日の夜も晴れてござろうか。」とさり気なく尋ねると、その答えが「並み」ではござらぬ。「越路の習い、明夜の陰晴、計りがたし」。近年とみに怪しげな記憶ながら、さすがに予も「明夜の陰晴計りがたし」には聞き覚えがござる。はてさてと「あるじ」の顔色をうかがう内に、なるほど！応対から酒のつぎ方まで、手抜かりがなく涼しげでござる。

さて、その亭主が酒の頃合を見計らって、予に「気比明神」への夜参を説くではござらぬか。（常ナラバ酔イニマカセテ、枕引キ寄セ、眠リニツクトコロデゴザルガ、ソコガソレ「アルジ」ノ上手、ツイ、ソノ気ニナッテ立チ上ガリ申シタ。）

この「明神」、実は仲哀天皇の御廟でござる。さすがに社頭神さびて、松の木の間にこぼれ入る月光、神前の白砂に反射する光彩は、ほのかに霜を敷くがごとく厳かでござる。なるほど！「あるじ」はこの「光景」を馳走せんとの心積もりでござろう。されば夜参にも時刻ありと驚いて亭主を見れば、さすがでござる。この「あるじ」、おもむろに白砂の上に降り立ち、身ぶりを交え音声（おんじょう）を揃えて、かく語るのでござる。「その昔、遊行二世の上人、大願発起のことありて、自らこの神前の芦を刈り、ぬかるみを乾かし給いてより、参詣、往来の煩い無し。この古例、今に途絶えず、代々の遊行聖は神前に砂を運び、これを「遊行の砂持ち」と称してござる」。

その時の「あるじ」の身ぶりと音声（おんじょう）とは確かに尋常ではござらぬ。酒のせいでござろうか、厳かな月光のゆえでござろうか。はたまた「あるじ」の音声の見事さのためでござろうか。清浄なる白砂の

■『奥の細道』敦賀

十四日の夕暮つるがの津に宿をもとむ。其夜月殊晴たり。「あすの夜もかくあるべきにや」といへば、「越路の習ひ、猶明夜の陰晴はかりがたし」と、あるじに酒すゝめられて、けいの明神に夜参す。仲哀天皇の御廟也。社頭神さびて、松の木の間に月のもり入たる、おまへの白砂霜を敷るがごとし。「往昔、遊行二世の上人、大願発起の事ありて、みづから葦を刈、土石を荷、泥渟をかハかせて、参詣往来の煩なし。古例今にたえず、神前に真砂を荷ひ給ふ。これを遊行の砂持と申侍る」と亭主のかたりける。

月清し遊行のもてる砂の上

庭に、予はまことに遊行二世の「まぼろし」を見たのじゃ！

………おぉ、清められた月の光、

降りそそぐは、遊行聖が運び給う砂の上ぞ！

元禄二年八月十四日夕刻、敦賀に到着した松尾芭蕉は、出雲屋弥一郎方に宿泊する。持病によりすでに先発していた河合曾良が出雲屋に路銀、金一両を預けて予約しておいた宿である。松尾芭蕉と対面し、意気投合した出雲屋弥一郎は、巡礼の疲れを残す芭蕉に軽く酒を勧めて、気比明神への夜参を慫慂する。

すでに昼間の喧騒は消えて深閑と静まる気比明神の社頭に立つと、松籟の音と共に静寂さえ降り立つ気配である。「あるじ」は、おもむろに石畳みの参道から白砂の庭に降り立ち、歩みながら身ぶりを交えて「その昔、遊行二世の上人、大願発起のことありて、自らこの神前の芦を刈り」と朗唱の口調で音声を高める。静かに闇を満たして実有さえ動いている(注4)。

白砂の上に立ち、身ぶりを交えて「遊行の砂持ち」を再現する所作が洗練されると、それは遊行聖の再来を模した妙技かと疑われる。芭蕉(予)の目には遊行聖そのものが出現したかと見える。弥一郎の語りに答えて、次には予が詠唱する。

「月清し遊行のもてる砂の上」

この時、予が詠唱する「遊行のもてる」は比喩ではない。したがって遊行聖と見紛う弥一郎がそこに立っているわけではない。遊行聖は現に眼前におり、砂持ち神事の手順どおりに砂を運んでいるのである。

ここには芭蕉念願の「即興感偶」の叙述が辿り着いた精華がある。対象の容姿や形態を別ものに見紛うことを「錯覚」と言い、対象不在にも拘らず容姿や形態が実在して見えることを「幻覚」と言う。『奥の細道』「気比明神」の叙述は「錯覚」に似て、視線が追いかける対象の容姿や形態は「幻覚」上のそれと紙一重である。その上、気比明神の遊行聖は「ミづから草を刈、土石を荷ひ、泥渟をかはかせて、参詣往来の煩なし。」とあり、連続する動作・音声と共に一瞬、ビジュアルに出現する。その仮想現実世界では、さながら「幻覚」を見るように、距離・動き・方角を変えて進行する語り手の観察が進行する。語り手の予が砂持ち神事の「時相」の臨場者に成り代わるのである。

■淡路しま手に取様に見えて、すま・あかしの海右左にわかる。（中略）尾上つゞき丹波路へかよふ道有。鉢伏のぞき、逆落など、おそろしき名のミ残りて、鐘かけ松より見下（す）に、一ノ谷内裏屋敷目の下にミゆ。其代の乱、其時のさはぎ、さながら心にうかミ、俤につどうて、二位の尼君皇子を抱奉り、女院の御裳に御足もつれ、船屋かたにまろび入せ給ふ御有様、内侍・局・女嬬・曹子のたぐひ、さま〲御調度もてあつかひ、琵琶・琴なんど、しとね・ふとんにくるミて、船中へ投入、供御ハこぼれてうろくづの餌となり、櫛笥ハミだれて、海士のすて草となりつゝ、千歳のかなしミ、此浦にとゞまり、素波の音にさへ愁ふかく侍るぞや。（大礒本）

一方、『笈の小文』では眼下を眺望する風羅坊の視界は、「其代のみだれ、其時のさはぎ、さながら心にうかび、俤につどひて」とあり、幻覚が憑依する次第が明示されている。心に浮かぶ幻覚が種となり、その種子の廻りに記憶の断片が見る間に蝟集する様子を「俤につどひ」と言う。

二位の尼、皇子、女院以下数多の女官たちの阿鼻叫喚の中で、海上にこぼれ落ちる衣類・楽器・器物・糧秣。食い物を漁る魚の群れ、潮に濡れ、朽ち果てる鑑や櫛笥、水底に沈んで溶けくずれる供御までが幻視されている。そこに流れた騒乱・腐蝕・捕食の時間経過がスライド・ショーのように点綴されて、風羅坊の「驚愕」を照らし出す。ここでも狼狽し蹴躓き、逃げ惑う女官達の動きを、さながら対象を追うカメラワークのようにダイナミックに追いかける臨場者風羅坊がいる。それは戦場の「時相」が現実化し、その現実が徐々に臨場者風羅坊に浸潤する過程でもある。元禄文学の醍醐味は、この仮想現実の浸潤を通じて、多様な時相経験を提供することにあるが、その浸潤のためには、仮想現実が臨場的、魅惑的、持続的でなければならない。

「其代のありさま心に移り」（惣七宛芭蕉書簡）とあるごとくその代の有様は憑依して風羅坊の心を占拠する。その時、彼はその代の人となり、その日の目撃者となることで異彩を放つ。その光源に立ち位置を定めれば、平凡な旅程も尋常成らざる一日に変わるのである。

前者「遊行の砂持ち」が、実像が虚像に替わる一瞬の「仮想現実」を表象するのに対して、後者は一連のフラッシュバックによって、新しい次元や時相をまるごとダイナミックに出現させ、風羅坊の幻視を誘っている。前者が旅籠での出逢い、神域の荘厳、亭主の所作を積み重ねて一瞬、異次元を垣間見せるのに対して、後者は登山の行程、頂上からの眺望、戦場旧跡の実況を積み重ねた後に、やおら騒乱する異次元世界の阿鼻叫喚をまるごと出現させている。後者の「古戦場幻覚」には密度があり、量感、実在感がある。そのせいで魅惑的な物語が動態として進行する。沸き上がるものが仮想現実世界そのものであるせいで、時相の広がり、迫力、臨場感、躍動感に圧倒的な違いができるのである。後者の仮想現実は、自立的なフィクションとしてのの俳文・紀行文を可能にするだろう。

四　新種の紀行文

どうやら松尾芭蕉は明らかに『笈の小文』を書きつつ自分の立ち位置を移している。それはすでに元禄五年の『おくのほそ道』の叙述に始まる大きな立ち位置の変更である。それは芭蕉の内面に住まいする風羅坊の歓喜・驚愕を描くという文筆家芭蕉の宿願でもあるが、内面の歓喜・驚愕の眼差しをもって仮想現実を描くときに生ず異次元世界の時相に向かって読者を解き放つ立ち位置に立つことでもある。

芭蕉の紀行文は、処女作『野ざらし紀行』『鹿島詣』『更科紀行』以下、いずれも直に帰庵して旅装を解くか、門人知人に迎え取られて寛ぐところで幕を閉じる。確かに彼は旅人たる自分が路傍の屍となる事を覚悟することがあるが、その場合でも、彼が安らぎの場所にたどり着くことに変わりはなかった。そこは仮そめにしろ、自己の存在が価値や意味を持ち、己の言葉が寛容や友情を喚起する現実世界である。そこに回帰することで物語の進展自体、しっかりと腑に落ちるものになっている。

ところが元禄六年七月以降に書かれた『笈の小文』の風羅坊はその安らぎの場所にたどり着かない。彼は古戦場幻想の中に取り残され、

明石夜泊

蛸壺やはかなき夢を夏の月

と詠唱する。目の前には明石名物の「蛸」を獲る蛸壺が見える。「夏の月」が海上を照らしている。主上の受難、皇后の悲鳴、女官の狼狽を再現した平家凋落の「儚き夢」が重くのしかかる。これは、時は過ぎ行き、人は思い出に取り残される、と歌われるほど甘美な哀傷ではない。この古戦場幻想は「はかなき夢」に相違ないが、あぶくのような古戦場幻想とは言いかねる。リアルでダイナミックな仮想現実世界が生々しく出現するからである。風羅坊はさながらムンクの「叫び」の形相で、その現実に驚愕する。

その仮想現実（注5）が消えたとき「蛸壷」と「夏の月」とに呆然と向かい合う生身の風羅坊が居る。荒縄、蛸壷、夏の月と、虚ろな視界の中から形をなす物が見えてくる。小さな波頭が船端を叩いている。その音を聞きながら、風羅坊の目には己の夢の狂乱が揺曳する。悲惨な夢にさいなまれ、否応なく目覚めた己は、何者か。自分は確かに流浪する廻国修行者であるか。そして、船上でのたうつ奇妙な生物は蛸であるか。

この一句「蛸壷やはかなき夢を夏の月」の生命は、再生された直感像にある。この直感像から汲み取られた読みが、作品を支配するのである。この時の臨場感は、風羅坊が言う「わすれぬ所〴〵跡や先やと書集」める行為の中でもその極みに位置する。同行二人、乾坤無住の志で始まったこの巡礼が、蛸壷の蛸の、仮り初めの夢、それを鷲づかみにされた時の狼狽のかた

ちで表象されるからである。

ここは、自己の存在が価値や意味を持たず、己の経験自体が不審や懐疑を喚起する古代の流浪地である。それは人間における荒野、落命と背中合せの未開地である。旅人は命を風に晒して生きる他はない。丁度、今見る明石の蛸のように、未開地でのたうつことが「旅」であるか。

その場所で書きさしにされた一編の記録は、河合乙州の手でしずしずと開示され、門人の閲覧を願って丁重に開版される。いわば「秀句の聖」の遺品としての「海辺からの便り」となる。届けられた文言は謎に満ちているが、これは単なる想像の産物ではない。乙州本『笈の小文』の序文は厳かな調子で、風羅坊を「此道の達人」と見なし、門人こぞって「翁」と呼ぶ。この作品が「翁」の遺文であるゆえに自分はこれが手許に埋もれることを畏れ、廣く門人らの前に開示することにしたと書いている。

五　まとめ

元禄二年八月十四日夕刻、敦賀において松尾芭蕉を接待した出雲屋弥一郎が馳走と考えたものは、「遊行の砂持ち」である。気比明神の神事でもあるこの「遊行の砂持ち」を、弥一郎は見るに最適の時と場所とを心得て、このひとときでなければ見えない一瞬の幻影を馳走した。そうすることで初めて、心を桟とし、主人と客人との情意が通い合う「風流」を実現することができる。ここに立ち会う「予」は、白砂の庭に遊行聖の幻影を見ることで、あるじの「風流」を受け止め、感激をもって応えている。

現実世界の実質的で本質的な部分を相手に提示する技術であるバーチャルリアリティーを文学風に言い換えれば「幻覚リアリズム」（莫言）とも言う。『奥の細道』では、その「幻覚リアリズム」がクライマックスに配置された、瞬時の幻影の形で出現する。ここに一瞬の幻影を配置することの意味は、恐らく幻影をこの世界の実質的で本質的な部分と考え、それを言葉の力で出現させることにある。敦賀の出雲屋弥一郎らが、この『奥の細道』を読めば、おそらく膝を打って喜んだだろう（注6）。彼らの善・美の結晶であった「馳走」がものの見事に掬い取られて、そこに幻影が異彩を放つからである。

一方、その後に書かれる『笈の小文』「須磨明石紀行」では、この仮想現実がより重い意味を帯びて登場する。迫真の「幻覚」を見せ場とする「須磨明石紀行」は、異様な幻覚が引き起こす風羅坊の「驚愕」を生のままで描き出す。ここに登場する幻覚は、風羅坊らの身体に浸潤し、彼らを仮想現実の世界に解き放つ力を持つ。このため風羅坊は「女院の御裳に御足もつれ、船やかたにまろび入らせ給ふ御有さま」以下、狼狽する女官らの幻影を遠近、大小、方向を変えて目撃する人となる。風羅坊は幻覚に魅入られるように古戦場の臨場者と化し、「驚愕」の眼差しで女人らの絶叫を聞くことになる。

浅い眠りを覚まされ、はかない夢を破られた蛸壷の蛸が形を表すにつれて、人は何を思うか。その光景が「翁」の遺文であるゆえに自分はこれが手許に埋もれることを畏れ、廣く門人らの前に開示する（「笈之小文序」）。この河合乙州の言葉を聞くその場の弟子達は、多分「よおぉ！」と呻いて互いに顔を見合わせただろう。読者の側に『笈の小文』を受け取る準備が出来上っていないからである。

注1、天領である大阪雑魚場では漁船の入出には最寄りの船問屋から市場の月行事に差し紙が廻され、入・出港が点検管理されていた。このため顧客問屋に所属しない「旅人漁師」は好んで隣接する尼崎に入港していた。

注2、遠近・方角を移動しながら観察出来る幻覚を真性幻覚という。「真性幻覚」については、「幻覚」（『心理学事典』中島 義明、子安 増生、繁桝 算男、箱田 裕司 有斐閣刊、1999/1）参照。

注3、井上敏幸氏は、この年齢差によって「現実の案内者の頼りなさを描いた」という。「刊本『笈の小文』の諸問題（中）―『須磨紀行』をめぐって・続」。

注4、「実有」の時、「実有」は宗教用語。この世のものはすべて因縁によって生じたものなのに、それ自体に本質的な実体性があると思い込むこと。反対語「仮有」。『三省堂 大辞林』

注5、バーチャルリアリティの訳語。ここでは、現実の世界を何らかの方法で取得し、これをオフラインで記録したもの。とくにユーザが遠隔地にいる場合、空間共有を可能とする。そこではテレイグジスタンス（en:Teleexistence）、テレプレゼンス（en:Telepresence）、テレイマージョン（en:Teleimmersion）とが準備される必要がある。

注6、白石悌三氏にすでに指摘がある（講談社文庫『おくのほそ道』「解説」）。

〈第三章　遺言執行人は肝心な表現を切り捨てた〉

14節　各務支考の模写と偽筆

一　承前

松尾芭蕉が元禄七年まで精魂を傾けた俳文「笠はり」の最終版は、芭蕉の遺言執行人各務支考の手で出版された。これを愛好する俳人は多く、諸本・名称ともにさまざまである。その中にあって「伝芭蕉筆「渋笠銘」」は、各務支考編『和漢文操』所収「渋笠ノ銘」に酷似している。この両者の極端な類似は、普通、両者が同じく芭蕉自筆の原「渋笠ノ銘」を臨模した場合、または、どちらかが他方を臨模した場合に出現する。

では、実際、この「渋笠ノ銘」で起きたことはどちらだったのか。又、伝芭蕉筆「渋笠銘」はいかなる事情で執筆されたものか。その成立事情を考察し、松尾芭蕉の遺言執行人各務支考における「書写」の一端を明らかにしてみたいと思う。

二　名称と諸本

元禄七（1694）年夏に書かれた松尾芭蕉作「渋笠ノ銘」の写本は多岐にわたるが、まず焦点となる『和漢文操』所収「渋笠ノ銘」と伝芭蕉筆「渋笠銘」とを表示するのは、考察の焦点となる資料を的確に示すためである。

『諸本対照芭蕉俳文句文集』（弥吉菅一、赤羽学他編、261頁）に示された系統図によるとこの作品には「笠やどり」「笠はり」「笠の

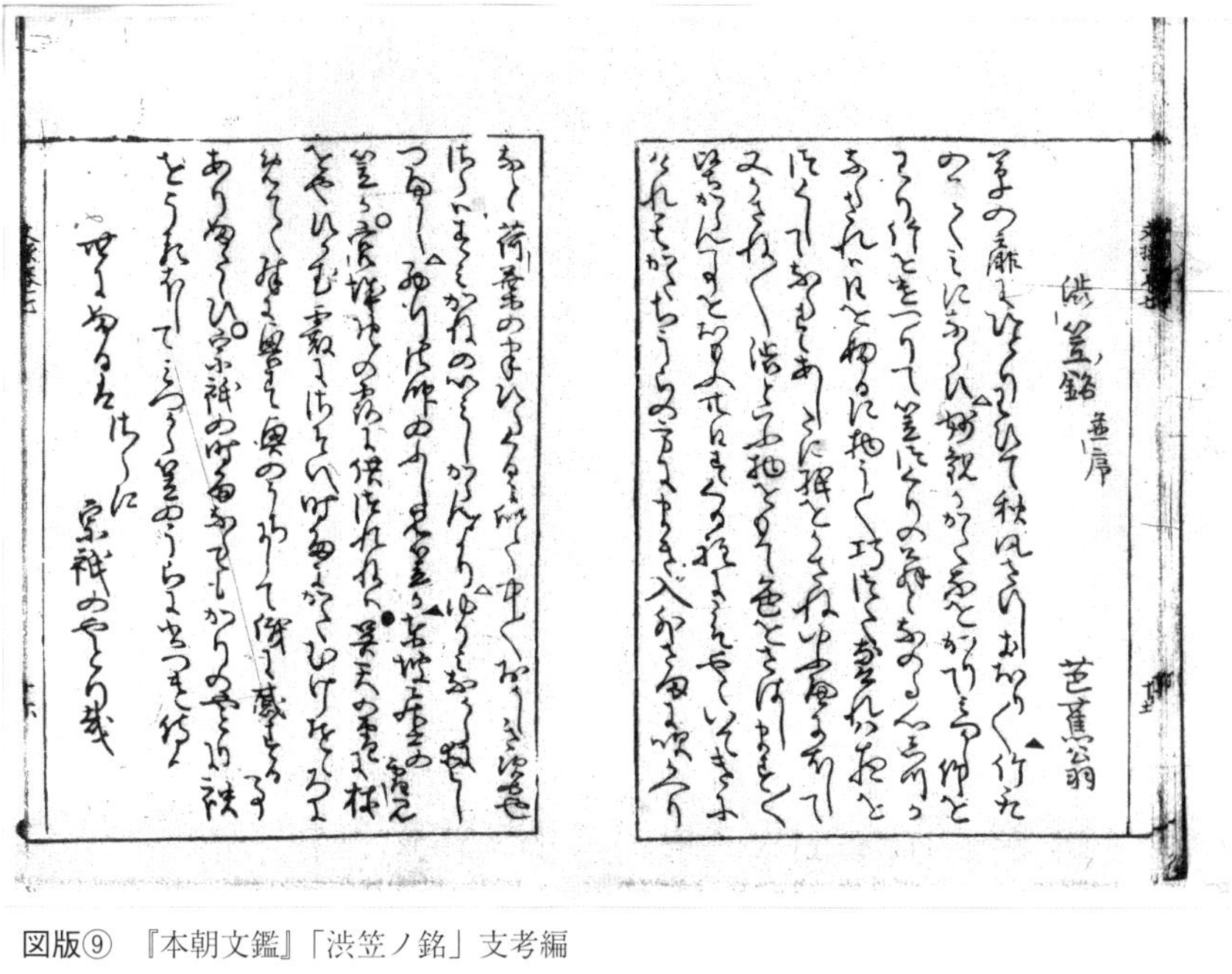

図版⑨　『本朝文鑑』「渋笠ノ銘」支考編

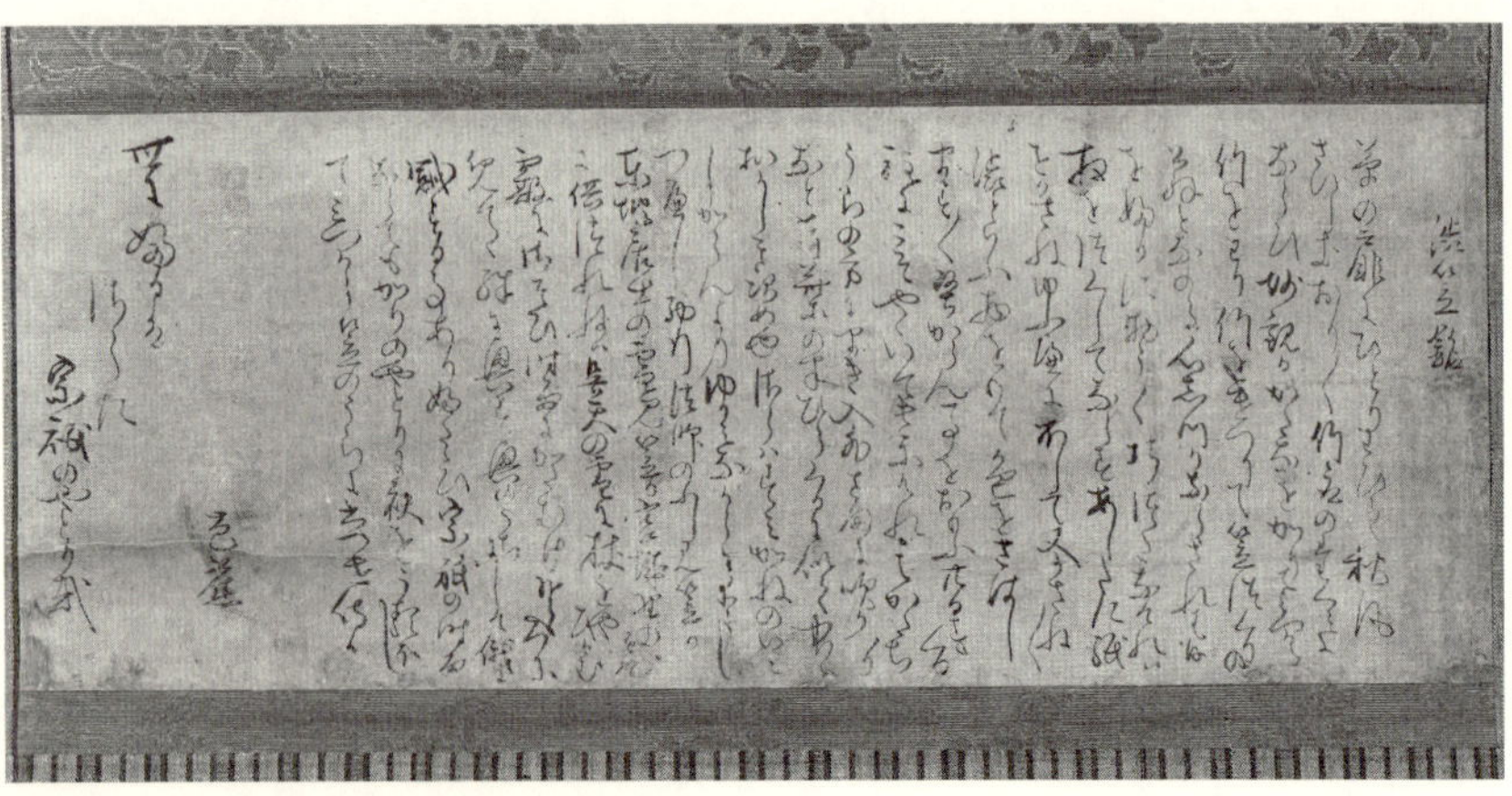

図版⑩　伝芭蕉筆「渋笠ノ銘」

第四稿a　伝芭蕉筆「渋笠銘」翻字

草の扉にひとりわびて、秋風」さびしきおりく、竹取の
たくミに」ならひ、妙観がかたなをかりて、ミづから」
竹をわり、竹をけづりて、笠つくりの」翁となのる。
心しづかならざれば日」をふるに物うく、巧つたなければ」
夜をつくしてならず。あしたに紙」をかさね、ゆふべに
ほして又かさね〳〵」渋といふ物をもて色をさはし」、
ます〳〵堅からん事をおもふ。廿日すぐる」
程にこそや、いできにけれ。其かたち」うらの方にまき
入、外さまに吹かへり」など荷葉の半ひらくるに似て
中〳〵」おかしき姿也。さらバすミかねのいミ」
しからんより、ゆかミなからに愛し」つへし。
西行法師のふし見笠か」、東坡居士の雪見笠か。宮城野の
露」に供つれねハ、呉天の雪に杖をやひかむ」
霰にさそひ時雨にかたむけそそろに」めでて殊に興ず
興のうちにして俄に」感する事あり。ふたゝび宗祇の時雨」
ならでもかりのやとりに袂をうるほし」てミづから
笠のうらに書つけ侍る。

芭蕉

世にふるは
さらに
宗祇のやどり哉

※」は改行記号。

記」「笠張の記」「笠張の説」「渋笠の銘」と様々な名称がある。したがって名称だけでどのテキストかをただちに識別することは困難である。ちなみに芭蕉生前の名称だけに的を絞ると、「笠やどり」（岡田知浩氏蔵、芭蕉真筆、注1）、「笠の記」（小泉家蔵真筆）、「笠はり」（河西家蔵懐紙、注2）、「渋笠ノ銘」（元禄七年成『和漢文操』所収）の四種類に限定される。

次に各テクストの序列は、「笠やどり」（岡田氏蔵）が草稿、「笠の記」（小泉家蔵真蹟）が第一稿であり、『思亭』（岱阿等編、宝暦六年序）所収「笠はり」は第二稿、そして「笠はり」（河西家蔵懐紙）が第三稿aとされる。ちなみに第三稿に酷似した河西周徳編『ゆきまるけ』（元文二年成）所収「笠はり」はこの第三稿の写し（第三稿b）である（注3）。

『思亭』所収「笠はり」が再稿とされる理由は、この「笠はり」が第一稿と第三稿との中間に位置することによる。一方、『諸本対照芭蕉俳文句文集』、『定本芭蕉大成』（尾形仂他編）、『日本古典文学大系　芭蕉文集』（杉浦正一郎他編）、『日本古典文学全集　松尾芭蕉集②』（井本農一他編）以下には、この度紹介する「渋笠銘」（第四稿a）は記載されていない。またこれに酷似する『和漢文藻』所収「渋笠ノ銘」（第四稿b）は一様に、各務支考による加筆の可能性有りとして、保留付きで紹介されている。

三　「笠はり」の系統序列

まず、岡田氏蔵「笠やどり」（芭蕉真蹟懐紙）が草稿、小泉家蔵「笠の記」（芭蕉真蹟）が第一稿である点は、本文の語句を改めて対照して見ても違和感はない。草稿らしい初発の語句が並んでいる。次に、第二稿は『思亭』所収「笠はり」、そして第三稿「笠はり」（河西家蔵懐紙、注4）とされることには、多少の補足説明が必要かと思われる。まず『諸本対照芭蕉俳文句文集』（以下『俳文句文集』と略する。261頁）に示されたこの系統序列の整理を先とし、次にその結果を踏まえて各務支考編『和漢文操』巻七「渋笠ノ銘」を検討したい。

『俳文句文集』（259頁）は『思亭』所収「笠はり」について、次のように言う。これは「『ゆきまるげ』『雪団打』所収のものに近いが、部分的に第一稿に一致する文面が見られ、結局、再稿によるものと考えられる」。一方、第三稿とされる河西家懐紙に由来する二本（同家蔵懐紙、『ゆきまるげ』所収「笠はり」、『雪団打』所収「笠はり」）は、「『思亭』所収のものを更に直しており定稿か」と判断されている（注5）。

そこでこの第一稿・第二稿・第三稿の「笠はり」を比較すると、三者は共通した文形を踏襲して書かれている。まず、三者共に、前書きと発句とが一対となる「俳文」書式である。次に三者は共に、侘住まいする自称「笠作の翁」が懶い気分で作り始めた笠が出来上がる光景を描いた「序」、出来上がった笠の姿を賞味し、浮かれた気分で旅立ちの喜びを語る「破」、その喜びの中から不意にあふれ出る旅宿の情趣を綴る「急」という三部で構成されている。実際の叙述は次のように綴られている。

第一稿　小泉家蔵真蹟「笠の記」

秋の風さびしき折〳〵妙観が刀」をかり、竹とりのたくみを得
て、」たけをさき、たけをたはめて、」みづからかさ作りの翁と
名いふ。」たくみつたなけれハ、日をつくして」ならず。こころ
静ならざれば、」日をふるにものうし。朝に」かみをしたゝめ
て、かはくをまちて」夕にかさぬ。しぶをもてそゝきて」いろ
をそめ、うるしをほとこして、」かたからむ事をようす。**はつ
か」過る程にこそ**、やゝいできにけれ。」かさのはのなゝめに、
荷葉なかば」ひらけたるに、たるもおかし」きすがたなりけ
り。なか〳〵に」きくのいみじきより、猶愛す」べし。かのさ
いぎやうの」わびがさか、坡翁雲天のかさか。」呉天の雪につえ
をやひかん。」みやぎの、露にやぬれむと、」あられにいそぎ、
しぐれに」まちて、そゞろにめで、ことに興ず。」**興のうちにし
て**にはかに」感ずるものあり。ふたゝび宗祇」のしぐれにたも
とをうる」ほしてみづからかさの」うらにかきつけ侍りけらし。

よにふるも更にそうぎのやどり哉

桃青印

※」は改行記号。ゴチックは序・破・急の境。以下同。

第二稿

『思亭』（岱阿等編、宝暦六年序）「笠はり」

草の扉にひとりわびて、秋風のさびしきおり(を)」
〳〵、妙観が刀をかり、竹取の巧を得て竹をさき」
竹を狂て、自笠作の翁と名乗る。巧ミ拙けれバ」
日をつくしてならず。心安からざれバ、日をふる」
にものうし。朝に紙をもて張り、夕にほして又』
はる。渋といふ物にて色を染(え)、いさゝかうるしをほ」
どこして、堅からむ事をようす。**廿日過る程に」
こそ**やゝいできにけれ。笠の端の斜に裏に巻」
入、外に吹返してひとへに荷葉の半開るに似」
たり。規矩の正しきより中〳〵におか(を)しき」
姿也。彼西行の侘笠か、坡翁雲天の笠か。いでや」
宮城の、露見にゆかん。呉天の雪に杖をひかん。あ」
られに急ぎ、時雨を待て、そゞろにめでゝ殊に」
興す。**興中にして**俄に感る事有。ふたゝび宗祇」
のしぐれに袂をうるほし、ミづから笠のうらに」
書付侍りけらし。

よにふるも更に宗祇のやどり哉　ばせを』

※本文は総ルビ。芭蕉の原文にはなかったはずなので省筆した。

※　」は改行記号。』は改ページ記号。

第三稿a「笠はり」河西隆三氏蔵　鶴見国文10号

草の扉に独わびて」秋風さびしきおり」〳〵妙観が刀を借、」竹取の巧を得て、」竹をさき、たけを枉て、」自笠作の翁と名乗る。」巧ミ拙けれは、日を尽して」不成。心安からざれば」日をふるに懶し。朝に帋を」もて張、夕にほしてまた」はる。渋と云物にて色を」染、いさゝかうるしをほど」こして堅からん事を」ようす。**廿日過る程にこそ**」やゝいできにけれ。笠の」端の斜に巻入」外に吹返して、ひとへに」荷葉の半開るに」似たり。規矩の正しき」より、中〳〵におかしき」姿也。彼西行の侘笠か」、坡翁雲天の笠か。いでや」宮城野ゝ露見にゆかん。」呉天の雪に杖を拕ん。」霰に急ぎ時雨を待て」、そゞろにめでゝ殊に」興ず。**興中俄に感る**」**叓あり**。ふたゝ宗祇の」時雨にぬれて、**自ラ筆を」とりて笠のうらに書付**」侍りけらし。

よにふるも
更に宗祇の
やどり哉
桃青書

※」は改行記号。ゴチックは序・破・急の境。以下同。

第三稿b『ゆきまるけ』（周徳編）「笠はり」

草の扉に独わひて」秋風のさひしきおり」〳〵、妙観か刀を借、」竹取の巧を得て」竹をさき竹を枉て、」自笠作の翁と名乗る」。巧拙けれは日を尽して』不成。心安からされは日を」ふるに懶し。朝に帋を」もて張、夕にほしてまた」はる。渋と云物にて色を」染いさゝかうるしをほと」こして、堅からん事を」ようす。**廿日過る程にこそ**」やゝいてきにけれ。笠の」端の斜に裏に巻入、」外に吹返して、ひとへに』荷葉の半開るに」似たり。規矩の正しき」より中〳〵おかしき」姿也。彼西行の侘笠か、」坡翁雲天の笠か。いてや」宮城野ゝ露見にゆかん。」呉天の雪に杖を拕ん。」霰に急き、時雨を待て」そゝろにめてゝ殊に」興す。**興中俄に感る**』**叓あり**。ふたゝひ宗祇の」時雨にぬれて、自ラ筆を」とりて笠のうちに書付」侍りけらし。

よにふるも」更に宗祇の」やとり哉
桃青書

※」は改行記号。』は改ページ記号。

第二稿である『思亭（おもいのちん）』所収「笠はり」の語句は、第三稿a河西家蔵懐紙、その写しである第三稿b『ゆきまるげ』の語句と一致するものが多い。

次に、第三稿a河西家蔵懐紙、その写しである『ゆきまるげ』所収「笠はり」の語句を仮名・漢字の配置、送り仮名まで含めて点検しても、この『思亭』判「笠はり」は左表の通り、第一稿・第三稿の中間にある。左表の5・9・10に示すように『思亭（おもいのちん）』所収「笠はり」は確かに第一稿、第三稿aの中間に位置する。

仮に第二稿・第三稿aの違いを一言で言えば、目立っているのは漢字・仮名の相違である。（以下に十六箇所の主要異同箇所を校合して表示する。）

第一稿「笠はり」	『思亭』「笠はり」	『ゆきまるけ』「笠はり」
1、かり	かり	借
2、つくして	つくして	尽くして
3、ならず	ならず	不成
4、ものうし	ものうし	懶し
5、したゝめ	張り	張
6、○	又	また
7、ひかん	ひかん	挖ん
8、あられ	あられ	霰
9、興のうちにして	興中にして	興中
10、ものあり	事有	事あり
11、しぐれに	しぐれに	時雨に
12、たもとを	袂を	○
13、うるほし	うるほし	ぬれて
14、みづから	ミづから	自ラ
15、かさの	笠の	笠の
16、うらに	うらに	うちに

1、2、3、4、5、8、11、14、15は漢字・仮名の相違で、これを見ると漢字を適切に宛てた本文を作成する事が第三稿（河西家蔵懐紙）・『ゆきまるけ』「笠はり」執筆の焦点であることが分かる。推敲努力を終えて一旦自家用として保蔵された第二稿を、例えば公表用に書き直して仕上げるような、表現面の整頓である。したがって、語句の置き換えを重視する推敲上は、マイナー・チェンジを意図した「整理」に相当する。

中には9〜16のようにやや複雑な変更もあるが、これは次の通り一連の叙述自体の変更である。

1、第一稿　小泉家蔵真蹟

興のうちにしてにはかに感ずるものあり。①ふたゝび宗祇のしぐれにたもとをうるほしてみづからかさのうらにかきつけ侍りけらし。

2、第二稿　『思亭』「笠はり」

興中にして俄に感る事有。①ふたゝび宗祇のしぐれに袂をうるほし、ミづから笠のうらに書付侍りけらし。

3、第三稿　『ゆきまるげ』「笠はり」

興中俄に感る事あり。①ふたゝひ宗祇の時雨にぬれて、自ラ筆をとりて笠のうちに書付侍りけらし。

このフレーズの相違は、「ふたゝび……たもとをうるほして」と「ふたゝひ……時雨にぬれて、」との差異だと言うことが出来る。

「たもとをうるほして」は「（涙が）たもとをうるほして、注6」の意で、表現の焦点は「うるほす」ことにある。一方、「ふた〻ひ……時雨にぬれて、」の焦点は時雨に濡れることにある。時雨に濡れた末に、涙が袂を潤す感情に焦点を当てた表現から、時雨に濡れること自体を重視する表現に変わったのである。それは「笠はり」一篇が「ふた〻ひ宗祇の時雨にぬれ」る経験こそ欠くことの出来ない要素とする作品に変わることでもある。

次に、この変更のプロセスに焦点を絞ると、第一稿の後に第二稿（『思亭』判「笠はり」）が書かれ、次いで第三稿（『ゆきまるけ』所収「笠はり」）が書かれている。しかしこれを根拠に『ゆきまるけ』所収「笠はり」は『思亭』の「笠はり」を下敷きにし、更に修正していると見る事には慎重を要する。

先に見た一六箇所の異同箇所のように、『ゆきまるけ』所収「笠はり」の執筆意図は、例えば公表用本文を意図した漢字・仮名表記の整頓であって、その作業中に一箇所、フレーズ全体の修正が行われたものと判断される。そのとき「たもとをうるほ」すから「時雨にぬれて」に表現の重心が移ったのである。

「ふた〻ひ宗祇の時雨にぬれ」るとなれば、すでに一度は「宗祇の時雨」に濡れた経験があるということでもあろう。普通に言えば、現に今、庵室にいて笠を傾け、被ってみる時に興趣が昂じて、思わず涙ぐみ、その涙が袖を濡らすことはあるだろう。しかし、興趣が昂じて、思わず時雨に濡れることはあるだろうか。それはないと考えて良い。しかしもし、時雨に濡れる時の冷や冷やした感覚と共に時雨に濡れる仮想現実が目の前に出現するとしたらどうだろうか（注7）。

この余りに端的な感覚表現は、芭蕉の特殊な気質を知る者以外には唐突な表現となる。もちろん、唐突さ、不可解さというマイナス要素ばかりが際立つ表現ではない。芭蕉に入門し、句会の開催を通じて幅広く社交生活を営む裕福な武家や町人であれば、顕著に芭蕉的な感性を刻印したこの俳文はこのまま捨てがたい逸品となる。例えば、この真蹟「笠はり」を忠実に書写して『ゆきまるけ』を編集した河西周徳（河合曽良の姪に当たる。注8）の実家である「銭屋（河西家、注9）」の様な商家なら、これは打って付けの家宝と言える。

先に文字遣いを分析して指摘したように、「笠はり」は、元禄六・七年の染筆と推定される文字遣いで書かれている。そしてこの「笠はり」の受領者と目される河合曾良は『芭蕉年譜大成』（今栄蔵著）によれば、元禄四年十月二十九日、上方から江戸に帰着して、日本橋橘町の借家に落ち着いた松尾芭蕉と急速に親密さを回復する。元禄五年五月中旬に竣工した新芭蕉庵の造作を指図し、移転を機に芭蕉の俳諧指南を受けるのも曾良である。元禄五年二月二十日付、近藤左吉宛芭蕉書簡の末尾に、「さてさて御懐かしくのみ、折々宗五（※曽良）と御申し出し候」と書くのは、芭蕉をしたって江戸迄やって来た左吉の心底を察してのことである。またこの時期の句会参加を手掛かりに捜すと、芭蕉と曽良とは、元禄六年四月「風流のまこと」歌仙、元禄六年八月「いざよひは」歌仙、元禄六年九月「十三夜」歌仙、元禄六年冬「松の雪」歌仙、元禄六年冬「雪や散る」半歌仙、元禄七年春「傘（からかさ）に」歌仙と、特に元禄六年後半に入って頻繁に一座する事が分かる（注10）。

四　編集者支考

赤羽学氏が言うように、（赤羽学著『雪まるけ』（昭和五〇年四月、福武書店刊）64頁）第四稿「渋笠ノ銘」が、第三稿河西家蔵懐紙や同文の写し（『ゆきまるけ』所収「笠はり」）の影響を受けずに書かれた、とは考えがたい。事実「渋笠ノ銘」がこれら第三稿のみから影響された箇所は、「巧」「中〳〵」「宮城野の露」「霰」「事あり」「時雨」の六カ所ある。ただし先に検討した「笠はり」末尾の「宗祇の時雨」は、第四稿では「ふたゝひ宗祇の時雨ならても、かりのやとりに袂をうるほして」と改められている。ここでは、「渋笠ノ銘」は都合六箇所で「笠はり」第三稿の影響を受けたが、なぜか、末尾の「ふたゝひ宗祇の時雨ならても、かりのやとりに袂をうるほして」だけはその影響を排除して書かれていると言い直す必要がある。

筆者が先に文字遣いを指標として検証したように（4節表1）、この「笠はり」第三稿は、恐らく元禄六・七年、松尾芭蕉から河合曽良に遺贈された俳文である。「渋笠ノ銘」の都合五箇所で、第三稿由来の表現が確認されるのは、第三稿の遺贈と前後して、「笠はり」第三稿の加筆部が自家の保蔵用の懐紙に簡略な書き入れとして残されるからだろう。桃隣、曾良、利牛、野坡、洒堂・支考と、筆力が衰えた最晩年の芭蕉が迅速に執筆活動を継続する手助けをした人物は多い。新芭蕉庵にはすでに自家の保蔵用に第二稿の「笠はり」が準備されていたので、第三稿の制作は容易に進むのである。

次に「渋笠ノ銘」にあっては、「笠はり」末尾の「宗祇の時雨」が、「ふたゝひ宗祇の時雨ならても、かりのやとりに袂をうるほして」と解説的に書き直されるには理由が必要である。各務支考編『和漢文操』巻七「渋笠ノ銘」の末尾には、次のような「評ニ云」が附属する。

> 此銘は諸集に出て、こゝかしこのたがひめあり。さるは元禄甲戌の夏、伊賀の西麓庵にいまして、文稿一二篇の再校ありしが、此銘もその一篇也。されば遺稿の夜話にいへる、今や故翁の遺文とて、傍聞の麁抹は論にたらず（以下略）。

ここで支考が言う事を要約すると、「この「渋笠ノ銘」は、芭蕉生前から諸方に授受されたせいで異文が多い。芭蕉の没年にあたる元禄七年夏、伊賀上野の西麓菴に滞在した松尾芭蕉は、十二篇の文章を手直ししたが、ここに支考が取り上げた「渋笠ノ銘」はその時の修正版である。それゆえに、遺稿の夜話にも、仮に故翁の遺文と言う時にも、粗略な聞き書きは取るに足りない。」というのである。

ちなみにこの「評ニ曰」にいう「難波ノ遺状」は、松尾芭蕉の遺言状（その1）に「杉風方へ前々よりの発句・文章の覚書、可レ有レ之候。支考校レ之、文章可レ被ニ引直一候。何も草稿にて御座候。」と書かれた遺言をさす。芭蕉遺作の「引き直し」を許されていた彼はいわば、遺言執行人の位置に立って、芭蕉草稿の語句を修正できたのである。元禄七年夏、芭蕉に侍従し、薪水の労を執ったと主張する各務支考は、先の「通夜物語ノ表渡部狂」（渡部狂＝各務支考、注11）でも「幻住庵の山居には薪水の労を人にゆずらず。芭蕉庵の撰集には、筆墨の相手にえらばれ、談言はまして終日にたがはず。」と言う。松尾芭蕉の最晩年の選別眼を知る意味で、「支考可レ被レ為ニ点検一」と指定されるにふさわしい経験を備えているとの主張である（注12）。

五　渋笠ノ銘

向井去来編『猿蓑』所収「幻住庵記」の執筆過程で、編集者去来の選別眼が見過ごしに出来ないファクターである事はすでに周知の事実である。それと同じ役割を支考が果たしたとしても不思議はない。そこに多少の語句の修正があったとしても、著者の承認が得られるなら、それは著者芭蕉の表現となるだろう。先に引用した「さるは元禄甲戌の夏、伊賀の西麓庵にいまして、文稿一二篇の再校ありしが、此銘もその一篇也。」（「渋笠ノ銘」「評ニ曰」）と支考が言うとき、それは「渋笠ノ銘」が芭蕉の承認を得た芭蕉の表現だという事を意味する。読者から見て、もしこの芭蕉の作品に余計な冗長や間抜けた自己顕示慾が見えるとしたら、これは芭蕉にしても大きな迷惑になる。そこで、その心構えをした上で、次の三フレーズを切り取った図版を見て頂きたい。

1、かたなをかりてミつから
2、うらの方にまき入
3、かりのやとりに袂

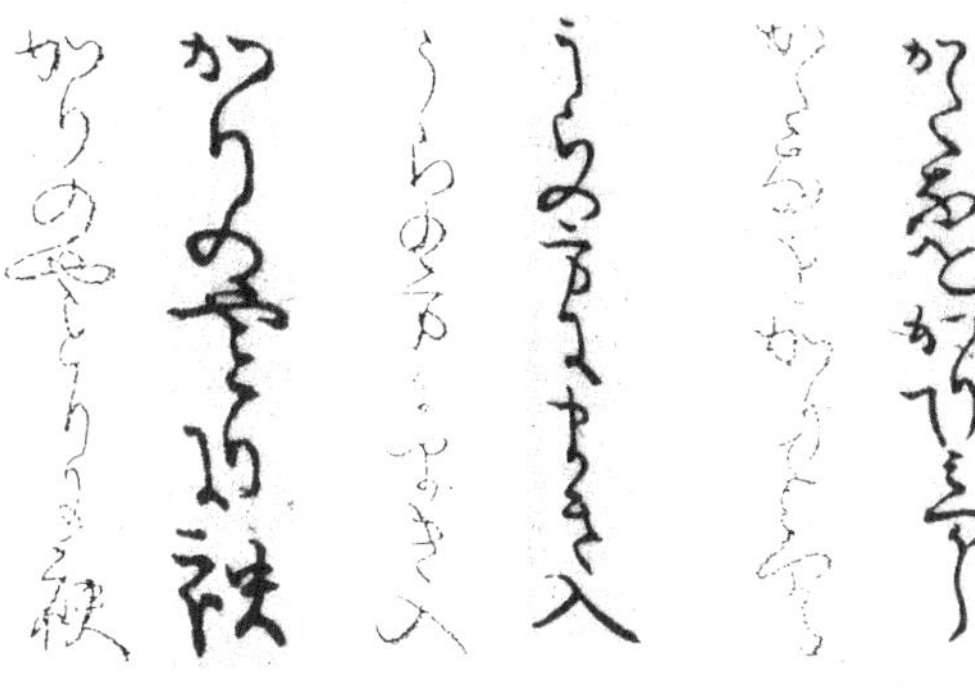

図版⑪　1、2、3『和漢文操』「渋笠ノ銘」部分　支考編・伝芭蕉筆「渋笠ノ銘」部分

（右『和漢文操』「渋笠ノ銘」→左「伝芭蕉筆「渋笠銘」）

右『和漢文操』「渋笠ノ銘」、左「伝芭蕉筆「渋笠銘」」の漢字・仮名の配置がすべて一致する事は前項に述べた。しかもその仮名文字遣いは、元禄六・七年の松尾芭蕉の仮名文字遣いの特徴を留めている（注13）。上の通り実際に同一箇所の影印を見比べ、字配りや筆運びを点検しても、この両者が写し・写される関係で繋がる事は動かない。可能性を言えば両者が同じく芭蕉筆「渋笠ノ銘」を臨書したか、もしくは、伝芭蕉省筆「渋笠ノ銘」を『和漢文操』所収「渋笠ノ銘」が臨模したかである。伝芭蕉筆「渋笠銘」が『和漢文操』所収「渋笠ノ銘」を臨模した場合もあり得るが、その場合は、『和漢文操』所収「渋笠ノ銘」が模写、伝芭蕉筆「渋笠銘」が芭蕉の名をかたる模造品となる。

ところで、先に述べた元禄六・七年の松尾芭蕉の仮名文字遣いの特徴となる仮名は「け（介・遣・計）」「す（春・須・寸）」「の（乃・能・農）」「ほ（保・本）」「み（ミ・美）」の五字十三字体である。ゴチックで記した基本仮名は単語上の位置や前後の文字遣いに関わらず反復使用される仮名、明朝体で記した補助仮名は、単語上の位置や前後の文字遣いに連れて変化する仮名である。この両者が一対の相互関係を成し、用字上で固有の役割を果たす。それら一対の標識となる仮名を指標として文字遣いの特徴に照らすと、『和漢文操』所収「渋笠ノ銘」、「伝芭蕉筆「渋笠銘」」もまた元禄六・七年の芭蕉の文字遣いを留める文書と判断される（注14）。

注1、岡田利兵衛著「現時点において知り得る芭蕉最古の書翰と自画賛」（『連歌俳諧研究』46号、昭和49年3月刊）。

注2、河西家は河合曽良の母の実家に当たる。曽良が随行した『奥の細道』における「俳諧書留」以下、曽良の各種の遺稿を保蔵していた。

注3、曽良の没後、曽良の姪にあたる河西周徳は『ゆきまるけ』と題する曽良の遺稿集を用意したが、その遺稿集に「笠はり」が書写、掲載されている。河西家蔵「笠はり」懐紙の忠実な模写とされる。

注4、ここに言う「河西家蔵懐紙」、周徳筆『ゆきまるげ』、『雪団打』はいずれも赤羽学著『雪まるけ』（昭和五〇年四月、福武書店刊）に影印・翻字が紹介されている。ここでは後の『和漢文操』所収「渋笠ノ銘」との比較考察の便宜を優先して、『ゆきまるけ』（周徳編、元文二年成）所収「笠はり」を用いる事がある。

注5、「河西家蔵懐紙」、周徳写『ゆきまるげ』、『雪団打』はいずれも赤羽学著『雪まるけ』（昭和五〇年四月、福武書店刊）によって、容易に点検する事が出来る。同書では河西家に保蔵されていた松尾芭蕉の自筆懐紙があり、それを書写したものが「河西家蔵懐紙」で、その河西家蔵懐紙をさらに書写して『ゆきまるけ』所収の「笠はり」が成立する。また『ゆきまるけ』には次の三文字の差異がある。①「巧ミ」の「ミ」が無い。②「中〳〵に」の「に」がない。③「笠のうち」を「笠のうら」と書く。赤羽学著『雪まるけ』65頁参照。

注6、「宗祇のしぐれに袂をうるほし」は、実際に降っている時雨に濡れる事ではない。袂をうるおすものは語り手の涙である。この該当箇所を『松尾芭蕉集②』（井本農一他編、小学館刊、241頁）は、「その興の中にふと感じることがある。それはあの宗祇の、「この

世に永らえるということも時雨の雨やどりのようなものだ」という句の心であって、自分もしみじみとこの句をくり返し、涙を流すのである。」と解釈している。

注7、「宗祇の時雨にぬれて」とある時は文字通り「時雨にぬれて」と解釈する可能性が出来る。ただし、この文脈はそこで切れずに、さらに、「自ラ筆をとりて笠のうちに書付侍りけらし。」と続くので、室内で筆を持ち、笠の裏側に一句を書き付ける場面と解される。このためこの「時雨にぬれて」は仮想現実の表現だと解する必要がある。なおこのような仮想表現を「直感像」（『心理学辞典』）中島義明他編、有斐閣刊）と言い、この直感像の表現を「直感像叙述」という。直感像素質者としての芭蕉の特性を示す表現である。

注8、周徳は河西周徳。河西家は曽良の母の実家。周徳写『ゆきまるけ』の奥書では、曽良を「叔父」と言い、自分は「姪周徳拝書」と署名している。

注9、銭屋の屋号は両替商。『続俳家奇人談巻之下』（天保三年七月、和泉屋庄次郎刊）に「信濃の国すハの駅なる銭屋何某が許に旅宿の折」とある。この当時は旅館か。また周徳写『ゆきまるけ』の奥書の末尾には曽良作の二句が追加されているが、その内の一句は次のようなものである。「歳暮金持になりて　千貫目ねさせてせはしとしの暮」

注10、元禄五年五月の新芭蕉庵竣工と同時に恐らく猶子桃印を引き取った松尾芭蕉は、桃印の薬代を稼ぐためにも頻繁に句会を開く必要があった。一方、周徳写『ゆきまるけ』の奥書の末尾に注9のように書き残す曽良には、幾分余裕のある経済環境があったことになる。

注11、『和漢文操』は支考の弟子、渡邊狂が編集した体裁で出版された。このため「渡邊狂」は各務支考を意味する。

注12、『和漢文操』巻四「答二五老井一状」では、実際、芭蕉庵二世を誇称する彦根藩士森川許六が各務支考に一書を送って、彼を非難している。その返事である「答二五老井一状」では、校訂における次の五つの要領を上げている。

第一、我家之文章悉可レ有二虚実之設一事。
第二、仮名之叶レ韵聊可レ有二竪横之違一。
第三、和訓之文法尤可レ有二語路之拍子一事。
第四、有二仮名真名之配一事。
第五、有二表題之取捨一事。

これを読むと、芭蕉流の文章はことごとく虚実有る故に、その虚実のふるまいをさばくことを第一と心得ることが芭蕉から支考に申送られていたことになる。

注13、模写と偽筆—伝芭蕉筆「渋笠銘」の銘」について（『ＴＲＩＯ』10号、三重大学人文学部編）に述べた。

注14、ただし、「ほ（保・本）」については用例少数のせいもあって「ほ（本）」だけが単独で用いられている。また補助仮字と一対を成す相互関係もない。これは重要な相違であるが、これ以上に検証する方法が見あたらない。

15節　続各務支考の模写と偽筆

一　承前

松尾芭蕉の仮名文字遣いのうち元禄六・七年の特徴となる徴表仮名、「け（介・遣・計）」「す（春・須・寸）」「の（乃・能・農）」「ほ（保・本）」「み（ミ・美）」の五字十三字体に照らすと、河西家蔵「笠はり」懐紙、『和漢文操』所収「渋笠ノ銘」、「伝芭蕉筆「渋笠銘」」は両文ともに元禄六・七年の芭蕉の文字遣いの特徴を止める文書と判断される（注1）。

しかし元禄六・七年の標識仮名五字十三字体が有るからといって、それが同時期の芭蕉の作品だとは限らない。仮に、河西本「笠はり」と同文の「渋笠ノ銘」を受領した各務支考がその同文を臨書したとすれば、結果は同じものになるからである。

そこで小考では両文に共通する十一字の規則用字を標識としてその執筆時期を検証することにしたい。①し「之、語中・語尾」、②す「春、基本字体」、③た「堂、語頭」、④ば「ハ・者」、⑤ふ「婦、語頭」、⑥み「ミ、基本字体」、⑦め「免、語頭」、⑧り「利、基本字体」、⑨る「留、語尾」、⑩わ「王、語頭」、⑪を「遠、基本字体」の都合十一字の規則的用字がそれである。①し「之、語中・語尾」は仮名文字「し・之」は語中・語尾に用いられること、②す「春、基本字体」は仮名文字「す・春」が基本仮名として利用されることを意味する（注2）。これらの仮名文字遣いが先の「笠はり」「渋笠ノ銘」の文字遣いであれば、両文は元禄六・年の芭蕉の文字遣いで書かれていると言ってよい。それは結果として、支考系「渋笠ノ銘」の素性を明かし、編集者支考の「書写」の実態を明らかにするだろう。

二　十一の規則文字

元禄六・七年の松尾芭蕉関係文書の特徴となる仮名文字、五字十三字体に照らすと、『和漢文操』所収「渋笠ノ銘」、「伝芭蕉筆「渋笠銘」」はもとより、元禄六・七年に曾良に遺贈された第三稿「笠はり」（河西本懐紙）もまた同じ文字遣いであることが分る。ただしそれが実際の文字面でどのように出現するかは、確認しておくと分かり易い。そこでまず最初に紹介するのは第三稿a（河西家懐紙）における五字十三字体のマーカーである。ここには「の（乃・能・農）」「み（ミ・美）」「け（介・遣・計）」「ほ（保・本）」「す（春・須・寸）」の基本仮名・補助仮名が使われている事が分かる。またそれが紙面に満遍なく分散しているので、最初から一編の俳文として書き上げられたことも明らかである。

一方、十一字体の規則仮名は、推敲の進捗とともに基本仮名の使用率が向上する現象と連動している。基本仮名の使用率が向上することで、補助仮名の使用率が減り、その用法が限定さ

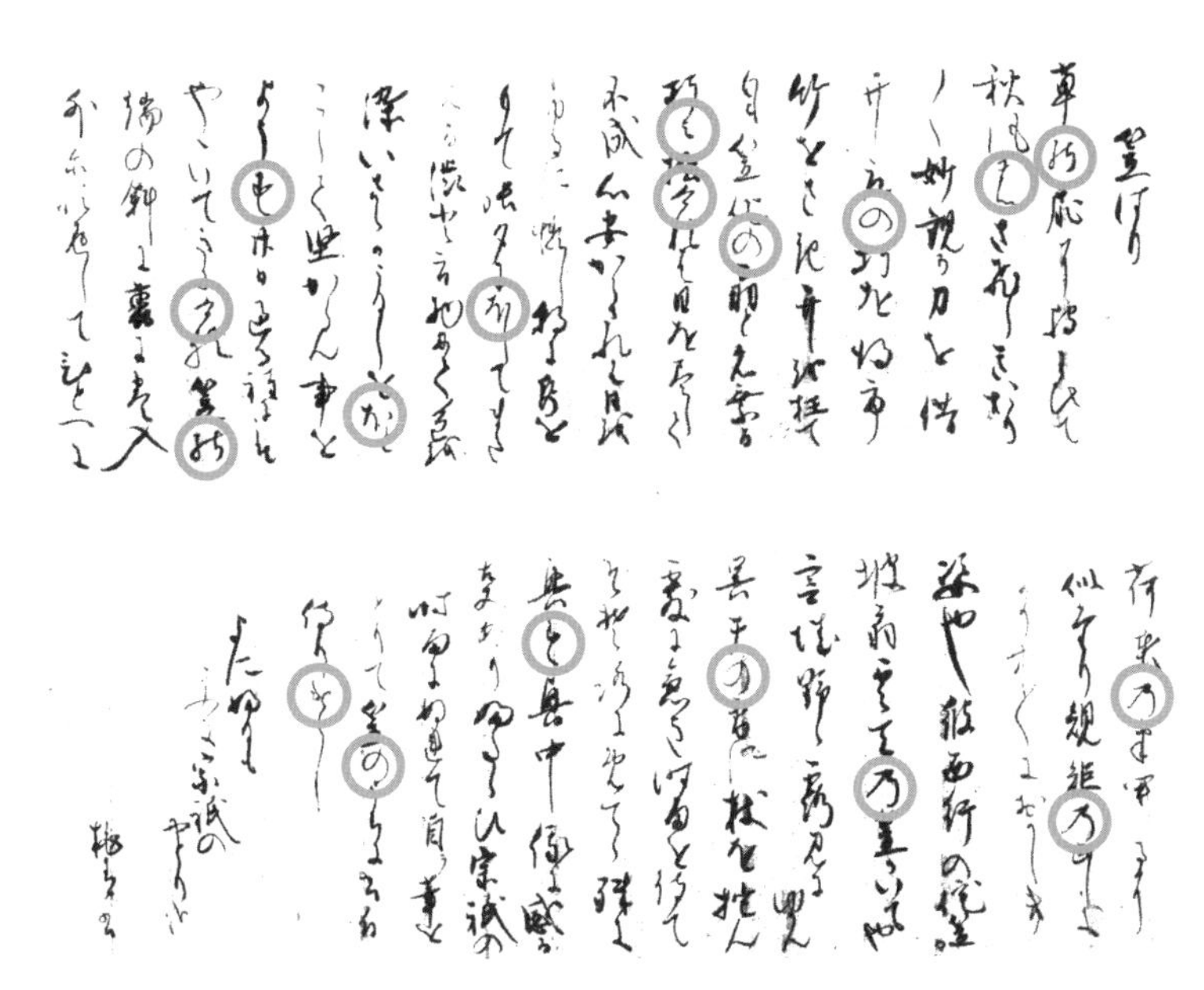

図版⑫　河西本「笠はり」の基本仮名（岡山大学国文学資料叢書十　赤羽学『雪まるけ』福武書店刊 155 ― 156 頁）

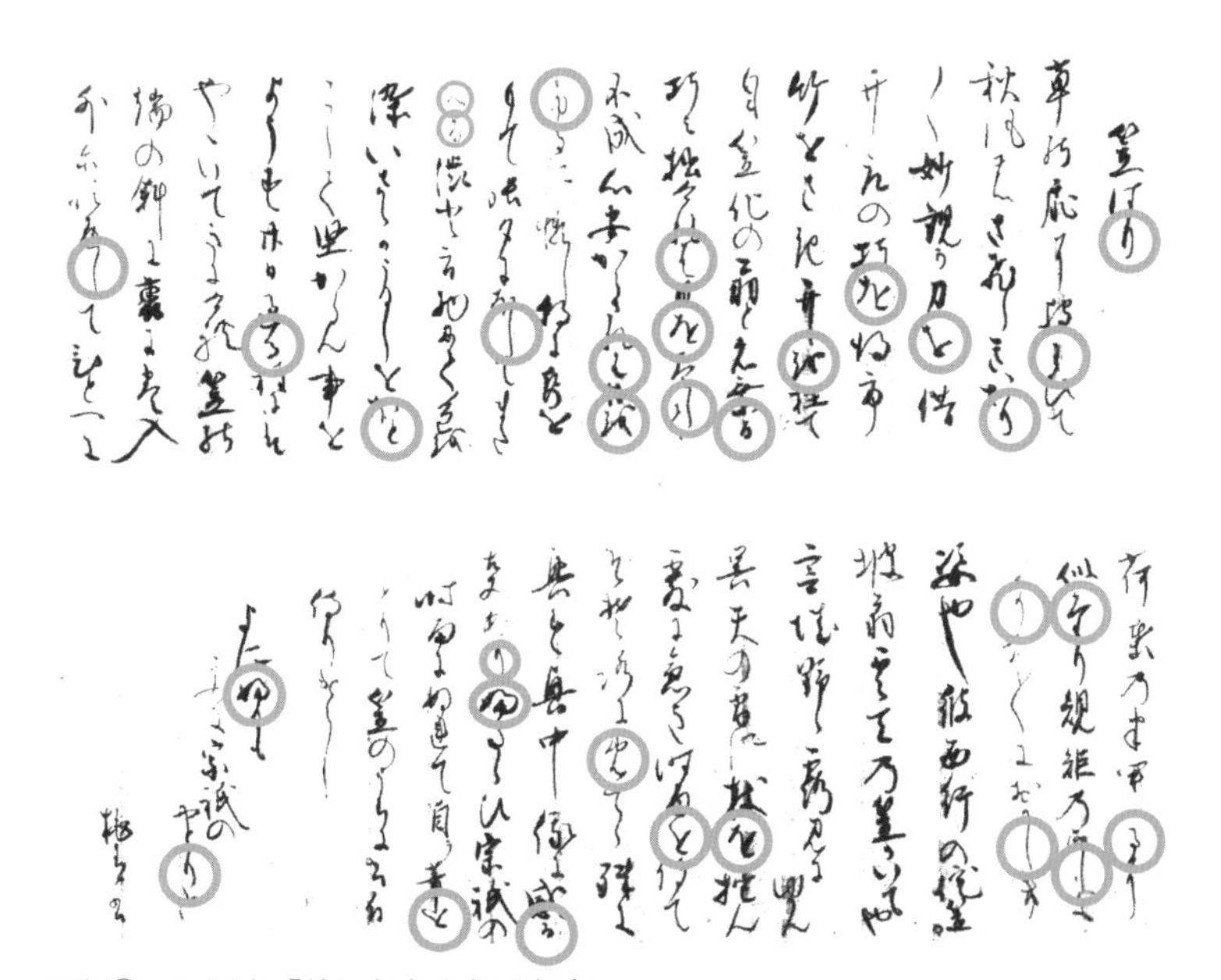

図版⑬　河西本「笠はり」の規則仮名

れて、語頭、語中、語尾、助詞、その他専用の文字遣いが出現するようになる。この点に注意して、「基本字体」を点検しても単語自体が改変されているケースを除けば、元禄六・七年に曾良が遺贈された「笠はり」と「渋笠ノ銘」とはほとんど差異がない。同じく規則仮名①~⑪が作品の一部に偏在して分布する偏りもない上に、規則仮名は、表1のとおり、①し「之、語中・語尾」、②す「春、基本字体」、③た「堂、語頭」、④ば「ハ・者」、⑤ふ「婦、語頭」、⑥み「ミ、基本字体」、⑦め「免、語頭」、⑧り「利、基本字体」、⑨る「留、語尾」、⑩わ「王、語頭」、⑪を「遠、基本字体」がいずれも確認される。おそらく俳文「笠はり」「渋笠ノ銘」の草稿は、限られた期間に、集中して一気に書き上げられたものだろう。

■表1　「笠はり」諸本の規則仮名

伝芭蕉「渋笠ノ銘」	河西本笠はり	周徳本笠はり
①し「之、語中語尾」	○	○
②す「春」基本字体	○	○
③た「堂、語頭」	○	○
④ば「ハ・者」	○	○
⑤ふ「婦、語頭」	○	○
⑥み「ミ」基本字体	○	○
⑦め「免、語頭」	○	○
⑧り「利、基本字体」	○	○
⑨る「留、語尾」	○	○
⑩わ「王、語頭」	○	○
⑪を「遠、基本字体」	○	○

とすると、支考編『和漢文操』所収「渋笠ノ銘」、同伝芭蕉「渋笠ノ銘」は、通説どおり元禄七年に曾良に遺贈された第三稿「笠はり」と同時期に執筆されたことになるが、仮にそうだとしても支考編『和漢文操』所収「渋笠ノ銘」の場合は、支考による原文改作の可能性が残っている。

この両「渋笠ノ銘」の用字を曾良に贈与された河西家伝来の「笠はり」懐紙・『ゆきまるけ』（河西周徳編）所収「笠はり」と照合するときにも、まずは、その字面の確認から進める必要がある。右表の通り、十一の規則仮名はすべて伝芭蕉筆「渋笠銘」、河西本「笠はり」、周徳本「笠はり」と一致するが、これをさらに実際の字面で確認すると、図版⑬のような分布になる。

伝芭蕉筆「渋笠銘」、河西家蔵「笠はり」懐紙、周徳本「笠はり」に共通する十一の規則仮名を点検してみて分かることは、これがほぼ満遍なく文中に分散することである。これは「笠はり」のみならず支考編『和漢文操』所収「渋笠ノ銘」、同伝芭蕉「渋笠ノ銘」までが同系の一纏まりであり、一時期の芭蕉の用字法で書かれた痕跡を持つことを意味する。

三　要点をマークアップする技法

芭蕉最晩年の力作である俳文「笠はり」の叙述は、第一稿の段階からすでに明瞭に組み立てられている。この俳文は中央部にある「廿日過る程にこそや、いできにけれ。」で区切られ、笠を作る晩秋の二十日ほどと、笠が出来て後の幾旬かとが対比されている。前半は庵住生活の徒然に始めた笠作りの経過が語られ、後半には出来上った笠に触発されて沸き上がる旅心が描かれている。

出来上った笠の端は内側に巻き入り、外側に反り返って、とても上出来とは言いがたいが、その風情はさながら西行法師の「侘笠」、蘇東坡が被った「雲天の笠」に似ていなくもない。彼らが被った笠もかくやと偲ばれるうちに次第に心から沸き起こるものがある。「いでや!宮城野、露見にゆかん。呉天の雪に杖を拕ん。」。庵住生活の対極にある旅心が動き始めるところに「笠はり」を前・後の二部構成にする意味がある。

旅心が動き始めると、霰・時雨が気に懸かり、笠をなで、かぶり直して悦にいる内に、俄に大きく打ち寄せる感興がある。あの時雨、そう、あの宗祇の時雨に濡れている拙者、それこそ拙者が拙者である本領の時。その思いにとらわれて手の舞い足の踏む所を知らず一気呵成に一句、笠の裏に書き付けていた。

　よにふるも更に宗祇のやどり哉　　桃青書

さて、これ以上深くこの作品を読み解くためには、もう一度、補助仮名の手助けを借りる必要がある。基本文字と一対を成す補助仮名は、伝統的には紙面要所のショーアップ、改行標識、文節表示などに使われる標識文字だが(注3)、松尾芭蕉の用字法では新規にもう一つ追加すべき機能がある。それはこの

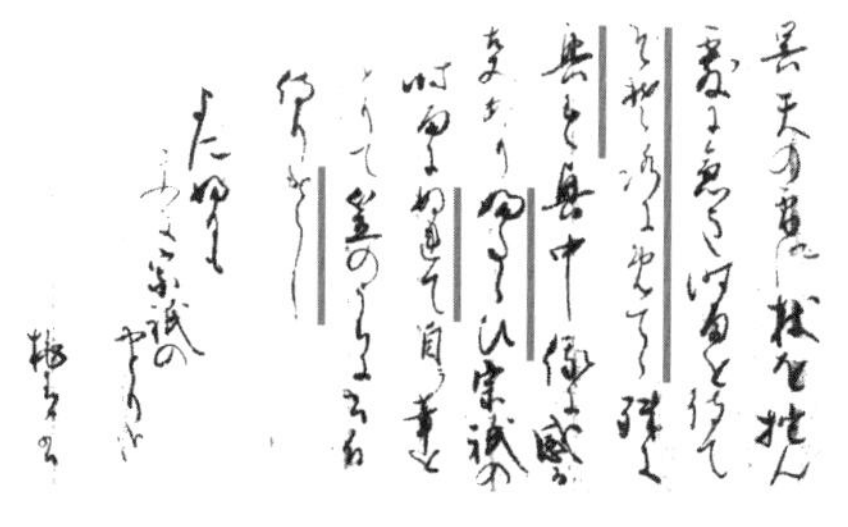

図版⑭　河西本「笠はり」

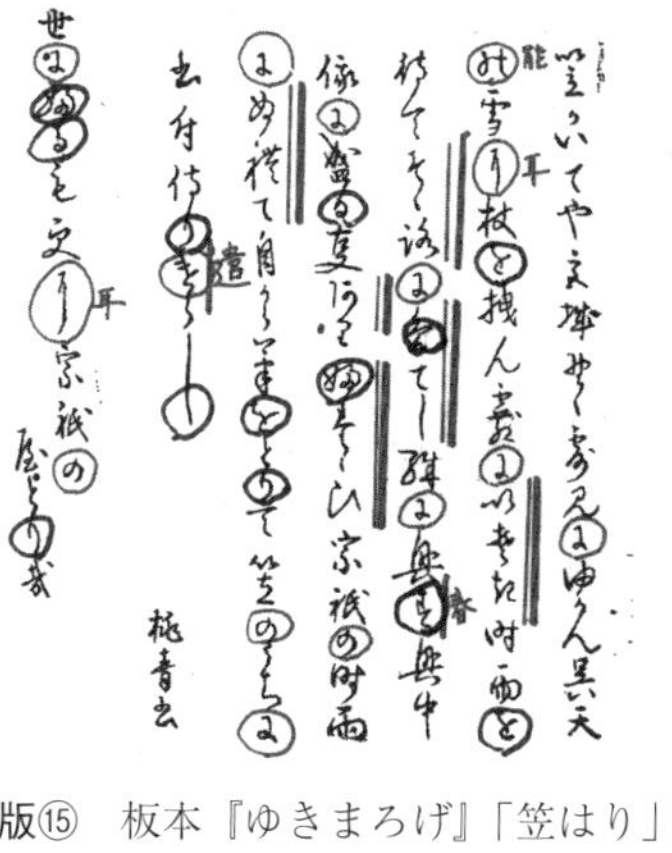

図版⑮　板本『ゆきまろげ』「笠はり」　蘭更編

標識文字が文脈の要所をマークアップする機能である。この文脈要所のマークアップは芭蕉が貞享二年(1684)の『野ざらし紀行』辺りからゆっくり顕在化する表記法で、この顕在化は、伝統的な装飾文字の用法を極力抑制することで推進される。元禄五年(1692)の『おくの細道』以降では文脈要所のマークアップ手法がしっかり目立つようになる(注4)。

この「笠はり」の焦点が、宗祇の時雨に濡れ、我を忘れて一気呵成に一句、笠の裏に書き付ける「気合い」にあることはすでに述べた。そ

こでその箇所に焦点を当てて、マークアップされた単語を捜すと、河西本（図版⑭）では「そゝろに」「めてゝ」「興ず」「ふたゝひ」「ぬれて」「けらし」の六語が上げられる。いずれの単語も、我を忘れて一気呵成に笠の裏に一句書き終える芭蕉の旅心の発条をマークアップしたものであることが分る。

そして闌更本『雪万呂気』所収の「笠はり」（図版⑮）においても結果はほぼ同じ事になる。「そゝろ」「めでて」「興ず」「あり」「ふたゝび」「ぬれて」「けらし」がマークアップされるからである。（一字「あり」の相違は、蘭更の手で「安り」が「阿り」に修正されたせいである。）

ところが、『和漢文藻』所収「渋笠ノ銘」（図版⑯）では、近似した箇所にマークはあるものの「そゝろ」「めでて」「あり」「ふたゝび」「ぬれて」「けらし」がそのままマークされる訳ではない。共通してマークアップされるのは、「そゝろ」「めでて」「興ず」「ふたたび」の四語、新規にマークされた単語は、「感ずる」「かりの」「うるほし」「書付け」の四語となる。「感ずる」は送り仮名「す」を追加する過程でできたものだが、残り三語は、傍線部「ふたたび宗祇の時雨ならでも」以下の新規改訂文で追加されている。新規改訂文では語句をマークアップする文字法は踏襲されているらしいが、それを用いて重点語句を指示するときの重点の置き方が微妙に変更された痕跡が見えるのである。

河西本「笠はり」では、霰・時雨に連れて、出来上った笠をひとしお愛翫する激しい風狂心をマークするもので、「宗祇の時雨」に直に濡れる興奮や歓喜が力強く端的に語られている。一方、「渋笠ノ銘」では宗祇の時雨に直に濡れる興奮や歓喜が後退し、言うまでもない物として脇に置かれている。替わりにマークアップされた「かりの」「うるほし」では、「仮の宿り（この世）」で侘びしさをかこち、袂を「うるほす」という在り来りの「観想」がマークされている。ここでは、涙が、宗祇の時雨に直に濡れる興奮の結果ではなく、旅宿で噛みしめる侘びしさの涙に変わるのである。これは用字法から見ても第三稿a・bの用字に基づかない大きな作意の変更である。

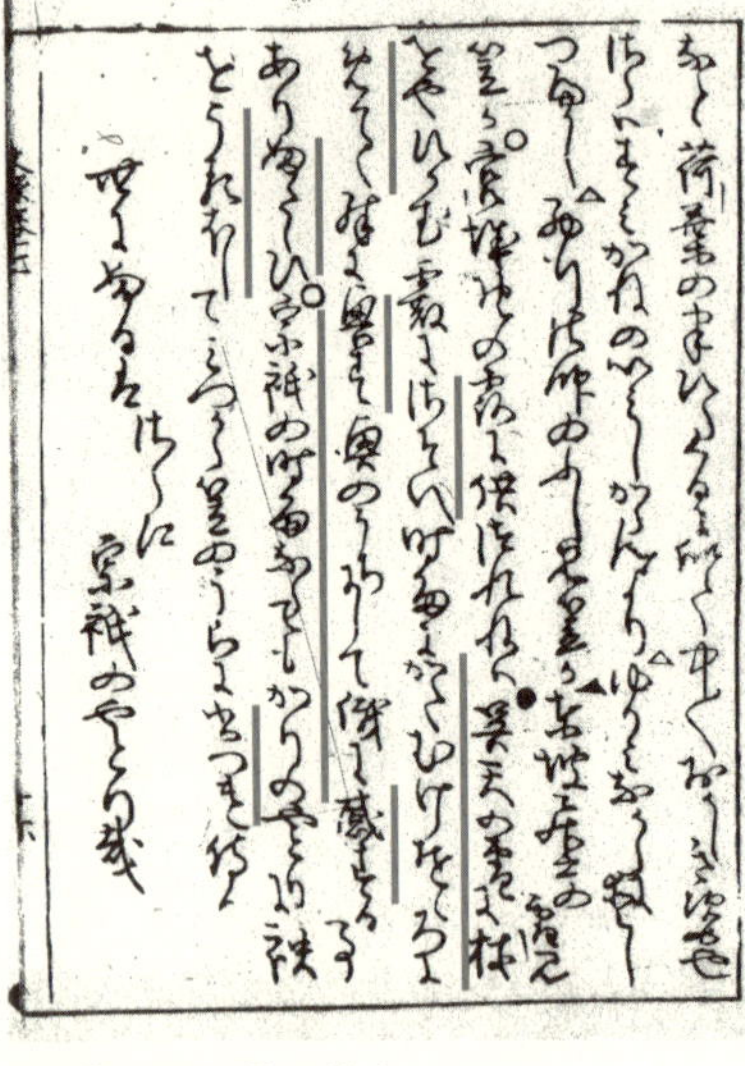

図版⑯　図版⑨の後半

四　各務支考のテイスト

俳文「笠はり」推敲の経緯から言えば、第一稿（小泉家蔵真蹟）には「興のうちにしてにはかに感ずるものあり。ふた、び宗祇のしぐれにたもとをうるほして」とある。また第二稿（『思亭』本）には「興のうちにしてにはかに感ずるものあり。ふた、び宗祇のしぐれにたもとをうるほして」（『思亭』所収）と書かれている。両書共に時雨の「興趣」に駆られて起きる感情に焦点を当てたもので、旅寝の興趣に駆られて沸き上がる涙は、悲しみの涙とは限らない。宗祇の時雨に直に濡れるときの大き過ぎる興奮を物語る涙だからである。そしてその脈絡で言えば、芭蕉の意図は以下のように翻訳することが出来る。

世にふることは「時雨のやどり」に似ている、とは聞き知った科白である。世にふるは苦しきものを槇の尾に易くも過ぐる初時雨かな（二条院讃岐、『新古今集』六）と言い、世にふるも更に時雨のやどり哉（宗祇『新撰菟玖波集』）とも言われてきた。しかし、聞き知っただけで知ったとは言わず、時雨に濡れて宿を借りただけで「時雨のやどり」とは言わない。誰もがあまたの時雨に濡れ、幾多の宿りを重ねるからである。

行く旅を生業とする拙者にしても、以前、ただ一度だけ、「宗祇の時雨」に濡れ、「宗祇のやどり」を実感したことがある。その時の時雨・その時の宿りは私の心中に住み着き、この度、ふたたび沸き上がって私の旅心を鼓舞している。そうだ、私は世に経る者、行く果てを知らぬ行旅者。その私が宗祇の時雨、宗祇の宿りに出逢わずば何としよう。

宗祇の時雨、宗祇の宿りが実感出来る希有の機会は明示されていない。しかしそれは明瞭な表象に変わって体内に住み着き、笠を叩く時雨の音にさえ、不意に意識の内に甦る時雨である。念のために言えば「ふた、宗祇の時雨にぬれて」は時雨に濡れたような気がすると訳される半実仮想ではない。私はあたかも幻覚のように現に時雨に濡れるのである。このあたかも実在のように降る仮想現実（幻覚）の時雨もまた、直観像である。

この直観像が作者の内面で成立つには、先のような抜きがたい経験が欠かせない。病み付きになる料理があるように、記憶に住み着く時雨がある。これまでのどの時雨とも隔絶し、これまで蓄積した知見を空疎にする時雨である。その時雨に濡れ、その時雨に宿りを求めることで初めて、正真の旅人たり得る芭蕉のレゾンデートル（raison d'être）ともなる時雨である。その場所が箱根湯本の「早雲寺」や富士の裾野の「定輪寺」という宗祇入寂の土地なら申し分はない。もしそこに降る時雨が男子の音色で「世にふるは更に……」と幻聴を響かせる時雨なら、それは申し分のない宗祇の時雨となるだろう。

ちなみに「渋笠ノ銘」と河西家「笠はり」懐紙とを比較すると、今少し気になる書き変えがある。

①荷葉の半開るに似て中〱おかしき姿也。

②さらハすミかねのいミしからんよりゆかミなからに愛しつへし。

（「渋笠ノ銘」）

①②は一文を分かり易く前後に分けたもので、原型の河西本「笠はり」ではこれが「①ひとへに荷葉の半開るに似たり。②規矩の正しきより中〳〵おかしき姿也。」とある。書き換え後の「渋笠ノ銘」①では「荷葉の半開る」に似た笠の形容を焦点化して、「中〳〵おかしき姿也」と称揚した後、②の「規矩の正しきより」を「さらハすミかねのいミしからんより」と改め、「ゆかミなからに愛しつへし。」と愛玩している。定規（すみがね）を使って謹製された笠よりも規矩に外れた「ゆがミ」笠をよしとする芭蕉のテーストが強く表示されたものである。「おかしき姿也」「愛しつべし」と愛玩の言葉を①②と一文ごとに配置することで、対象の姿かたちを愛することと、そのゆがんだ形をかえって良しとする己の飄逸なテイストとを明示的に語るための区分である。文意の明快さを優先した修正だろう。「渋笠ノ銘」の改訂文でも「バ・春・ミ」と元禄六・七年の徴表文字が並んでいるところから見て、①②は芭蕉自身による修正と見る必要がある。

一方、もう一つの修正箇所は次の通りである。

③霰にさそひ時雨にかたむけ、そゝろにめでて殊に興ず。
④ふたゝび宗祇の時雨ならでもかりのやどりに袂をうるほし（「渋笠ノ銘」）

原型は第一稿（小泉家真蹟）で、「③あられにいそぎ、しぐれにまちて、そゞろにめでゝことに興ず。（中略）。④ふたゝび宗祇のしぐれにたもとをうるほして」だが、第三稿（河西本）に至って「③霰にさそひ時雨にかたむけ、そゝろにめでて殊に興ず。」、「④ふたゝび宗祇の時雨にぬれて」と改められている。

「渋笠ノ銘」③の「霰にさそひ」「時雨にかたむけ」は第三稿「笠はり」と同じ言い回しになる。一方「渋笠ノ銘」④については変化が大きい。第一稿（小泉本）の「④ふたゝび宗祇のしぐれにたもとをうるほして」から「④ふたゝび宗祇の時雨にぬれて、自ラ筆をとりて笠のうらに書付侍りけらし。」（第三稿）と直截な言いまわしに変わる。その時、「ふたゝび」は袂を潤す涙を取り立てる言葉から、時雨にぬれる実感そのものを取り立てる言葉に変わる。

ところが、「渋笠ノ銘」ではその改訂の要の語句を「ふたゝび宗祇の時雨ならでも」（宗祇の時雨を繰返し持ち出すまでもなく）と軽くいなして封じている。その結果、この度の時雨体験や以前に遭遇したいま一つの時雨体験が文脈の隅に片付けられるのである。

支考には恐らく「宗祇の時雨」すなわち世を降ることの苦しさという固定観念が成り立っており、時雨に濡れる幾たびかの実体験に帰る必要が乏しかったかとみえる。そのため仮想現実としての「宗祇の時雨」を再び持ち出すまでもなく、あっさり切り捨てることができるのである。

五　直観像叙述の排除

この各務支考が松尾芭蕉の直観像叙述に意識的に目を閉じる感性の持ち主だったことをさらに的確に証拠立てると、次の用例がある。

誠に須磨あかしのそのさかひは、はひわたるほど、いへりける源氏のありさまも思ひやるにぞ、今はまぼろしの中に夢をかさねて人の世の栄花もはかなしや。

かたつぶり角ふりわけよ須磨あかし

（支考編『本朝文鑑』所収『庚午紀行』）

同じ『笈の小文』ながら支考が校訂した本文では、紀行の結末に配置された女官狼狽、平家敗走の直観像叙述がすべてあっさり切り捨てられている（点線部）。さしあたり支考は「浜にきすごといふ魚をあみして、真砂のうへにほしちらしけるを、鴉の飛ちりてつかみさる。是をにくみて弓をもておどすぞ」という具体的な出来事を継承する。支考は、その替わりに「今はまぼろしの中に夢をかさねて人の世の栄花もはかなしや。」という陳腐な観想を追加する。陳腐な観想とは、女官狼狽、平家敗走という戦場幻覚の臨場者目線で汲み取った正真の実感ではなく、脇から取って付けたような在り来りの観想を口にすることをいう。宗祇の時雨に体の芯を熱くする観想が求められる時に、旅宿の侘びしさというありきたりの観想を追加するのと同じである。これは「眼前の風景を演ながら、幻住の二字の観想をつくせる。」（『和漢文操』所載の「幻住庵ノ賦」）という彼の文芸作法とも符合する。文章を使って幻覚を出現させるよりは、観想を並べて読者を説得する方が遙かに分かり易い。その分かり易い叙述法が採用されているのである。

六　まとめ

結論を要約して言えば、『和漢文澡』所収「渋笠ノ銘」・伝芭蕉筆「渋笠銘」・曾良伝来の第三稿「笠はり」懐紙、『ゆきまるげ』所収「笠はり」は、松尾芭蕉による元禄六・七年の徴表文字（五字十三字体）、用字上の規則仮名（十一字）に照らして、密接した文字遣いで書かれている。支考が言う、元禄七年、伊賀上野西麓庵における芭蕉の原稿校正説はあながち無視すべきではないが、それにも関わらず、『和漢文澡』所収「渋笠ノ銘」・伝芭蕉筆「渋笠銘」の大きな異同箇所二箇所の内、次の①②の修正は芭蕉によるもの、③④は文字法上も表現論理上も支考による改作だと認められる。

①荷葉の半開るに似て中〳〵おかしき姿也。
②さらハ春ミかねのいミしからんよりゆかミなからに愛しつへし。
③霰にさそひ時雨にかたむけ、そゝろにめでて殊に興ず。
④ふたゝび宗祇の時雨ならでも

したがって伝芭蕉筆「渋笠銘」は芭蕉筆そのものでは無いし、現状本文のような原芭蕉筆「渋笠ノ銘」が実在し、それを臨書した伝芭蕉筆「渋笠銘」が伝存した可能性も乏しい。少なくとも③④については改作されている。このため和漢文澡本

「渋笠ノ銘」とそっくりに書かれた伝芭蕉筆「渋笠銘」は各務支考による模写ではなく、支考が私意を加えて模造したものだと考える必要がある。各務支考が伝芭蕉筆「渋笠銘」を模造した理由は、元禄七年、伊賀上野西麓庵における芭蕉の原稿校正作業の実在を補強し、自筆の懐紙を正真の芭蕉句文とするためだったと推測される。

注1、元禄六・七年の標識となる五字十三字体については、「続、泊船本の表記特性」（濱　森太郎著『『野ざらし紀行』の成立―文字データーベースによる用字解析』二〇〇九年二月、三重大学出版会刊）参照。

注2、元禄六・七年の標識となる五字十三字体以外にも規則性をもって使用される仮名文字がある。用字法に規則性を備えていることが特徴で、河西本「笠はり」や「渋笠ノ銘」では、ここに挙げた十一文字がこれに該当する。ただしこの十一文字がもつ規則性は、元禄六・七年に限って現れるとは限らない。

注3、中世の終わりにはすでに「上に書く「お」」「下に書く「を」」などのように仮名文字遣いの準則があった。正保版本『悦目抄』、元禄版『初心仮名遣』では行頭・行末表記、文節の語頭表示、一単語上の同字反復回避を意図したと思われる用字準則の記事がある。「続々、泊船本の表記特性」（濱　森太郎著『『野ざらし紀行』の成立―文字データーベースによる用字解析』二〇〇九年二月、三重大学出版会刊）p216～218、p400～405。

注4、「続、画巻本の用字特性」（濱　森太郎著『『野ざらし紀行』の成立―文字データーベースによる用字解析』二〇〇九年二月、三重大学出版会刊）p210参照。

16節　各務支考が補正した『笈の小文』

一　承前

元禄七年六月十五日に始まる無名庵滞在時期は、松尾芭蕉が最後に大津蕉門の人々に対面する時期にあたる。その時期、無名庵にて芭蕉に師事し、薪水の労をとった各務支考に遺贈された『笈の小文』が『庚午紀行』と銘打って上梓されている。これを収載する『本朝文鑑』（支考編、享保二年七月（1717）自序。注1）は支考が定めた文章の格式に適う俳文を亀鑑とするための俳壇的な意欲作で、京・江戸の二都をまたいで上梓された。しかしそこに収められた『庚午紀行』は、常軌を逸した改作版で、しかもその改作態度が、第一、第二、第三稿と改稿を重ねてきた芭蕉の推敲意図をほぼ完全に引き違えている（注2）。

支考は何故、この改作に手を染めることを選んだのか。まずは支考の改作の実態を確認し、その上で、改めてその動機を観察してみれば、これまで見過ごされていた芭蕉と弟子達との大きな間隙が見えてくるだろう。

二　改作する支考

少なくとも三層の加筆修正がある『笈の小文』において、「風羅坊の所思」「吉野三滝」「和歌浦句稿」「須磨明石紀行」が加筆・挿入される元禄六年七月以後、主人公風羅坊と万菊丸とは経験豊かな廻国修行者に衣更えする。その修正に歩調を合わせて、吉野巡礼を基幹として書かれた筈の『笈の小文』に海浜巡礼の構図が追加される。

これまで見落とされてきたことは、「連句教則」を削除した『笈の小文』、「吉野三滝」「和歌浦句稿」を追加した「吉野紀行」、さらに「須磨明石句稿」の前・後に「海岸巡行」・「山上幻覚」を追加して「須磨明石紀行」を校了した松尾芭蕉が存在することである。「吉野三滝」「和歌浦句稿」にはそれぞれ発句の欠失があり、「海岸巡行」には書きさしを思わせる「夏の月」二句が配置されている。さらに「須磨明石句稿」の中間には、地理的にあるはずのない発句「須磨寺や」が挿入され、時制的には意味不明の「僂き夢」が配置されている。

元禄六年七月以降、すでに三回の推敲機会があったにも関らず、作者芭蕉がこれらの修正を保持している以上、その努力を一切無視する『庚午紀行』を芭蕉が書くはずはない。逆に言えば『庚午紀行』は各務支考の恣意の産物だと考える他はない。

各務支考は寛文五年（1665）生、享保十六年（1731）没。元禄七年（1694）当時三十歳。幼時に出家し、美濃の国山県郡の禅刹大智寺に入ったが、天和三年1683十九歳で下山し、以後八年近く伊勢・京を中心に遊行し、元禄三年（1690）芭蕉に入門、元禄四年冬には芭蕉とともに江戸に下向する。ここで俳諧修行に励むはずだったが、支考は江戸の其角・杉風らとそりが合わず、元禄五年二月中旬、芭蕉をまねて奥羽行脚に旅立った。以後は、主として京・伊勢を往来し、元禄七年、上京した芭蕉と再会、芭蕉に随行して臨終を看取っている。

元禄七年六月の大津滞在時に『笈の小文』を遺贈された各務支考は、「吉野巡礼」の記念として書き出された『笈の小文』が、「風羅坊の所思」「吉野三滝」「和歌浦巡礼」「須磨明石巡礼」を追加することで成り立ったことを知らなかった。この巡礼が海浜に流離いし、須磨明石で寂しさの極みを体験する物語に衣更えされたことを知らなかった。風羅坊・万菊丸の二句唱和を用いて、美景に触れる感激が主従の心を共振させる様を描いて『笈の小文』の竜骨を形成する紀行文であることを知らなかった。

ただしその支考にもしっかり見えていたことがある。それは『笈の小文』が瑕疵の多い未完成品だという事実である。支考に宛てた芭蕉の遺言にも有るとおり、『笈の小文』が草稿なら、遺言執行人たる支考が進んで添削しなければならない。添削となれば恐れ多くはあるが、風羅坊がいつ、どこで、どの句を作ったか、その詠出の動機は何か、は明示する必要がある。添削の機会を得た支考は、おそらく張り切ってこの作品に向かい合っただろう。その意気込みこそ問題の根源だった。

『笈の小文』を速読する各務支考は、『笈の小文』冒頭の論理文をそのまま採用している。大きく短縮された『庚午紀行』の中では、この論理文だけで全体の三分の一を占めるので、支考がこの論理文にいたく共感した様子が窺われる。紀行の全体から見れば、遠大すぎて瑕疵と見なされる論理文を、事も無げに採用する行為は、論理癖がある支考の嗜好にも叶っている。

言い換えればこれは、冒頭文に大きく共感した支考が、この長大な論理文の瑕疵を見て、その瑕疵の原因や意図を洞察することに注意を払わなかったことでもある。「風羅坊の所思」「旅の首途」「伊勢参宮」「吉野三滝」「高野巡礼」「和歌浦巡礼」「行脚心得」「須磨明石巡礼」という六つの追加パーツの内、「伊勢参宮」「吉野三滝」の書写を省いて削除した。また「和歌浦巡礼」を「高野巡礼」と合体し、「須磨明石巡礼」の後半にある女官狼狽、平家敗退の幻覚をすべて抹消した。当然、鑑真座像の「涙」のような視覚の機微や須磨明石における古戦場の幻影が襲いかかる意識の不思議さも無視して通った。

次に上げる『庚午紀行』と『笈の小文』とを読み比べてみれば、各務支考が『笈の小文』を通常我々が言う意味で「読もう」としているかどうかさえ疑わしくなる。

■庚午紀行　東海巡礼

かくてむさし野の冬枯に、箱根・足柄は雪もふりつゝ、さて遠州より三川をわたり、いらご崎といふ所に杜国が幽棲をとぶらひて、ことしも美濃・尾張の間に暮なんとす。

旅ねして見しや浮世の
　煤はらひ

みのより十里の川ふねに乗て、むかしも桑名よりくはでとよめる日永の里に馬かりて杖つき坂のぼるほど（以下略）

（『古典俳文学大系5芭蕉集全』p462・463『庚午紀行』以下同）

■原文（第三稿乙州本）

鳴海にとまりて星崎の闇を見よとや啼千鳥

（中略）三川の国保美といふ処に、杜国がしのびて有けるをとぶらはむと、まづ越人に消息して、鳴海より跡ざまに二十五里尋かへりて、其夜吉田に泊る。

寒けれど二人寐る夜ぞ頼もしき

あま津縄手、田の中に細道ありて、海より吹上る風いと寒き所也。

冬の日や馬上に氷る影法師

保美村より伊良古崎へ壱里斗も有べし。（中略）骨山と云ハ、鷹を打処なり。南の海のはてにて、鷹のはじめて渡る所といへり。いらご鷹など哥にもよめりけりとおもへば、猶あはれなる折ふし、

鷹一つ見付てうれしいらこ崎

上下を比較すれば明らかなように『庚午紀行』では、武蔵野、遠州、三河、尾張と進む風羅坊の足取りが追加されている。また鳴海宿泊、名古屋滞在がザックリと切り取られ、伊賀に帰郷する道程の説明が始まっている。これは紛れもなく説明文である。「其日は雨降、昼より晴て、そこに松有、かしこに何と云川流れたりなど」いう平凡な地誌を嫌う風羅坊の遺志からは外れる。これはダイジェストの筆法らしく見えるがそうとも言えない。当初の『笈の小文』は、杜国（万菊丸）を訪ねる伊良子崎慰問と、その彼を同道した吉野巡礼の歓喜を綴って、元禄三年三月に他界した杜国の追福を願うことにあった。ダイジェストならばその杜国訪問の道筋が叙述として切り出されなければならない。

念のために言えば、各務支考が芭蕉から授与された『笈の小文』の叙述が現存『笈の小文』と大きく食い違っていたわけではない。支考が『笈の小文』の基本形を追究した結果として、シンプルな『笈の小文』に辿り着いた訳でもない。ではなぜ支考はそうするのか。

支考の論法はこうである。

其ノ紀ハ貞享ノ秋ナルヘシ。去ルヲ武江ノ芭蕉庵ニテ紀行ヲ取捨シ玉ヘルハ辛未（＊元禄四年）ト見ヘタレハ両紀ノ文法ヲ取合セテ此篇ヲ成セリト見ユ。（『庚午紀行』評）

庚午（元禄三年）紀行とも呼ばれる本紀行を芭蕉が取捨したのは、彼が江戸に帰国した元禄四年のことと見られる。世に流布する旧稿を取捨し、叙法を取り合わせて此の『庚午紀行』を編成したものである。したがって芭蕉から乙州に遺贈された『笈の小文』と本編とには語句や叙法に食い違いがあるが、それは

芭蕉翁の反故にはままあることである。

当然、この『庚午紀行』には疑義が出る。芭蕉から江戸に残こる反故の処理を依頼された各務支考は、予めその疑義に備えている。『笈の小文』はすでに元禄四年九月末、江戸に東下する芭蕉が河合乙州に遺贈した物と知られている。にも関わらず『庚午紀行』を持ち出すには、相応の理由が必要だと考えたのである。

各務支考編『和漢文操』巻七「渋笠ノ銘」の末尾には、次のような「評ニ云」を添付することもある。

> 此銘は諸集に出て、こゝかしこのたがひめあり。さるは元禄甲戌（*元禄七年）の夏、伊賀の西麓庵にいまして、文稿一二篇の再校ありしが、此銘もその一篇也。（中略）風国が『泊船集』の如きは、落柿舎にたよりて人も信ずべけむが、まさにおそるべきは古文のたがひめならん。（中略）

ここで支考が言う事には誇張がある。が、それを言う前にまずは支考の主張を整理する必要がある。支考は言う。「芭蕉の作品には異文が多い。芭蕉の没年にあたる元禄七年（甲戌）夏、伊賀上野の西麓菴に滞在した松尾芭蕉は、十二篇の文章を手直しした。ここに支考が取り上げた作品はその手直し時の一篇で、修正版である。例えば大阪の医師、伊藤風国が編集した『泊船集（最初の芭蕉全集）』は、「西国の俳諧奉行」と呼んで芭蕉も信頼していた向井去来の後見がある。このため人も信頼して採用するが、まさに恐るべきは、芭蕉の遺文自体にままバージョンの相違があることである。」というのである。

元禄五年二月、奥羽巡礼に旅立ち（注3）、同七年夏、芭蕉に侍従し、薪水の労を執ったと主張する各務支考は、「通夜物語ノ表　渡部狂」（渡部狂＝各務支考）では「幻住庵の山居には薪水の労を人にゆずらず。芭蕉庵の撰集には、筆墨の相手にえらばれ、談言はまして終日にたがはず。」とも言う。この芭蕉庵の撰集は、『続猿蓑』を言い、芭蕉庵は、芭蕉生家の裏側に門人達が造営した庵室を言う。元禄七年夏に行われたこの改稿作業について、支考は『和漢文藻』所収「白髪ノ吟　並序　芭蕉翁」の「評ニ曰」（注4）では次のように書く。「其後伊賀ノ西麓菴ニテ、例ノ文稿ヲ改ルトテ、今思フニ、白髪ノ魂祭ハ其日ノ感情ハ演タレド、発句ハ祭ル姿ニ非ラズ。」。

ここにいう「白髪ノ魂祭」は、支考が引用する芭蕉句「一家みな杖に白髪の墓まいり」を踏まえた芭蕉一家のたま祭りを言う。この発句は「（前略）旧里に帰りて盆会をいとなむとて」と前書きされた元禄七年秋の作で、句型はこの時「家はみな杖にしら髪の墓まいり」と修正された。しかし、このとき芭蕉が住まいしたのは、実家の裏手に弟子たちが造作した新庵（無名庵）であり、西麓庵ではない。西麓庵は伊賀上野の門人猿雖の庵室である。またその新庵に支考が斗従と共に到着したのは九月三日で、したがって都合五日間が、支考が芭蕉と同席した時間になる。このため「芭蕉庵の撰集には、筆墨の相手にえらばれ、談言はまして終日にたがはず。」とは最大限見積っても、五日間のことになる。またここで松尾芭蕉が撰集した『続猿蓑』の撰集作業は九月三日には既に大方終了しており、支考に残されていた作業があるとすれば、それは『続猿蓑』の閲読、誤字脱字の修正作業に限られる。

ちなみに先の「通夜物語ノ表　渡部狂」（渡部狂＝各務支考）で「幻住庵の山居には薪水の労を人にゆずらず。」と書く「幻住庵」滞在時（元禄三年四月六日―七月二十三日）の薪水の労ははったりに近い。この文言ではいかにも支考が薪水の労を独占した書き方だが、同期間中に芭蕉が一座した連句の句会に支考が一座した記録はない。同期間の幻住庵来訪者名を記した『猿蓑』所収「几右日記」にも支考の名はない。かりに記録に漏れた数日の滞在は有り得たとしても、「薪水の労を人にゆずらず。」という状況はありえないのである。

各務支考が最晩年の松尾芭蕉とのちなみを殊更強調する理由は、自分は松尾芭蕉最晩年の選別眼を知る遺言執行人である、このため、自分が手を染める校正作業は「支考可レ被レ為二点検一」と指定されるにふさわしい経験に基づいているという事にある（注5）。しかし支考が江戸から奥羽行脚に旅立つ元禄五年二月は、作家としての芭蕉の立ち位置の変更が進行する時期に当たる。その元禄五年二月に、江戸蕉門の杉風・其角らに嫌われ、芭蕉の側近を離れていた支考には、芭蕉の文章論を語る時に欠かせない確信が欠けており、そこに支考の誇張の源があった。

三　第三稿を下敷にした書直し

ところで支考の『庚午紀行』が元禄四年に芭蕉が手がけた修正版ではなく、第三稿『笈の小文』を下敷にした書き直しであることは比較的容易に証明することができる。第三稿乙州本と第一稿・二稿本（雲英本）との相違は、以下二箇所の表現によく現れている（濁点は筆者）。

■自己省察

1大礒本・終に生涯の謀をゝもひ、或寸[時]ハすゝむて人に語[勝]む事をほこり、

2雲英本・終に生涯のはかりことゝなす。或時は倦て放擲せん事を思ひ、或時ハすゝむて人にかたんことをほこり

3乙州本・終に生涯のはかりごとゝなす。ある時は倦で放擲せん事をおもひ、ある時はすゝむで人にかたむ事をほこり

4庚午紀行・終に生涯のはかり事となして、ある時は倦んで放擲せむ事を思ひ、ある時はすゝむで人にかたん事を思ふ。

■海岸巡礼

1大礒本・はかなきミじか夜の月もいとゞ艶なる海の方よりしらミ初たるに、

2雲英本・はかなきみじか夜の月もいとゞ艶なるに、山ハ若葉に黒ミかゝりて、郭公鳴出つへきしのゝめも海のかたより白ミ初たるに

3乙州本・はかなきみじか夜の月もいとゞ艶なるに、山はわか葉に

くろみかゝりて、ほとゝぎす鳴出づべきしのゝめも海のか
たよりしらみそめたるに、

4庚午紀行・はかなきみじか夜の月もいとゞ艶なるに、山は若葉に
黒みかゝりて、時鳥も啼出づべきしのゝめの色は、海の
かたよりしらみ、

この二項目の比較で明らかのように、二稿本の叙述は第一稿よりも第三稿（乙州本）に近い。しかも大きな叙述異同は『笈の小文』冒頭の「自己省察」と須磨明石紀行の「海岸巡礼」で起きている。■「自己省察」における4『庚午紀行』は、文章の語気を平明で分かり易い文脈に書き換えるべく、「なして」「思ひ」「事を思ふ」と、語彙・語調・表記をそろえたものである。また■「自己省察」では2「或時ハすゝむて人にかたんことをほこり」の前に「或時は倦て放擲せん事を思ひ」を追加する第二稿・第三稿の叙述が『庚午紀行』でも継承されている。

一方、■「海岸巡礼」では2「月もいとゞ艶なる」の前に「山ハ若葉に黒ミかゝりて、郭公鳴出つへきしのゝめも」が追加されることで、夜明け前の白々とした月光と曙光の中で輝き始める海辺の光陰とが緊密に語られている。また第三稿のその特徴がそのまま『庚午紀行』に引き継がれている。「若葉」「黒み」「時鳥」「啼出づ」の漢字化は意味の取りやすさを意図したもの、「しのゝめの色は」は、後続の「しらみ」に接続して白むのは空の色だと分かり易く指示したものである。いずれも第三稿を下敷にした時にしか書けない叙述に当たる。

また三稿本には、二稿本（雲英本）の誤読箇所①④⑤⑥⑦⑧⑨が次の通り正しく修正されている箇所がある。

〈上段、第二稿　下段、第三稿〉

①「九窮」→「九竅」
④「闇道りせん」→「関送りせん」
⑤「あらすと」→「あらすハ」
⑥「夜ふかうして」→「夜更かしして」
⑦「雲堂」→「雪堂」
⑧「ちと」→「など」
⑨「我心までの拙き」→「我心匠の拙き」

このような小さな誤写を正すような緻密な修正作業が三稿本（乙州本）の特性だが、その緻密な修正作業のうち、④⑤⑥⑦⑧⑨の該当本文は『庚午紀行』では削除され、①は第三稿の正しい叙述が踏襲されている。

次に、発句においても第二稿から第三稿にかけて明らかに推敲された発句が九句ある。九句に及ぶ発句の修正は、いずれも行き届いて説得力に富んだ修正だと見なされるが（注6）、その九句の大部分が『庚午紀行』では削除されているものの、⑥については、第三稿の正しい形が『庚午紀行』に踏襲されている。

〈上段、第二稿　下段、第三稿〉

①寒けれは二人旅寝そ→寒けれと二人寐る夜そ
②冬の田や馬上に氷る→冬の日や馬上に氷る
③いささらは雪見にころふ→いさ行む雪見にころふ

④丈六の陽炎高し→丈六にかけろふ高し
⑤花ともしらすにほひ哉→花とハしらす匂哉
⑥雲雀より上にやすらふ峠かな→雲雀より空にやすらふ峠哉
⑦散花にたふさ耻けり→ちる花にたふさはつかし
⑧青葉して御目の雫拭ハゝや→若葉して御目の雫ぬくはゝや
⑨杜宇聞行かたや→ほとゝきす消行方や

ちなみにこのやや徹底した誤読・誤字・脱字の補正と平行して第三稿（乙州本）では、小さいながら、次の八例の叙事文の修正も行われている。

〈上段、第二稿　下段、第三稿〉
①紀氏阿仏の尼の文をふるひ情を尽くして→紀氏長明阿仏の尼の文をふるひ情を尽くしてより余は皆俤似かよひて
②季詞いらず→終に季ことばいらず
③大佛とかや→大仏寺とかや云
④全おハしまし→全おハしまし侍るぞ
⑤道なをすゝまず。ものうき事のミ→道猶すゝまず、たゞ物うき事のみ多し。
⑥我心までの拙きを→我心匠の拙きを
⑦琵琶琴しとねふとんにくるミて→琵琶琴なんとしとねふとんにくるミて（傍点・濁点、筆者）

この場合も、①②③④⑤⑥⑦のうち、①②③④⑥⑦の該当箇所は『庚午紀行』で削除されているが、⑤は正しい第三稿本の句形が踏襲されている。つまりこれらの異同箇所はすべて第三稿の踏襲に当たると言って良いのである。これを見れば『庚午紀行』が下敷とした本文は、第一稿・第二稿ではなく、第三稿だったことが明らかである。

四　支考の鑑識眼

では、その第三稿を下敷きにした支考は、何をしようとしているのか。

■『庚午紀行』高野和歌浦

高野山

ちゝはゝのしきりに
恋し雉子の声

和歌浦

行春を和歌の浦にて
追付たり

■それより和歌の浦づたひに津の国をも行過ぎて、須磨・明石の間にただよふ。

■原文　高野和歌浦

高野

ちゝはゝのしきりにこひし雉の声
ちる花にたぶさはづかし奥の院　万菊

和哥

行春にわかの浦にて追付たり

きみ井寺

跪はやぶれて西行にひとしく、天龍の渡しをおもひ、馬をかる時は、いきまきし聖の事心にうかぶ。山野海浜の美景に造化の功を見、あるは無依の道者の跡をしたひ、風情の人の実をうかゞふ。

ここでは、高野山で詠唱された風羅坊・万菊丸の唱和から万菊丸の句だけが削除されている。同じく、吉野出山時の風羅坊・万菊丸の唱和でも、万菊丸の句だけが削除されている。これでは風羅坊・万菊丸の唱和を通して表現される二人の共感・親和・連帯に基づく修行行為が削除されて、全体を通して形成される「同行二人」の巡礼修行が見えなくなる。

また「■それより和歌の浦づたひに津の国をも行過ぎて」に対応する原文はない。原文では高野巡礼後に、「跪はやぶれて」以下の「行脚心得」が続いている。その「行脚心得」の次には、路順を省略していきなり天理での吉野出山が語られる。

これを比較すれば、「それより和歌の浦づたひに津の国をも行過ぎて、須磨・明石の間にただよふ。」と続く『庚午紀行』の修正は、和歌浦・天理間の足取りの曖昧さを回避するための補筆、修正だと見ることが出来る。しかし、実際、芭蕉らが天理まで引き返す理由は、東大寺大仏殿の釿始大祭（四月二日〜四月八日）を見物するためであって、奈良回経は欠かせない行路にあたる（注7）。

芭蕉の足取りに関心を示す支考は、杜国の行動には極力筆を省く。吉野から高野への巡礼行は等閑にしないが、その巡礼の滋味を語る「巡礼心得」は削除する。

各務支考は恐らく『笈の小文』を読み取ると言うより、俳人の耳に馴染んできた口演に近い叙述文に書き直そうとしている。それは「それより和歌の浦づたひに津の国をも行過ぎて」という支考の修正文に現れた通り、中世以来の道行き型の紀行文である。元禄六・七年と伊勢に滞在して蕉風俳諧の普及に尽力していた支考には、『奥の細道』で芭蕉が到達した極めて叙述性能の高い俳文の正体を感知する機会はなかったのだろう。その結果、人物や声や場面が臨場感を伴って立ち上がってくる仮想現実の大きな感興に無頓着な作者になっている。

その上でなお付け加えるべきは支考が削除し残した次の一文である。

■『庚午紀行』

浜にきすごといふ魚をあみして、真砂のうへにほしちらしけるを、鴉の飛ちりてつかみさる。是をにくみて弓をもておどすぞ、蜑のしわざとも覚えず。もしや古戦場の名残をとゞめて、かゝる事をもなすにやと、いとゞつみふかくむかしぞ思はるゝ。誠に須磨あかしのそのさかひは、はひわたるほどゝいへりける源氏のありさまも思ひやるにぞ、今はまぼろしの中に夢をかさねて人の世の栄花もはかなしや。

かたつぶり角ふり
わけよ須磨あかし

芭蕉の原文「須磨明石紀行」は『庚午紀行』の中ではもっとも冷遇された章段に当たる。ここでは、須磨海岸の曙の光陰や曙光を浴びて姿を現す海岸線、色彩は黒から緑に変わり、やがて明け初めた空の光りに照らし出される麦畑や漁師の家の軒先、軒先に咲く芥子の花々と、夜のとばりから抜け出した人間の痕跡が姿を現す。場面が存在感を表わす時の驚きを秘めた視

■原文（第三稿乙州本）

卯月中比の空も朧に残りて、はかなきみじか夜の月もいとゞ艶なるに、山はわか葉にくろみかゝりて、（中略）漁人の軒ちかき芥子の花のたえぐ＼に見渡さる。（中略）きすご（濁ママ）といふうを、網して、真砂の上にほしちらしけるを、からすの飛来りてつかミ去ル。是をにくみて弓をもてをどすぞ、海士のわざとも見えず。若古戦場の名残をとゞめて、かゝる事をなすにやと、いとゞ罪ふかく、猶むかしの恋しきまゝに、てつかひが峯にのぼらんとする。（中略）淡路島手にとるやうに見えて、すま・あかしの海右左にわかる。（中略）鉢伏のぞき、逆落など、おそろしき名のミ残（目）て、鐘懸松より見下に、一ノ谷内裏やしきめの下に見ゆ。其代のみだれ、其時のさはぎ、さながら心にうかび、俤につどひて、二位の（っ）あま君皇子を抱奉り、女院の御裳に御足もたれ、船やかたにまろび入らせ給ふ御有さま、内侍・局・女嬬・曹子のたぐひ、さまぐ＼の御調度もてあつかひ、琵琶・琴なんどしとね・ふとんにくるミて、船中に投入、供御はこぼれてうろくづの餌となり、櫛笥はみだれてあまの捨草となりつゝ、千歳のかなしび、此浦にとゞまり、素波の音にさへ愁おほく侍るぞや。

線の表現でもある。だが支考はそれには興味を持たない。そして興味が持てない叙述は削除する。只一つ、例外めいた箇所は、先に引用した如上の叙述の一部である。

「浜にきすごといふ魚をあみして、真砂のうへにほしちらしけるを、鴉の飛ちりてつかみさる。云々」。これは本来、海岸に干し散らしたかに見える漁師の干物作りに興味を惹かれた叙述だが、漁師が弓矢を持ち、矢叫びを上げながらカラスを追う光景は、鉄拐山登山中の発句「須磨の海士の矢先に鳴くか郭公」を呼び出すための布石である。『庚午紀行』の支考は、それを無視して『笈の小文』第三稿の漁師の生態だけを引き写している。支考がこれを引き写した理由は、その後の追加叙述「誠に須磨あかしのそのさかひは」以下を勘案すれば分かり易くなる。これは「眼前の風景を演（のべ）ながら、幻住の二字の観想をつくせる。」（支考編『和漢文操』1718年、所載の「幻住庵ノ賦」）と言う支考の文章作法には叶っている。目前の漁師たちが矢叫びを上げながらカラスを追う光景が流刑地、古戦場として名高い須磨明石の感懐を述べるに好都合だからである。それにも関わらず、支考はこの書き直し箇所を次のように自讃する。

其終リヲ調ヘサルモ先ハ紀行ノ模様ナランカ。荘子ヨリ蛮觸ノ争イヲ寄セテ、源氏六十帖ノ栄落ヨリ人間一世ノ夢幻ヲ観シタル例ニ一扁ノ骨節ニシテ近ク紀行ノ文鑑ト見ルヘシ。（「庚午紀行」評）

各務支考はまだ「幻住庵記」のように、現前の風景を述べつつ、出典を踏まえて観想を尽くす「幻住庵記」の文型を良しとしている。

四　俳文理解の枠組み

ここで芭蕉が立ち位置を移す前年の元禄四年当時、蕉門で良しとされた俳文を、彼らの代表作『本朝文選』（森川許六編）『和漢文澡』（各務支考編）から一編づつ引くと、次のようになる。

■生海鼠（いきなまこ）ノ箴（長鷺洲作）

しかるに生海鼠といふ物は、ひろき海原をぶらつきて、さして夜食を求るとも見えず、春の花にさまよひ、秋の月にたゞよふ。山隠といひ、市隠といへど、これらを海隠の先生とやいはむ。そこを我家の俳諧に「大海にふどしもかゝずなまこ哉」と無双の隠者に称せられしが、云々（支考編『和漢文操』享保十二年（1727）、初秋）

■鉢叩ノ辞（向井去来作）

師走も二十四日、冬もかぎりなれば、鉢たゝき聞むと、例の翁わたりましける。こよひは風はげしく雨そぼふりて、とみにも来らねば、いかに待侘給ひなむといぶかりおもひて、「箒こせ真似ても見せむ鉢叩」と、灰吹の竹うちならしける。其声、妙也。「火宅を出よ」とほのめかしぬれど、猶あはれなるふし〲の似るべくもあらず。（『本朝文選』森川許六編、宝永三年1706、井筒屋庄兵衛刊）

文章に曲折をつけ、音色・テンポを整えて流れるごとく語ろうとする努力は芭蕉以前にもあった。これを実現する「知弁」の俳文は、先の「生海鼠ノ箴（長鷺洲作）」を読むとよく分かる。この一文の趣旨は、生海鼠を山隠、市隠、海隠と言い換えて、見立ての巧みを見せることにある。海原をぶらつき、夜食を求めず、春の花、秋の月を見るともなく波間に漂う。見るからに得体の知れないナマコなら、様々に見立てることに楽しさはある。その楽しい見立ては上出来だが、その見立てでナマコの何かが見えるわけではない。出来事の初めから終わりに向かって、流れ、変化する状況や事件、葛藤やカタストロフィーが有るわけでもない。ただただウイットに富んだ「知弁」だけが披露されるのである。

一方、芭蕉の愛弟子向井去来の「鉢叩ノ辞」では、出来事は初めから終わりに向かって動いてゆく。鉢叩きを見物せんとて待ちかまえる芭蕉の目の前で、ただ時間だけが流れていく。その時間を見過ごせない去来は、「箒こせ真似ても見せむ鉢叩」とばかりに、「灰吹の竹」を「うちならし」て鉢叩きを真似る。その出来映えはユーモラスでさえある。だが、その出来事が起きている去来宅の釜屋や土間、夜食を作る去来の妻女や子供たちの動静は書かれていない。鉢叩きを待つ間の紆余曲折、作用・反響を繰り返えしつつ動く状況が動画像のように立ち上がらないのである。ここに去来の文章術の課題がある。

洒落は元来、意識を「論理ドライバー」、大脳を「要約装置」として駆動するところで成り立つ言語行為であり、言い尽くした後に何かを出現させる仮想現実の生成装置ではない。ここには芭蕉作「笠はり」のような、「笠はり」の行程と機序とを丹念に辿って、山場を捉えてぐいと読者の心に蠱惑の仮想現実を差し込んでゆく作意が欠けている。出来上った笠に触発されて徐々に充満する旅心の昂ぶりから発出する仮想現実が生き物のように語り掛け、読者の傾倒を招く誘惑術が欠けているのである。

瑕疵の多い『笈の小文』を、支考のように自家の保蔵用草稿だと見ることはできる。だが、第三稿『笈の小文』はそうではない。芭蕉は旅中にあり、『笈の小文』は河合乙州に贈与される紀行文として書かれている。彼は未完が目立つ紀行文を未完のままを遺贈し、その本文がそのまま書写され、保蔵されることを望んでいる。

俳文の趣旨は、虚に遊ぶ心をもって、目の前の事象にウイットやユーモアを見出す文章を言う（注8）。しかも俳文が新規の文芸領域として意識的に探索されるのは、主として芭蕉自身の尽力による。俳文の魅力は、当然、芭蕉によって発掘されなければならなかったが、それには深い洞察や長い試行錯誤が欠かせなかった。

論理を追って書き進める学習型の作文は、当時も今も同じ論理回路の上で成り立っている。それは学芸の主流でもある。学芸の邪魔になるとして文芸を遠ざけた儒学の学派さえあった。住み込みの小坊主として出発し、図像再生形の読書とは縁遠い育ちをした支考は、修行の傍ら豊富な学識を身につけ、後に還俗して俳諧師となった。その支考が、典型的な講談型の読者であることに不思議さはない。単語を読み、主語・述語を捉えて文意を取り、その文意を重ねて章段の大意を把握する意識操作が支考が言う作文だからである。その支考から見れば、叙述をソフト、意識を画像ドライバー、大脳を再生装置として駆動させる必要はない。

五　むすび

遺言執行人、各務支考がしっかり見たことは『笈の小文』が瑕疵の多い未完成品だという事実だろう。それならば支考が芭蕉の遺言どおりに『笈の小文』を添削することは道理である。

しかし今日の目から見れば『庚午紀行』（『笈の小文』）は、常軌を逸したずさんな改作版で、しかもその改作態度は、第一、第二、第三稿と稿を重ねて精進してきた芭蕉の推敲意図をほぼ完全に無視している（注9）。その点に焦点を絞り、その原因を尋ねると見えてくるのは、表向きは仮想現実の表現という散文技術の相違だが、真因は叙述をソフト、意識を画像ドライバー、大脳を再生装置として駆動させる芭蕉式の創作の技法に行き着く。

眼前の風景を述べるときに働く「理路」を廃し、感動を呼ぶ「映像」を端的に同伴者の胸に届ける「感遇」の手法は言葉で言うほどやさしくはない。ただしそれを意図して書かれた文章に出会う時には、それが易々とできる。それが出来る時に初めて、風流韻事たる俳諧は他の代替を許さぬジャンル格を獲得し、芸能の地位を確かなものにする。

松尾芭蕉はこの直感像が成り立つ時を「物のみへたる光、いまだ心にきへざる中にいひとむべし。」（『赤双紙』服部土芳著）と言ったことがある。「物」が見えた「感遇」の時、「物」は輝いて出現する、「物」が見えることで沸き上がる驚異や歓喜が心に映えて「物」を輝かせる。芭蕉に心酔した『三冊子』（土芳著）の著者服部土芳がこれぞ芭蕉俳論の核心と位置付ける「ものの微」を描く実践は、芭蕉最晩年の主張である。それは芭蕉の立ち位置から言えば、主客を揺さぶって通り過ぎた直感像を言語化し、「見える化」する行為だと言うことができる。松尾芭蕉最晩年のこの立ち位置が遺言執行人には伝わらなかったのである。

注1、京都野田治兵衛・江戸小川彦九郎刊。本書は偽名で出版されている。（古典俳文学大系10、蕉門俳論俳文集、集英社、昭和45年9月刊、P533）。

注2、阿部貴三男「芭蕉の俳文と支考」（『国語と国文学』昭和二八年一一月）に支考の加筆と見なされる考察は済まされている。近年では『笈の小文』と『庚午紀行』　松井忍　近世文芸稿28号、1985／8もある。

注3、元禄五年二月中旬、寄宿していた江戸深川を離れて松島に旅立って以後、伊勢に庵を構えて居住していた。

注4、引用は『古典俳文学大系10、蕉門俳論俳文集』（集英社、昭和45年9月刊、P533）

注5、本書が支考の弟子の名をかたる叙述であるため弟子が師匠を擁護する文章になっている。

注6、大礒義雄『『笈の小文』（異本）の成立の研究』53～54頁、ひたく書房、昭和五六年二月刊）

注7、「『笈の小文』の一問題―奈良経回をめぐって―」（文藝論叢25号 1985/9）による。

注8、堀切実『俳文史研究序説』P120、早稲田大学出版会、平成二年十月刊）

注9、支考は『庚午紀行』は芭蕉草稿の写しであるという。「武の桃隣より故翁の文稿をおくられ候よし。定而芳野の紀行は草写のまゝにて岩菊丸と直りたるにて可有候。（中略）何とぞ此度ほしく候。紀行はいそき此便に可給候。」（『本朝文鑑』第四「申白狂状」）。各務支考は、この『庚午紀行』が元禄四年年末に江戸で執筆されたもの推測するが、『笈の小文』は第一・第二、第三稿とも元禄六年七月以後に江戸で執筆されている。このため支考の推測は成り立たない。

17節　要　約

一　事実の再定義

本書は松尾芭蕉作『笈の小文』によせる伝記である。『笈の小文』を生き物と見なし、その出自（1・2節）、その生成（3～8節）、その生態（9～13節）、その処遇（14～17節）と書き進めてみて、改めてその感を深くした。

これまでの常識に従えば、『笈の小文』は貞享五年（1688）冬に始まる吉野行脚の道中における備忘メモを下敷きとし、元禄四年（1691）三月～九月の京都滞在中に現在の形に整理されたものと考えられている。この時期の『笈の小文』の実態は「吉野巡礼」であり、その「吉野巡礼」に改編の手が加えられたのは、元禄六年七月以降のことである。その改編のきっかけは、同年同月に始まる芭蕉の病臥と閉関にある。折良く江戸に下って芭蕉の治療に当たった中村史邦（春庵）の尽力により、同年十一月にかろうじて本復し執筆活動を再開する松尾芭蕉には、この医師史邦への報謝の気持ちが強く残った。

この時、江戸において『笈の小文』の第二次編成期が始動する。坪井杜国の追福を主題とし、吉野巡礼を山場とする原『笈の小文』に「風羅坊の所思」「吉野三滝」「和歌浦句稿」「須磨明石紀行」が挿入されて、『笈の小文』の新しい主題・構成が出現する。主人公風羅坊と万菊丸とがさらに経験豊かな廻国修行者に変貌すると同時に。「風羅坊かく語りき」とでも呼ぶべき、「狂句の聖（ひじり）」の巡礼記が出現する（注1）。そこで示されたことは所感や観想の形を取らず、動きのある表象の形を取っていた。その動きのある表象は、生存や巡礼に関する厳しい自問自答を喚起する問いかけであった。

この考証の結果、芭蕉の幻覚叙述（厳密には、直観像叙述という）が彼の人生の最後の著作『笈の小文』の最終章に書かれた、との認識が生まれた。また松尾芭蕉は『笈の小文』執筆の最終章で軸足を移し、「直感像叙述」の実現を目指す気鋭の作家に変身していた。その徴表である「須磨明石紀行」の幻覚叙述には、皇子・皇后・女官らの阿鼻叫喚が風羅坊の脳裏にフラッシュバックする光景が描かれている。言葉に先立って脳裏を駆け抜けるこの直感像を叙述することが松尾芭蕉の俳句人生の存在理由として躍り出たのである。冒頭部「風羅坊の所思」と結末部「須磨明石紀行」とを追加することで、この「直感像叙述」の躍動は、有無を言わさぬ鮮烈さに加工された。その鮮烈さは、述者風羅坊が内包する騒人「風羅坊」の創出のかたちで表現された。

ところが、遺言執行者である各務支考はその仮想現実の表現を実にあっさりと忌避した。支考は第一・第二・第三稿と推敲しつつよじ登っていく芭蕉の表現努力を単に下書き故の瑕疵だと見なし、句文の隙間から立ち上がる夢幻世界を忌避した。各務支考には、この夢幻世界が人間世界の本質や根源を照らし出す希有の「兆し」だとは見えなかった。そのために支考は、躊躇なく直感像叙述を切り捨て当然のことをしたと考えている。要するに、「これが遺言代理人のする事か」という問いは、今ようやくすっきりした問いかけに変わり、支考がしたことの内実が幾分見えるポジションに私達は立ったのである。

二　諸本

この事実関係の再設定作業の結果から言って、現存する『笈の小文』第一稿本・第二稿本・第三稿本は、いずれも元禄六年七月以後に書写されたもので、巻末に「連句教則」を添付する第一・第二稿本は、医師中村史邦に遺贈するテキスト制作の過程で生じたもの、「連句教則」を添付しない第三稿は、河合乙州に遺贈するために制作されたテキストだと定められた。いずれも遺贈書としては共通の性格を備えている。

次に、第一稿本の書写は、文字通り文字を追い掛けて翻字する書写だが、その過程で多くの漢字仮名に誤読が生じている。芭蕉にしてはやや彫琢の足りない草稿本を底本とし、幾分読解力に劣る書写者が書き取りを担当したせいかと推測される。また文字遣いは確かに元禄六・七年の松尾芭蕉のそれと分析され、芭蕉の草稿を直に書写した書き取り本かと思量される。とりわけ新規書写が広範囲に及ぶ「風羅坊の所思」「須磨明石紀行」には、元禄六年七月以後に染筆された痕跡が濃厚である。したがって『笈の小文』は『おくのほそ道』（元禄五～六年執筆）以後に書かれた松尾芭蕉最後の紀行文だったことになる。

さらに第二稿は後世の写本だが、第一稿本の誤読箇所を大幅に修正する性質を持ち、また第一稿本の誤読箇所の若干を誤読のまま引き継いでいる。加えて「連句教則」が添付され、文字を追い掛けて順次翻字する書写の性格も大方引き継がれている。ここから見て、第一稿本を加筆修正したテキストから作成された書き取り本文を下敷きにした写本かと推測される。

次に「連句教則」を添付しない第三稿（乙州本）は、通説どおり、元禄四年九月、芭蕉東下の際に河合乙州に遺贈された『笈の小文』を原型とする。吉野巡礼を山場とするこの原『笈の小文』は後日、江戸において「風羅坊の所思」「吉野三滝」「和歌浦句稿」「須磨明石紀行」を加えて大きく改編され、風羅坊の末期の書となる。このために、元禄七年六月、上京して河合智月宅に乙州を訪ねた松尾芭蕉はもう一度、彼に改訂版『笈の小文』を遺贈し、改めて近江蕉門の頭領に対する信任の印とした。

この経緯があるために、原『笈の小文』の一部に当たる吉野巡礼に限って同行者杜国の記名があり、「吉野三滝」「和歌浦句稿」には、文字の小口揃えが観察される。また大礒本・乙州本で語句が異同する発句九句の内八句までがこの原『笈の小文』の本文中にあり、その異同句の内の二句「いざゝらハ（乙州本→いざ行む）」「何の木の花とも（乙州本→花とハ）」においては、乙州本の方が大礒本以前の古い句形を残している。

三　遺贈

元禄六年七月以後に書写された大礒本『笈の小文』には、三つの動機が内包されている。その一は、元禄六年七月に始まる芭蕉の病臥とそれを治療する中村史邦の厚志に対する謝意である。二の動機は、『おくのほそ道』執筆に伴う『笈の小文』の役割の変更にある。海浜を流離い、須磨明石で寂しさの極みを体験する叙述の追加が不可避になったからである。三の動機は、「風羅坊の所思」並びに「須磨明石紀行」を追加することで紀行の首尾を飾り、騒擾型の風羅坊の心性を大方の読者に分かり易く「見える化」することである。

だが、それでは、河合乙州が『笈の小文』は自分一人に贈与されたという乙州本「笈之小文序」に言う発言は嘘になるのか。そうではあるまい。

通説に言うように、元禄四年四月、杜国の一回忌を機縁に、『笈の小文』は京都の落柿舎で一度取り纏められたと推定されている。その一回忌記念の『笈の小文』に収められた杜国の句に、杜国の名が記名されていなかったとは考えにくい。一回忌追善のための『笈の小文』だからこそ、乙州本『笈の小文』の「吉野紀行」では万菊丸（杜国）の記名が欠かせないのである。熱田神宮・伊勢神宮・金峰山寺・金剛峰寺を順次礼拝する「吉野紀行」なら、杜国追福には願ったり適ったりの追悼文である。

第一稿・第二稿に見るとおり、元禄六年七月以降の芭蕉は、万菊丸の名を記名しなかった。第三稿（乙州本）に限って、「吉野紀行」部に芭蕉が記名したとの思案は当たらない。元禄六年七月以降に書かれた「吉野三滝」「須磨明石紀行」所載の風羅・万菊の唱和の句にはすべて万菊の記名がないからである。

しかし、元禄四年九月に芭蕉から乙州に遺贈された原『笈の小文』には杜国の記名があり、乙州本には元禄四年筆「幻住庵記」と同じ文字遣いの痕跡が残る。このため、元禄七年九月に改訂版を受領した乙州だけは「吉野紀行」に限って万菊丸の記名を追加することができたと考察される。

元禄四年九月二十八日、長い離別の名残にと、河合智月宅を訪ねた松尾芭蕉は、河合智月には「幻住庵記」一巻、弟、乙州には自筆自画像を書き与えて東下した（『芭蕉翁行状記』）。『芭蕉翁行状記』（路通編、元禄八年（1695）冬、井筒屋庄兵衛刊）は、斎部路通が芭蕉没後一回忌を記念して編集した芭蕉翁一代記であり、無責任な発言が許される撰集ではない。増して、路通は元禄三年に不祥事を起こして芭蕉の手許を去り、奥羽行脚で改悛の情を示し、『俳諧勧進帳』（元禄五年、井筒屋庄兵衛刊）を撰述した人物である。その名誉回復の証しである『芭蕉翁行状記』において路通が進んで嘘を書くことはないだろう。

乙州本『笈の小文』の序文において、乙州本『笈の小文』を自分一人に書き与えられた著作であり、それは幾つかの紙片草稿を積み重ねることでようやく一巻を成す原稿だったと主張するのも事実だろう。自分一人に書き与えられたという点がやや異例だが、それも元禄四年（1691）四月に落柿舎でまとめられた「吉野紀行」が元禄四年九月二十八日、東下する芭蕉から乙州に遺贈されたとすると自然なことになる。

元禄七年閏五月、上京して乙州宅に一宿した松尾芭蕉には、『笈の小文』の改訂版を手渡す必要があった。その時点での『笈の小文』はすでに大きく改訂され、一冊として綴じ合わされていたからである。その『笈の小文』は第一稿・第二稿同様、「風羅坊の所思」「須磨明石紀行」「和歌浦句稿」「吉野三滝句稿」を現状箇所に収録した本文であった。また、第一稿・第二稿の推敲を踏まえて、さらに洗練させた本文でもあった。この改訂本を贈ることで、芭蕉は乙州に遺著を残すという当初の意志を実現することができる。一方、芭蕉を人生の師と慕う乙州は、この『笈の小文』をもって、確かな芭蕉の厚志を受け取ることが出来る。同じ近江蕉門の正秀・珍碩らと袂を分かっていた当時の乙州が宗匠として立つには芭蕉の信任が欠かせなかったのである。

松尾芭蕉の最後の紀行文の中でも「須磨明石紀行」の「戦場幻覚」が松尾芭蕉の遺作と呼んで差し支えないことが判明すると、その遺作部分を芭蕉の遺言執行人の各務支考が実にあっさり切り捨て、平凡な観想叙述に書き換えて公表したことには重大な問題が生じる。ここには各務支考がうかつなことをしたという以上に見過ごしに出来ない変事が表出するからである。そのため、支考がなぜそんなことをしたかを尋ねてみると、見えてくるのは芭蕉と支考との間に口を開いた大きな溝である。

四　遺言実行人

芭蕉の弟子達は多才な集団である。多彩な個性の生活者が登場し、それぞれが思惑を持って句作に励む。すると、彼らの個別具体的な経験が作品のリアリティーを形成する。米穀空売りの罪で流罪となる杜国、芭蕉の遺言執行人で酔えばすぐに踊り出す支考、『近世奇人伝』に登載されたミスター奇人の惟然、尻軽で蛸好きの還俗坊主路通、医師であり『猿蓑』編集後犯罪者として忽然と姿を消す凡兆、同僚と喧嘩口論の末に切腹して果てた管沼曲水、武家を辞し蕉門の「騒客」と呼ばれた丈艸、芭蕉から「奇異の逸物（いちもつ）」と称揚された木導。犯罪者や制外者も多い。ここでいう制外者とは、絵空事であるはずの空想や物語に向って自己投機する人々であり、その第一人者が他ならぬ松尾芭蕉その人である。

主として関西に在住するこれらの追従者を迎える奥羽・北陸の風流佳人達は、一泊の仮小屋を用意し、煙草銭・小遣いを定めて、追従者の来訪に備えた。神は細部に宿り給うの言葉通り、蕉門は確かに行脚・巡礼の実体験に基づく充実した細部の叙述が不可欠な集団に変わっていた。

二十代の半ば以来、気ままな巡礼者として明け暮れた各務支考は、行脚・巡礼の経験には事欠かなかったが、知り損ねたことがあった。知り損ねたことは、直感像、見えない物の「見える化」、意識を画像ドライバーにする自己制御である。言語を使って行われる直観像の汲み取りという新しい読解技術は、今日、言うほどやさしい技術ではない。おまけに江戸蕉門の中には居場所がなく、京都の向井去来には芭蕉から、役に立たない男ながら、奥羽行脚が終わると京都に廻るのでよろしく、とお触書が回っていた（元禄五年五月七日付、去来宛芭蕉書翰）。実際、上京した支考と面談した向井去来は、芭蕉俳諧の何より静かな祖述者だった。「これは確かに役に立つ男ではない」と思ったことだろう。

五　立ち位置の変更

正真の意味で時代の本流に棹さす松尾芭蕉は、山橋野店の風景とその風景が触発する「一念一動」（野ざらし紀行跋）とを積み重ねて新種の紀行文を生成する宿願を持っていた。晩年四十歳を過ぎてもなお意識の不思議、「一念一動」の映発を受容したときに起きる俳諧の革新を信じ続けたのである。四十九歳を過ぎた頃、『おくのほそ道』を通じて彼の文章はようやく「一念一動」を捉えて驚異や歓喜を透かし見ることが出来るツールとしての俳文に到着する。従来なら「詩や歌やこゝろの絵なり」（続虚栗「素堂序」）で済んでいた俳文が、まるで動画像を見るような散文に変わり、場面・出来事・人情が活発に生動し始めたのである。また、締め括りの俳句には明確で強いメッセージを表象することができた。そしてその表象には、感謝に包まれた出会いや別れ、喜びや驚きが盛り込まれ、時には感嘆のあまり心からわき出た幻影が付加されて、文章の掉尾を飾った。

膝を接した主・客が互いの謝意を透かし見ることが出来るコミュニケーション・ツールがあれば、主・客の間を「風流」の風が吹き抜ける。なごみやためらい、喜びや謝意、寛ぎや謙退など、その場にあって見えない「ものの微」を「見える化」すれば、人付き合いは伸びやかになる。その伸びやかさは軽みを産み、その情趣は「俳味」と呼ばれた。「ものの微」に言葉の光を当て「俳味」の応酬を重ねることで、主客の間に共感や信頼を醸成することが出来る。朝夕や祭礼の見どころが選別され、自然や人事を見る目が鮮明になると、日常生活の上に新しい老後の楽しみを提供し、同好の士を増やすことになる。

松尾芭蕉の遺言執行人に指名された各務支考は、修学の基礎を禅刹で身に付けた。後には蕉門の理論家として通っている。言い換えれば、叙述をソフト、意識を論理ドライバー、大脳を論理要約装置として駆動させる男として生育していた。芭蕉の俳話を丹念に祖述したと見なされる『葛の松原』（元禄五年五月）から『続五論』（元禄十二年刊）にいたる過程を見ても、各務支考の論理要約型の嗜好は顕著である。後者が芭蕉の俳話を「滑稽論」「華実論」「新古論」「旅論」「恋論」と五論に纏めて、一見まっとうな解説を試みるところに彼の性癖が見事に露出している。一見まっとうな解説からは、伸びやかさ、軽やかさはおろか、俳味や飄逸さえ浮かび上がることがないのである。

元禄五年二月中旬、江戸を出発して奥羽行脚に旅立った支考が、その後いつどこで芭蕉と接触したかは推定の域をでない。

芭蕉一座の連句に照らすと、元禄五年十二月には、桃印の薬代を捻出する芭蕉支援の句会に句を残している。元禄七年五月、上京途中の松尾芭蕉を尾張の佐屋にて待ち受け、面会を果たして以後、約一ヶ月、支考は素牛（惟然）と同道して芭蕉に近侍する。この後、いったん伊勢に帰庵し、九月三日に伊賀上野に芭蕉を訪ねて以後、十月十二日の芭蕉逝去まで、近接して芭蕉の謦咳を聞く。この期間が支考の最後の学習期間だったが、支考が芭蕉の立ち位置の変化に気付き、自分の表現を修正した痕跡はない。支考はむしろ師匠が末期（まつご）の記念として描き留めた幻覚叙述を削除する立ち位置に立って、それを削除した。素質的にも人脈的にも時間的にも、各務支考には芭蕉の立ち位置を察知する条件が欠けていたのである。

六　直観像の叙述

ところで、立ち位置を変えること、驚愕や歓喜を説明抜きで読者の胸に直に伝達する文章を書くには、一つのコツがある。作中の風羅坊に成り入り、その眼差しを通してフィクションの世界を生きてみることである。

　　須广

月ハあれど留主の様也須广の夏

月ミても物たらハずや須广の夏

卯月中頃の空も朧に残りて、はかなきミじか夜の月もいとゞ艶なる海の方よりしらミ初たるに、上野と覚しき所ハ、麦の穂浪あからミあひて、漁人の軒ちかき芥子の花の、たえ〴〵に見渡したる。

海士の皃先見らるゝや芥子の花

（中略）なをむかしの恋しきまゝに、てつかひがミねに上らんとする。導する子の苦しがりて、とかく云まぎらかすを、さま〴〵にすかして、ふもとの茶店にて物喰すべきなど云て、わりなき躰ニ見えたり。彼ハ十六と云けん里の童子より四斗弟なるべきを、数百丈の先達として羊腸険岨の岩根をはひ上れバ、すべり落ぬべき事あまた度なりけるを、つゝじ根笹に取つき、息をきらし汗を浸して、漸雲門に入にぞ、心もとなき導師の力也けらし。

須广の蜑の矢先に鳴か郭公

杜宇聞行かたや嶋ひとつ（大礒本）

一度は須磨の浦の眉目である「月」に落胆した風羅坊が「卯月中頃の空も朧に残りて、はかなきミじか夜の月もいとゞ艶なる海の方よりしらミ初たるに云々」と周囲を眺める頃には、海も空も漁村の風景も、ゆっくりと輝きを増している。気分が乗り、高揚することで、味気ない漁師の暮しに新鮮な視線が注がれる。

その新鮮な視線に導かれて歩き始める風羅坊は、そこで先達と頼む里の童子に出合う。里の童子は数え年で一二歳である。風羅坊に頼まれても、彼は登山を苦しがりて「とかく云まぎらかす」。が、それでは風羅坊らの前途が危うい。「さま〴〵にすかして」最後には食いもので釣って気持ちをなだめる。それでもまだ尻込みする。それを強いて頼み込むと、断りかねて不承不承、また登る。登坂路が子供の身にはえらく急峻だからである。彼らの目の前には、童子を「先達として羊腸険岨の岩根をはひ上」る行程が続いている。案の定、「すべり落ぬべき事あまた度な」る危険な登坂路である。「つゝじ根笹に取つき、息をきらし汗を浸して、漸雲門に入」と同時に童子の有り難さが思われる。食いもので釣る風羅坊らの声も、「わりなき躰ニ」て逡巡する童子の困惑も目に見えるように描かれている。この声や動作や表情を描いて、場面を「見える化」するところに、遺文を遺贈する松尾芭蕉の新しい立ち位置がある。

この立ち位置の変更は、『おくの細道』で既に始まり、感嘆しつつ松島湾を眺める予や、訳の分からない歌枕に案内されて目を白黒させる予が描かれている。ただし、その主人公に成り代わり、好奇や歓喜の眼差しで、出来事を叙述するだけで、直感像叙述ができあがる訳ではない。『おくの細道』「松島遊覧」の叙述のように、予の歓喜や驚愕が表立って、肝心の出来事が浮かび上がらない欠点が付随する。その意味で『おくの細道』におけるこの技術は、未だ立ち位置変更の入り口にあたる。ここで必要な発明は、歓喜や驚愕の言葉に先立って脳裏を駆け抜ける映像としての「出来事」に眼を止めることである。遭遇した転落事故・衝突事故での時間の延伸のように、映像としての「出来事」が先行し、その後を言葉が追い掛ける経験は誰にでもあるだろう。

一方、『笈の小文』における芭蕉の幻覚叙述は、先の述者の興奮の口ぶりを制御し、肝心のできごとだけが浮かび上がる地点で書かれている。それが臨場者による直観像叙述によって可能になるのである。

この立ち位置の普及を目指す松尾芭蕉は、その極意を「初心の句」と呼び、「初心の句こそ尊けれ」と推奨したこともある。初めて心に焼き付いた形象を捉えて、初見の眼差しで出来事を見ることである。ただ本来、知弁家である各務支考にはそれが出来なかった。支考の脳裏を占める既成の論理レジュームが直感像に向かって支考を導くこともなかった。

七　結び

貴族・武家・百姓・町人にはそれぞれの立ち位置や眼差しがある。商家の旦那・番頭・手代・丁稚にも各自に具わった心性があり、彼らも自分の眼差しをもって世間を見ている。彼らの心性を写し取る表現があれば、奇異や歓喜を説明抜きで読者の胸に直に伝えることができる。

作者芭蕉は、あたかも声優のように風羅坊に成り入り、「巡礼ハイ」の風羅坊を出現させる。作者芭蕉は、風羅坊的言動を繰り返し、風羅坊の人物像を膨らませ、風羅坊的「驚愕」を用意して物語を進展させる。物語の進展に連れて、風羅坊の言説は遭遇した事実の説明・述懐から、出来事の再現を目指す「直感像叙述」に向って変化する。それが何より的確に俳人各自の心性を表出する刻印を持つからである。それは結果的に、この挨拶の応酬という俳諧空間の意思疎通を促進し、自他を隔てる閾値を低くする。この時に生じる無上の開放感こそ、松尾芭蕉が生涯くわえて離さなかった銀の匙のようなものである。

　身分上の上位者からは心底計りがたい男だと見なされた松尾芭蕉は、その心底に自意識「風羅坊」を養うが、その「風羅坊」との折り合いには苦心した。それは長く葛藤して騒擾の種となり、芭蕉を正真の「物の微」（三冊子）からは遠ざけていた。だが、その騒擾は打ち破ってその心底を見る必要があった。丁度、『笈の小文』の須磨明石紀行のように、この騒擾を打ち破る力もまた、直感像だったからである。

　芭蕉における直感像叙述はいまだ進化の途上にあったが、すでに呼称は用意されていた。芭蕉はそれを「あだなる風」と呼び、浅き川を見るごとく「軽み」を目指せと教えている。それが「見える化」を達成する技術であることは確かではなかろうか。

注1、「大和後の紀行」井上敏幸『貞享期芭蕉論考』197頁、臨川書店、平成四年四月刊。

はしがき

十代の半ばに事情があって、嵐の海で二十トンほどの運搬船の操舵室に立ったことがある。舵輪を握り、高さ十メートルを越える大波の腹を下って、谷間に降りると、船の舳先が波にめりこみ、甲板が波に包まれる。だがそれでも船は波の裾野でゆっくりと浮上する。このとき、ねじれる船体の舳先を波にまっすぐに立て、波の中腹、波の頂上に向ってよじ登って行くことが操舵手の仕事だった。

『笈の小文』について書き始めると、体力の衰えゆえか脳裏には、時々この操舵室の臨場感が甦ってきた。とくに『笈の小文』研究の常識と筆者の用字分析とが食い違うときに、この現象が起きた。筆者に押し寄せる波頭にはそれぞれ、論文があり著者名が刻まれている。もしそれを数え上げることが出来るとしたら、すでにこの芭蕉世界から引退した宮本三郎・大磯義雄・尾形仂・今栄蔵・森川昭・高橋庄次・米谷巌・赤羽学・堀切実・田中善信・上野洋三・堀信夫など諸士の名前を数えただろう。だが、実際の所それらを数えて、自分の現在位置を確認する余裕は私にはなかった。

その意味で本書は、探索の書であり冒険の書ではあるものの、普通の意味での研究書からは隔たっている。普通、研究者が執筆場面で保持している逡巡や自負、敬意や客気微細な注意や広範な見識の点では足りない物や見落としがあるに相違ない。その上、本書は思弁以前の世界、言葉に先立って、映像の形で出現する出来事を掬い上げようとした松尾芭蕉の営為を分析する作業だった。歌論・連歌論・俳論に現れる「姿情論」は言葉の上に出現する意味や姿や余韻を考察しても、一言不通の異国世界に降り立つような映像的な世界体験は想定されていない。私は表現行為の中で意識や幻覚を取り扱う必要があった。

本書で私が依拠した『笈の小文』文字データベースは、私が搭乗した二十トンほどの運搬船にあたる。dBASEをプラトホームとする一文字単位の文字データーベースで、システムの中で広範なプログラミングが出来る点に特徴があった。漢字・仮名文字を自動的にカウントし、仮名字母数をアイウエオ順に出力し、二種類の異本を仮名字母のレベルまで検索し識別することができた。この研究システムには前例が無く、従って芭蕉研究における先行研究も無かった。

この原稿の初編「『笈の小文』の表現の瑕疵について」に最初にご斧正を御願いしたのは広島大学院の久保田啓一教授であり、その初編を読んで続編を所望して下さったのは三重大学の吉丸雄哉准教授である。その時点では、小論の断片として発表されたこれらの拙稿が一書の形を成すかどうかは、筆者にも見通せなかった。が、お二人から頂いた親切なご注意やご配慮には感謝し、失念しないように心に刻んで執筆した。加えて三重大学出版会の大久保和義氏には生原稿の査読を、また石橋佳代子氏には版下原稿の点検を御願いし、念校は濱千春さんにお願いした。このお三人は同時に、この二〇一六年の初夏に退職した。この方々のご厚志にも深く感謝申上げる。

二〇一六年九月　筆者記す

口絵・図版リスト

口絵1　伝芭蕉筆「渋笠ノ銘」自家蔵
口絵2　板本『ゆきまろげ』「笠はり」蘭更編　自家蔵
口絵3　『和漢文操』「渋笠ノ銘」支考編　自家蔵
口絵4　『本朝文鑑』「庚午紀行」支考編　自家蔵

図版①　大礒本「高野」『笈の小文（異本）の成立の研究』大礒義雄著、ひたく書房刊、p122
図版②　乙州本『笈の小文』（天理大学善本叢書10『芭蕉紀行文集』）十三オ八行目
図版③　乙州本『笈の小文』（天理大学善本叢書10『芭蕉紀行文集』）十四オ三行目
図版④　大礒本「葛城」『笈の小文（異本）の成立の研究』大礒義雄著、ひたく書房刊、p112。
図版⑤　雲英本「臍峠」『笈の小文』『笈の小文（異本）の成立の研究』大礒義雄著、ひたく書房刊、p190。
図版⑥　乙州本『笈の小文』（天理大学善本叢書10『芭蕉紀行文集』）一四ウ七・八行目。
図版⑦　大礒本「布引の滝」『笈の小文』『笈の小文（異本）の成立の研究』大礒義雄著、ひたく書房刊、p118。
図版⑧　和歌浦絵図
図版⑨　『和漢文操』「渋笠ノ銘」支考編
図版⑩　伝芭蕉筆「渋笠ノ銘」
図版⑪　1・2・3『和漢文操』「渋笠ノ銘」部分　支考編・伝芭蕉筆「渋笠ノ銘」部分
図版⑫　河西本「笠はり」（岡山大学国文学資料叢書十　赤羽学『雪まるけ』福武書店刊一五五―一五六頁）
図版⑬　河西本「笠はり」（岡山大学国文学資料叢書十　赤羽学『雪まるけ』福武書店刊一五五―一五六頁）
図版⑭　図版⑬の後半
図版⑮　板本『ゆきまろげ』「笠はり」蘭更編
図版⑯　『和漢文操』「渋笠ノ銘」支考編

や

り

わ

な

は

ま

さ

た

索　引

あ

か

＜出版物案内＞

日本語日本文学文字データベース演習　A4　94頁　定価900円

直売のみ。三重大学出版会　mpress01@bird.ocn.ne.jp
電話FAX　059-232-1356

本書は日本語日本文学の演習場面で、文字データベースを適切に使いこなすためのマニュアルです。以下の文字データベースが付録されています。

　天理本『野ざらし紀行』＝天理本
　『野ざらし紀行画巻』＝画巻本
　泊船本『野ざらし紀行』＝泊船本
　孤屋本『野ざらし紀行』＝孤屋本
　『中川濁子清書画巻』＝清書画巻

データベースのプラットフォームはボーランド社のVISUAL dBASEです。
拡張性能が高く、膨大なプログラミングも可能なソフトです。簡易入力装置や筆文字切り取り装置と連動して使います。
なおコントロール言語は英語です。コントロールのためのマニュアルが必要です。

目　次

著者略歴

濱　森太郎（はま　もりたろう）

1947年12月22日生　広島大学大学院博士課程修了（文学博士）

2011年 3 月 31 日　　三重大学退職　三重大学名誉教授

2011年 4 月 1 日　　三重大学出版会編集長

2016年 6 月 1 日　　三重大学出版会社長

松尾芭蕉作『笈の小文』

—遺言執行人は何をしたか—

2016年12月22日　初版発行

著　者　濱　森太郎

発行所　三重大学出版会

〒514-8507

三重県津市栗真町屋町1577

三重大学総合研究棟Ⅱ3F

TEL/FAX：059-232-1356

会　長　内　田　淳　正

印刷所　西濃印刷株式会社

ISBN978-4-903866-35-2 C3059